MUSIK - SEHNSUCHT UND ERFÜLLUNG

Autorin: Agnes Kauer
Lektorat, Layout: Wolf E. Matzker
Verlag: BoD - Books on Demand, Norderstedt
ISBN: 9783734736704
Zweite Auflage: 2016

MUSIK - SEHNSUCHT UND ERFÜLLUNG

Mein Leben in Ungarn, Kuba und Deutschland

Agnes Kauer

„Se ingva, se törve, menj, menj, menj...!"

„Nicht schwankend, nicht zerbrechend, geh, geh, geh...!"

W.W. Majakowski (1893-1930)

Vorwort

Sie ist ein rebellisches Kind, weshalb ihre Eltern auch keine Geschwister für sie planen.

Dafür haben die Eltern sehr genaue Vorstellungen über die Zukunft ihres Kindes. Sie soll es später auf jeden Fall einmal besser haben als sie selbst in ihrer Kindheit.

Das musikalische Talent der Tochter wird schon sehr früh erkannt; sie muss täglich Klavier üben und wird schon im Alter von zehn Jahren bei einer weit entfernten, fremden Familie untergebracht, um dort ihr Musikstudium ernsthaft zu betreiben. Mit vierzehn Jahren kommt sie in ein Internat und kehrt nie wieder in ihr Elternhaus zurück. Nach dem Abitur und dem Abschlussdiplom des Konservatoriums studiert sie an der Musik-hochschule Budapest.

Ihrer ersten Liebe wegen wandert sie nach Kuba aus und dort beginnen Himmel und Hölle für sie. Das Leben in Havanna ist wie eine Droge. Alles Wunderbare genießt sie in vollen Zügen, dafür lauern im täglichen Leben Grausamkeiten, Gefahren und unvorstellbare Nöte. Ihre musikalische Laufbahn ist aber so wunderbar, dass sie es dort elf Jahre aushält, auch wegen der dort so talentierten Studentenschar.

Sie muss von dort fliehen, sogar mit gefälschten Ausweispapieren, damit sie ihre Kinder in ihre ungarische Heimat mitnehmen kann. Zurück in ihrer sozialistischen Heimat resigniert sie zunächst, ohne Arbeit, ohne Zukunft, ohne eigene Bleibe für sich und ihre Kinder.

Mit vierzig Jahren wagt sie einen neuen Anfang und geht nach Deutschland. Der unvergleichliche Reichtum in diesem für sie neuen, kapitalistischen Land, aber auch die Fremdenfeindlichkeit dort stellen sie erneut auf eine harte Probe. Mit ihrem rebellischen und sehr starken Charakter beginnt sie ihr Leben ein drittes Mal und zeigt, was mit konditionsloser Liebe und Hingabe zur Musik zu schaffen ist.

Kurz vor Erreichen des Rentenalters erkrankt sie schwer, liegt drei Wochen im Koma und erwacht in völliger Lähmung. Vier Monate Rehabilitation bringen sie wieder auf die Beine und sie verfolgt ihre musikalische Laufbahn mit noch härterem Willen als zuvor. In der Zeit Ihres Komas stirbt der älteste Sohn.

Sie gründet wieder zwei neue Chöre und dirigiert die schönsten a-capella Werke dieser Welt.

„Tod, wo ist dein Stachel? Hölle wo ist dein Sieg?" Das Zitat aus der Bibel in ihrem Lieblingswerk „Ein deutsches Requiem" von J. Brahms, welches sie so gern dirigiert hat.

Das vor dem Vorwort benannte Zitat des Dichters W.W. Majakowski war der Name und Leitspruch ihres Internates. Es zierte den Raum, in welchem sie mit 16 Jahren ihren ersten Mädchenchor im Konservatorium dirigierte.

In diesem Zitat findet man tatsächlich ihr Leben wieder.

I.
Jahre der Kindheit

In den letzten Monaten des Zweiten Weltkrieges wurde ich in Ungarn, in einem kleinen nördlichen Ort nahe der tschechoslowakischen Grenze geboren. Meine hochschwangere Mutter wollte nach einem Sirenenalarm den Luftschutzbunker in einer nah gelegenen Felshöhle erreichen, als sie durch den Explosionsdruck einer Bombe auf unser Haus gegen die Bunkertür geschleudert wurde. Dies war wohl der Auslöser meiner Geburt, denn ich fiel dann einfach so aus dem Schoß meiner Mutter heraus, ohne Hilfe einer Hebamme und ohne Beisein meines Vaters, der an der Front beim Rundfunkdienst war. Ich war schon einige Monate alt, als mein Vater mich zum ersten Mal sah. Er war zu Fuß vom polnischen Kriegsschauplatz nach Ungarn geflüchtet, verdreckt, voller Läuse und mit einem riesigen Bart. Das kenne ich natürlich nur vom Hörensagen.

Meine ersten angenehmen Erinnerungen beginnen im Alter zwischen vier und sechs Jahren, als ich mein erstes, handgefertigtes, schneeweißes Lammfellmäntelchen bekam. Ich musste nicht mehr frieren, also ein sehr einprägsames Erlebnis, denn es gab auch bei uns in den Jahren nach dem Krieg kaum Heizung im Winter. Mein Vater ging ständig auf die Suche nach Kohle zu einer kleinen Schmalspureisenbahn bei der nahe gelegenen Kohlegrube, wo er heruntergefallene Kohlenstücke in einem Eimer sammelte, um zu Hause etwas heizen zu können. Das war zur damaligen Zeit streng verboten und wer erwischt wurde, musste hohe Strafe zahlen. Aber der Wunsch nach ein wenig Wärme im Heim war größer als die Angst vor Strafe. Noch heute liebe ich kuschelige, fellähnliche Kleidungsstücke über alles.

Meine zweite, sehr große Freude, an die ich mich erinnere, war das Kinderfest einer Wohltätigkeitsorganisation. Ich war wohl fünf oder sechs Jahre alt und trank zum ersten Mal Kakao. Bisher kannte ich nur Milch, und das auch nur zwei Mal pro Woche, da Lebensmittel rationiert und nur auf Bezugsscheine zu erhalten waren.

Das erste große Problem tauchte mit meiner Einschulung, also mit sechs Jahren auf. Ich hatte nur ein Paar stiefelähnliche Schuhe, die mir überdies auch schon viel zu klein geworden waren; größere Schuhe zu kaufen war meinen Eltern nicht möglich, also wurde das Oberleder des Vorderteils meiner Stiefelchen herausgeschnitten und so passten die Schuhe, auch wenn meine Zehen nun vorn weit herausschauten.

Uns gegenüber wohnte der Direktor des Stahlwerkes, mein Vater arbeitete dort inzwischen als Buchhalter, mit einer Tochter in meinem Alter, nun also auch schulpflichtig. Es hatte sich herumgesprochen, dass dieser für seine kleine Elisabeth ganz neue, schicke schwarze Lackschuhe zum ersten Schultag gekauft hatte. Zum ersten Mal in meinem Leben war ich todtraurig. Warum war ich so arm?

Am nächsten Morgen kam die große Überraschung. Vor meinem Bett standen fast gleiche, schicke Schuhe, noch viel glänzender als die Lackschuhe der kleinen Nachbarin. Mein lieber Papa hatte die ganze Nacht geputzt, geschmiert, gewienert, die Löcher in der Schuhsohle waren verschwunden und mit einer Pappsohle ausgebessert; alles sah aus wie neu aus dem Schuhgeschäft. Mein kleines Herz pochte, und ich konnte kaum den nächsten Tag, den Tag der Einschulung abwarten, um vergleichen zu können, welches der beiden Schuhpaare mehr glänzen würden. Ich hatte gewonnen, dank meines Papas.

Vom Unterricht selber in den vier Jahren der Grundschule hat sich nur ein einziges Bild stark eingeprägt. Jeden Tag vor der ersten Unterrichtsstunde mussten wir Blumen niederlegen vor den Bildern von Josef Stalin und Mátyás Rákosi, um die Rückwand des Klassenraumes zu schmücken. Wir wussten noch gar nicht, wer diese Personen in Wirklichkeit waren, aber wenn man jeden Tag Blumen für sie niederlegte, mussten sie schon ganz liebe Onkel sein.

Und noch etwas Wichtiges ist da: Meine Hefte waren die saubersten und ordentlichsten von allen, meine Lehrerin der ersten Klasse hat diese Hefte vierzig Jahre lang aufbewahrt und mir später übergeben. Sie wohnte drei Häuser von meinem Elternhaus entfernt. Auf Bitte meiner Mutter besuchte ich sie; ich selbst war inzwischen geschieden und Mutter mit drei Kindern. Sie war schon sehr alt und krank, und bei dieser unglaublichen Begegnung drückte sie mir mein erstes Heft in die Hand mit dem Kommentar, dass sie eine so schöne Handschrift in ihrer ganzen Zeit als Lehrerin nie wieder gesehen habe. Schade, dass ich dieses Heft nicht mehr wiederfinde, es ist wohl irgendwann verloren gegangen.

Ich liebte meine Eltern sehr, hatte aber auch großen Respekt vor ihnen.

Ganz besonders mochte ich es, wenn mein Vater mir schöne Märchen vorlas, nach seiner Arbeit in der Stahlfabrik, die von sechs Uhr morgens bis vierzehn Uhr am Nachmittag dauerte. Er las mir vor, während ich in meinem kleinen Kinderbettchen lag und den Nachmittagsschlaf machen sollte. Dieses Bettchen hatte Räder und erleichterte das Einschlafen durch das ständige Hin- und Herschieben. Des Öfteren schlief mein Vater dabei vor mir ein. Mit vor Müdigkeit herabfallendem Kopf nach vorne erzeugte er dann mit offenem Mund komische Töne und schnarchte laut dabei. Ich sagte dann oft ganz laut: „Papa, weiter."

Dann schreckte er hoch und las weiter, allerdings meist aus einem anderen, vollkommen unpassenden Märchen. Es entstanden dadurch sehr witzige neue Geschichten, z. B. dass der gestiefelte Kater in die Hütte der sieben Zwerge eintritt und von der bösen Hexe einen vergifteten Apfel bekommt und so weiter. Daher wartete ich immer ganz gespannt darauf, dass mein Vater vor mir einschlief und dann die langweiligen Einzelmärchen in ein spannendes Potpourri verwandelte. Damit konnte sich mein Vater ausschlafen, und ich amüsierte mich köstlich.

Ein oder zwei Jahre später machte es mir keinen Spaß mehr, das kleine, weiße Lammfellmäntelchen anzuziehen, weil es langsam zu eng wurde. Hinzu kam ein besonderes Erlebnis. In der Schule kamen viele Kontakte zu anderen Kindern zustande, mit denen ich dann auf unserer langen Straße in den angrenzenden Grünanlagen spielte, wo um vierzehn Uhr Hunderte von Stahlarbeitern dem Nachhauseweg folgten und wo mein Vater mich auch oft entdeckte und wir zusammen nach Hause fuhren. Dort passierte dann der „Unfall".

Gazsi, ein gut gebräunter, schwarzhaariger Romajunge wollte mich küssen. Dabei bedrängte er mich so sehr, dass wir beide auf den Boden fielen, wo der geschmolzene und von der Industrieasche verdreckte Schnee mein Lammfellmäntelchen sehr schmutzig machte. Danach wollte ich diesen Mantel nicht mehr tragen. Das Risiko, für diesen Schmutz eine größere Strafe zu bekommen, war mir zu groß. Meine Mutter war, was Ordnung und Sauberkeit betraf, sehr pingelig, und so wurde ich ja auch erzogen. Sie erzählte mir später, dass ich niemals auf meine Kleider oder auch sonst wohin gekleckert habe und meine Hände immer sehr sauber waren. Das heißt natürlich nicht, dass ich nicht im Sand oder auf der Erde gespielt hätte.

Auf Initiative meiner Mutter erhielt ich mit fünf Jahren in einer kleinen

Gruppe gleichaltriger Kinder Ballettunterricht. Diese Übungen gefielen mir sehr, obwohl ich nicht besonders gelenkig oder besonders flink war, aber es hat mir Spaß gemacht. Der Tante dort, die unsere Bewegungen mit dem Klavier begleitete, fiel bei dieser Gelegenheit mein sehr präzises Rhythmusgefühl auf. Sie sprach deshalb meine Mutter darauf an, ob ich nicht Klavierunterricht bekommen sollte. Dieser Gedanke wurde dann auch in die Tat umgesetzt, und so gab sie mir jede Woche eine Stunde Unterricht – damit begann eigentlich meine „musikalische Karriere".

Wir hatten zu Hause ein Klavier der Marke Bösendorfer und so war auch das Üben zu Hause möglich. Die musikalische Oberaufsicht oblag meinem Vater, der immerhin fünf Instrumente auf sehr hohem Niveau beherrschte. Er hatte zwar kein Abschlussdiplom auf diesem Gebiet machen können, dafür reichte das Geld seiner Eltern mit ihren vier Kindern nicht. Mein Vater spielte Geige und war als Konzertmeister im Orchester meiner Geburtsstadt tätig und blies Trompete und Tenor-Saxophon in einer örtlichen Bigband, außerdem kam er gut mit Schlaginstrumenten zurecht. Mein Vater beendete dann nach der ungarischen Revolution 1956 mit einundfünfzig Jahren noch sein Musikstudium und wurde diplomierter Musiklehrer.

Bei einem der folgenden örtlichen Konzerte mit dem kleinen Orchester meines Vaters trat eine Solopianistin auf, und in dieser Begegnung wurde die Idee geboren, ich als „sehr talentierte" Klavierschülerin könne doch später vielleicht bei ihr dieses Fach studieren. Das geschah dann auch tatsächlich. Zunächst jedoch erhielt ich in meinem Geburtsort noch zwei bis drei Jahre privaten Klavierunterricht. Die Solopianistin selbst arbeitete rund 300 Kilometer von uns entfernt an einem Musikkonservatorium. Dort besuchte ich im Alter von zehn Jahren die Musikschule und ging mit vierzehn Jahren zu ihr in das Konservatorium. Aus diesen ganzen Überlegungen folgte für mich eine schwere Konsequenz. Jetzt musste ich täglich mindestens zwei Stunden Klavier üben. Das Bösendorfer-Instrument mit seinem etwas härteren Anschlag, unerträglich für die Finger einer Siebenjährigen, wurde später ausgetauscht gegen einen Bechstein-Flügel mit wunderbarem, in allen Lagen ausgeglichenem Klang und weicherem Anschlag.

Nach dem Zweiten Weltkrieg zogen viele Künstler ohne Arbeit von Haus zu Haus durch das Land, und sie boten ihre Künste an, etwa um ein Portrait des Hausherrn, der Dame des Hauses oder des Nachwuchses gegen ein bescheidenes Entgelt anzufertigen. Auch bei uns tauchte eines Tages ein hagerer Mann auf. Er hatte leicht rötliche Haare, einen Bart, und er bot uns an,

Portraits zu einem sehr verlockenden Preis zu malen. Monatlich mussten wir nur so viel zahlen, wie es uns möglich war und bis die vereinbarte Summe erreicht war. Meine Mutter, voller Stolz auf ihren einzigen, aber „talentierten" Nachwuchs, war der Meinung, ich müsse nun sofort verewigt werden. Mein Vater war ja Alleinverdiener, und so gab es einen heftigen Streit, als er erfuhr, dass für so etwas das wenige Geld verschwendet werden sollte, das er für unseren Lebensunterhalt verdiente.

Aber der Vertrag wurde dennoch geschlossen, und so durfte ich dann mit meinen sieben Jahren nach den zweistündigen Klavierübungen nochmals zwei Stunden mucksmäuschenstill vor einer Leinwand sitzen, posieren und mich still ärgern. Mutter sorgte nun dafür, dass ich die hübschesten Kleidchen bekam und diese dann auch trug. Dieses Mal war es ein sehr schönes, hellblaues Kleidchen, dazu bekam ich eine Puppe in die Hand gedrückt, wie das bei Mädchen eben sein musste.

In den ersten Tagen machte ich alles ganz brav mit, doch dann bekam ich Wutanfälle, wollte nicht mehr Klavier spielen oder versteckte mich an den entlegensten Stellen des Hauses. Als der Maler mal wieder ankam, riss ich die schwere Gardinenstange mit brokatähnlichem, schwerem Vorhang herunter und verletzte ihn damit am Kopf. Von nun an rebellierte ich nur noch, doch letztlich ohne Erfolg. Ich musste tun, was meine Eltern von mir verlangten.

Leider haben auch einige Schatten unser kleines Familienleben getrübt. Mein Vater war sehr viel älter als meine Mutter. Sie war bei der Hochzeit neunzehn Jahre alt, er vierunddreißig; sie steckte noch voller Träume für das Leben, dachte an Bälle, Ausflüge oder Tanz, aber Vater wollte nichts davon wissen. Jeder Tag bedeutete für ihn acht Stunden Arbeit, und dann musste er noch zusätzlich Geld verdienen mit seinem Saxofon bei den Auftritten mit der Bigband, die bei Hochzeiten und Feiern aufspielte. Hinzu kam, dass er auch mit seiner Trompete in einer Blaskapelle bei Beerdigungen und staatlichen Feierlichkeiten spielte. In der wenigen restlichen Freizeit reparierte er alte Musikinstrumente, um diese dann weiter zu verkaufen und noch etwas zusätzliches Geld zu erwirtschaften. Wenn dann noch ein wenig Freizeit blieb, las und las er begierig. Es gab wohl auf dieser Welt damals nicht viele Bücher, die er nicht gelesen hatte. Das war auch eine schöne und erholsame Freizeitbeschäftigung, aber meine Mutter sehnte sich eben sehr nach *Leben*.

Sie sagen immer die Wahrheit

Mein Papa weiß, wenn ich nicht die Wahrheit sage.
Meine Mama weiß es auch, wenn ich nicht die Wahrheit sage.
Papa weiß, wenn Mama nicht die Wahrheit sagt.
Mama weiß auch, wenn Papa nicht die Wahrheit sagt.

Gut, dass ich nicht wissen muss,
wenn Papa oder Mama nicht die Wahrheit sagen.

Sie sagen mir immer die Wahrheit.

Sehr oft war mein Vater auswärts in Nachbardörfern, wo er bei Hochzeiten musizierte. In einer solchen Nacht wurde ich einmal wach und fand meine Mutter im Wohnzimmer mit einem fremden Mann! Meine Mutter kommentierte dieses Geschehen überhaupt nicht, sie gab mir nur zu verstehen, dass ich darüber nichts meinem Vater erzählen dürfte. So hielt ich brav meinen Mund. Bei einem anderen Mal musste der Fremde ganz schnell aus dem Wohnzimmer verschwinden und sich im kleinen Kellerabstellraum verstecken. Jede Wohnung verfügte über einen solchen abschließbaren Kellerraum. Meine Mutter schloss ihn dort ein.

Vater kam nach Hause und ahnte wohl etwas; ein heftiges Frage- und Antwortspiel zwischen meinen Eltern ließ auf eine heftige Auseinandersetzung schließen. Der Kellerschlüssel war von Mutter versteckt worden, und so gingen wir dann doch alle schlafen.

Im Laufe der Nacht kam meine Mutter zu mir, weckte mich und drückte mir den Kellerschlüssel in die Hand. Ich sollte in den Keller gehen und den fremden Mann herauslassen. Ich folgte brav und unter großem Zittern schlich ich in den Keller, schloss die Tür auf, doch… der fremde Mann war gar nicht mehr dort. Am Tage darauf, als mein Vater außer Haus war, inspizierte meine Mutter den Keller und stellte fest, dass die Drähte vor dem Kellerfenster gelöst worden waren und er so entkommen konnte. Er hatte aber noch in der Nacht alles wieder mit feuchter Erde und Kohlenstaub beschmiert und so konnte keinem etwas auffallen.

Ich liebte Vater und Mutter, aber diese Geheimnisse beschäftigten und bedrückten mich noch lange Zeit sehr. Was sollte ich tun? Ich wusste es nicht. Meine Mutter wollte ich nicht verraten, meinen Vater aber auch nicht belügen! Diese geheimen Verhältnisse gingen über eine lange Zeit, meine Mutter nahm mich sogar mit, und ich wurde Teilnehmerin bei derartigen Treffen und Spaziergängen, bis ich dann endgültig mit 10 Jahren mein Elternhaus verließ, um meine musikalische Ausbildung weiterzuführen.

Während der vierjährigen Grundschulzeit waren in jedem Jahr wandernde Musiktheater und andere Künstler von Stadt zu Stadt gezogen, so auch in unsere Stadt mit damals kaum 30.000 Einwohnern. Sie machten hier ihre Aufführungen, etwa Schauspiele, Opern, Operetten und Konzerte. Für Opernabende kaufte meine Mutter Eintrittskarten. So konnte ich bereits in jungen Jahren *Madame Butterfly, Tosca, La Traviata* und viele andere schöne, für mich als Kind bezaubernde und verführerische Musikaufführungen erleben, mitsamt den bunten Kostümen, und es waren so ganz anderen Geschichten als die, die ich von den Märchen meines Vaters kannte.

Ich glaube, dass ich im Alter von sechs oder sieben Jahren bei der ersten Aufführung nach einer Stunde eingeschlafen war. Mein Interesse an weiteren und wiederholten Aufführungen wurde aber dadurch nicht geschmälert. Heute bin ich froh, dass mir meine Mutter das alles geboten hat. Sie nahm mich in alle Ausstellungen und Ausflüge in die Wälder mit, auch zu organisierten Gruppenreisen in Kleinstädte, mit Besichtigungen der Sehenswürdigkeiten wie der dort vorhandenen Schlösser, Seen, Museen und so weiter.

Ihr war es als Kind selbst nicht vergönnt gewesen, diese Erfahrungen machen zu können. Sie hasste ihre Jugend als einziges Mädchen unter drei Geschwistern ihrer Eltern, meiner Großeltern. Beide Brüder mussten damals schon als Kinder mit den Eltern auf den Feldern arbeiten, und sie selbst sollte mit 10 Jahren bereits die Kochkünste erlernen, um das Mittagessen zu kochen und dieses dann mit dem Fahrrad zu ihrer Familie auf die Felder bringen. Oder sie musste die Gänse, Schweine oder Hühner auf dem Bauernhof füttern und hüten.

Später erzählte sie mir, dass dies der Hauptgrund gewesen war, einen viele Jahre älteren Mann, meinen Vater also, überstürzt zu heiraten – um so schnell wie möglich ihren Geburtsort verlassen zu können, in eine größere Stadt zu gelangen und die Arbeit auf dem Bauernhof gründlich zu vergessen. Ich denke heute, dass sie wohl auf der einen Seite gewonnen hat, aber glücklich war sie mit meinem Vater wohl nie, obwohl beide die Ehe bis zum Tod meines Vaters aufrechterhalten haben. Er selbst hat wenig mit mir anfangen können, es gab eigentlich keine Spiele, nur die Märchenstun-den sind in meiner Erinnerung geblieben. Lesen liebte er über alles.

In unserem Haus gab es auch einen Plattenspieler, dort wurden die schönsten Musikwerke abgespielt. Dazu übte mein Vater mit seiner Geige jeden Tag zwei Stunden (für das ihm damals noch fehlende Abschlussdiplom!). Seine Lieblingswerke waren die Violinkonzerte von Mendelssohn-Bartholdy, Tschaikowski und Beethoven. Diese wurden jede Woche mindestens einmal aufgelegt, und ich trällerte dazu aus voller Kehle die Melodien. Heute würde ich behaupten, damals alle Haupt- und Neben-themen jedes einzelnen Satzes beherrscht zu haben. Ich bin meinem Vater noch jetzt dankbar, dass er auf diese Weise meinen musikalischen Geschmack mit so hochkarätigen Werken geformt hat und er mir nicht die Freiheit gab, im Radio „niveaulosen" Stücken anderer Kunstrichtungen zu „verfallen".

Das sentimentale Konzert

Mein Papa spielt viele Instrumente.

Wenn es ruhig ist, spielt er auf der Violine.

Wenn Zank ansteht, bläst er kräftig auf der Trompete.

Wenn er glücklich ist, ist das Saxophon an der Reihe.

Ich muss vormittags und nachmittags immer Klavier üben.

Ich soll Musikerin werden.

Das größte Problem tritt auf, wenn Mama anfängt zu singen.

Nach Papas Meinung singt meine Mama sehr schön schief.

In solchen Momenten möchte mein Papa am liebsten

alle Instrumente gleichzeitig spielen.

So verlebte ich also meine Grundschuljahre. Vom Schulunterricht selbst ist mir eher wenig in Erinnerung geblieben. Es waren mehr die außerschulischen Aktivitäten, die sich mir eingeprägt haben und die dann auch meine berufliche Richtung und Zukunft bestimmten.

Wunderschöne Erinnerungen über die Ferien auf dem Bauernhof meiner Großeltern mütterlicherseits haben sich außerdem bei mir eingebrannt. Meine Mutter nahm mich in allen Ferien und oft auch an Wochenenden zu den Großeltern mit. Sie lebten nicht weit entfernt von unserem Wohnort, etwa 22 Kilometer.

Eine Bummelbahn verkehrte zwischen den Orten, mit nicht weniger als 15 Haltestellen dazwischen. Zahllose Menschen stiegen dort ein und aus, stets voller Leben. Diese Fahrten habe ich immer sehr genossen. Ständig erlebte ich so neue Leute mit ihren Körben und Rucksäcken, vollgestopft mit allem Möglichen, sogar lebenden Kaninchen, Hühnern oder stark duftenden, geräucherten Schlachtprodukten, deren Genuss ich schließlich selbst bei Oma und Opa anlässlich des Schlachtfestes im Winter erlebt habe. Die im Zug reisenden Frauen hatten auch für diese kurze Strecke eine Menge Dinge mitgebracht. Es wurde ausgepackt und Picknick im Zug abgehalten. Dazu gehörten selbstverständlich auch ein oder mehrere Schlucke Wein aus den 5- oder 10-Liter-Korbflaschen. Dazu wurden lustige Geschichten erzählt, viel gelacht, und auch mir wurden Häppchen angeboten, die ich annehmen durfte.

Ich sah ebenfalls viele Männer unter den Reisenden, junge und alte, zumeist in ihren Arbeitsanzügen, vollgeschmiert mit Kohlenstaub aus den nahe liegenden Kohlegruben. Nicht nur die Anzüge, sondern auch die Hände und Gesichter waren häufig verschmiert.

Ich genoss auch an den Haltestellen die kleinen Bahnhöfe mit ihren typischen und immer gleichen Gebäuden und das Gewusel der hin und her laufenden Menschen auf der Suche nach freien Sitzplätzen im Zug. Die Waggons waren immer voll besetzt, sogar auf den Gängen stauten sich die Menschen mit ihren Bündeln, Taschen und Körben. Und immer wieder konnte ich feststellen, dass die jüngeren Mitreisenden, ob Mann oder Frau, respektvoll ihren Sitzplatz den Älteren anboten. Kinder kamen zumeist auf den Schoß der Eltern.

Noch heute, mit über sechzig Jahren, stehe ich in öffentlichen Verkehrsmitteln ganz unwillkürlich auf und biete meinen Platz den noch älteren

Menschen oder Müttern mit Kleinkind an. Die modernen Jugendlichen bleiben leider meistens sitzen. Wen interessiert das denn heute noch? Mir ist es eine Pflicht geblieben. Eine Pflicht, die ich als Kind zwar nicht ganz verstand, aber meine Eltern und Lehrer haben es mir so beigebracht und stets von mir erwartet.

Heute verstehe ich das ganz genau und freue mich, wenn dann doch, leider sehr selten, Jugendliche ohne elterliche Anmahnung ihren Sitzplatz den Mitreisenden anbieten, die ihn nötiger haben. Ich kann dann meinen Mund oft nicht halten: „Du bist ja ein sehr gut erzogener, mitfühlender Mensch, bravo, solche 'Exemplare' wie dich findet man nicht oft".

Wenn ich danach darüber nachdenke, finde ich, dass mein lautes Lob vor den anderen Menschen diesem Jugendlichen peinlich gewesen sein könnte und ich ihn dadurch eventuell motiviere, das in Zukunft nicht mehr zu tun. Aber vielleicht ist es andererseits auch ein Ansporn dafür, weiterhin so gutes Benehmen zu zeigen? Vielleicht habe ich auch nur die Anregung zum Nachdenken gegeben!

Zurück zu meiner eigenen Kindheit:

Ankunft im Ort meiner Großeltern. Ich freue mich riesig, nehme meinen kleinen Beutel selbst in die Hand, um meiner Mutter zu helfen, und wir machen uns auf den Weg. Noch vier Kilometer vom Bahnhof bis zu dem geliebten Bauernhof. Haus, Hof, Tiere, Verwandtschaft, menschliche Wärme und Abenteuer. Unterwegs grüßen uns manche bekannte Einwohner liebevoll, meine Mutter wechselt einige Worte mit ihnen. Aber ich bin voller Neugier und Tatendrang, zerre ungeduldig an der Hand meiner Mutter. Jede Pause wird zur Unsicherheit, nicht rechtzeitig an diesem von mir geliebten Ort anzukommen.

Endlich – das große Holztor. Die kleine Tür für Menschen ist immer offen, das große Tor hingegen, mindestens fünf Meter breit, wird nur geöffnet, um die Pferdekutsche herein- und herausfahren zu lassen. Das Tor ist aus Naturholz, nicht gestrichen, und es trägt schon hier und da die Spuren des Wetters. Das Holz ist gespalten, Ecken und Kanten sind abgebrochen, kleinere und größere Löcher weisen auf ehemalige Verästelungen hin. Diese ständigen Veränderungen sind für mich so schön, so aufregend, so vertraut und seidenweich, so …

Kaum sind wir durch die Tür gelangt, da bellen schon Bobbi oder Bundás oder beide gleichzeitig, wedeln mit ihren Schwänzen und lecken meine

Hände. Bobbi ist ein Mischling, aber dieses Wort kannte ich damals noch nicht. Er ist ganz grau, nicht besonders hübsch, aber liebevoll und treu. Bundás (deutsch: Fellknäuel) ist trotz der vielen Haare – man weiß nie, wo vorn und hinten ist – sehr beweglich und springt und spielt genauso wie Bobbi. Das ist schon einmal die erste liebevolle Begrüßung. Mama und ich, wir wissen, dass alle Erwachsenen und arbeitsfähigen Mitglieder des Haushaltes bereits seit dem frühen Morgen auf den Feldern sind. Nur meine Uroma und vielleicht meine Tante sind noch zu Hause. Jemand muss ja kochen und das Essen am frühen Nachmittag zu den Menschen auf die Felder bringen, meistens geschieht das mit Hilfe des Fahrrades.

Meine Uroma ist zwar schon sehr alt, sie erledigt aber immer noch wichtige Aufgaben auf dem Hof. Da sind die vier Schweine und etwa dreißig Hühner zu füttern, das Fallobst zu sammeln, zu sortieren und in Behälter zu füllen, in denen daraus der Schnaps gemacht wird. Die insgesamt fünf Urenkel, ich bin die älteste davon, sind zu versorgen, mit ihnen sind Wanderungen im Dorf zu machen und neue unbekannte Winkel zu zeigen. Wir kannten ja diese noch nicht, und so waren sie für uns faszinierend.

Es sind etwa auch die im Schulgarten spazierenden Pfauen zu suchen, die irgendwo im eingezäunten, verwilderten Gelände im hohen Gras sitzen und uns die wunderschöne Farbenpracht ihrer Federn zeigen. Meine Uroma singt uns schöne alte Lieder und imitiert mit ihrer Stimme den Klang einer Blockflöte. Sie ist winzig klein, kaum größer als wir Kinder, und sie trägt immer grau-schwarze Bekleidung mit einem engen Oberteil, verschlossen mit tausend kleinen Knöpfchen. Wie viele Röcke sie trägt, wissen wir nicht. Wir denken, dass es mindestens fünf sind, weil diese nach unten immer breiter werden und plisseeartig aussehen. Auf dem Kopf trägt sie ein schwarzes Kopftuch.

Oft sitzt sie auf einem kleinen Schemel, den Rosenkranz in ihren Händen, und murmelt ihre Gebete. Sie hatte acht Kinder geboren, davon lebte nur noch meine Oma, alle anderen waren im Kindesalter verstorben. Als ich dann neunzehn Jahre alt wurde und meine Oma starb, hatte die Uroma alle ihre Kinder überlebt. Ich liebte diese meine Uroma über alles. Nicht etwa, dass ich meine Großmutter nicht liebte... aber Uroma war einfach die Person, die die meiste Zeit mit mir verbracht hat und das hat sich in die Erinnerung an meine Kindheit sehr stark eingeprägt.

Nur ich kenne ihr Geheimnis
Des Öfteren träume ich, dass ich gestorben sei.
Ich liege auf meinem Bett und meine Augen sind geschlossen.
Alle um mich herum weinen und ich bin glücklich,
dass ich von den anderen beweint werde.
Aber ich weiß sehr wohl, dass ich nur im Spiel tot bin.

Meine Oma lag in der vergangenen Woche auch in einem Bett,
ihre Augen waren geschlossen.
Alle um sie herum haben geweint, auch ich,
und sie war glücklich, dass sie von anderen beweint wird.
Sicher hat auch sie geträumt, dass sie nur im Spiel tot ist.

...deswegen war auf ihren Lippen ein kleines Lächeln.

Wir Urenkel staunten nicht schlecht, wenn sie plötzlich stehen blieb, sich breitbeinig hinstellte und unter den vielen Röcken etwas plätscherte. Wir rätselten, warum sie nie zu diesem Zweck in die Knie ging oder die Latrine auf dem Hof aufsuchte. Und wenn sie müde war, legte sie sich auf eine schmale, gerade dreißig Zentimeter breite Holzbank ohne Rückenlehne. Sie lag auf dem Rücken, und wir Kinder wunderten uns, dass sie niemals von der Bank auf den Boden fiel. Sie konnte dort sogar ihre Position wechseln und sich auf die Seite legen. Es passierte ihr nichts, und sie schlief seelenruhig weiter.

Ihr Mann war früh gestorben, sie heiratete nicht wieder und war bis zum Ende ihres Lebens auf dem Hof meines Großvaters und meiner Tante. Ein bisschen Geld hat sie immer gehabt und hat uns Urenkeln stets ein wenig Kleingeld, aber manchmal auch kleine Geldscheine in die Händchen gedrückt. Wir fragten sie immer wieder, woher sie denn das Geld habe. Sie hat uns dann erzählt, dass sie das von meinen Großeltern für den Schnaps sortierte Obst nochmals sortiert habe und die noch fast einwandfreien, gesunden Stücke zum Markt gebracht und dort billig verkauft habe. Das so verdiente Geld hat sie dann zwischen uns verteilt.

Die Grille

Auf einem Holzwagen sitzend, beladen mit frischem Heu,
kehrte ich zurück von den Feldern,
zusammen mit meiner Uroma und Janosch,
einem Studenten der Tiermedizin aus Szeged.

Meine Uroma fragte Janosch:
„Kannst Du schon Grillen kastrieren, mein Junge?"
Janosch lachte und antwortete: „Nein!"

In diesem Moment entschloss ich mich dazu,
Musikerin zu werden.
Es ist sicher einfacher, die Gesänge der Grillen zu verstehen,
als diese zu kastrieren.

Jetzt bin ich bald fast so alt wie meine Uroma damals und so, wie ich diese in meiner Erinnerung habe. Ich suche jedes Mal nach einer Möglichkeit, ihr Grab zu besuchen und ihr frische Blumen zu bringen, wenn ich in meine Heimat fahre. Dabei denke ich unter großem Weinen und immer an die beste Uroma der Welt, die meine Kindheit um so viel Liebe, Einfachheit und Menschlichkeit bereichert hat. Auch jetzt noch, wo ich diese Zeilen schreibe, schüttelt mich ein heftiger Weinkrampf, ich will und kann ihn nicht bremsen.

Meine Erinnerungen an die Uroma werden dadurch noch schöner und lebendiger.

Liebe Uroma, du fehlst mir sehr!

Da war ich nun, auf diesem Bauernhof, der mir damals riesig groß erschien: All die vielen Gebäude, Ställe, Räume für Getreide und Obst, der Weinkeller, sehr große Dachböden zum Trocknen von Gras und Heu als

Winterfutter für das Vieh; es gab separate Räume für Eingemachtes, für hängende Räucherschinken etwa, Sülze, Speck und Würste, und einen riesigen Backofen zum Brotbacken. Brot, das auch nach einem Monat noch knusprig und wohlriechend war. Hier hatte ich das Paradies zu meiner Verfügung.

Mit Eifer suchte ich versteckte Eier, welche die Hühner nicht immer dort legten, wo es vorgesehen war. Zur Freude meiner Tante suchte und fand ich auch welche in den offenen, nur mit losen Brettern bedeckten Überdachungen für Gartengeräte, Körbe und Zaumzeug. Diese Suche nach Eiern an „nicht normalen Orten" war meine Lieblingsbeschäftigung, mit Ausnahme der Kletterübungen auf den Heuhaufen, 4 bis 5 Meter hoch, die als Streu für den Pferde- und den Kuhstall auf dem Hof lagerten.

Vor diesen großen Tieren hatte ich allerdings einen Riesenrespekt und Angst. Ohne Erwachsene traute ich mich nicht in die Ställe und wenn, dann erst spät am Nachmittag, wenn sie immer paarweise zu einem ausgehöhlten Baumstamm als Tränke geführt wurden. Das war in der Nähe des Wohngebäudes, und ich habe mich immer hinter einem Terrassenzaun versteckt und von dort die Tiere beobachtet.

Manchmal gab es auch große Aufregung, wobei wir Kinder uns überflüssig vorkamen. Das war dann der Fall, wenn eine Kuh Nachwuchs bekam und wir uns dem Stall nicht nähern durften, bevor das Kalb nicht auf seinen Beinchen stand. Einmal bekam meine Tante plötzlich zu Hause Wehen, und das Kind wurde dort auch geboren. Wir Kinder wurden mit der Uroma auf einen Spaziergang geschickt, aber später durften wir unseren neuen Cousin ansehen. Besonders begeistert waren wir damals nicht von diesem schrumpeligen, kleinen Wesen inmitten einer blutverschmierten Kulisse im Schlafzimmer von Onkel und Tante.

Mit dem langsamen „Erwachsenwerden" als älteste Ur- und Enkelin nahm die Zahl unserer Besuche auf dem Hof der Großeltern rasch ab. Ich hatte mich nun mit meiner Zukunft auseinanderzusetzen.

... oder das ...

Wenn ich immer ein Kind bleiben könnte

würde ich über dem Heuhaufen wohnen, um immer den vollen Geruch der grünen Wiese einatmen zu können oder auf dem warmen Dachboden, wo die Spinnen so wunderbare Netze weben und wo so viel Kram versteckt ist, dass ich gar nicht alles entdecken kann

oder im Schuppen meines Opas, wo ich mich wie eine Heldin fühle zwischen all den Holzstücken, Wagenrädern, Pferdegeschirren, geflochtenen Körben, Weinpressen und Bütten, wenn ich es geschafft habe, die von den Hühnern versteckten Eier einzusammeln

oder neben dem verräucherten Ofen und dem großen Kessel, aus dem immer wieder verführerisch frische Krusten und Schlachtereigerüche entströmen

oder unter den Bäumen am Ufer des kleinen Bächleins, wo ich so viele Veilchen sammeln und zu Sträußen binden kann, während mein Opa die Felder pflügt

oder ...

Schuljahre bei fremden Familien

Nach Beendigung der vierten Klasse wurde in den darauf folgenden Sommerferien mein Weg in die Richtung „Musikstudium" konkret. Die Pianistin und Klavierlehrerin, Tante Irma, mit der mein Vater seinerzeit während der Begegnung in meiner Heimatstadt gesprochen hatte, empfahl, in den Sommerferien für sechs bis acht Wochen mit meiner Mutter nach Budapest zu fahren. Dort sollten wir uns bei einer Familie mit Klavier einquartieren, damit ich täglich zwei bis drei Stunden üben konnte. Es wurde dann auch so gemacht.

Meine Klavierlehrerin hatte mich schon, wenn auch nicht so professionell, mit einigen klassischen Werken vorbereitet, so gut sie dies konnte. Und nun kamen diese sechs Wochen harte Arbeit in Budapest. Ich hatte wenig Lust so viel zu üben, aber ich musste es tun. Ich wurde immer wieder darüber belehrt, wie viele Opfer meine Eltern gebracht hatten, um das alles zu bezahlen. Dieses Zimmer hatte ein Doppelbett, in dem ich mit meiner Mutter schlief (nebenbei bemerkt: Voller Wanzen, die uns am ganzen Körper bissen). Dazu kamen die Mietkosten für das Klavier. Dieser ganze Aufwand nur mit dem Ziel, mir die richtige Ausbildung für meine Zukunft als

„musikalisch Hochbegabte" zu sichern, mir den Abschluss zu ermöglichen, den mein Vater einst nicht geschafft hatte. Dies war die Möglichkeit für mich, keine Landarbeiterin, Küchenmagd oder Gänsehüterin zu werden. Das war immerhin auch für mich plausibel, und so zog ich diese sechs Wochen brav durch, ging jeden zweiten Tag zu meiner neuen Klavierlehrerin, die weiter zwei Stunden hart mit mir arbeitete.

Ihrer Meinung nach machte ich sehr gute Fortschritte, und wir stellten ein ziemlich anspruchsvolles, gemischtes Programm zusammen. Dies war auch nötig, um in die berühmte Musikschule in Szeged in Südostungarn aufgenommen zu werden, die notwendige Prüfung für diese Aufnahme zu bestehen und dort mit einer dritten, ebenfalls sehr guten Klavierlehrerin weitere vier Jahre zu arbeiten. Es war auch die Voraussetzung, um die achte Klasse dort abzuschließen und sodann in einem Musikgymnasium und im Konservatorium die Aufnahmeprüfung zu schaffen. Ab meinem elften Lebensjahr musste ich außerdem zuerst an örtlichen, dann an bezirklichen Wettbewerben teilnehmen, bei denen ich auch stets einen ersten oder zweiten Platz erreichte.

Zunächst aber musste ich in dieser Stadt eine Bleibe finden und vor allen Dingen ohne meine Eltern auskommen. So gelangte ich also mit neun Jahren in eine Familie mit einer Tochter und ein Jahr später in eine andere Familie mit vier Kindern und setzte sowohl die Schule als auch die nun ernst gewordene Musikausbildung fort. Die Entscheidung zu diesem Schritt war meinen Eltern natürlich nicht leicht gefallen, aber in meinem Heimatort gab es einfach nicht die Möglichkeit, eine solche Musikausbildung zu erhalten.

Die Kosten für meinen Aufenthalt bei der fremden Familie betrugen immerhin zwei Drittel des väterlichen Monatseinkommens. Die schwierige wirtschaftliche Situation in Ungarn führte dann auch des Öfteren dazu, dass ich selbst die Ferien bei der Gastfamilie verbringen musste, da das Geld für eine Bahnfahrkarte nach Hause einfach nicht vorhanden war. Es gab auch Monate, in denen das Gehalt meines Vaters nur teilweise ausgezahlt wurde und deshalb schon das Geld für meine Unterkunft und Verpflegung bei der Gastfamilie fehlte. Dann bügelte ich im Alter von zehn bis elf Jahren die Wäsche dieser ganzen Familie, immerhin drei Männer mit vielen Oberhemden. Diese Übungen machten aus mir eine „Weltmeisterin" im Bügeln von Hemden, das kann ich noch heute in kürzester Zeit und faltenfrei. In meiner kindlichen Vorstellungskraft war ich der Meinung, die fehlende Summe auszugleichen zu müssen.

Das nächste große Ereignis in meinem Leben war dann mit vierzehn Jahren der Einzug in das Mädcheninternat dieser Stadt in Südostungarn. Wir waren dort in riesigen Räumen mit jeweils vierzig Betten untergebracht. Die Internatszeit brachte meinen Eltern einige finanzielle Entlastung, da die Unterbringung dort viel preiswerter war als zuvor in der privaten Unterkunft. Zudem orientierten sich die Kosten an den Leistungen der jeweiligen Schülerin: für die besten wurden die Kosten sogar vom Staat übernommen. So konnte ich meinen Eltern helfen und sie Stück für Stück von den riesigen finanziellen Aufwendungen entlasten.

Natürlich hatte das Internat auch eine Menge Nachteile. Warmes Wasser floss etwa nur an den Samstagen – in dem einzigen Bad mit zehn Duschen und zehn Waschbecken, das es für etwa zweihundert Mädchen gab. Wer nur etwas zu spät kam, der bekam eben kein warmes Wasser mehr. In der Woche selbst wurde nur kalt gewaschen oder geduscht. Dies ist vielleicht eine Ursache für meine heutigen chronischen Nierenprobleme. Die Bettgestelle im Internat waren so ausgeleiert, dass man sofort bis zum Untermann (hier also Unterfrau) durchsackte und sozusagen vertikal und im rechten Winkel schlief. Der dabei entstandenen Wirbelsäulenverkrümmung verdanke ich heute noch meine Rückenprobleme. Alles im Leben hat irgendwo seine Ursachen!

Die Internatsordnung war sehr streng. Ausgang in der Woche gab es überhaupt nicht. Lediglich auf dem Weg zum Musikkonservatorium, dort absolvierten wir den Musikunterricht, konnten wir mit der Außenwelt Kontakt aufnehmen. Offizieller Ausgang wurde samstags bis 21 Uhr und sonntags bis 20 Uhr erlaubt. In dieser Zeit konnten wir in der Stadt bummeln, ins Kino gehen oder mal ein Eis essen. Das wenige Taschengeld, das ich von meinen Eltern damals erhielt, war von mir jedoch nicht für Pizza, Eis oder Cola vorgesehen, sondern um den Hausmeister zu bestechen, wenn ich mal in der Woche abends verschwinden wollte, um beispielsweise eine literarische oder künstlerische Veranstaltung in der Uni zu besuchen. Diese dauerten meist bis 22 Uhr, und ich klingelte danach ganz dezent an der Haupttüre um Einlass. Ein äußerst diskreter Vorgang – Geld gegen Diskretion! So konnte ich meinen Wissensdurst stillen, zwar nicht gerade sehr kindgerecht, aber der Zweck heiligte auch damals schon die Mittel.

In meiner Pubertätszeit, zwischen fünfzehn und siebzehn Jahren, machte ich natürlich auch Sachen, die nicht ausschließlich meiner ernsthaften Ausbildung dienten. Ich hatte eine Rebellionsphase und auch die Sucht nach

Selbstbestimmung, um meine geheimen Wünsche zu realisieren – die Suche nach Extremsituationen, um nach meinem eigenen Willen zu leben. Wenn ich zum Beispiel über ein bestimmtes Thema ein fünf- bis zehnminütiges Referat halten sollte und ich unsicher war, ob es mit der Bestnote 5 (in Ungarn war die Notenfolge umgekehrt) benotet werden würde, dann hielt ich lieber den Mund und wartete darauf, dass der Lehrer die allerschlimmste Note 1 eintrug. „Lauwarme" Noten mochte ich nicht. Entweder – oder.

Am Abend meines 16. Geburtstages kam meine erste große Liebe mit Kosenamen Stenéz, 21 Jahre alt und Jurastudent an der Uni. Wir hatten verabredet, dass er ein wenig Alkohol einkaufte und wir diese Flasche dann an einem Seil mit Korb in den 2. Stock unseres Internats hochziehen würden, wo „mein" Zimmer lag. Wir waren zehn Musikschülerinnen. Ich hatte vor, sie einzuladen und unsere Köpfe etwas zu benebeln. Klar, jede von uns hatte schon mal etwas Alkohol probiert. Aber dieses Mal sollte eine große Flasche Hochprozentiges uns in die richtige Stimmung bringen.

Leider hatten wir mit einem fatalen Umstand nicht gerechnet. Als mein Freund unten die Erkennungsmelodie, „l'Arlesienne" von Georges Bizet, gepfiffen und uns etwas zugerufen hatte, ließ ich den Korb am Seil hinunter, und er wünschte mir und den anderen neun Mädchen leise einen fröhlichen Abend. Wir wussten, dass der Schulleiter im ersten Stock genau unter uns seine Dienstwohnung hatte. Dieser hatte das Ganze durch das Fenster hinter einer Gardine versteckt beobachtet. Wir hatten einen schönen Abend, tranken die Flasche aus, machten Witze und jede erzählte das Neueste vom aktuellen Liebhaber. Der Abend war ein Volltreffer in jeder Hinsicht. Um 22 Uhr kam die Frau des Nachtdienstes, löschte das Licht und wünschte uns eine gute Nacht. Danach durfte gemäß Hausordnung niemand mehr sprechen.

Als Geburtstagskind hatte ich wohl das meiste aus der Flasche getrunken, und dementsprechend sah der nächste Morgen für mich auch aus. Ich meldete mich beim Frühdienst krank und durfte dann im Bett liegen bleiben. Um 10 Uhr sollte der Schularzt kommen, um die Krankheiten zu behandeln. Dazu kam es aber bei mir nicht mehr.

Die anderen Mädchen waren alle schon auf und hatten sich angekleidet, ihre Betten mit militärischer Präzision bereitet, und sie warteten auf das Klingelzeichen zum Frühstück, als um 7 Uhr der Schuldirektor hereinplatzte und donnerte: „Wer hat in der Nacht einen Korb mit einer Flasche heraufgezogen?"

Er war ein sehr kleiner, haarloser Mann, dessen Kopf eher an einen mit Haut überzogenen Totenkopf erinnerte. Er unterrichtete als Professor Mathematik und Physik und beherrschte neun Sprachen. Ich empfand Todesangst. Alle anderen Mädchen waren mucksmäuschenstill. Ich wusste, dass ich mich eigentlich melden müsste und zu meiner Tat stehen sollte. Das entsprach so meiner Erziehung vom Elternhaus her. Die Konsequenzen dessen waren mir aber auch klar: Ich würde von der Schule fliegen und alle Opfer meiner Eltern und deren Bemühungen wären umsonst gewesen. So brachte ich kein Wort heraus.

Der Direktor drohte damit, einen Monat den Ausgang am Wochenende zu streichen, wenn sich die Täterin nicht meldete oder jemand diese nicht entlarven würde. Wir nahmen alle lieber diese Strafe auf uns. Es war wirklich eine tolle, verschworene Gemeinschaft!

Wir kannten uns ja alle sehr gut, wir tauschten Klamotten, Schuhe, und auch die Inhalte der Pakete unserer Eltern teilten wir unter uns gleichmäßig auf, etwa Süßigkeiten, selbst gebackene Kuchen und so weiter. Jede half der anderen nach ihrer eigenen Möglichkeit. Diese Gruppe war – Spitze! Vier dieser Mädchen kamen später durch Heirat mit deutschen Männern nach Deutschland. Noch heute halten wir Kontakt miteinander. Eine von ihnen ist Kinderärztin geworden, eine Cellistin, eine Mathe- und Physiklehrerin und ich selber, na, was wohl? Musikerin. Noch heute finden alle vier Jahre unsere Abiturtreffen in Ungarn statt.

Natürlich kamen in diesem Alter auch schon sehr starke Wünsche, sexuelles Verlangen danach, mit meiner großen Liebe, dem schon erwähnten Jurastudenten, etwas „Verbotenes" zu tun. Das drücke ich so aus, weil meine ganze Erziehung, der Religionsunterricht in der Kirche und die sonntäglichen Besuche der heiligen Messe mit meiner Mutter mich stets gelehrt hatten, dass die Jungfräulichkeit bis zur Heirat bewahrt werden sollte.

Mein Vater hatte sich hingegen schon sehr früh gegen die Institution Kirche entschieden, und er erzählte mir öfter, was ihm als jungem Ministranten passiert war. Jedes Mal, wenn er den Kelch nicht richtig bis zum Hals mit Wein gefüllt hatte, bekam er nach dem Gottesdienst vom Pfarrer eine Ohrfeige. Das veranlasste ihn dazu, absichtlich weniger Wein in den Kelch zu füllen und nach der Messe schnellstens aus der Kirche zu verschwinden. Er hat schließlich auch irgendwann den Kirchendienst abgelehnt.

Für meine Mutter waren die sonntäglichen Kirchenbesuche jedoch eine gute Möglichkeit, einmal wieder ihre schicksten Kleider anzuziehen. Im Winter trug sie vorwiegend schöne Hüte dazu. Ich als ihr einziges Kind hatte auch immer die schönsten Kleider an, und ich wurde mit einer großen, schmetterlingsförmigen Schleife mitten auf dem Kopf, oder mit zwei Klemmen an den Zöpfen geschmückt. Nach dem Gottesdienst konnte sich meine Mutter vor der Kirche mit vielen Bekannten und Freundinnen unterhalten, manchmal auch in einem kleinen Bistro oder einer Eisdiele Kaffee trinken, und ich bekam meine Eisportion. Das letztere gefiel mir natürlich am meisten, und so wartete ich immer voller Ungeduld auf den nächsten Kirchenbesuch. Diese schöne Gewohnheit änderte sich dann schlagartig in der Stadt, in der ich meine Musikausbildung erhielt.

Die Schule drang regelrecht darauf, ja, zwang uns quasi, in den Verband der jungen Pioniere einzutreten, wo wir mit dem roten Dreieckstuch um den Hals anzutreten hatten. Es war uns sehr klar gemacht worden, dass es schwierig sein würde, eine Aufnahmeprüfung an der Musikhochschule ohne diese Voraussetzung zu bestehen. Auch unsere Herkunft würde Einfluss darauf haben. Das hieß, dass Kinder aus Bauern- und Arbeiterfamilien nach dem Abitur leichteren Zugang zum Studium hatten als Nachwuchs aus Familien der intellektuellen Kreise. Aufgrund dieser Erkenntnisse wusste ich, dass ich sehr gute Chancen dort hatte, einfach wegen meiner Herkunft aus einer Arbeiterfamilie, dem Proletariat.

Die Kirchenbesuche sonntags setzte ich von meinem Terminkalender ab, da mir eventuelle Spitzel, die davon Kenntnis erhielten, beruflich Steine in den Weg legen könnten. Außerdem hatte sich damit auch das Problem der Beichte erledigt, und ich nahm an, ich könne vielleicht mit meinem Freund die mir bis dahin unbekannten Genüsse der Liebe auskosten, ohne dies dann „bereuen" zu müssen.

So kam es also, dass ich mit zwei Freundinnen und deren Freunden, wir waren also insgesamt drei Liebespaare, eines Sonntagmorgens aus dem Internat verschwand. Wir landeten nach kurzer Zugfahrt in einem kleinen Dorf in der Umgebung. Dort hatten die Eltern einer dieser Freundinnen eine kleine Bauernhütte, die nur zur Erntezeit belegt war, und da probierten wir dann einiges aus, was bis dahin für uns tabu gewesen war.

Wir Mädels waren alle noch minderjährig, aber mein bereits volljähriger Freund wusste, welche Gefahren unser Unternehmen für uns bedeuten konnten. Er hatte sehr viel Alkohol mitgebracht und schenkte diesen auch reichlich aus, sodass unsere „Herren" schließlich nicht mehr in der Lage waren, das letzte Tabu zu brechen. Ich war damals sehr enttäuscht, und mir taten alle Knochen im Leibe weh vom heftigen Petting, aber das war es auch schon.

In meinem letzten Internatsjahr, dem Jahr meines Abiturs, hatte ich neben den Pflichtfächern im Gymnasium mit jeweils drei schriftlichen und fünf mündlichen Prüfungen noch zehn Musikfächer am Konservatorium zu bestehen, ebenfalls alle mit Abschlussprüfung. Da blieb wirklich keine Zeit mehr für Liebeleien, Späße und unüberlegte Abenteuer. Wir wussten sehr genau, dass uns hauptsächlich ein Abitur mit gutem Notendurchschnitt die Türen für unsere Zukunft öffnen würde. So büffelten wir Tag und Nacht, lebten von Kaffee, Keksen und Zigaretten. Statt des Raumes zum Lernen benutzten wir die Toiletten und das Nottreppenhaus zum nächtlichen Pauken, denn nur dort konnten wir dabei rauchen, ohne erwischt zu werden.

In den letzten zwei Wochen vor dem Abitur gab ich mir noch einen großen Ruck in Mathematik. In diesem Fach war ich nie ein Genie und in dort hatte ich meine schwächste Note (eine 3). Ich holte hier aber alles Notwendige mit großem Eifer nach und verbesserte so meine Note. Mein Abiturdurchschnitt ergab dann auch eine glatte 4 (deutsch 2) und in den Musikfächern alles 5 (deutsch 1). Musik war für mich immer sehr wichtig, somit sollte dies doch auch mein Beruf werden. Und so kam es letztendlich auch.

Im Internat haben wir Mädchen natürlich auch viel getanzt, es ging ja nur miteinander, und so musste sich jede von uns auch immer einmal in die männliche Rolle hineinversetzen. Auch heute noch kann ich gut die Führungsrolle übernehmen. Es gab genug Klavierschülerinnen wie mich, und so wurde auch die richtige Musik auf dem Klavier gehämmert, Rock'n Roll, Twist, Walzer, einfach alles. Als Tanzsaal musste dann der große Speisesaal herhalten, Tische und Stühle wurden zusammengeschoben, und so war Platz genug für uns 200 Mädchen. So war es auch, wenn er als Spielraum, Ballraum oder sonstigen Freizeitbeschäftigungen diente. Dort gründete ich meinen ersten Chor. Die Mädchen des Musikzweiges hatten schulisch auf 35 Minuten verkürzte Stunden gymnasialer Fächer, um vom Nachmittag bis zum Abend, also bis 20 Uhr, genügend Zeit zu haben für die Musikfächer und um mit den jeweiligen Instrumenten zu üben.

In diesem Musikzweig waren zehn Mädchen. Der Chor, von dem ich eben sprach, hatte aber dann doch über 30 Mädchen. Wir prüften jede einzelne Stimme nach ihrer Eignung für den Chorgesang. Die Chorgründung war auf ein wichtiges Ereignis zurückzuführen. Unser Internat trug den Namen des russischen Dichters Majakowski, und man hatte meines Wissens vor, eine Feier aus Anlass irgendeines Gründungsjahres zu veranstalten. Dazu sollten wir „Musikmädchen" unseren Beitrag leisten. So traf sich der Chor, um seine Konzertstücke im Konzertraum des Konservatoriums vorzutragen, nur wollte niemand dirigieren.

Ich weiß gar nicht mehr so richtig, was dann geschah. Wurde ich gewählt, oder hatte ich mich freiwillig gemeldet? Letztendlich spielt es keine Rolle, ich war es auf einmal. So habe ich damals den ersten Gefallen an der Chorleitung bekommen. Meine Hände wedelten nach rechts und links, gaben punktgenaue Einsätze, und nach dem letzten Stück bekamen wir riesigen Applaus vom Lehrerkollegium des Gymnasiums, von den Musikprofessoren des Konservatoriums und vom übrigen Publikum, insgesamt noch 170 Mädchen mit ihren Angehörigen. Ich glaube, dass dieses das erste Mal war, dass ich darüber nachdachte, nicht nur Pianistin zu werden, sondern auch Chorleitung zu studieren.

Meine Klavierlehrerin bestätigte mir zwar immer sehr großes Talent, aber meine jährlichen, öffentlichen Abschlusskonzerte für Beurteilung und Zeugnisnoten waren aufgrund meines großen Lampenfiebers nicht so richtig zufriedenstellend. Mir zitterten immer die Hände, alle lyrischen, also langsamen Teile klangen wunderbar, in den schnellen Passagen machte ich hingegen Patzer. Ich war schwer gedemütigt.

So dachte ich also immer häufiger an ein Chorleitungsstudium. Bei dem ersten Versuch einer Chorleitung hatte ich nämlich weder Panik noch Zittern der Hände gespürt. Meine Entscheidung stand fest: Ich machte die Aufnahmeprüfung für das vollständige Chorstudium und für Klavierpädagogik ohne Examen für Konzertpianistin.

In diesen beiden Fächern wurde ich auch aufgenommen, nach vielen praktischen Prüfungen und persönlichen Gesprächen. So musste ich z. B. die Noten eines Chorwerkes kurz ansehen und dieses dann mit dem anwesenden Hochschulchor einstudieren. Ich hatte eine große Auswahl verschiedener Werke auf dem Klavier vorzuspielen: ein Präludium und Fuge von Johann Sebastian Bach, ein romantisches und ein modernes Werk sowie eine klassische Sonate. Es waren Stücke vom Blatt zu singen (prima vista), mit den entsprechenden Solmisationssilben nach der Kodály-Methode, außerdem hatte ich einen mehrstimmigen Satz nach Anhören sofort in Notenschrift auf Papier zu bringen.

Und es galt noch viele Fachfragen zu beantworten, so auch die, warum ich gerade diese Fächer gewählt habe. Auf diese Frage hatte ich natürlich sofort die zuvor erwähnten Gründe parat. Weiterhin musste ich beantworten, ob ich mir denn auch Musikunterricht mit Kindern in Schulen vorstellen könnte. Über die Kodály-Methode selbst werde ich weiter unten noch viel berichten.

Ich hatte wohl alle Fragen gut beantwortet und damit die Anforderungen erfüllt. So konnte ich dann nach den Sommerferien das Studium an der Franz-Liszt-Musikhochschule Budapest beginnen. Als „Proletarierkind" dank der täglichen Arbeit meines Vaters bekam ich auch sofort einen Platz im dortigen Internat, ohne auch nur einen Forint bezahlen zu müssen. Das Essen war gratis, und ich erhielt sogar aufgrund meiner guten Noten ein Stipendium. So waren die täglichen Bedürfnisse gesichert, wie Fahrkosten, Noten, Arbeitsmaterial, einfach alles. Natürlich bekam ich von meinen Eltern noch ein Taschengeld, um Kleidung und auch mal ganz Persönliches zu kaufen.

Zunächst einmal wurde ich geblendet von der Schönheit und der Größe dieser Stadt, von dem berühmten Gebäude der Musikhochschule, von meinen neuen Kommilitonen, von dem riesigen Kulturangebot. Neugierig war ich auch auf meine neuen Professoren und deren Fächer. Ich kam ja aus einer Kleinstadt, meine nächste Station war schon viel großartiger gewesen mit vielen kulturellen Aktivitäten. Dort hatten wir Schülerabonnements für alle klassischen Konzerte, ob solistisch oder orchestral, Theater und Oper.

Ich erlebte so tatsächlich die besten Künstler des damaligen Ostblocks, z. B. David und Igor Oistrach, die in den Jahren mehrfach dort auftraten. Wir Musikmädchen sammelten fleißig Autogramme als Erinnerung. Von Künstlern aus dem Westen, deren Auftritte der Staat nicht bezahlen konnte, hörten wir Schallplattenaufnahmen und schrieben ihnen Briefe mit der Bitte um ein Foto mit Autogramm. Heute bin ich noch im Besitz eines solchen Autogramms von Yehudi Menuhin mit einer persönlichen Widmung für mich. Wir waren auf so etwas sehr stolz!

Jahrzehnte später, und schon lange im „Westen" lebend, denke ich oft zurück an diese Zeit zwischen dem 14. und 18. Lebensjahr. Welche Ideale hat die heutige Jugend, auf was ist sie stolz, und was hat heute einen Wert für sie? Wofür sind sie bereit zu kämpfen, wofür mühen sie sich in der Schule ab? Eines habe ich im Westen schnell gelernt: Alles muss Spaß machen! Leider ist das keine Redewendung, sondern täglicher Ernst. Wir hingegen suchten damals zunächst überhaupt die Möglichkeit etwas zu lernen, zu erfahren und zu sehen, um das dann im Internat diskutieren zu können. Wir spornten uns gegenseitig an. Da musste ein Buch besorgt werden, nur weil es eine Mitkommilitonin schon gelesen hatte, oder eine Schallplatte, die von der anderen irgendwo entdeckt worden war.

Natürlich tauschten wir auch unsere neuesten Erlebnisse aus über Liebe, Enttäuschungen und unerfüllte Träume. Es waren für mein Leben wichtige Zeiten, die mein Interesse letztlich in die richtigen Bahnen gelenkt haben.

Unsere Literaturlehrerin weckte unsere Aufmerksamkeit für Weltliteratur. Oft lasen wir ganze Nächte hindurch. Ich las damals „Der Zauberberg" (Thomas Mann), „Die Leiden des jungen Werther" (Johann Wolfgang von Goethe) und „Die Schachnovelle" von Stefan Zweig, dann die Werke von Émile Zola, Charles Dickens, Alexander Puschkin, Fjodor Dostojewski und sogar Rabindranath Tagore. Die Lehrerin schrieb nur einen Titel an die Tafel, und wir wussten, dass es sich lohnt, dieses Buch zu kaufen und zu lesen. Also eilten wir alle nach dem Unterricht zur nächsten Buchhandlung und dort wurde nicht nur ein einziges Exemplar gekauft.

Vielmehr wollte jedes Mädchen ein eigenes Buch haben, und so wurden eben insgesamt 10 Bücher verkauft. Dieses größte Geschenk musste sich jede von uns unbedingt machen. Wie schöne, fruchtbare Jahre das waren! Wir hatten ja sonst nicht viel, Luxus gab es nicht. Es blieb uns großer Wissensdurst, ein weiter Denkhorizont und großer Respekt und Dankbarkeit gegenüber unseren Vorgesetzten und zuletzt auch gegenüber unserem Land, welches uns dies alles ermöglichte. So wurden wir gut vorbereitet, nicht nur auf unser Studium, sondern auch auf unser ganzes Leben.

Solche Aufgaben müssen, finde ich, so früh wie möglich in Angriff genommen werden, die Liebe zu guter Musik und Literatur, der Besuch von Theatern und Konzerten, und es muss auch gute Pädagogen geben, die nicht nur Fachwissen weitergeben wollen, sondern auch begeistern können. Dazu gehören ein gewisses Charisma und eine Strenge, die doch liebevoll sein muss, eine Gruppenerziehung zu friedlichem und zufriedenem Nebeneinander ohne Egoismus und Neid, und die Aufopferung für gute und sinnvolle Ziele und Zwecke mit einer Belohnung durch Zufriedenheit und gegenseitige Achtung. Vielleicht klingt das alles ein wenig überheblich, wenn man so etwas heute, 50 Jahre später liest, aber für mich besitzen diese Werte heute noch wie damals Gültigkeit. Ich war und bin bestrebt, mein Leben nach diesen Idealen auszurichten.

Kleines Resümee: Die vier Jahre im Gymnasium waren für mich ein Elixier, welches ich niemals missen möchte. In meiner schwersten Lebensphase, in der Pubertät, hat mich meine „Berufung" zu meinem Beruf auf den richtigen Weg geführt und meine Lieblingsbeschäftigung Musik begründet und solide gefestigt.

Budapest – Studienjahre

Es folgte mein Einzug in das gemischte Internat an der Musikhochschule Budapest. Hier lebten ausschließlich Musikstudenten.

Im unteren Bereich des Gebäudes befanden sich die großen Räume wie Waschsalon, Aufenthaltsraum, Gemeinschaftsküche für den kleinen Verzehr, Bügel- und Waschräume und so weiter. Die erste Etage wurde nur von Jungen belegt, die zweite nur von Mädchen, alle schliefen jeweils in 4-, 5- oder 6-Bettzimmern. Im Keller gab es unzählige kleine Übungsräume, manche mit Klavier, und an ihren Türen waren jeweils außen die Belegungspläne angebracht. Jeder Name stand dort, mit genauer Angabe, wer wann und wie lange darin üben durfte. Ständig waren wir auf Kontrollgang, ob nicht das eine oder andere Zimmer ungenutzt war und wir dort weiterüben könnten. Wir organisierten sogar einen eigenen Plan am schwarzen Brett, wo jeder eintragen konnte, wann er sein Zimmer nicht nutzen konnte und wer noch Zimmer suchte.

Nachträglich gesehen, finde ich es doch nicht so ganz normal, dass mit 18 Jahren ausschließlich das Fortkommen im Musikstudium mein Denken beherrschte. Trotzdem, geschadet hat es auch nicht! Die andere Sucht, die nach sonstigen Genüssen jenseits des Studiums, kam sowieso unaufhaltsam. Etwa das ernsthafte Interesse, einen Partner zu finden, mit dem man anstatt im Übungsraum lieber in einem Kino oder einer Bar das Erwachsenwerden genießen konnte.

Aber zuerst kam die Eingewöhnungszeit. Es galt, einen Schlafplatz einzurichten, die Räume und die Internatsordnung kennenzulernen, Bus- und Straßenbahnverbindungen zu erkunden, und dann ab und zu auch eine kleine Verschnaufpause im Aufenthaltsraum. Dort gab es ein Fernsehgerät, altmodische Sessel und Sofas, runde und quadratische Tische und Stühle, und man durfte dort in Ruhe seine Zigarette rauchen. Rauchen im Schlafzimmer war natürlich streng verboten. Ich schlief in einem Vierbettzimmer und hatte gegen nichts und niemand etwas zu meckern, auch nicht gegen irgendwelche Regeln, kannte ich doch schon lange bestens das Internatsleben mit seinen vielen Verboten und Gesetzen, die man lieber einhalten sollte. Ich habe mich schnell dort eingelebt.

Nach einigen Tagen, ich wollte mit meiner Zimmernachbarin eine Zigarette im Aufenthaltsraum rauchen, spielte da ein kleiner, dunkelhaariger, Brille tragender Junge Klavier. Er war schon unglaublich gut, obwohl doch sein Studium gerade beginnen sollte. Wir zündeten unsere Zigaretten an, er spielte weiter, und als er sein Spiel beendete, kam er zu uns und bot uns Zigaretten an. Das war etwas Besonderes, denn diese Marke kannten wir nicht, sie war etwas Ausländisches. Gut verständlich sprach er die ungarische Sprache, aber wir merkten sofort, dass er Ausländer sein musste.

Wir drückten unsere Zigaretten aus und nahmen uns aus seiner Schachtel neue. Er gab uns Feuer, und wir nahmen wie gewohnt einen Zug auf Lunge. Fast wären wir erstickt von dieser Stärke und dem kräftigen Aroma. Wir husteten, bis uns die Tränen kamen. Erstaunt stand er vor uns und stellte sich vor, nannte seinen Namen, Antonio Tsioge und erzählte, dass er aus Havanna auf Kuba komme und ein Stipendium für vier Jahre erhalten habe. Er habe schon vorher zwei Jahre Klavier am Musikkonservatorium Paris bei einem der renommiertesten Pädagogen Frankreichs studiert. Nicht umsonst konnte er also so gut Klavier spielen. Wir rauchten weiter die ausländischen Zigaretten aus Kuba. Nur der erste Zug war so deftig gewesen. Wir gewöhnten uns schnell an dieses neue Aroma, und nun mussten wir uns nicht mehr schämen wegen der Tränen beim ersten Zug.

Es hat ihm sicher Spaß gemacht, uns so ein wenig hereinzulegen, und ganz sicher waren wir auch nicht die ersten Mädchen, die er mal probieren ließ. Nach meiner Erinnerung war der Name der Zigaretten „ligeros", deutsch so viel wie „leicht". Na ja, wenn das leicht war, wie schmecken dann wohl erst die stärkeren Marken? Beim ersten Zug bekam man jedenfalls einen solchen Druck auf den Brustkorb, als ob ein Vorschlaghammer dort einschlüge.

Wir gingen wieder auseinander, trafen uns mit den anderen Mädchen und Jungen und tauschten bald von Wohnraum zu Wohnraum unsere Erfahrungen über unsere jeweiligen Studienfächer aus – Geige, Klavier, Gesang, Schulmusik oder Blech-/ Holzblasinstrument-, ich erzählte von meinem Doppelfach Klavier und Schulmusik/ Chorleitung. Daraus machten wir unsere Zeit-/Fächerpläne mit allen notwendigen Angaben, und so konnten wir unsere restliche Freizeit miteinander etwas besser abstimmen.

Zur Mittagszeit mussten wir Internatsschüler zum Essen in die nahe gelegene Mensa. Sie war in den Kellerräumen eines Altersheimes untergebracht. Es gab dort Tische mit jeweils 4 Stühlen. Nach Abgabe unserer Essensmarken, genauestens bedruckt mit dem aktuellen Datum, servierte uns eine Kellnerin zunächst eine riesige Schüssel Suppe. Diese war leider immer sehr voll und so kam es, dass der Daumen der Kellnerin immer in der Suppe war. Nicht sehr appetitlich, aber der Hunger war größer, und man gewöhnt sich ja an alles. Es folgte das Hauptgericht, reichlich portioniert auf einem Teller und dazu eine Nachspeise. Es schmeckte uns einfach alles. Mir sowieso, ich war von Haus aus nicht verwöhnt, auch nicht als Einzelkind. Ich war ja schon sehr früh zum Internatsleben gezwungen worden, um einmal „ein besseres Leben und eine bessere Zukunft" zu haben, was meinen Eltern nicht vergönnt gewesen war. Dieser „Gedanke" war während der ganzen Schul- und Studienzeit mein innerer Motor.

Die ersten Tage und Wochen im höheren Studium gingen rasch vorbei, ständig gab es neue Eindrücke und Erfahrungen. Neue Bekanntschaften, gelegentlich Angst, aber auch die Anziehungskraft verschiedener Fächer bestimmten diese Zeit. Das Fach, welches mich am meisten beeindruckte, war Solfeggio. Die unterrichtende Professorin war eine Schülerin von **Zoltán Kodály**. Ihre Unterrichtsstunden, streng nach Jahrgängen unterteilt, waren immer voll besetzt, auch mit vielen ausländischen Studenten, sogar mit Professoren, die diese Methode erlernen wollten.

Zu dieser Methode nur kurz eine Erläuterung: Der geniale Kodály tüftelte die Idee aus, mit seiner Methode frühzeitig in Kindergärten und Schulen sauberes und korrektes Singen vom Blatt zu lehren, ein- oder mehrstimmig. Das war zu jener Zeit ein einmaliger Gedanke auf der ganzen Welt.

In den Unterrichtsstunden mussten wir auch mit Solmisationssilben nach der „relativen Solmisation" (Kodály) alles vom Blatt, möglichst fehlerfrei absingen. Je nach Tonart oder Tongeschlecht musste auch die Tonsilbenleiter (ausgehend von Dur- oder Molltonart) jedes Mal neu angewendet werden. Nach kurzer Zeit war das alles für uns sehr logisch. Wir kannten diese Methode ja bereits aus unserem Musikunterricht in der Grundschule; nur waren hier die Aufgaben natürlich sehr viel schwerer und komplexer.

Ein Beispiel sei aus dem Büchlein „Tricina" von Kodály gegeben:

Mit dreistimmigen Kompositionen und ständigem Wechsel von der Modulation und Rückkehr zur Originaltonart sollte der Student eine der drei Stimmen mit Solmisationssilben singen und mit der Hand auf dem Klavier die anderen zwei Stimmen spielen. Auf Hinweis der Professorin musste plötzlich die Singstimme gewechselt werden und damit natürlich auch die Begleitstimmen auf dem Klavier. In meiner Erinnerung waren dies die schwierigsten Aufgaben in meinem bisherigen Leben.

Mit den Jahren bekommt man große Erfahrung damit und erlangt so auch große Sicherheit beim Blattsingen. Natürlich hatten wir es gelernt, die gängigen Notennamen wie c, d, e, und so weiter zu beherrschen. Wenn aber ein kompliziertes Lied oder Werk viele b's oder Kreuze als Vorzeichen hat, ist es sehr mühsam mit den offiziellen Notennamen, ein Liedvortrag im richtigen Tempo gar ist so erst einmal unmöglich.

Ein Beispiel ist das deutsche Kinderliedchen „Alle meine Entchen". Geschrieben in Cis-Dur ergäbe es Folgendes: cis-dis-eis-fis-gis-gis ais-ais-ais-gis und so weiter. Das ist in diesem Falle sogar noch machbar, weil es keine doppelten Versetzungszeichen für Töne nach oben oder nach unten gibt. Im Quintenzirkel sind die sieben Tonsilben do-re-mi-fa-so-la-ti in jeder Durtonleiter gleich. Alle Molltonleitern beginnen jeweils mit la und dann so weiter. Die Tonleiter auf dieser Tonsilbe entspricht immer der natürlichen Molltonleiter, egal, wie viele Kreuze oder B dort stehen; entsprechend wie in der vorhin beschriebenen Durtonleiter. Somit ist eine praktische Vereinfachung der musikalischen Sprache beim Singen gegeben, dazu eine saubere Intonation und eine gute Treffsicherheit sowohl bei schwierigen wie auch großen Tonsprüngen. Bei dieser Methode trägt der Abstand zwischen zwei Tönen der Tonleiter immer nur einen Namen, d – m ist immer eine große Terz.

In den Ländern, in denen die absolute Solmisation verwendet wird, ist dies nicht so. Hier ist do immer der Ton C. Wenn nun in der Notierung die kleine Terz c – es steht, dann heißt es dort auch d – mi. Es gibt hier also zwei verschiedene Tonabstände mit gleichem Namen. In dieser Form zu singen, täte meinen Ohren weh.

Meine späteren Erfahrungen als Dozentin an der Sommeruniversität Esztergom in Ungarn ergaben eine Menge „Quälerei" auf diesem Gebiet. Es existierten dort fünf verschiedene Sprachgruppen. Ich leitete lange Jahre die Spanisch sprechende Gruppe, manches Jahr waren das über 150 Personen. Es kamen Studenten, Lehrer und Musikprofessoren, um diese Kodály-Methode zu erfahren. Drei Wochen lang wurde gelehrt, gelernt und dieses mit gemischten Kindergruppen der 4. bis 8. Klassen wie im normalem Schulunterricht vorgeführt. Nach diesem Vormittagsprogramm wurde in den Sprachgruppen alles diskutiert, besprochen, erläutert, und es wurden außerdem die entstandenen Fragen beantwortet. Die Dozenten beherrschten jeweils die Landessprache ihrer Gruppe, und so konnten ohne etwaige Verwirrungen durch Dolmetscher schnell alle Probleme besprochen, geklärt und dazu noch die Erfahrungen aus dem eigenen Berufsleben eingebracht werden.

Danach wollten alle nach der absoluten Solmisation singen, welche ich ja zunächst doch noch als Quälerei angesehen habe. Hätten sie wenigstens die korrekten Namen der Solmisationssilben, wäre das ja richtig und akzeptabel gewesen. Wenn aber die folgenden Intervalle, zum Beispiel

c – e	= do – mi	große Terz
c – es	= do – mi	kleine Terz
c – eis	= do – mi	übermäßige Terz (klingt wie reine Quart)
c – eisis	= do – mi	doppelt übermäßige Terz (klingt wie übermäßige Quart)
c – eses	= do – mi	doppelt verminderte Terz (klingt wie große Sekunde),

nach der absoluten Solmisation also alle do – mi heißen, dann kann niemand sauber danach singen lernen.

Nach der Kodály-Methode erhält jede Tonsilbe bei Erhöhung den letzten Vokal ersetzt durch ein „i", also

```
       #    #         #    #    #
do  di  re  ri  mi  fa  fi  so  si  la  li  ti  do
0,5 0,5 0,5 0,5 0,5 0,5 0,5 0,5 0,5 0,5 0,5 0,5
```

Bei den vorhandenen Halbtonschritten mi-fa und ti-do trägt die erste Notensilbe ohnehin schon den Vokal „I".

Bei Erniedrigung eines Tones bekommen die entsprechenden Silben einen dunkleren Vokal als den des Originals, also

```
    b               b
ti  ta          mi  ma    und so weiter.
0,5             0,5
```

Die ganze Methode darzustellen ist hier nicht möglich, daher nur diese kurze Zusammenfassung des Wesentlichen.

Ich finde diese Methode sehr gut, geradezu genial, und wenn hier die Neugier bei einigen geweckt worden ist, hat es sich schon gelohnt.

Im weiteren Studium der Universität ist sicher noch einiges geschehen, aber nicht alles ist es wert, hier dargestellt zu werden.

*

Aber die Liebe ist als Thema immer spannend. Darüber lässt sich gut schreiben, lassen sich interessante Details offen legen, und über Sex zu reden, kommt immer gut an. Ein wenig über dieses Thema darf ich hier auch erzählen, vor allem, weil sich damit mein ganzes Leben veränderte, ja, es geradezu auf den Kopf stellte.

Nachdem also die tägliche Routine gefunden war, vom Aufstehen in der Frühe über die günstigsten Fahrverbindungen vom Internat zu Hochschule und Mensa, das Besorgen der Bücher sowie das Aufstellen von Stunden-

und Übungsplänen, begannen wir auch damit, unsere Umgebung näher kennen zu lernen. Es formten sich ganz selbstverständlich kleine und größere Gruppen, je nach Sympathie, Fachgruppe und auch nach einer gewissen Anziehungskraft des anderen Geschlechtes, nicht selten mit dazu gehöriger Koketterie.

So traf ich mich eben auch des Öfteren mit dem kubanischen Tastenlöwen mit seinen fröhlichen „Ligeros". Er war viel kleiner als ich, wenig attraktiv, hatte eine ziemlich dicke Brille, aber er besaß auch eine große Selbstsicherheit, und damit übte er eine große Anziehungskraft auf mich aus. In einer kleinen Ecke, wo ihn kaum jemand sah, machte er jeden Morgen seine 50 Liegestütze, ohne auch nur nach rechts oder links zu blicken. Danach setzte er sich an das Klavier im Aufenthaltsraum und spielte alle 24 Etüden von F. Chopin ohne ein Zeichen von Müdigkeit oder Anstrengung. Darauf folgten dann kubanische, nationale Stücke mit dem Flair seiner Heimat, die ja gar nicht seine „wahre" Heimat war, wie ich später erfuhr.

Seine Eltern kamen in Wirklichkeit aus Barcelona, und er selbst war dort noch geboren worden. Nach der Auswanderung seiner Eltern nach Kuba und der Ansiedelung in Havanna machte er dort mit seinem Klavierunterricht weiter bis hin dann zu dem Stipendium, welches ihn erst nach Paris und nun nach Budapest gebracht hatte.

Er suchte auch immer mehr Kontakt zu mir und lud mich nach ein paar Wochen zu einem Ausflug in die Berge von Buda ein. Hand in Hand spazierten wir dort und dann, unter einem riesigen Busch in Form eines Regenschirmes, verlor ich meine Jungfräulichkeit! Immerhin war ich damals schon über 18 Jahre alt, ist das heute auch noch so? Ich glaube, die meisten jungen Leute probieren es heute schon viel früher! Ich war halt so „altmodisch" erzogen und war überzeugt, dass der erste Mann mich dann auch heiraten müsse.

Wir hatten ja schon vor dem Abitur im Internat genügend rumgealbert und unsere Spielchen getrieben. Jedes Mädchen musste erzählen, wie denn ihr idealer Mann auszusehen habe, und welche Charakterzüge er haben müsse. Ich selbst hatte immer von einem Südländer, möglichst italienischer oder spanischer Herkunft geträumt, feurig und mit ähnlichen musikalischen Interessen, wie ich sie hatte.

Die Stunde meiner Träume hatte geschlagen! Er war Spanier und Künstler! Sein Äußeres spielte keine Rolle mehr. Ich war von ihm in jeder Hinsicht gefangen. Er war ein vorzüglicher Liebhaber und trieb mir meine Sprödigkeit sehr rasch aus. Alles schien wunderbar, ganz so, wie es sein sollte. Da es im Internat natürlich kein intimes Plätzchen gab, fanden wir schnell Unterschlupf in einem Mietzimmer, welches von einem Kommilitonen außerhalb des Internates angemietet worden war. Entgegen allen Ratschlägen und Kämpfen meiner Eltern und der ganzen Familie heirateten wir zehn Monate später. Ich war mit 19 Jahren seine Ehefrau geworden.

Im Internat konnten wir als Ehepaar nicht mehr bleiben, und so gaben wir eine Zeitungsannonce auf: „Junges Studentenpaar sucht kleine Wohnung oder Zimmer mit Bade- und Kochmöglichkeit". Das klappte dann auch sehr schnell, und da wir wegen unserer guten Zensuren recht gute Stipendien bekamen, konnten wir das auch finanziell leisten. Leider kamen die Wohnungsinhaber nach einem Jahr aus dem Ausland zurück, und wir mussten erneut eine Bleibe suchen.

In einer unglaublich netten, jüdischen Familie fanden wir eine neue Unterkunft in einem Zimmer mit separatem Haupteingang. Das Ehepaar hatte einen Sohn, erst sehr spät in die Ehe hineingeboren. Die Miete bestand nicht in einer monatlich feststehenden Geldsumme, wir mussten stattdessen nur so viel zahlen, wie wir gerade verkraften konnten, mal mehr, mal weniger. Auch wenn mal einen Monat gar nichts gezahlt wurde, spielte dies keine Rolle. Für diese Familie war mein Mann mit seinen „vielen guten Eigenschaften" als Vorbild für ihren Sohn das Wichtigste, schließlich war es das einzige Kind, über alles bemuttert und dann noch voll in der Pubertät!

Oft wurden wir am Wochenende, wenn die Eltern und die Oma Zeit hatten zu kochen, natürlich alles koscher, zum Mittagessen eingeladen. Wir fühlten uns dort wie richtige Familienmitglieder, durften unsere Sorgen loswerden und bekamen immer Rat und Hilfe. Das war wirklich wunderbar. Mein Mann sprach neben seiner Muttersprache noch Französisch, Englisch und Ungarisch, außerdem verstand er Italienisch und war sehr belesen. So stellte er natürlich das gute Beispiel für den 13-jährigen Sohn unser Gastfamilie dar. So sollte der arme Junge auch einmal werden, wenn er groß war!

Und es gab noch etwas Wichtiges: Mein Mann machte mit dem Bengel jeden Abend diverse sportliche Übungen. Er spornte ihn an und zeigte ihm, wie Liegestütze richtig und ohne Jammern gemacht werden. Irgendwie mussten ja die vielen Kilogramm Übergewicht des Jungen abgebaut werden. Die vielen Wiener Schnitzel mit unendlichen Beilagen hatten bei ihm deutliche Spuren hinterlassen.

Bei so einem lieben Schwiegersohn mussten sogar meine Eltern kapitulieren, und es trat somit eine Art „Zwangsfeuerpause" ein – vorläufiger Burgfrieden! Wesentlicher Grund dieser Entspannung war das erste Solokonzert meines Mannes im großen Kultursaal meiner Heimatstadt.

Dort versammelten sich alle Musiklehrer der Stadt und aller Dörfer der Umgebung, um den „Tastentiger" zu erleben, meinen Mann, und um anschließend Anerkennung zu zollen, welch großes Glück doch die Tochter des Lehrerkollegen mit diesem Mann gefunden habe. Auch ich dachte damals so und war stolz auf ihn und glücklich zugleich.

Meine Liebe war blind, wie es bei allen Liebenden eben ist!

Diese Wohlfühlperiode währte die ganze Zeit bis zu unserem Abschlussdiplom, also bis kurz vor unsere geplante Übersiedlung nach Kuba. Meine normale Studienzeit hätte 5 Jahre betragen. Da mein Mann aber nur das Stipendium für 4 Jahre hatte, müsste ich ihn dann erst einmal allein fahren lassen, um ein Jahr später hinterher zu reisen. Ich fasste darum, mit einer Sondergenehmigung versehen, die letzten beiden Studienjahre zusammen und erledigte das Ganze in einem Jahr.

Es war eine unmenschliche Anstrengung, alle Fächer beider Jahre mit allen Abschlussprüfungen und allen Examina zu belegen und ganz nebenbei noch mein Abschlusskonzert auf dem Klavier zu erbringen. Es war eine kaum zu ertragende Belastung, aber ich wollte das ja unbedingt. Ich paukte Tag und Nacht und so habe ich es mit enormem Kraftaufwand geschafft. Bei der Klavierprüfung war ich auch schon das erste Mal schwanger, und so musste ich mit langen Armen spielen, damit mein Bauch nicht auch die Tasten berührte.

Es ist unglaublich, ich habe alles mit besten Noten geschafft und mein Diplom mit Auszeichnung bekommen. Es war ja meine moralische Pflicht und Aufgabe gewesen, meine Eltern zufrieden und glücklich zu machen. Die Sätze „Wir haben viele Opfer für dich gebracht" oder „damit du mal was Besseres wirst" hatte ich so oft gehört, aber niemals „Wir haben auf dich als Kind verzichten müssen" oder „Du musstest als Kind sehr viel auf elterliche Liebe und Nähe verzichten". Das war wohl eine gewisse und klare Konsequenz, die zu meinem Leben gehörte. Basta!

Damals kamen mir solche Gedanken nicht. Erst jetzt, viele Jahre später, denke ich darüber nach, und ich bekomme schon Zweifel, ob diese elterlichen Taten kindgerecht, ob sie falsch oder richtig waren. Ich zweifele nicht daran, dass meine Eltern stets für mich das Beste wollten und bin heutzutage sehr zufrieden damit, dass ich davon leben konnte, was mir auch heutzutage noch die liebste Beschäftigung der Welt ist: „Musik machen".

Das Beispiel dieser elterlichen Entscheidungen bestimmte jedoch mein Leben und meine Denkweise, auch wenn sich das später doch noch als ein Fehler herausstellen sollte. Doch davon später.

Schon während meiner Internatszeit in der Musikschule musste ich schmerzhafte Momente erleben. Bei einem Wettbewerb, ähnlich „Jugend musiziert", wollte ich mitmachen und musste dann feststellen, dass ich zwar fit war, dass ich aber außer den ausgelatschten Turnschuhen des täglichen Gebrauchs in der Schule keine weiteren Schuhe besaß. Das war natürlich schon peinlich, mit weißer Bluse und blauem Plisseerock, eine Art Schuluniform, und dann diesen Turnschuhen dort aufzutreten.

Meine Klavierlehrerin fragte bei Eltern anderer Schüler nach, ob diese mir vielleicht passende, dezente Schuhe leihen würden. So kam ich doch zu schwarzen Lackhalbschuhen für den Auftritt. Dass es Leihschuhe waren, sah ja niemand. Wie gern hätte ich diese schicken Schuhe behalten! Eine solche „Schuhgeschichte" musste ich zweimal in meinem Leben hinnehmen. Diesen Meilenstein „Schuhmangel" gibt es noch heute in meinem Leben. Auch nach vielen Jahren im „goldenen Westen" habe ich eine „Schuhleidenschaft". Wenn ich schicke Schuhe sehe, muss ich sie kaufen! Dieser innere Zwang beherrscht bis heute noch Teile meines Daseins.

Über die Zeit des Musikhochschulstudiums gibt es eigentlich nicht allzu viel weiteres Erzählenswertes. Die Jahre vergingen wahnsinnig schnell mit Lehren, Prüfen, Üben, umgekehrt für mich selbst als Lernen, Prüfungen ablegen und dafür üben. Die wenige Freizeit wurde auch „vernünftig" genutzt und hing fast immer mit unserer Ausbildung zusammen, also Musik. Wann immer möglich, abends oder auch sonntags, hörten wir sämtliche Konzerte aller Künstler. Es war ja für uns kostenlos, und mit unseren Studentenausweisen durften wir die obersten Ränge des großen Konzertsaales belegen. Leider war die Kapazität dieser Ränge nicht so groß wie der Bedarf, und so saßen wir dicht zusammengedrängt oft zu dritt auf zwei Stühlen oder auf dem Schoß des...? Na, wessen wohl? Egal, Hauptsache, wir verpassten nichts.

Aber wehe, ein renommierter Künstler brachte nicht die erwartete Leistung! Wir waren die Rebellen, die dann pfiffen und buhten. Das war ja nicht verboten, wir durften das also. Man hörte auch Kommentare darüber, dass das Publikum dieses Konzertsaales sehr gefürchtet sei, dort könne nichts unter den Teppich gekehrt werden, auch der kleinste Fehler werde bemerkt. Auf der anderen Seite waren wir bei wirklich guten Konzerten auch diejenigen, die am meisten lobten, schrien, Bravo riefen und viele Zugaben erklatschten. Am Ende eines solchen Konzertes stürmten wir in die Künstlerräume und sammelten dort Autogramme. Kinobesuche oder Abende im Kaffee oder der Eisdiele waren äußerst selten.

Die Übungszeiten für unsere Instrumente waren festgelegt bis maximal 22 Uhr, und wenn wir diese Zeiten nicht nutzten, bekamen wir Ärger mit unseren jeweiligen Lehrern.

Bis zum Abitur hatte meine Mutter wöchentlichen Schriftverkehr mit meinem Klassenlehrer, um so meine Fortschritte zu kontrollieren. Nach 15-jähriger Wartezeit besaßen meine Eltern dann endlich schon ein Telefon, und so wurden während des Hochschulstudiums meine Leistungen auf diesem Wege im Auge behalten und kontrolliert. Heute, also im Westen, höre ich von Bekannten immer wieder, dass mein Einsatz im Grunde genommen dreihundertprozentig sei. Sicher ist das eine Folge der damals im Ostblock herrschenden Lernmoral im Schulwesen. Es wurde einfach verlangt. Darüber bin ich nicht böse, nein, sogar eher etwas stolz!

Ausreise nach Kuba

Das frische Diplom in Händen, begannen wir unsere Ausreise nach Kuba zu organisieren. Im Sommer war auch mein erster Sohn geboren worden. Unsere Möbel und andere Habseligkeiten ließen sich per Luftfracht nicht versenden, und so packten wir alles in Holzkisten für den rauen Seetransport – zumindest alles, was nicht so empfindlich war. Da dieser Transport mehrere Wochen dauern würde, leiteten wir das Ganze bereits sehr früh vor unserem Abflugtermin in die Wege. Der Flug war nur mit einer kubanischen Fluggesellschaft, der „Cubana Aviacion", via Prag möglich.

Von Budapest bis Prag ging es also mit der ungarischen Fluggesellschaft, und dann weiter mit einem uralten kubanischen Flugzeug, dessen innere Decke des Passagierraumes einen sternenübersäten, blauen Himmel darstellen sollte. Mein Mann spürte wohl meine Ängste und ließ mir durch eine Stewardess bestätigen, dass diese Fluggesellschaft so sicher und gut sei, dass es in der Geschichte dieser Gesellschaft noch nie eine Flugzeugkatastrophe gegeben habe. Unseren fünf Monate alten Sohn hatten wir in das Babykörbchen gelegt, und unter seiner kleinen Matratze deponierten wir drei oder vier lange, berühmte ungarische Salamiwürste mit dem Hintergrund, meiner neuen kubanischen Familie eine Kostprobe davon mitzubringen.

Der kleine Junge wog ja noch nicht all zu viel, aber durch die Salamiwürste darunter hatte ich doch einige Schwierigkeiten, den Korb im Arm zu halten. Mehrere nette Stewardessen boten ihre Hilfe an, aber ich musste dankend abwinken. Die Angst, dass die Salami entdeckt würde und so das zugelassene Gesamtgewicht von 20 Kilogramm wegen des schweren Handgepäcks überschritten würde, ließ mich durchhalten. Ich hätte ja entweder die Salami wegwerfen müssen oder den Mehrpreis für das Übergewicht bezahlen müssen. Geld dafür hatten wir aber nicht.

Der Reisetermin fiel auf den Januar. Klirrende Kälte und Schneesturm bestimmten das Wetter. Vor Beginn der Reise hatte ich mir eine einfarbige, dicke Wolldecke gekauft und mir davon einen Mantel nach der letzten Mode genäht. So richtig schick und warm war der, sogar mit Kapuze.

In Prag hatten wir schon Verspätung. Wegen des Schneesturms mussten wir dann außerdem in Irland zwischenlanden und in einem eiskalten Hotelzimmer übernachten. Irgendwann ging die Reise weiter. Die von nun an ständigen Probleme, immer warmes Wasser für das Milchpulver zu bekommen, begannen schon in dem Hotel. Personal war so gut wie nicht vorhanden, dazu kam noch das Windelproblem. Wegwerfwindeln gab es noch nicht und der Vorrat an Stoffwindeln ging schnell zur Neige. Wo sollte ich diese waschen und gar aufkochen? Über dem Atlantik gab es keinen Zwischenstopp, wir mussten also bis Havanna durchhalten.

Vor dem Ausstieg hatte ich mir diesen schicken Mantel angezogen. Mein erster Schritt durch die Flugzeugtür nach draußen führte dann fast zur Erstickung und Erblindung. Schwüle feuchte Luft und strahlender Sonnenschein empfingen mich. Der erste Eindruck des Landes war ganz unglaublich beeindruckend. Das war also meine neue Heimat, mein zukünftiger Arbeitgeber und das Land meiner neuen Familie.

Dann erblickten wir die „Dreiheiligkeit", meine Schwiegereltern und meine sehr hübsche Schwägerin, neun Jahre jünger als mein Mann. Meine Schwiegermutter kannte ich bereits persönlich. Sie war zu unserer Hochzeit nach Ungarn gekommen. Dort hatte sie sich ausschließlich mit ihrem Sohn unterhalten und nicht einmal versucht, mir etwas mitzuteilen oder zu sagen, auch nicht per Übersetzung durch ihren Sohn, meinen Mann. Da hatte ich schon gemerkt, dass es schwer oder unmöglich sein würde, mit dieser Frau herzlichen Kontakt aufzubauen, so wie das in einer Familie wünschenswert sein sollte.

Meine Schwiegermutter war sehr klein. Sie hatte sehr weiße Haut, große, fast herausfallende Augen, nur wenige und sehr dünne Haare. Das sah eher aus wie ein nicht ganz ausgewachsener Vogelkopf. Ihr Lächeln wirkte unsicher und irgendwie nicht ehrlich. Mein Schwiegervater war ganz das Gegenteil. Ein offenes Gesicht, volles Haar, wunderschöne dunkle Augen, herzliches Lachen, und es folgte eine ganz liebevolle Umarmung. Die kleine Schwester meines Mannes war erst einmal nur mit ihrem großen Bruder beschäftigt und dann mit dem kleinen Baby, unserem Sohn.

In dieser Situation, alles so neu und das beiderseitige Kennenlernen, haben sich bei mir sicher viele Erinnerungen verflüchtigt, vielleicht auch Wichtiges. Gern würde ich mich an alles erinnern! Hängengeblieben sind der fast 50° Celsius betragende Temperaturunterschied zwischen Abflugort und Ankunftsort sowie die dichte, fast urwaldartige Vegetation auf dem Weg „nach Hause" mit dem Taxi. Mein kleiner Sohn war ein bildhübsches Kind, hatte mit seinen 5 Monaten genau die richtige Größe, um mit ihm zu spielen und zu schmusen. Er lächelte immer und war durchweg gut gelaunt. Ich war sehr stolz auf ihn. Diese ersten Erlebnisse auf dem Flughafen und der ersten Fahrt nach „Hause" waren doch recht extrem, aber wie ich später erfahren habe, sind diese wohl typisch für dieses aus Gegensätzen bestehende Land.

Die erste Zeit dort in Havanna lebten wir zunächst in einem Hotelzimmer, bekamen aber nach etwa drei Monaten ein gemütliches Appartement, natürlich ohne Möbel. Nun lernte ich die schwierige wirtschaftliche Situation dieses Landes am eigenen Leib kennen. Neue Möbel zu kaufen, war nicht möglich, weil es keine Möbelgeschäfte für neue Möbel gab. Wir wurden vielmehr jetzt in ein riesiges Möbellager mit einer gewaltigen Auswahl gebrauchter Möbel geführt. Es gab dort alles, von geschnitzten, goldfarbenen Adelsbetten bis hin zu antiken und kostbaren Schränken, wie bei einem Antiquitätenhändler. Dort bekamen wir alles kostenlos, ohne einen Peso bezahlen zu müssen.

Hier verspürten wir die Großzügigkeit eines Staates, der diese Kostbarkeiten den Emigranten in die Vereinigten Staaten abgenommen hatte, die dort alles zurücklassen mussten außer der Kleidung am eigenen Leib. Die Gegensätze zu dieser staatlichen Großzügigkeit erfuhren wir aber sofort im täglichen Leben. Lebensmittel gab es nur mit den so genannten Bezugsscheinen, und trotzdem waren die Lebensmittel sehr begrenzt, im Wesentlichen beschränkt auf Reis, ein wenig Fisch oder Calamares (Tintenfisch), einige Eier, wenig Zucker und Kaffee. Es gab kaum Gemüse, Milch nur sehr bedingt und fast ausschließlich für die Kinder. Nun, ich hatte ja dann 11 Jahre Zeit, mich an diese kärgliche Auswahl zu gewöhnen. Fleisch kam nur ein- bis zweimal im Monat auf den Tisch und dann auch nur solche Teile, die in anderen Ländern zu Wurst verarbeitet werden.

Was waren die positiven Wirkungen dieser Tatsachen bei mir?

Ich war schlank, hatte quasi kein Cholesterin im Blut, nirgendwo Fettansätze, und die fehlenden Kosmetikartikel wurden durch gute Meeresluft und jede Menge Sonnenschein ersetzt, natürliches Vitamin D. Delikatessen gab es nicht, und so wurde auch gar nicht erst über Armut im Lande nachgedacht, wurden keine trübsinnigen Gedanken gewälzt, Neid kam so auch nicht auf. Auf was denn auch? Allerdings haben 11 Jahre mit dem Grundnahrungsmittel Reis bei mir Nachwirkungen hinterlassen. Außer Milchreis kann ich keinen Reis mehr auf dem Tisch sehen, und ich quäle mich nur noch bei Abmagerungsversuchen damit herum, also um lästige Pfunde loszuwerden. Der Entwässerungseffekt von Reis ist ja bekannt, nur hilft die Abscheu davor nicht gerade beim Abnehmen.

Langsam begann der Alltag. Möbel hatten wir ja nun, aber alles andere an persönlichen Dingen, Kleidung, Bettwäsche, Handtücher, Kinderspielzeug, Schuhe und so weiter und so weiter befanden sich auf einem großen Schiff mitten auf dem Atlantik. Da gab es nun einiges Unangenehmes. Es existierten etwa keine Geschäfte, in denen die fehlenden Artikel zu kaufen waren, schon gar nicht auf die Schnelle. Nicht einmal Kinderwagen. Nachbarn halfen uns dann mit vielen Sachen aus, bis endlich unsere Kiste mit mehr als zwei Monaten Verspätung bei uns ankam, teilweise allerdings nass und vermodert.

Mit einer Waschmaschine wäre das alles ja kein allzu großes Problem gewesen. Aber Waschmaschinen oder sonstige elektrische Haushaltsgeräte waren auch nicht aufzutreiben. So legte ich die vermoderten Stoffe alle in die Badewanne in das Wasser, aber es gab ja auch kein Waschpulver. Man bekam nur ein paar Stück Seife pro Monat für Körperhygiene und Wäschewaschen musste man mit diesen kleinen Seifenstückchen auch noch.

Ich habe da auch nicht gejammert, sondern immer gedacht, alles wird irgendwann besser... und darauf wartete ich dann elf lange Jahre, im Grunde erfolglos. In diesem Land erwies sich alles als rationiert: Ein Paar Schuhe pro Person pro Jahr, ebenso lediglich eine Hose, Bluse oder ein ähnliches Kleidungsstück. Stoff meterweise war dann etwas leichter zu bekommen, und daher hatten fast alle Haushalte eine Nähmaschine, Hinterlassenschaften der kubanischen Flüchtlinge. Mit viel Glück hatten wir einen sehr guten Schneider gefunden, der uns Erwachsenen tatsächlich wunderbare Kleidung nähte.

Für meinen Sohn war hierfür meine Schwiegermutter wie geschaffen, auch häkeln und stricken konnte sie sehr gut. Mein Schwiegervater arbeitete in einer Fleischfabrik und fand genügend Zeit, um einen kleinen, primitiven, aber gut funktionierenden Sportkinderwagen zusammenzubasteln. Mein Mann und ich, wir rauchten unsere Zigarren, die zwar auch rationiert waren, aber mein Schwiegervater war auch in dieser Hinsicht sehr erfinderisch und so wurden jedes Mal bei der Ankunft zu Hause unsere Augen größer. Er ließ seine Beziehungen spielen und war somit wohl das tüchtigste Mitglied der Familie. Daneben erwies er sich auch als ein hervorragender Koch und zauberte aus offiziell ja unerreichbaren Zutaten immer wieder sehr schmackhafte warme Mahlzeiten.

Aber auch die sonstigen essbaren Lebensmittel waren nur in begrenzten Mengen am Markt. Der Reis stellte das Hauptnahrungsmittel dar. Ich mochte das Zeug damals nicht, und auch heute habe ich noch Abscheu davor. Aber was hilft es, bevor er verhungert, frisst der Teufel bekanntlich Fliegen, und ich eben Reis. Die Teller mit der täglichen Reisportion wurden garniert mit einem einzigen Spiegelei darüber, oder einer kleinen Portion gebackenen Fisches und schwarzen, gekochten Bohnen. Manchmal gab es eben auch mal nur Reis allein, wenn eben nichts anderes greifbar war. Gelegentlich kam auch mal, aber sehr selten, Fleisch auf den Tisch, und daraus wurde zunächst eine Suppe gekocht, dann das Fleisch aus der Suppe genommen, in kleine Stücke zerteilt, mit Zwiebel und ein wenig Mehl mit Eiern zu Kroketten gebraten.

Obst oder Gemüse wie etwa Bananen, Malanga (Kartoffelart), Yucca oder Kartoffeln, süß oder normal, gab es auch sehr selten. Kaffee war auch rationiert, gleiche Menge für Erwachsene und Kinder. Reis blieb bei uns fast immer etwas übrig, und so tauschten wir diese Artikel gegen seltenes Obst und Gemüse. Nur gut, dass fast alle Kubaner nach Kaffee verrückt waren. Damals wie heute konnte und kann ich nicht verstehen, warum in einem Land wie Kuba, mit Temperaturen zwischen 25 und 30° Celsius Wärme und ausreichendem Niederschlag, die Lebensmittel Mangelware waren und noch sind. Das Ganze bei vier Ernten jährlich! Später wurde mir dieses Rätsel allerdings etwas klarer und nachvollziehbarer.

So gingen die ersten Monate in der neuen Heimat schnell vorbei, wir waren quasi ständig beschäftigt mit Problemlösungen. Unser Appartement war sehr großzügig mit einem großen Wohnzimmer, geschlossener Terrasse zur Straßenseite, zwei Schlafzimmern jeweils mit Zugang zum Bad, Küche mit separater Essnische und einer Abstellkammer, außerdem gab es einen Hausarbeitsraum mit Frischwasseranschluss und Schmutzwasserabfluss für die Wäsche. So etwas kannte ich bis dahin nur aus Filmen. Aber daran konnte ich mich sehr schnell gewöhnen; es war ja auch nichts anderes möglich. Handwäsche war ja bei uns noch überall üblich, und was tut man nicht alles aus Liebe? Lehrgeld muss jeder selbst bezahlen, wie heute noch.

Es fehlte aber leider jedes Accessoire für eine kleine, gemütliche Atmosphäre. Die Fußböden waren mit keramischen Fliesen belegt und dienten als Kühlung wegen der hohen Temperaturen. Das war ja auch ganz praktisch, ein Aufwasch, und alles war blitzsauber. Es mussten keine Teppiche geklopft werden, es gab keinen Staub zu saugen, und Pflegemittel für Holz, Parkett oder Kunststoffe waren unnötig. Alles nur blitzblanke Fliesen. Mir fehlte aber die Gemütlichkeit, wie z. B. die von Gardinen vor den Fenstern, wie ich es aus Europa kannte.

Vor den Fenstern gab es eine Art Jalousie aus Holz, mit Lamellen, die man hinauf- oder hinunterschieben oder horizontal verstellen konnte, entsprechend dem Bedürfnis nach Luftzirkulation, Sonneneinstrahlung oder auch mal als Regenschutz. Hermetisch schließende Fenster gab es in Kuba nicht. Für einen gesunden Luftaustausch ist das sicher perfekt, nicht aber als Schutz vor Ungeziefer, hier meist Kakerlaken (Cucarachas).

Für mich war das eine tiefe Erschütterung, und ich musste großen Ekel überwinden. Diese Tierchen kriechen durch die kleinste Öffnung, und bei offenem Fenster flogen sie nachts in Schwärmen ein. Gut fliegen konnten sie, diese Teufelsinsekten, mit ihren langen, fünf bis sechs Zentimeter langen „Antennen" auf dem Kopf, und wenn man sie nicht sofort erwischte und totschlug, versteckten sie sich überall, in Schränken, Nischen, hinter Möbeln oder der Klappe des Müllschachtes. Dort sammelten sich natürlich alle Kakerlaken, auch die aus den Nachbarwohnungen.

Also dachte ich, Klappe hermetisch zu und Schluss mit den Viechern. Davon wurde mir aber dann schnell abgeraten; denn wohin dann mit den Abfällen? Am schlimmsten war es, wenn Esswaren offen lagen, sich also nicht im Kühlschrank befanden. Das war dann das Schlaraffenland für diese Tierchen. Also musste ich eine neue Strategie entwickeln.

Vor dem Öffnen der Müllklappe machte ich mit metallenen, schweren Gegenständen darum einen Riesenkrach, in der Hoffnung, die Viecher würden davor fliehen. Viel half das auch nicht, und so lernte ich schnell die erbarmungslose Jagd auf die Tiere mittels einer langarmigen Holzklatsche, die mein Schwiegervater eigens für diesen Zweck aus Holz und Leder angefertigt hatte und mit der ich in alle Winkel schlagen konnte.

Im schlimmsten Fall, also bei explosionsartiger Vermehrung der Viecher, forderte man den Gesundheitsdienst an. Dessen Männer rückten dann zu zweit an und verspritzten und bestäubten alle Ecken und Winkel mit einem Pulver. Nach zwei Tagen lagen massenweise Kakerlaken überall herum, gezählt habe ich die lieber nicht. Aber man war für eine gewisse Zeit erst einmal befreit von diesem Übel. Das Pulver wirkte auch noch nach, wenn man es nicht wegwischte. Wo aber kleine Kinder auf dem Boden herumkrabbelten, konnte das Pulver natürlich nicht bleiben.

Das Ende vom Lied: In regelmäßigen Abständen wurde die Behörde alarmiert, und diese brachte dann meinen Ekel zumindest zum Stillstand. Aber dies eben immer nur für eine kurze Zeit, ganz verschwunden waren die Tierchen nie. Ich bin davon überzeugt, dass diese Rasse auch einen Atomkrieg überleben würde!

Bei meinen Einkaufsgängen in die Bodega (Lebensmittelladen) machte ich trotz meiner mühsam erworbenen, holprigen Spanischkenntnisse die Bekanntschaft von zwei dort arbeitenden Verkäufern, einer sehr dicken

Frau und einem außerordentlich hageren Mann. In den meist leeren Regalen des Ladens standen höchst selten mal ein Paar Dosen süße Kondensmilch. In einer Ecke des Ladens lagen aber eines Tages Trockenbohnen in Säcken, wohl aus Argentinien, und ich fragte bei meinen neuen Bekannten vorsichtig nach, ob ich von den Säcken einen oder mehrere kaufen könne, wenn diese erst einmal leer seien. Ich hatte in meinem Kopf die Idee, diese Säcke mehrmals mit Wasser und Seife aufzukochen und aus diesen Stoffen dann Gardinen, Tischdecken oder sogar Kleidchen für mein Kind zu nähen. Das Material der Säcke war pures, nicht so grobes, sondern sogar feines Leinen. Das konnte sicherlich mir helfen, die Wohnungsatmosphäre zu verbessern.

Die Antwort meiner beiden neuen Freunde aus der Bodega lautete ganz klar: „Nein!"

Eine kurze Zeit später, mein Bodegafreund Severino war gerade nicht anwesend, da sprach mich die Frau leise an und erklärte mir, dass sie mir einige Säcke verkaufen würde, aber unter der Bedingung der strikten Geheimhaltung, sonst wäre sie ihren Job los. Den Gegenwert sollte ich aber nicht bar bezahlen, sondern als Sachleistung, Kopftuch, Parfüm, nicht mehr von mir benutzte Sandalen und abgelegte Kleidungsstücke dafür geben. Dieser „Deal" wurde geschlossen und über die Säcke bald erweitert auf Sonderportionen jeglicher Nahrungsmittel; natürlich nur, wenn sie allein in der Bodega war. So langsam begriff ich das kubanische System: mit Geld kannst du hier nichts erreichen. Es gab ja nichts, auch nicht für viel Geld! Der Tauschhandel war die Lösung jeglichen Problems.

Mein Mann verdiente für die damaligen Verhältnisse schon sehr viel Geld, 600 Pesos. Er konnte sofort nach unserer Ankunft mit seiner Arbeit beginnen. Ich musste dagegen erst einmal die Sprache lernen und dann eine geeignete Beschäftigung finden. Monatseinkommen hatten in Kuba den Namen „salario historico" (historisches Einkommen) und waren im System Fidel Castro verankert. Viel Geld konnte sogar im Tauschhandel vorteilhaft sein. Man konnte durchaus vieles für Geld kaufen, allerdings zu einem Preis, der bis zum 20fachen höher war als normal.

Die tägliche Not an Lebensmitteln und jeglichen anderen Artikeln war so groß, dass die Menschen ihre eigene Überlebensstrategie entwickelt hatten. Auf den Straßen gab es nur die amerikanischen Oldtimer aus den zwanziger Jahren und später. Die Autos fuhren immer so lange, bis es kein Benzin mehr gab. Technische Defekte wurden durch erfindungsreiche Mechaniker beseitigt, es wurde gebastelt, bis die alte Karre wieder lief. Wir hätten vom Einkommen meines Mannes und schließlich auch von meinem Einkommen durchaus ein Auto kaufen können, es gab aber keine auf dem Markt. Wer noch aus der Zeit des Regierungschefs Battista ein Auto besaß und noch nicht nach Amerika geflohen war, der konnte sich nun wie ein Millionär fühlen. Der Besitz eines solchen „Schrottautos" sicherte ihm nämlich ein florierendes Einkommen als Taxi- oder Transportunternehmer.

Der öffentliche Verkehr war hingegen sehr dürftig. Selten kamen Autobusse, und oft machten sie keinen Stopp an den Bushaltestellen, sondern fuhren davor die Strecke von 100 Metern so langsam, dass Aussteiger ohne Gefahr abspringen, aber niemand zusteigen konnte, da die Buskapazität dies nicht mehr her gab. Die Passagiere hingen vielmehr in Trauben am Bus, standen in den offenen Türen, auf den Stoßstangen und auf den Ausstiegstreppen. Um überhaupt zur Arbeit zu kommen, musste man darum immer mindestens 2 Stunden vor Arbeitsbeginn versuchen, einen Bus zum Halten zu bringen.

Zeit spielt in diesem Land ohnehin keine wichtige Rolle. Die Menschen hatten sich an die Not gewöhnt und statt zu schimpfen, machten sie das Beste daraus. Neue Bekanntschaften schließen, Tauschgeschäfte entwickeln, oder singen und dazu mit einer leeren Blechdose trommeln und tanzen. Der Ideenreichtum war einfach unschlagbar. Ich habe sogar erlebt, dass eine wartende Gruppe sich so zusammengeschlossen hatte, dass sie den gestoppten Bus völlig ignorierten und lieber ihre lustige Unterhaltung fortsetzten an der Haltestelle.

Was konnte schon Schlimmes passieren? Bei der zu späten Ankunft am Arbeitsplatz sagte man einfach, dass kein Bus gekommen war, und das musste jeder akzeptieren, weil es ja fast immer der Wahrheit entsprach und jeder im täglichen Leben davon betroffen war.

Die Autobesitzer linderten die Situation auf ihre Weise, indem sie ihre Fahrzeuge völlig überluden. Auf der hinteren Sitzbank saßen nicht fünf, sondern oft sechs Personen, teilweise auf dem Schoß der Sitzenden, auf der Vorderbank befanden sich dann zwei, also je Auto oftmals 8 Personen. Es war auch üblich, dass die Polizei dazu nichts sagte. Die Autos selbst waren sehr alt, und es fehlten überall diverse Teile, meist auch die Blinklichter und Richtungsanzeiger. Da wegen der herrschenden Hitze die Fenster ohnehin immer offen standen, wurde die Richtungsänderung jeweils mit Gestikulieren des linken Arms angekündigt. Konkret sah das so aus: den Arm senkrecht nach oben hieß – abbiegen nach rechts; den Arm senkrecht nach unten – links abbiegen. So ging das ständig, immer neben dem Auto aus dem Fahrerfenster hinaus.

Einige Jahre später musste ich das alles auch lernen, als wir uns einen kleinen, alten Skoda kauften. Der Besitzer war ein Ausländer, dessen kubanische Vertragszeit abgelaufen war und der nun das Land verlassen musste. Was die Fortbewegung betraf, funktionierte das Auto noch tadellos; einen Boden hatte das Autos jedoch so gut wie nicht mehr, alles hatte dort der Rost zerfressen. So musste der Boden durch einige Lagen Pappe abgedeckt werden und man durfte bestimmte Stellen nicht belasten, da man sonst auf der Straße gestanden hätte. Aber wir waren glücklich, überhaupt ein Auto zu besitzen, „Zustand egal". Die Zaubermechaniker dieses Landes würden schon alles richten und reparieren, so die feste Überzeugung.

Nur die Abwicklung der Zahlung bereitete dann einige Probleme. Geld hatte ja keinen Wert, und so mussten wir in Gold bezahlen, egal, in welcher Form: Altgold, Schrottgold, Zahngold, Schmuckgold. Nur, mit Geld konnte man auch Gold nicht kaufen. Geld hatte ja keinen Wert. Ich musste mich also von meinen guten Kleidern, schönen Schuhen, Schals, Hygiene- und Kosmetikartikeln trennen, um dafür entsprechend Gold einzuhandeln. Aber wir hatten schließlich unser Auto, auch wenn es Schrott war! Der Verkäufer, ein Tscheche, war glücklich, und wir waren es auch!

So langsam musste ich mich nun auch um einen Arbeitsplatz kümmern. Arbeit zu finden war für uns nicht schwer, hatten doch viele Intellektuelle und vor allem Reiche das Land nach Fidels Machtergreifung verlassen, in der Vorahnung kommender, problematischer Zeiten. So war ich überall herzlich willkommen, zum einen als „im Ausland studierte" Lehrkraft, und zum anderen als die Ehefrau eines Kubaners, der sein Können schon oft bei internationalen Klavierwettbewerben bewiesen hatte. Ich wurde zunächst für ein Jahr Klavierlehrerin und konnte so in der freien Zeit die Landessprache an einer Volkshochschule richtig lernen. Ich wollte nicht einfach das spanische Straßenvokabular sprechen, sondern die Sprache der Gehobenen. In sehr kurzer Zeit schaffte ich es, dieses Ziel zu erreichen, denn ich musste ja mit meinen Schwiegereltern und vor allem auch mit meinen Schülern ordentlich reden.

Bei den Einheimischen war ich bald nur noch „la russa" (die Russin), da ja fast alle dort an der Entwicklung des Landes arbeitenden ausländischen Techniker aus Russland kamen. Wir wenigen Menschen dort aus anderen Ländern, meist Ostblockstaaten, konnten von den Kubanern nicht auseinandergehalten oder ihren Ländern zugeordnet werden. So waren wir eben alle Russen! Das störte aber niemanden, auch mich nicht. Alle wussten, dass der Staat Kuba auf ausländische Hilfe angewiesen war, und so waren wir als Wohltäter überall herzlich willkommen.

Nach einem Jahr musste ich sehr schnell in eine andere Schule wechseln. Dies ergab sich aus der Notsituation, dass einige Schüler und Schülerinnen im Alter zwischen 15 und 17 Jahren in Kürze ihr Abschlussdiplom in Chorleitung zu machen hatten. Der Dozent, ein Professor aus Guatemala, war aber plötzlich in seine Heimat zurückgekehrt. So gelangte ich an die „Escuela National de Arte", eine Hochschule, an der fünf Kunstsparten gelehrt wurden: Musik, Ballett, Malerei, Bildhauerei und Theater.

Ich begann das neue Schuljahr mit zwei Gruppen. Eine Gruppe mit nur 3 bis 4 Studenten, die in einem Jahr diplomieren sollten, eine andere, die noch zwei Jahre Zeit bis zu ihrem Abschlusskonzert hatte. Diese Arbeit war für mich wie maßgeschneidert! Ich selbst als frischgebackene Chorleiterin und Schulmusikerin müsste diese Aufgaben doch bestens meistern. Ich begann also alles mit großem Eifer, liebte meine Studenten und sie liebten und respektierten mich trotz des geringen Altersunterschiedes. Dieser Anfang war eine Sternstunde für meine Karriere. Meine Studenten erwiesen sich als fleißig, interessiert, musikalisch und auch begabt. Ich konnte sie formen und in jede Richtung biegen, ganz wie ich wollte. Egal welche Aufgaben ich verteilte, alles war in der nächsten Stunde erledigt. Sie konkurrierten untereinander, wer als erster ein Lob von mir bekommen würde. Doch das alles geschah ohne Neid, Missgunst oder irgendwelchen Dünkel.

Niemals und nirgendwo habe ich so wunderbares und talentiertes Schülermaterial wiedergetroffen wie hier in Havanna. Noch heute, nach 40 Jahren, bekomme ich Post oder E-Mails von ihnen voller Lob und Dankbarkeit. Viele von ihnen sind heutzutage im dortigen Musikleben berühmte Persönlichkeiten geworden. Eine Studentin dirigiert etwa einen Chor, der überall auf der Welt bei Wettbewerben erste Preise und Grand Prix gewinnt. Eine andere hat ein Frauenorchester aufgebaut und tritt mit diesem nicht nur in Mittel- und Südamerika auf, sondern ist auch schon Einladungen nach Westeuropa gefolgt. Diese erste Generation nach Fidels Revolution entwickelte noch ungeheure innere Kräfte, um etwas zu erreichen. Es kommt mir jetzt vor wie ein Geschenk, dass ich mit solchen Jugendlichen arbeiten durfte, die auf allen Ebenen die gleiche Not wie ich kannten und erlebten, die mangelhafte Ernährung, die fehlenden Transportmittel und so weiter.

Verflüchtigte Träume

Nach 16 Monaten in Kuba zeigten sich die ersten Risse in unserer Ehe. Mein Mann war einfach ein Macho, sexbesessen. In Europa schien er ja noch völlig normal, aber kaum hatte er kubanischen Boden betreten, galten für ihn andere Sitten und Normen. Es gab einige Frauen dort, die sich damit schmückten und stolz erzählten, wie viele Liebschaften ihre Männer hatten, und dass diese die Ehe mit der betrogenen Frau trotzdem immer noch aufrechterhielten.

Als Erste von diesen Frauen war meine Nachbarin an der Reihe. Ihre Eltern waren ausgewandert, sie selbst wollte in Kuba bleiben. Oft klingelte sie an unserer Wohnungstür und behauptete, sie sei traurig und brauche Trost. Natürlich nahm ich sie herzlich auf, und so verbrachte sie bald mehr Zeit bei uns als in ihrem großen Appartement eine Etage tiefer. Ich war gerade das zweite Mal schwanger, und siehe da, der Sohn der Nachbarin kam einen Monat nach meiner Tochter zur Welt. Der Vater war auch mein Mann. Er hat das Kind anerkannt und so trug der Junge auch seinen Namen.

Bevor das ans Licht kam, hatte man einen Deal geschlossen, der folgendermaßen aussah: Um die Schwangerschaft zu vertuschen, sollte sie ihr großes Appartement mit dem viel kleineren meiner Schwiegereltern tauschen. Das war auch so geschehen, und ich erfuhr damit erst recht spät von ihrer Schwangerschaft. Als das dann alles offenbar wurde, war inzwischen auch eine Klavierschülerin meines Mannes schwanger, natürlich auch von ihm.

In Kuba heißt das Männlichkeit: richtiger Vollblutmacho! Ist das nicht eher Dummheit oder Herzlosigkeit? Die Zukunft zeigte dann, dass mein Mann bei keiner dieser Frauen blieb, sondern sie alle nur geschwängert und sie dann verlassen hat.

Mein Wunsch war es, mein zweites Kind auch in Budapest/Ungarn zur

Welt zu bringen, bei dem gleichen Frauenarzt der ersten Geburt, zu ihm hatte ich Vertrauen. Einige Wochen vor dem errechneten Termin meiner Niederkunft flog ich nach Ungarn. Dort wohnte ich wieder bei jener jüdischen Familie, die uns schon vor unserer Ausreise nach Kuba liebevoll drei Jahre aufgenommen hatte. Pünktlich kam dann auch meine süße Tochter auf die Welt, nach weniger als einer Stunde Schmerz, gesund, proper und mit riesigen Augen.

Mein erster Sohn hatte nach der Geburt ein riesiges Problem, nämlich Gelbsucht, und so musste sein ganzes Blut ausgetauscht werden. Das war für mich als Mutter bitter und ich habe lange Jahre noch darüber geweint. Wegen Blutgruppenunverträglichkeit durfte ich ihn auch nicht stillen. Vielleicht waren dies alles bereits Vorzeichen seiner späteren schweren Erkrankung und seines frühen Todes. Eine Antwort habe ich auf meine diesbezüglichen Fragen nicht gefunden, ich suche noch heute.

Nach einer Woche fuhr ich dann mit meinem kleinen Töchterchen in meine Heimatstadt zu meinen Eltern und wartete dort täglich auf einen Brief meines Mannes. Ich war der festen Meinung, dass ich ihm jede Woche einen Bericht über die Entwicklung seiner kleinen Tochter schreiben müsse, und das tat ich natürlich auch. Antworten kamen dann in Form von Briefen meines Schwiegervaters. Sie seien sehr glücklich, aber mein Mann habe sehr wenig Zeit wegen seines Berufes und der Konzerte. Ich spürte, musste langsam spüren, dass da etwas nicht in Ordnung war. Tagsüber war ich ja voll beschäftigt mit meiner kleinen Tochter und den Reaktionen meines Sohnes seiner kleinen Schwester gegenüber. Wir machten viele Fotos, ich war glücklich, so schöne Kinder zu haben, und bin mit beiden oft spazieren gegangen, um sie stolz im Bekanntenkreis herumzuzeigen.

Einige meiner alten Freundinnen von der Musikhochschule Budapest wussten, dass ich wieder in Ungarn war, und so kam eines schönen Tages ein Telefonanruf. Es wurde mir berichtet, dass in der Zeitung zu lesen war, dass mein Mann zu einem internationalen Künstlertreffen in Budapest sei, als Generalsekretär der UNEAC (Union de escritores y artistas de Cuba). Warum hatte ich davon nichts erfahren? Warum hatte mir kein Mensch aus seiner Familie das erzählt? Erst über die kubanische Botschaft erfuhr ich sehr schnell die Adresse der Wohnung, in welcher die kubanischen Gäste untergebracht waren. Ich fuhr mit dem Zug hin, meine Kinder blieben bei meinen Eltern. Unter der Adresse fand ich ihn auch und stellte ihn zur Rede, was denn diese Geheimnistuerei zu bedeuten habe? Ohne mich in den Arm zu nehmen oder mir einen Kuss zu geben, versprach er, mit der Bahn zu Besuch zu kommen. Keine Frage nach seinen Kindern, nichts!

Also erwartete ich ihn zum angegebenen Zeitpunkt am Bahnhof. Bei seiner Ankunft erfuhr ich die gleiche Gefühlskälte und das gleiche Desinteresse wie in Budapest. Im Haus meiner Eltern führte ich ihn sofort zum Babybettchen meiner Tochter. Sie war wach und lächelte uns engelsgleich an. Seine einzige Reaktion war „ojos bellos" (schöne Augen). Er nahm sein Töchterchen nicht einmal in die Arme oder tat irgendetwas Menschliches, was man in solch einer Situation erwartet hätte. Eine etwaige Unterhaltung war auf Eis gelegt, es gab keine Antworten auf meine Fragen, und auch nicht auf die meiner Eltern. Er erklärte uns lediglich sein strategisches Lebensziel, nämlich, dass er in Zukunft keine Zeit mehr habe, sich um die Familie zu kümmern.

Diese Botschaft war sehr eindeutig und ich war am Boden zerstört. Sogar mein Sohn, damals 2 ½ Jahre alt, hat die Situation wohl schon in seiner kleinen Seele gespürt. Vielleicht auch ein Grund für seine spätere schwere Erkrankung?

Mein Noch-Ehemann verschwand am nächsten Tag, aber in der Nacht zuvor untersuchte ich noch sein Portemonnaie und fand dort auch ein Foto seiner rothaarigen Klavierschülerin und einen Liebesbrief „Durchhalten! Ich liebe dich ewig"… und so weiter. Mit dieser Realität musste ich nun selber klarkommen und weiterleben.

In meiner Verzweiflung kontaktierte ich die nette jüdische Familie aus Budapest und bat um ihren Rat. Man riet mir, nach Kuba zurückzukehren und der gemeinsamen zwei Kinder wegen zu versuchen, die Ehe zu retten. Das versuchte ich dann natürlich sofort. In meine Wohnung in Havanna zurückgekehrt, fand ich alles so, wie ich es verlassen hatte, außer dass mein Mann mit allen seinen Sachen ausgezogen war. Ich fragte meine Schwiegermutter, warum das alles geschehen sei. Ihre einzige Antwort lautete: „Wenn mein Sohn mit einer anderen Frau glücklicher ist als mit dir, werde ich ihn unterstützen". Über etwaige Folgen für die Kinder hat sie sich überhaupt keine Gedanken gemacht.

„Der Apfel fällt nicht weit vom Stamm". Dieses Sprichwort hatte sich also bestätigt, wenn ich in diesem Zusammenhang an das letzte Gespräch mit meinem Mann in Budapest zurückdachte. Nach dem Gespräch mit der jüdischen Familie hatte ich dort meinem Mann gesagt, dass ich trotz allem nach Kuba zurückkehren würde, um unsere Ehe zu retten.

Er reagierte darauf sehr heftig und so laut, dass sich sogar die Passanten nach uns umdrehten und uns anstarrten. „Wenn du und deine Kinder ein Stein auf meinem Weg sein solltet, werde ich dafür sorgen, dass ihr alle verschwindet!"

Trotz dieser großen Drohung habe ich den Schritt getan und ich bin nach Kuba zurückgefahren. Einerseits wollte ich aus diesem Elend heraus, der großen Verzweiflung entkommen, andererseits war da die massive Verbindung der Liebe zu meinem Mann, dem Vater meiner Kinder. Meine Eltern waren sehr besorgt um unser Leben und unsere Zukunft, und ich musste mir mehrmals anhören, dass sie ja von Anfang an gegen diese Heirat gewesen waren, dass sie solch ein Ende gespürt und böse Vorahnungen gehabt hätten. Ich musste dem Schicksal nun die Stirn bieten!

Nach unserer Heimkehr war nur noch mein Schwiegervater immer für uns da. Er machte unsere Einkäufe, kochte für uns Essen (übrigens sehr gut), er kümmerte sich um die Kinder, während ich arbeitete, und übernahm sogar oft das Waschen der Wäsche. Er erwies sich als sehr findig und konnte alles besorgen, sogar dringend benötigte Dinge, bei denen sich die ganze kubanische Welt fragte, wie er das machte und woher er sie nahm.

So ganz nebenbei erzählte er mir einmal, dass seine ganze Familie gegen ihn war, weil er so viel Zeit mit uns verbrachte, und dass meine gefühllose Schwiegermutter, also seine Frau, sogar behauptet hätte, er sei in mich verliebt! Das muss man erst einmal verdauen und dann natürlich Gegenmaßnahmen entwickeln. Dass man es akzeptieren muss, in einer fremden Welt, so weit weg von der eigenen Heimat allein zu sein, nur auf die Hilfe eines Menschen bauen zu können und auf die Zuneigung meiner wunderbaren Studentenschar.

Mein Mann hatte schon die Scheidung bei Gericht eingereicht und diese wurde auch sehr kurzfristig vollzogen. Er heiratete sofort seine rothaarige Schülerin. Ich trauerte trotz meines Hasses auf ihn und seine Familie meiner ersten großen Liebe hinterher. Aber so ist das Leben. Wunder halten drei Tage, bei mir waren es ja viel mehr Tage gewesen, doch das Leben nahm wie immer seinen Lauf.

Ziemlich schnell bekam ich dann einen kostenlosen Platz im Kindergarten und der Kinderkrippe, einschließlich der Mittagessen. Das war das Gute in diesem Land: jede arbeitende Frau hatte ein Recht auf solche Kinderbetreuungsplätze, und es waren genügend davon vorhanden. Die Kinder lebten sich schnell ein, und sie wurden dort besser mit Essen versorgt, als dies zu Hause möglich gewesen wäre. Kindergärten genossen nämlich viele Privilegien bei der Verteilung der Lebensmittel. Das Personal war nett, es war alles kindgerecht und unter freiem Himmel und in guter Luft und Sonne verbrachten die Kinder dort ihre Zeit.

Das Gesundheitssystem funktionierte ebenso beispielhaft. Man musste zwar, wie heute hier in Deutschland, viel Zeit im Wartezimmer verbringen, es wurden aber alle Patienten auch ohne Voranmeldung angenommen und versorgt. In Kuba gab es seinerzeit die geringste Kindersterblichkeit auf der ganzen Welt! Fidel Castro sorgte dafür, dass viele Studenten ihre Studien in Europa, meist in Ostblockstaaten, absolvieren konnten, um dann als gute Fachkräfte ihre Arbeit beispielhaft und absolut professionell zu machen, natürlich mit politischer Überzeugung und mit vollem Einsatz für den Sozialismus.

Diese Menschen machten auch viele Überstunden und zusätzlichen Dienst auf dem „Campo", also auf dem Lande, alles ohne Entgelt. Diese Arbeiten mussten mit dem Fahrrad oder per Anhalter erledigt werden, eigene Autos gab es nicht. Geld spielte keine Rolle, nur die politische Überzeugung zählte, und die war im Übermaß vorhanden. Die Armen in der Dritten Welt und im Kapitalismus sahen damals im Regime Castro eine echte und gleichberechtigte Lebensform, um studieren zu können und Arbeit zu bekommen und so ein festes Einkommen zu erzielen. Zwar musste man sich an die auch noch mangelhafte Rationierung der Lebensmittel sehr gewöhnen, aber zu essen und den Magen zu füllen gab es jeden Tag etwas. Es erklangen kaum Proteste, und fast alle folgten ganz und überzeugt den Parolen Castros.

Seine stundenlangen Reden waren überaus beeindruckende Erlebnisse. Diese fanden immer auf dem Platz der Revolution statt, mit einer überdimensionalen Statue des großen José Marti. Schon Tage vor einer großen Rede bemühten sich eifrige Anhänger des Revolutionsführers darum, feste und einen Quadratmeter große Zuschauerplätze vor der riesengroßen Betontribüne zu besetzen und diese dann durch Schichtwechsel der Familienmitglieder Tag und Nacht zu verteidigen. Ich wohnte nicht weit entfernt von diesem Platz in einem dreistöckigen Haus. Durch das Flurfenster sah ich direkt auf die Hauptverkehrsader, von der Nationalbibliothek kommend bis zum Platz der großen Reden.

Der Tag der großen und langen Rede, die oft länger als fünf Stunden dauerten, begann immer morgens um 5 Uhr mit dem Anrücken der bewaffneten Milicia Civil. Diese besetzten unsere Flure, um jegliches Attentat, eine Gegendemonstration oder sonstigen Aufruhr zu verhindern. Sie waren natürlich total davon gelangweilt, den ganzen Tag nur aus dem Fenster zu starren, um die Straße zu kontrollieren. So gab es durchaus auch mal Unterhaltungen mit uns Anwohnern, wobei das Wachpersonal aber nie in Unaufmerksamkeit verfiel.

Die Wachen nahmen ihre Arbeit sehr ernst. Sie spielten eine wichtige Rolle bei etwaigen Attentatsversuchen gegen den Commandante en jefe, wie Castro genannt wurde. Es gibt inzwischen einige Schriftstücke darüber, wie, wo und mit welch ausgetüftelten Methoden Fidel während seiner Regierungszeit sterben sollte. Aber sein Auto fuhr nie allein, immer im Korso mit drei genau gleichen Autos, die die gleiche Farbe und Größe besaßen, von gleichem Fabrikat und Typ waren. Ihre Fenster waren stets verdunkelt, ganz sicher auch gepanzert. Wie ich später erfuhr, hatte Castro auch niemals einen festen Aufenthalts- oder Wohnort.

Einmal während meines elfjährigen Aufenthaltes bekam ich doch allergrößten Schrecken und Angst. Ich ging immer zu Fuß von der Bushaltestelle zu meiner Arbeitsstätte, eine wunderschöne Allee entlang mit viel Grün und Palmen. Hier fuhren die Busse nicht mehr. Auf beiden Seiten der Straße standen die schönsten, auffallendsten, bizarrsten, größten und teuersten Häuser mit traumhaften Gärten, ein Gebäude neben dem anderen. Die ehemaligen Inhaber hatten Kuba in Richtung auf die Vereinigten Staaten verlassen. Der kubanische Staat hatte daraufhin die Häuser beschlagnahmt, um sie dem Volk „zurückzugeben"; so wollte es die Revolution.

In einem dieser Luxusgebäude war auch mein Arbeitsplatz. In der oberen Etage lagen kleinere Räume für Einzelunterricht, und im Erdgeschoss hatte ich einen riesigen Salon im Innenhof, eine Art Wintergarten. Der Fußboden war gefliest, dazwischen gab es immer wieder Pflanzinseln mit echtem Mutterboden und echten Palmen. Die Decke des Hofes bestand aus Glas und hatte Fenster zum Öffnen, die bei Regen die Pflanzen versorgen konnten. In diesem paradiesischen Salon hatte ich zwei Klaviere für den Chorleitungsunterricht und die Chorproben. Zu beiden Seiten war die Sicht frei auf den sattgrünen Park mit seiner Blumenpracht. Die Bäder der Wohnungen waren mit teuerstem Marmor ausgekleidet, es atmete alles unglaublichen Reichtum, Geschmack, aber auch großen Kitsch aus. Eines dieser

Häuser an der Allee war aufgebaut wie eine fernöstliche Pagode mit einer dementsprechenden Innenarchitektur, einer immensen Farbpracht, importierten echten Möbeln und riesigen, zwei Quadratmeter hohen Vogelkäfigen aus Bambusholz. Auch der Garten sah irgendwie nach Thailand oder Indien aus. Ein absolut „irrer" Arbeitsplatz für eine frischgebackene Musiklehrerin aus dem armen europäischen Ostblock.

Eines schönen Tages machte ich mich nach der Arbeit auf den Weg zum Bus, meine große Aktentasche mit den ganzen Arbeitsutensilien und Chorpartituren immer dabei.

Ich musste kurz stehen bleiben, um meine Nase zu putzen. Also setzte ich die schwere Aktentasche auf dem Boden ab und griff zu meiner Handtasche an meiner Schulter, um ein Taschentuch hervorzuholen. In diesem Moment näherte sich mir ein Autokonvoi, bestehend aus drei gleichartigen, dicht hintereinander fahrenden schwarzen Fahrzeugen mit verdunkelten Scheiben. Die Fenster der Beifahrer waren geöffnet und aus jedem dieser Fenster wurde eine Maschinenpistole auf mich gerichtet. Die Männer hinter diesen Waffen schrien mich an: „Stehenbleiben, nicht bewegen!".

Ich war natürlich zu Tode erschrocken, stand zunächst wie versteinert und machte dann vorsichtige Bewegungen, die sicher sehr komisch aussahen. Dann war die Kolonne weg, und erst dann begriff ich, dass in einem dieser Autos der Jefe Fidel gewesen sein musste, begleitet von den Bewaffneten, die sein Leben schützten. Nach diesem Schock bekam ich erst einmal einen heftigen Weinkrampf und wurde danach ziemlich wütend. Von diesem Tag an und auch die ganzen nächsten 10 Jahre bin ich auf dieser Strecke nie wieder stehen geblieben, und das Naseputzen erledigte ich vorsichtshalber vor dem Aufbruch. Eine innere Stimme in mir spielte immer wieder mit dem Gedanken, wie es denn wäre, wenn ich das nächste Mal nicht unbeweglich bleiben würde, sondern mein Taschentuch, keine Pistole, aus der Handtasche holen würde. Würden sie mich wohl einfach so abknallen?

Mit den Jahren musste ich dann leider erfahren, dass der ganze Sicherheitsapparat um Fidel herum ein sehr ernst zu nehmendes Problem für die Menschen bedeutete. Für die kleinste Unachtsamkeit, die nicht sofort hundertprozentig aufgeklärt wurde, konnte man sehr schnell in das Gefängnis gesteckt werden.

In einer der wenigen Zeitungen, die in Kuba erhältlich waren, „La Granma", gab es nur so viel zu lesen, wie das Regime diesem zugestimmt und es freigegeben hatte. Genauso funktionierte auch die Fernseh- und Radioberichterstattung. So vergingen elf Jahre meines Lebens ohne Wissen über die sonstigen Ereignisse auf dieser Welt.

Aber als „Künstlerin" und politisch eher desinteressierte Person vermisste ich in dieser Zeit diesbezüglich nichts, schon gar nicht in den Medien. Die Menschen in Kuba sind sehr diskussionsfreudig und haben einen ausgeprägten Sinn für zwischenmenschliche Kommunikation, auch über ihre Probleme. Aber bestimmte Themenkreise waren einfach tabu, und zu diesem absoluten Tabu gehörte natürlich jedwede Regimekritik. Es gab eine kleine Gruppe, „El comite de cuadra" die das Ziel hatte, jeweils die Bewohner eines Gebäudeblockes auszuspionieren, und sie waren sehr gefürchtet. Man kannte die Mitglieder dieser Gruppe, denn sie sollten private Probleme aushorchen, aber wehe, diese hatten irgendeinen politischen Hintergrund, dann war die Person erledigt. Jeder wusste, dass man das Regime nicht laut kritisieren durfte.

Einige Personen aus den besagten Gruppen profitierten aber tatsächlich davon, einfache Leute zu bespitzeln und derartige Informationen weiterzugeben. Der Lohn für solche Spitzeleien waren Privilegien wie etwa der vorzeitige Kauf eines Autos, eines Kühlschrankes, eines Fernsehers und so weiter. Manchmal gab es sogar ein persönliches Geschenk von Fidel.

Die Menschen erzählten sich, dass es tatsächlich möglich sei, den „Comandante en jefe" zu treffen, und dass man dann von ihm nach seinem Leben und seiner Arbeit befragt werden würde. Danach bekam der Betroffene, mit viel Glück, einen der genannten Mangelartikel, die jeder ansonsten nur mit vielen, in langen Jahren gesammelten, „puntos de mérito" erhielt, sofern diese Punkte auch von seiner Arbeitsstelle registriert und dann von offizieller Seite bestätigt wurden. Diese „puntos de mérito" (Punkte für besondere Verdienste) wurden verliehen für freiwillige Mehrarbeit, mal hier, mal da, natürlich ohne irgendwelches Entgelt dafür zu verlangen oder zu bekommen. Das Spektrum für solche Tätigkeiten war riesengroß, weil in Kuba ja durch das amerikanische Embargo so ziemlich alles fehlte, was man normalerweise für das Leben benötigte.

Im so genannten Jahr „ano de los diez milliones" (Jahr der 10-Millionen-Tonnen-Zuckerrohrernte) zogen Hunderttausende von Menschen auf das Land, um dort mit ihren Macheten das Zuckerrohr zu ernten, an ihren freien

Tagen, in ihrem Urlaub, an den Wochenenden. Man tat alles, um dieses vom „comite central" ausgerufene Ergebnis zu erreichen. Es war zu einer Prestigefrage für alle Kubaner geworden. Man wollte den Amerikanern die Stirn bieten. Ein bulgarischer Geigenlehrer hatte eine kubanische Frau geheiratet, er arbeitete an der gleichen Schule wie ich, hat bei dieser Kampagne mitgemacht und damals bei der Arbeit mit der Machete eine Fingerkuppe eingebüßt. Er bekam so viele „puntos de merito", dass er dafür monatelang einkaufen konnte und alles bekam, was sein Herz begehrte, nur die beruflich wichtige Fingerkuppe natürlich nicht, die war unwiederbringlich weg.

Auch ich machte viele Überstunden, allerdings nicht auf dem Lande, sondern mit meinen Schülern und Studenten an Wochenenden und bei mir zu Hause. Verdienstpunkte bekam ich dafür natürlich keine, aber ich war nun mal eine leidenschaftliche Lehrerin und hatte mit meinen talentierten Schülern immer einen Riesenspaß dabei. Das war mir deutlich mehr wert.

Weder Zeitung noch Fernsehen waren für mich interessant. Bevor ich dafür Zeit opferte, ging ich lieber mit meinen Kindern zu den nahe gelegenen Stränden von Marianao bei Havanna. Nur diese waren für uns ohne Auto erreichbar, so lange wir noch kein Auto besaßen. So tolle Strände wie die in Varadero hingegen konnte sich kein Kubaner leisten, die waren nur gegen harte Währung den Touristen vorbehalten. Als Ehefrau eines Kubaners, zwar mit spanischen, genauer: katalanischen Wurzeln, verdiente ich mein Gehalt in Form von kubanischen Pesos, genau 200 im Monat. Das war schon ein gutes und hohes Monatsgehalt, wenn man sah, dass eine gute Hausangestellte durch Kochen, Putzen, Waschen, Bügeln und Babysitting im Monat gerade einmal 50 Pesos bekam. Nur das Essen für diese Person musste man noch kostenlos sicherstellen, das war sicher ein Grund für diese billige Arbeitskraft.

Man darf auch nicht vergessen, dass es für diese Menschen wichtig war, zunächst das tägliche Überleben zu sichern bei einer derartigen Lebensmittelrationierung. Für mich war das verhältnismäßig einfach, ich aß in der Mensa der Universität, meine Kinder wurden im Kindergarten bzw. später in der Schule mit Mahlzeiten versorgt, und so blieben immer genug Lebensmittel für Maria, meine Hausarbeitskraft. Sie war meine zweite Hilfskraft in Kuba und blieb es bis zu meiner endgültigen Ausreise. Meine erste Hilfskraft war sehr plötzlich verstorben. Alle beide waren herzliche, einfache, ehrliche und auch vertraute Seelen, gerade für mein nicht so einfaches

Privatleben. Ab und zu konnte ich sie glücklich machen mit kleinen Geschenken, Schuhen, Pullovern, Kopftüchern, die immer mal von meiner Mutter aus Ungarn eintrafen.

Diese Pakete waren ein Kapitel für sich. Meine Eltern schickten so viele Pakete, wie es ihnen eben wirtschaftlich möglich war. Wenn diese Pakete bei mir ankamen, waren sie üblicherweise von der kubanischen Post geöffnet und auf verbotene Artikel untersucht und durchwühlt worden, und die Hälfte des Inhaltes war daraufhin einfach weg. Meine Mutter schickte mir jedes Mal per Luftpost einen Brief mit einem Inhaltsverzeichnis der Pakete. So wusste ich zumindest, was in jedem Paket ursprünglich gewesen war. Keine Sendung kam komplett an, es fehlten immer die Dinge, die gerade in Kuba nicht zu bekommen waren. Meine brieflichen Beschwerden bei der Post wurden dort mit einem Achselzucken beantwortet und dass die Verantwortung für diese Angelegenheit nicht Sache der hiesigen Post sei. So waren wir schließlich froh, dass überhaupt noch einige wichtige Sachen uns erreichten und mich an meine Heimat und an die Liebe meiner Eltern erinnerten.

Bei meiner Konfektionsgröße lag meine Mutter immer richtig, und wenn die Kinderkleidung etwas zu groß geraten war, mussten die Kinder eben langsam hineinwachsen. Es war auch nicht gut, ein Paket zu erwarten und das an die große Glocke zu hängen. Die Wunschlisten einiger Familienmitglieder und aus dem Freundeskreis nach „westlicher Ware" wurden nämlich unweigerlich immer länger, und die Artikel aus der Liste der eigenen Bedürfnisse passten schon nicht mehr in ein Paket. Die bedauerliche Lösung des Ganzen lautete schließlich: Wir wollen keine Pakete mehr, weil sowieso die Hälfte bei Erhalt fehlt.

Nach der offiziellen Scheidung von meinem Ehemann stürzte ich mich noch mehr in meine Arbeit. Obwohl wir jahrelang an der gleichen Musikhochschule arbeiteten, sahen wir uns dort sehr selten, manchmal aber in der Mensa. Einmal wünschten mein damals sechsjähriger Sohn und seine 3 ½jährige Schwester, ihren Vater zu sehen. Ich nehme an, dass in der Vorschule von den Vätern erzählt wurde und die beiden keine Erinnerung an ihren Vater hatten.

Er hatte nie Unterhalt für seine Kinder gezahlt, hat seine Kinder nie besucht und nie nach ihnen gefragt, wenn wir uns mal zwangsweise gegenüberstanden. Ich forderte auch niemals Geld von ihm. Ich war viel zu stolz, um von so einem kubanischen Macho Geld anzunehmen. Meine Eltern hatten mir mein Studium ermöglicht, ich hatte ein Diplom und sicherte unseren Lebensunterhalt lieber selbst. Von ihm kam keine Regung, kein Geschenk, kein Glückwunsch, nicht einmal zum Geburtstag seiner Kinder. Ich glaube, er kannte nicht einmal die Daten dieser Tage.

Auf Wunsch meines Sohnes habe ich einmal telefonischen Kontakt zu ihm aufgenommen und die Bitte seines Sohnes übermittelt, dass er ihn gern sehen wolle. Wir verabredeten für dieses Treffen das nächste Wochenende. Er kam tatsächlich, aber ohne jede Gefühlsregung, ging um 14 Uhr mit den Kindern in ein Kino, sah dort mit ihnen einen Film und brachte sie mir um 16 Uhr zurück. Bei der Verabschiedung fragte mein Sohn ihn noch, ob er ab und zu wiederkommen würde. Er bejahte diese Frage, doch wir sahen ihn nie wieder. Dies war der dritte Schock für meinen Sohn, so war es dann, seinen Vater völlig zu verlieren.

Meine Tochter war noch zu klein, und sie hat keine Erinnerung an ihren Vater. Als ich ihr viel später einmal Bilder von ihm zeigte, lautete ihre einzige Reaktion: „Er ist nur mein Erzeuger". Zu dieser Zeit war sie schon selbst verheiratet. Sie hatte bei dieser Hochzeit mit großem Genuss ihren Familiennamen, den des Vaters also, abgelegt und sofort den Namen ihres Ehemannes angenommen. Als sie dann von diesem Mann geschieden wurde und nicht ihren Mädchennamen wieder annahm, fragte ich sie nach dem Grund. „Lieber den Namen meines geschiedenen Mannes als den meines Erzeugers!".

Viele Jahre später erfuhren wir über Internet von seinem Tod. Er lebte da schon in Kanada und wurde von seiner neuesten und wohl auch letzten Geliebten öffentlich für sein Wirken in der Musik, seine Konzerte, seine Pädagogik, seine CD-Aufnahmen und Kompositionswettbewerbe geehrt. In dieser Vita gibt es nur seinen Sohn mit der rothaarigen Klavierschülerin. Es ist keine Rede von all den anderen Kindern, die er auf der Welt zeugte.

Dabei erinnere ich mich sofort an die Worte meine Ex-Schwiegermutter: „Wenn mein Sohn mit einer anderen Frau glücklicher ist, werde ich das unterstützen." Dagegen habe ich grundsätzlich nichts. Aber jedes Kind braucht dringend seinen Vater, die männliche Gestalt mit den ganz anderen Antworten als denen der Mutter mit ihrem weichen Herzen und den überwiegenden Beschützerinstinkten.

Egal, das Leben ging weiter, ob ich wollte oder nicht. Ich hatte ja die

Verantwortung!

So stürzte ich mich also immer tiefer in meine Arbeit. Mein Arbeitsplatz: wunderbare Gebäudekomplexe mit ihren bezaubernden Gärten, sich schlängelnden Wegen mit Säulen am Wegrand und rankenden Pflanzen, die über weitläufige Grünbereiche alle Bauten zusammenfügten und die Kunstbereiche miteinander verbanden: Musik, Malerei, Bildhauerei, Tanz, Ballett und Theater. Es war himmlisch, einen solchen Arbeitsplatz zu haben. In den Zeiten vor Fidel Castro, also der Ära des Fulgencio Battista, existierte auf diesem Areal, auf dem ich nun arbeitete, der Country-Club für reiche Amerikaner und wohlhabende kubanische Familien.

Im Jahr 1956, nach der Landung der Revolutionstruppen mit der Yacht „Granma" in Kuba und dem Sieg der Revolution, waren all diese Gebäude und Grundstücke in staatliches Eigentum übergegangen und „dem Volk" zurückgegeben. Dieser Country-Club, insgesamt mehrere Quadratkilometer groß, wurde nun zur „Esculea National del Arte", und nun konnten Schüler aus dem ganzen Land dort ihre künstlerischen Interessen weiterverfolgen, erlernen und vertiefen, einschließlich Internatsbetreuung.

Nach einem zehnmonatigen Auftrag als Klavierlehrerin am Musikkonservatorium Havanna wurde ich an dieser Schule angestellt. Meine neuen Aufgabenbereiche umfassten Chorleitungstechnik und -methodik, Kammermusik, Stimmbildung für den Nachwuchs sowie die Leitung des Schulchores. Nach erfolgreichem Abschluss in den fünf Sparten erhielten die Schüler mit 18 Jahren ihr Diplom der Mittleren Reife. Diese Reifezeugnisse wurden dringend benötigt, da ja die ausgewanderten Experten ersetzt werden mussten.

In der Anfangszeit war alles sehr gut organisiert und ausreichend, die Arbeitsumstände, die Instrumente, die Räumlichkeiten, die Stundenpläne und die Schulmaterialien. Aufgrund des Embargos fehlten später allerdings immer mehr materielle Dinge, in allen Kunstrichtungen. Der Unterricht ging trotz allem unverzagt und fleißig weiter, mit allem Stolz, zu dem die Kubaner imstande waren. Wenn beispielsweise eine Geigensaite fehlte, wurde diese durch anderes Material ersetzt, auch wenn das dann letztlich beim Spielen etwas anders klang. Solche Kleinigkeiten waren kein Hindernis für ein Studium. Man nahm diese immer häufiger auftretenden Schwierigkeiten lieber auf sich und lebte lieber in der Nachrevolution als in einer Gesellschaft, in der nur Privilegierten ein solches Studium möglich gewesen war.

Diese Mentalität wurde mit den Jahren immer stärker, und Fidels viele und lange Reden, seine ungebrochene Überzeugungskraft und sein Talent, eine besondere Aura zu erzeugen, ließ die Menschen für ihn marschieren und immer größer werdende Notsituationen ertragen.

Fidels Parolen lauteten: „Patria o muerte, venceremos!" (Heimat oder Tod, wir werden siegen) und „Hasta la victoria siempre!" (Immer bis zum Sieg). Nach derartigen Ausrufen donnerten Freudenrufe und Applaus von zigtausend Menschen über den Platz der Revolution. Kubanische Fahnen wurden geschwenkt, und das alles vor dem Hintergrund mit einem riesigen Plakat mit dem Bild von Ernesto „Che" Guevara, das mindestens fünf Gebäude bedeckte. Obwohl meine Wohnung kaum 500 Meter vom Platz der Revolution entfernt lag, habe ich eine Rede von Fidel niemals selbst erlebt, nur im Fernsehen, und dort wurde sowieso live übertragen.

Politik interessierte mich überhaupt nicht. Ich war bestens ausgelastet mit meiner Lehrtätigkeit. Dabei wunderte ich mich immer wieder darüber, wie sich die fünf Sparten der Hochschule miteinander verknüpfen konnten, alles wirkte so selbstverständlich. Jede Lehrkraft durfte sich interessante Projekte ausdenken und dabei Studierende anderer Sparten mit einbeziehen, ohne dass ein Veto oder ein Protest der Gesamtschulleitung oder eines der Spartendirektoren folgte. Es entstand so ein Projekt der Ballettklasse mit moderner Choreografie. Dies sollte begleitet werden von einer Komposition der Studenten der Kompositionsklasse. Das entsprechende Bühnenbild wurde von der Theaterklasse entworfen. Das war ein paradiesischer Zustand, um sich wohl zu fühlen, um all seine künstlerischen Träume zu verwirklichen. Wir Lehrenden waren immer Feuer und Flamme. Diese Möglichkeiten zur freien Selbstentfaltung beflügelten uns alle zu noch mehr Enthusiasmus, und die Studenten waren so begierig auf Erfahrungen und Wissen.

Sehr arme Mädchen und Jungen vom Lande, wo es oft weder elektrischen Strom noch fließendes Wasser gab, durften an dieser Schule studieren, wenn sie ein gewisses Talent aufwiesen. Die Messlatte dazu war nicht sehr hoch gesteckt. So entdeckte man jedes Jahr neue Perlen, Urtalente, noch nicht verdorben durch billige, niveaulose Verlockungen des Radios oder des Fernsehens. Diese jungen Leute entwickelten dort auch niemals nachlassende Lust und Ausdauer, ihre Möglichkeiten auszuschöpfen und bis zum „Sieg" weiter zu schmieden. Dieses Verhalten passte sehr zu Fidels Parole „Hasta la victoria siempre". Angebot und Nachfrage funktionierten in diesem Rahmen durchaus.

Die Diplomkonzerte meiner Chorleitungsstudenten waren immer sehr aufregend und schön. Ich hatte viel Notenmaterial aus Europa mitgebracht, und so mischten sich diese Stilepochen der alten Welt mit denen aus Lateinamerika, hauptsächlich aus Argentinien und Kuba. Es tauchten aber auch Chorwerke aus Haiti, Peru und Brasilien auf. Diese Musik kannte ich bisher nicht, aber ich war fasziniert und lerneifrig. Die unbekannten Partituren besaßen die reiche Melodik aus Spanien, mitgebracht von den Konquistadoren, und die ausgesprochen komplizierten Rhythmen Afrikas, die von den verschleppten Sklaven stammten.

Anfangs starrte ich nur stur auf die Partituren dieser Werke und schimpfte mit meinen Schülern über die Ungenauigkeiten bei der Interpretation der unzähligen Rhythmusgebilde. Sie machten mir dann aber sehr schnell klar, dass man diese Rhythmen gar nicht so genau wiedergeben dürfe, wie sie auf dem Papier stünden, da sie dann steif und unglaubwürdig würden.

Das erwies sich schnell als richtig. Mit dem genauesten Zählen von Achtel- oder Sechzehntelnoten ließ sich die genaue Notenlänge niemals hundertprozentig festlegen. Es gibt bei diesen Rhythmen das so genannte Rubato, also die freie Wahl der Notenlängen, je nach Text und dem Wunsch nach Flexibilität des Melodieablaufes. Dazu ein praktisches Beispiel:

Ich wurde einmal von meinen Schülern auf eine Bodenfliese gestellt und sollte auf dieser kleinen Fläche von 30 x 30 Zentimetern tanzen. Ich behauptete zunächst, dass so etwas gar nicht möglich sei. Ich bräuchte doch deutlich mehr Platz, um meine Füße und meinen Körper zu bewegen, so wie ich dies von Europa her kannte.

Sie lachten mich aus, und jeder stellte sich nun auf eine solche Fliese und jetzt wurde mir bewiesen, dass es durchaus möglich war, sich darauf nach einer improvisierten Melodie zu bewegen, egal ob schnell oder langsam. Eine solche Körperbeherrschung hatte ich vorher nicht für möglich gehalten. Sie wiegten ihre Hüften und ihren Po. Ihre Beine rotierten, ohne den Bodenkontakt zu verlieren, die Arme schlangen sich schwanengleich die Hälse hinauf, ihre Leiber verwandelten sich schlangenartig in erotische, aber alles zusammen hervorragend koordinierte Teilkörper.

„Verdammt", dachte ich, das möchte ich auch mal können!

Mit vielen Übungen und großen Anstrengungen habe ich dann wohl so

20 Prozent dieser Fertigkeiten erlernt, die restlichen 80 Prozent werde ich wohl nur nach einem hundertprozentigen Blutaustausch beherrschen. Kleine, drei- bis vierjährige Kinder tanzen schon auf den Straßen wie die Profis, sobald jemand nur zwei Bierdosen zusammenschlägt und damit einen tanzbaren Rhythmus improvisiert. Sie haben es schon im Blut, übernehmen dieses karibische Gemüt im Bauch ihrer Mütter, atmen es ein mit den ersten Atemzügen. Diese natürliche Fröhlichkeit, Gelassenheit und Erotik wird vererbt aus der warmen und feuchten Erde ihrer Heimat.

Keine Chance – Sehnsucht nach Glück

Monate und Jahre vergingen so. Die Versorgung der Bevölkerung mit Lebensmitteln und Kleidung wurde immer schlechter, die Menschen mussten unablässig mehr improvisieren. Damit die Kubaner überhaupt ein wenig mehr hatten, als dies für Bewohner anderer Länder Grundbedürfnisse darstellt, mussten sie notwendig auch immer mehr verbotene Schwarzmarktgeschäfte mit den ausländischen Fachkräften tätigen. Diese Ausländer wohnten alle gemeinsam in besonderen Wohnblocks und arbeiteten hauptsächlich in den wenigen Industriebetrieben oder auf höheren Ebenen.

Es fehlte einfach alles: Seife, Waschmittel, Zahnpasta, Deodorants und so weiter. Kinder bekamen jeweils am Anfang des Jahres auf Bezugsschein drei Spielzeuge. Auf einen solchen Bezugsschein gab es z. B. den Hauptartikel in Form einer Puppe für die Mädchen oder ein etwas größeres Spielzeugauto für die Jungen, dazu noch etwas Mittleres oder Kleines wie einen Ball. Mehr war nicht möglich. Weihnachten als mögliche Quelle für Geschenke gab es nicht mehr, alle Kirchen waren fest verschlossen. Eine kubanische Kirche von innen habe ich nie gesehen, es gab keine Gottesdienste und auch keinen Weihnachtsbaum, einfach nichts dergleichen. Selbst die Betreuerinnen im Kindergarten mussten große Improvisationskünste entwickeln, um die Kinder zu beschäftigen. Von meinen Kindern habe ich aber niemals gehört, es sei dort langweilig gewesen. Sie haben sich auch niemals geweigert, dorthin zu gehen. An der frischen Luft und unter der Sonne konnten sie ihren Bewegungsdrang 365 Tage im Jahr mühelos austoben.

Privat war ich ja nun seit einiger Zeit mit meinen zwei Kindern allein, und es gab neben der Arbeit nur wenige angenehme Ausflüge und „entrenimiento" (Unterhaltung). Eines Tages erhielt ich die Einladung eines Kollegen zu einer „Fiesta" (Party) bei einem anderen, dritten Kollegen. Dort fand ich meinen späteren zweiten Lebenspartner.

Bei kubanischen Partys war immer alles sehr formlos. So kannte ich zwar den Hausherrn und Gastgeber nicht persönlich, war aber trotzdem willkommen, da ja die Einladung von dessen Kollegen und Freund gekommen war. Ein gut aussehender, hochgewachsener, sehr ruhiger und überlegt wirkender Mulato erweckte meine Aufmerksamkeit. Mit einem vollgefüllten Glas begrüßte er rechts und links einige Personen. Ich war ja mittlerweile 25 Jahre alt, aber noch nicht zu alt, um von den Genüssen des Lebens Abschied zu nehmen. Eine gute Bekannte, eine Ballettstudentin, stellte mir dann diesen jungen Mann, namens Bernardo als einen talentierten Studenten der Theater- und Regieklasse vor, der im letzten Jahr seines Abschlusses war. Wir unterhielten uns über alles Mögliche. Kubaner sind kommunikationsfreudig und offen, was das Gespräch erleichterte. Das war es dann auch schon, weiter ging die Bekanntschaft an diesem Abend nicht.

Sehr viel später, ich meine sogar Monate später, trafen wir uns zufällig auf dem großen Hof der Hochschule wieder, und er lud mich zu einer Theateraufführung seiner Klasse ein, bei der er eine wichtige Rolle spielte. So begann unser engerer Kontakt, der dann immer persönlicher wurde. Es dauerte aber trotzdem sehr lange wegen seiner Verschlossenheit und seiner Vorsicht mir gegenüber. Später erfuhr ich, dass diese Vorsicht insbesondere aus meiner weißen Hautfarbe und meiner ausländischen Herkunft resultierte. Es dauerte auch sehr lange, seine Zweifel abzubauen, dass ich ihn als Farbigen tatsächlich ernst nehmen und ihn nicht nur zum Zeitvertreib und für Spielchen benutzen würde. Ich war ja immerhin schon eine sehr bekannte Lehrkraft an der Schule, er hingegen nur Student und zudem zwei Jahre jünger als ich. Es kam hinzu, dass ich schon geschieden war und zwei Kinder hatte. Da war für ihn viel zu verkraften, und es gab für ihn viel darüber nachzudenken. Aber letztendlich zog er dann bei mir ein. Wir liebten uns ehrlich. Seine ganze Familie, die Großeltern, die Eltern, seine Schwester mit Mann und zwei Kindern, akzeptierten mich und meine Kinder sehr liebevoll. Und so kam dann anderthalb Jahre später mein drittes Kind, ein Junge, zur Welt.

Von meiner Scheidung hatte ich meinen Eltern berichtet, aber diese neue Beziehung und das Kind verschwieg ich ihnen gegenüber. Ich wollte meine

Eltern nicht enttäuschen, weil ich, anstatt nach Ungarn zurückzukehren, eine neue Beziehung eingegangen war und so meine Familie vergrößert hatte, trotz der auf Kuba immer akuter werdenden Versorgungsprobleme. Ein paar Monate später war ohnehin ein Besuch meiner Eltern in Kuba geplant, und ich meinte, es sei vielleicht einfacher für meine Eltern, das alles zu akzeptieren, auch meinen Entschluss in Kuba zu bleiben, wenn ich ein hübsches Kind präsentieren würde.

Meine Tochter war zwischendurch sehr ernsthaft an einer Gastroenteritis erkrankt, es blieb kein Essen in diesem kleinen Körper, ständiges Übergeben und Durchfälle waren an der Tagesordnung. Milch vertrug sie nicht, und so empfahlen die Ärzte einen Brei aus Malanga (Art Wurzelkartoffel) und Kalbfleisch, alles schön püriert. Natürlich gab es diese Zutaten nicht im Laden oder auf dem Markt, sondern nur auf ärztliches Rezept in einem Spezialgeschäft. Das Übergeben hörte so auf, aber nicht die Durchfälle. Sie wurde weiterhin dünner und schwächer, und wir bangten ernstlich um ihr Leben. Ihr Zustand verschlechterte sich immer mehr und sie musste in ein Kinderkrankenhaus eingeliefert werden.

Es gab dort keine Betten für Begleitpersonen, wie das heute so ist. Mutter, Vater oder wer immer dort war, musste vielmehr auf einem Stuhl sitzend und nur wenig schlafend die Nächte verbringen. So war nach einer Weile natürlich die ganze Familie fix und fertig. Trotz ständiger Infusionen ging es der Kleinen sehr schlecht. In ihren Augen verdrehte sich das Weiß nach oben, ihre Fingernägel und ihre Lippen wurden schwarz. Das stellte ich trotz der schwachen Notbeleuchtung fest und begann zu rufen und um Hilfe zu schreien, lief auf den Flur und schrie dort weiter, bis der Notarzt kam und sofort ein Plasma einführte. Danach ging es ihr in kurzer Zeit sehr viel besser und sie bekam ihre rosige Farbe wieder.

Aber auch nach der Entlassung aus dem Krankenhaus hatte sie noch lange Zeit Probleme mit dem Essen. Ihr Magen war doch sehr geschädigt worden. Meine neue „Schwiegermutter" kaufte dann sehr plötzlich eine Ziege, um auszuprobieren, wie der Magen meiner Tochter auf das Produkt dieses Tieres reagieren würde. Die Ziege hatte genug Grünfutter und nach vier Tagen Ziegenmilch waren die Durchfälle meiner Tochter zu Ende. Die neue Oma zeigte mir ganz stolz die kleinen und harten Kügelchen aus dem Po meiner Tochter. Alle Anerkennung für die Findigkeit dieser Oma! Sie hatte es mit allen möglichen Tierprodukten versucht, angefangen bei Stutenmilch über Schafsmilch, bis sie noch rechtzeitig das Richtige gefunden hatte.

Es näherte sich nun die Zeit, in der ich meine Eltern einmal wieder in die Arme nehmen konnte und sie sich auch mit ihrem unbekannten neuen Enkel anfreunden würden. So standen wir eines Tages alle in der Wartehalle des Flughafens „José Marti" der Hauptstadt Havanna – mein neuer Lebensgefährte, meine neue weiße Schwiegermutter, mein dunkelhäutiger neuer Schwiegervater, und schließlich ich mit den 3 kleinen Kindern. Meine Eltern kamen und sahen uns, mein Herz und mein Körper zitterten. Was würden sie sagen?

Trotz der wohl doch enormen Überraschung reagierten sie beide ganz offen und sehr persönlich. Die bereits bekannten Enkel wurden in die Arme genommen und gedrückt, der kleine neu Hinzugekommene wurde neugierig in Augenschein genommen. Seine absolut weiße Haut, seine superblonden Haare ohne jede Locke, wie sonst bei Schwarzen, wurden bewundert. Der „gemischt farbige" junge Mann, groß, gut aussehend und dem Kleinen zum Verwechseln ähnlich, ließ überhaupt keine Zweifel daran aufkommen, dass dies der Vater meines jüngsten Kindes war. Meine Eltern und meine neuen Schwiegereltern umarmten sich, und ich wurde erst einmal automatisch zur Dolmetscherin. Mehrere Wochen blieben meine Eltern in Kuba. Sie zogen mit in das Kinderzimmer der zwei älteren Enkel ein, schliefen auf zwei von Nachbarn geliehenen Matratzen auf dem Boden. Ich schlief nach wie vor mit meinem „Mann" und unserem inzwischen zehn Monate alten Sohn im Schlafzimmer.

Um meine Eltern auch ernähren zu können, mussten wir bei den Behörden natürlich alle persönlichen Daten meiner Eltern sowie die voraussichtliche Aufenthaltsdauer angeben. Somit bekamen auch sie Lebensmittelbezugsscheine, und die täglichen Rationen waren ausreichend.

Das war alles für meine Eltern absolut neu. Sie hielten sich mit negativer Kritik sehr zurück, es war wohl auch zu viel, was da auf sie einstürmte: Die schweren Lebensbedingungen, der Lebensmittelmangel, das Chaos auf den Straßen, kaum öffentliche Verkehrsmittel, die uralten Kraftfahrzeuge, die 24 Stunden lang geöffneten Fenster und Türen der Häuser, die immer singenden, tanzenden und tratschenden Menschenmassen auf den Straßen. Sie hatten ja nichts anderes zu tun. Dazu kamen dann noch die heruntergekommenen, ursprünglich schönen Gebäude, die nun fast zusammenzubrechen drohten. Dies waren sicher zu viele Eindrücke für meine Eltern in kurzer Zeit.

Für Erstaunen sorgte auch die bunte Mischung der Hautfarben, der Haarfarben und der Gesichts- und Augenformen. Es lebten bereits viele Chinesen in Havanna, die durch genetische Vererbung an ihre Nachkommenschaft für wunderbare Schönheiten sorgten.

Da mein Schwiegervater ein uraltes Auto besaß, waren wir in der Lage, auch mehrere Ausflüge in die Umgebung zu machen. So besuchten wir auch Varadero, den weltberühmten Badeort mit seinem weißen Sandstrand, der natürlich nur von Ausländern betreten werden durfte. So durften meine Eltern und ich mit den drei Kindern für kurze Zeit dort hin, dort baden und uns umsehen. Wir waren ja Weiße und sprachen nur ungarisch miteinander, und das war für das Personal sowieso alles „russisch". Allerdings musste mein karamellfarbener Mann mit seinen Eltern draußen bleiben. Wir besuchten daraufhin nur noch Strände, die allen Bewohnern zugänglich waren.

Mein Vater bekam kurz nach der Ankunft schon Verdauungsprobleme. Er schwitzte übermäßig, hatte ständigen Durst und trank dann viele kalte Getränke, die seinen Magen dann noch mehr schädigten. Er musste seinen Rückflug frühzeitiger buchen, weil er immer mehr abnahm und schwächer und dünner wurde. Eines Abends, kurz vor seinem Rückflug, fragte er mich aus:

„Du bist schon geschieden und hast von diesem neuen Mann ein Kind bekommen. Warum heiratest du ihn nicht?"

Er fand, dass es besser und korrekter wegen des Kindes wäre. Er war da sehr viel konservativer als meine Mutter. Es war aber zugleich auch sein Eingeständnis, dass er keine Vorbehalte gegen Farbige hatte.

„Ja, Papa, du hast Recht. Ich überlege es mir. Das wäre wohl auch kein Problem." Das meinte ich auch ehrlich. „Aber weißt du, meine erste Scheidung hat mich doch sehr fertig gemacht. Ich brauche noch etwas Zeit, um darüber zu entscheiden."

„Ich weiß, mein Blondchen (so nannte er mich immer)". Das noch einmal zu hören, war so schön und so vertraut.

Meine Mutter blieb noch drei Monate länger, ihr tat das Klima gut wegen ihrer chronischen Atemwegsprobleme. Nach der Abreise meines Vaters kamen sich die Schwiegereltern und meine Mutter näher. Sie kochten und experimentierten gemeinsam in der Küche und tauschten Rezepte aus.

Einige Male gingen wir in das Restaurant „Cochinito" (Ferkel), wenn dann nach wochenlangem Warten unser Platz auf der Warteliste dran war. Dieses Restaurant in Havanna war nur abends geöffnet, und es wurden dort nur Spezialitäten Kubas serviert. Nach dem täglichen Sonnenbad bei Temperaturen über 35° Celsius konnte man sich nach Sonnenuntergang, also um 20 Uhr oder später, an den bestellten Tisch setzen. Das Restaurant war immer blitzschnell mit hungrigen Menschen überfüllt. Die kubanischen Spezialitäten beschränkten sich allerdings auf ein einziges Gericht: Ferkelfleisch, Reis, schwarze, gekochte und stark gewürzte Bohnen und frittierte grüne, manchmal auch schon reifere, gelbe, süßlichere Bananen dazu. Zum Nachtisch gab es fast immer Eis oder „quesito crema" mit „casco de guayaba" (Frischkäse und darüber Außenschale der Guayabafrucht in Zuckerguss).

Diesen Nachtisch mochte ich sehr gern und wollte ihn auch zu Hause zubereiten. Leider bekam man auf Bezugsschein nur sehr selten den Frischkäse in dem Geschäft, wo es die Milch für die Kinder gab, und wenn es Frischkäse gab, dann gab es nichts Süßes dazu. Etwas fehlte immer. Darüber regte sich aber kein Mensch mehr auf. Deswegen war das Essen im „Cochinito" aber noch köstlicher, und man konnte sich so zwei- bis dreimal im Jahr den Bauch richtig vollstopfen, wenn denn das Problem der Tischbestellung gelöst war. Derartige „Luxusläden" waren selten und darum auch immer viele Monate im Voraus völlig ausgebucht.

Meine Mutter machte mit den Kindern kleine Spaziergänge in dem großen, nur 200 Meter von unserem Haus entfernten Garten der Nationalbibliothek, während ich arbeitete. Die Kinder konnten sich dort austoben, Rad fahren oder auch mal auf den Bänken ausruhen. Die Zeit verflog rasch, und meine Mutter musste nach Ungarn zurückkehren. Der Abschied fiel uns sehr schwer, aber der angegriffene Gesundheitszustand meines Vaters verlangte nach der Hilfe seiner Frau. Er war noch niemals so lange allein zu Hause gewesen.

Im Nachhinein bin ich froh, dass es meinen Eltern gelungen war, uns in Kuba zu besuchen und mein Leben dort mit den Aufgaben, meine Kinder, die Familie, vor allem meinen Lebensgefährten und überhaupt alles kennen gelernt zu haben.

Nachdem ich die neue Beziehung zu dem Lebensgefährten aufgenommen hatte, wurde das Verhältnis zu meinem Ex-Schwiegervater immer schwächer und dessen Hilfe immer weniger. Seine ganze Familie stammte aus Spanien (Katalonien), war also daher eine rein weiße Rasse, könnte man sagen, und der braune Mann an meiner Seite passte darum absolut nicht in die Vorstellungswelt der Ex-Schwiegereltern.

Aber wir hatten ja jetzt eine neue Familie, die auch sehr bemüht war, uns zu unterstützen. Mein neuer „Schwiegervater" war genau wie der vorherige sehr nett, still, und er hatte ein gutes Herz. Er vermied allerdings jede Teilnahme an irgendwelchen Diskussionen. Seiner Meinung nach mussten die Probleme ohnehin von den Frauen gelöst werden.

Mein Lebensgefährte Bernardo hatte noch zwei Jahre Studium bis zur Abschlussprüfung als Schauspieler und lebte daher ohne jegliches Einkommen bei mir in meiner Wohnung. Eines Tages trug er mir seinen neuen Plan vor:

„Ich habe jetzt eine Möglichkeit, ein Stipendium für zwei oder mehr Jahre für ein Regiestudium in der UdSSR zu bekommen! Was sagst du dazu?"

Ich war ziemlich schockiert, und durch meinen Kopf schossen tausend Gedanken.

„Ich kann ja verstehen, dass diese Möglichkeit dir eine einmalige Gelegenheit bietet", sagte ich, „aber jetzt, wo ich von dir einen Sohn habe und insgesamt 3 Kinder da sind, jetzt, wo du tatsächlich beginnen könntest zu arbeiten, Geld zu verdienen und uns zu unterstützen, sehe ich nicht ein, dass du aus unserem Leben einfach verschwindest. Du weißt ganz genau, dass du in diesem Land hier sofort Arbeit bekommst; es gibt hier keine Arbeitslosen. Dieses Studium könntest du später nachholen, wenn die Kinder schon größer sind und ich auf deine Hilfe in jeder Hinsicht verzichten könnte."

Er blieb sehr nachdenklich stehen, gab keine Antwort.

„Ich werde dich sofort verlassen, wenn du weggehst! Ich werde unsere Beziehung definitiv lösen. Denk bitte darüber nach!"

Ich war durch dieses Gespräch alarmiert, rief seinen zurückhaltenden Vater an und bat um ein persönliches Treffen. Wir tauschten unsere Meinungen und Gedanken aus, und ich machte klar, dass sein Sohn mich verlieren würde, wenn er ginge.

„Ich versuche mit ihm darüber zu sprechen", versprach er, „kann dir aber keine positive Antwort versprechen."

Ich konnte leider aus seinen Worten heraushören, dass auch er den Wunsch hatte, sein Sohn solle die Chance nutzen, um mehr professionelle Möglichkeiten zu haben, dass er aber auch sehr darunter leiden würde, uns als Familie mit seinem Enkelkind zu verlieren.

Es waren von allen Seiten klare Worte gesprochen, und es lag an meinem Lebensgefährten allein, eine Entscheidung zu treffen. Er entschied sich für das Auslandsstudium, und ich bat ihn dann, sofort die Wohnung zu verlassen. Sein Vater kam dann noch einmal mit gequältem Gesichtsausdruck, und fast unter Tränen entschuldigte er sich für die Entscheidung seines Sohnes.

Und nun! Jetzt war ich wieder allein, aber mit drei Kindern!

Zwar half mir mein erster Schwiegervater hin und wieder, manchmal auch die Eltern meines Lebensgefährten, aber mit den täglichen Aufgaben und Sorgen war ich ganz allein und auf mich gestellt. Die Kinder zur Schule oder zum Kindergarten bringen, die schwierigen Fahrten zum Arbeitsplatz, Einkaufen, dann die Kinder wieder einsammeln... ich musste mir definitiv eine Haushaltshilfe suchen. Nur durch eine gute Seele, die mir einen Teil dieser Lasten abnahm, konnte ich weiterleben. Aber wollte ich überhaupt in diesem Land bleiben, nach zwei gescheiterten Beziehungen?

Ich traf mich des Öfteren mit Ungarinnen, die auch mit Kubanern verheiratet gewesen waren, geschieden oder getrennt lebend, und die nun mit den gleichen Problemen kämpften wie ich. Oft dachte ich daran, einfach nach Ungarn zurückzukehren. Aber meine Arbeit mit den Studierenden der Chorleitungsklasse erfüllte mich derart, dass ich mir einfach kein anderes Land mit so bezaubernden Voraussetzungen dafür vorstellen konnte, wie es Kuba für mich war. Wofür hatte ich seit meinem 5. Lebensjahr und dann 17 Jahre lang Musik gelernt und bis zum Abschluss studiert? Hier hatte ich den optimalen Boden zur Ausführung meiner Kenntnisse gefunden. Mein Inneres legte ein klares Veto gegen eine Rückkehr in mein Heimatland ein!

„Diese paradiesischen Menschen, um deine Träume zu erfüllen, die findest du sonst nirgendwo", das waren meine wesentlichen Gedanken.

Also blieb ich weiter dort und verschwieg auch meinen Eltern das erneute Scheitern in meinem Privatleben. Der Lebensgefährte hatte während unserer gemeinsamen Zeit viel Liebe und Sorge den Kindern gegenüber gezeigt, war aber nach dem Hinauswurf aus meiner Wohnung erst einmal ins Ausland verschwunden. Finanzielle Unterstützung habe ich von ihm niemals bekommen, auch nicht für seinen leiblichen Sohn. Wovon aber auch? Er war ja in der Sowjetunion als Stipendiat ohne eigenes Einkommen. Ich musste also für die drei Kinder finanziell ganz allein sorgen. Diese Aufgabe war aber nicht so schwer, wie es sich jetzt anhört, denn bekanntlich konnte man sich auf Kuba sogar mit viel Geld ja nichts kaufen. Eine gute Seele für den Haushalt, eine Kubanerin namens Maria, wurde eingestellt, und somit wurde ich von den vielen kleinen Aufgaben befreit.

Die Versorgung der Bevölkerung wurde von Jahr zu Jahr schwieriger. Immer mehr Artikel verschwanden von den Bezugsscheinen. Den jährlichen Einladungen zum Kodály-Symposium nach Japan und Kanada konnte ich nicht folgen. Das war in Kuba nicht möglich, auch wenn ich offizielles Mitglied der Kodály-Gesellschaft war. Die Cubana Aviacion (kubanische Fluggesellschaft) verlangte nämlich Zahlungen für Flugtickets in Dollar, mein Monatsgehalt erhielt ich aber in Pesos, und Umtausch gab es nicht. Ich war ja auch keine Ausländerin (técnico extranjero) mehr, sondern die Frau eines Kubaners mit dem Kosenamen „la russa". Das verschlechterte die Möglichkeiten von Auslandsreisen weiter.

Mein Gemüt wurde von Jahr zu Jahr zunehmend trüber und wütender.

Der gigantische Chor mit 2500 Sängern - Treffen mit Fidel Castro

Eines schönen Tages bekam ich den Besuch eines hochrangigen Vertreters der Gewerkschaft (Sindicato) mit der Bitte, einen riesigen Chor mit 3000 Menschen zu organisieren und diesen zusammen mit einem Blasorchester mit 500 Musikern am 1. Mai auf dem Platz der Revolution zu leiten. Der Chor sollte dazu ungefähr sechs bis acht revolutionäre Märsche und Hymnen vierstimmig einstudieren. Oha, ich begann laut zu denken. Woher sollte ich allein diese vielen Leute zusammenkriegen, in welcher Form das Ganze organisieren und wo sollte diese Menge die Aufführung wohl vierstimmig üben?

Der „Representante del Sindicato" versicherte mir, dass die gesamte Organisation und alle offenen Fragen in seiner Hand lägen. Das große Theater

Lazaro Pena besitze eine Aufnahmekapazität von 2500 Personen, und es würden Aufrufe zur Teilnahme dazu in der Tagespresse und mit öffentlichen Lautsprecherwagen in den Straßen Havannas erfolgen.

Kurze Zeit später betrat ich zum ersten Probentermin die Bühne. Es war so still, dass ich erst glaubte, der Zuschauerraum wäre leer. Ganz langsam gewöhnten sich meine Augen an die Dunkelheit und ich erkannte dann tatsächlich eine sitzende Riesenmenge Menschen. Das Haus war bis zum letzten Platz voll belegt. Ich glaubte es kaum. Wie war das möglich, solch eine Menge so still und diszipliniert? Ich war ungeheuer beeindruckt, zugleich auf das Angenehmste überrascht, und ich wusste ab diesem Moment, dass alles wunderbar klappen würde. Angst, vor vielen Menschen zu stehen, hatte ich nie, schon gar nicht in Kuba. Im Laufe der Zeit lernte ich dann viele dieser Menschen kennen, man kam ins Gespräch miteinander, man diskutierte und schüttete sein Herz aus. Nur mit Äußerungen gegen das Regime musste man sich eben zurückhalten.

Es war ja immer noch und zunehmend mehr rationiert worden, und so mussten die Menschen manchmal tagelang in der Warteschlange („en la cola") ausharren. Dieses wurde üblicherweise von den Familien in Staffeln im Rhythmus von je fünf bis sechs Stunden durchgeführt. Nur so konnte man die für berechtigte Bürger nicht existierenden und damit überschüssigen Waren in sehr geringer Zahl ergattern. Die wenigen Lebensmittel wurden ziemlich gleichmäßig ausgeteilt. Aber von Bügeleisen oder Bettwäsche gab es nie genug für alle Bewohner. Es sprach sich schnell herum, wann und wo es Waren auf dem „freien" Markt geben würde und so entstanden sehr schnell die Warteschlangen und wurden immer länger, manchmal durchaus 500 Menschen und mehr. Auch nachts musste der Platz besetzt bleiben, ansonsten verfiel er, und man hatte seine Berechtigung verloren. In diesem Sinne war das Organisationstalent der Kubaner mehr als mustergültig.

Auch beispielsweise Geburtstagstorten für Kinder, auf die diese nach Vorlage des Personalausweises ein Anrecht hatten, waren in den wenigen Konditoreien aufgrund der geringen Mengen kaum zu bekommen, nur mit zweitägiger Warteschlange. Diese so genannten Geburtstagstorten bestanden aus einem gelben oder dunklem Tortenboden, gefüllt mit ein wenig Marmelade und einer Zwischenschicht aus einer Kuvertüre aus geschlagenem Eiweiß, das in allen Farben des Regenbogens glänzte und sehr bunt und fröhlich aussah. Süß war es auch und für die Kinder die einzige Möglichkeit, einmal im Jahr Kuchen zu essen. Schokolade war ein Fremdwort. Die Eltern versuchten einen Ausgleich in Form von kleinen Bällchen aus Süßkartoffeln in heißem Öl gebacken. Nur war meistens das Öl so knapp, dass es zum Frittieren gar nicht reichte.

Das Fotografieren der Party eines Kindergeburtstages stellte ebenso ein Problem dar. Wer besaß denn in Kuba einen Fotoapparat? Die wenigen Leute, die noch eine etwas bessere und professionellere Kamera hatten, kamen dann in das Haus des Geburtstagskindes und fotografierten die Kindergäste der Party. Dieser Service wurde sogar staatlich organisiert und das „Recht" auf Fotos bestand bei Hochzeiten und Kindergeburtstagen. Immerhin schaffte ich es so, von meinen Kindern jedes Jahr Fotos zu bekommen, die ihre Entwicklung über die Jahre dokumentieren.

Aber es gab Reis im Überfluss, und wir hätten also Milchreis für die Kinder kochen können... wenn wir Milch bekommen hätten! Sobald die Kinder etwas größer waren, wurde einem Bürger leider das „Recht" auf Milch entzogen.

Immerhin kam es durch diese Engpässe dazu, dass alle Kubaner, auch ich als Frau eines Kubaners und somit stolze Besitzerin der Bezugsscheine für Lebensmittel und die anderen Artikel des täglichen Lebens, in den Status kamen, diese zwangsweisen Plauderstündchen in den Warteschlangen praktizieren zu können.

Auf der Theaterbühne stellte ich mir also immer vor, ich stünde in einer Warteschlange und plauderte sorglos daher. Man hatte mir eine Lautsprecheranlage mit Mikrofon bereitgestellt, um mit den 2500 Menschen zu kommunizieren, aber ich lehnte dieses ab. Das Theater verfügte über eine gute Akustik, und die Menschen schienen mir doch sehr diszipliniert zu sein. Durch meinen Kopf schossen Fragen, beispielsweise, wie ich meine Arbeit mit so vielen Menschen beginnen sollte? Die Antwort war an und für sich völlig klar. Zuerst einmal mussten alle in die vier Stimmlagen eingeteilt werden, also als Sopran, Alt, Tenor und Bass. Aber wie sollte ich diese Personen nun alle einzeln prüfen, wer hatte wohl eine hohe Stimme und wer eine tiefe? Diese Gedanken schossen sekundenschnell durch meinen Kopf, noch während ich meine kurze Selbstvorstellung abgab. Sie enthielt folgende zentralen Inhalte:

„Ich heiße Agnes Královszki und bin die Chorleiterin."

„Ich bin keine ´russa´, sondern komme aus Ungarn."

„Wir haben miteinander eine große Aufgabe zu bewältigen, und ich bin sicher, dass wir das zusammen schaffen."

„Ich muss euch nun nach Stimmlagen sortieren und bitte alle Frauen, die hoch singen können, in die ersten zwanzig Reihen links vor mir. Alle Frauen mit tiefer Stimme setzen sich in die ersten zwanzig Reihen rechts vor mir. Die hohen Männerstimmen gehen in die Reihen einundzwanzig bis Ende, hinter die hohen Frauenstimmen, und die tiefen Männerstimmen hinter die tiefen Frauenstimmen ab Reihe einundzwanzig bis Ende."

Es begann sofort ein Durcheinander, als ob in einem Topf Sand gerührt wird, aber nach knappen fünf Minuten war die neue Sitzordnung fertig. Allerdings entsprachen meine spontanen Reihenangaben nicht so recht der Zahl der Anwesenden und der Räumlichkeiten. Ich hatte nur das Parkett gesehen und die Sitze im ersten und zweiten Rang völlig vergessen. Ich bat also um Neuorganisation, und so langsam und Stück für Stück bewältigten wir diese.

Neben mir stand ein ganz neuer Konzertflügel von sehr guter Qualität, und damit begann ich nun das erste vierstimmige Chorstück einzuüben. Die Sängerinnen und Sänger hatten ihre Notenblätter bekommen und konnten so wenigstens dem Text folgen, zumal sie nicht unbedingt alle vom Blatt singen konnten.

Als erstes spielte oder sang ich stets die Altstimme vor, in ganz bewusster Vorgehensweise, denn wenn ich mit der allseits bekannten Sopranstimme begonnen hätte, würden alle anderen Stimmen diese in deren Stimmlage übernehmen und „mitbrummen". Anschließend arbeitete ich mit den Tenören, dann mit den Bässen. Danach brachte ich immer einzeln zwei dieser Stimmlagen zusammen, und die Chorsänger/-innen konnten sich allmählich an die Mehrstimmigkeit gewöhnen. Erst ganz zum Schluss kam dann der Sopran dazu, dessen Melodie schon die ganze kubanische Bevölkerung auswendig pfiff, da sie durch den Rundfunk bekannt war. Ich war doch sehr erstaunt über den raschen Erfolg und auch über die eiserne Disziplin dieser Masse. Ich musste nie um Ruhe bitten, und man konnte das Summen der Moskitos hören, wenn das Lied endete und ich meine Anweisungen ohne Verstärker gab. Diese Menschen glaubten blind an die Revolution und erfüllten ihre Aufgaben mit großem Enthusiasmus.

Es war traumhaft, nach den Lehrstunden mit angehenden Profis, mit Musikwissen behafteten Studenten, nun mit dieser Masse musikalischer Laien solche Erfahrungen sammeln zu können. Diese Menschen voller Wissensdurst, Ehrgeiz, Disziplin, Begeisterung und positivem Blick in die Zukunft zu unterrichten, trotz ihrer riesigen Probleme, mit denen sie im Alltag zu kämpfen hatten. Ich glaube, ich hatte gerade noch die fruchtbarsten elf Jahre erwischt, um mit ihnen zu arbeiten, sie hatten ihren Optimismus und den Glauben an Fidels Politik noch nicht verloren.

Diese Chorproben dauerten drei Monate bis zu dem großen Auftritt am 1. Mai. Wir waren rechtzeitig fertig geworden mit der Einstudierung der sechs Lieder, für diese Laien eine erstaunliche Leistung, sauber, gut artikuliert und voller Hingabe. Und dann kam der große Tag.

Auf dem Platz der Revolution wurden drei riesige, treppenartige Podeste errichtet. Die zehn Stufen verdeckten fast das haushohe Bildnis des Ernesto „Che" Guevara im Hintergrund. Auf den ersten vier bis fünf Reihen standen meine Chorleute, dahinter andere Leute, die mit farbigen Pappen ständig zur Musik passende Bilder und Parolen zaubern sollten. Zu meiner Linken hatten die fünfhundert Blechbläser der Blaskapelle mit ihrem Dirigenten Platz genommen. Eine Generalprobe hatten wir nicht machen können, weil das Theater als Unterkunft der Chorleute gebucht war.

Die Blaskapelle stimmte jeweils ein kleines Vorspiel an, und wir folgten mit dem Chorgesang. Wir zwei Dirigenten hatten jeder einen übermäßig langen Dirigierstab in den Händen, damit uns alle, auch die an den entferntesten Positionen des Chors und Orchesters, richtig sahen und somit die Einsätze und Tempi mitmachen konnten.

Eine Stunde vor der offiziellen Eröffnung hatten wir bereits unsere Plätze einnehmen und dann diszipliniert auf den Einmarsch des „Comandante en Jefe" warten müssen, mit seinem gesamten Gefolge, bestehend aus Repräsentanten und wichtigen Persönlichkeiten aus Politik, Wirtschaft, Militär, Gewerkschaften und so weiter. Sie nahmen Platz vor der riesigen Statue des José Marti, von wo aus Fidel auch seine Rede halten würde, und dann kam das Signal für unsere kulturelle Kundgebung. Ich war überhaupt nicht nervös, denn ich wusste, dass meine Chorleute eine gute Leistung bringen würden. Der politische Hintergrund war mir egal, ich hatte meine Aufgabe halt nur möglichst professionell zu lösen. Nur die Dimensionen dieser Veranstaltung, diese Massen im Chor, im Blasorchester und die Menschen, mehrere tausend jubelnde Zuschauer auf dem Platz, die Menge der wichtigen Personen, und dann auch der legendäre Fidel, sie ließen mich doch mehrere Male tief durchatmen.

Richtige Inszenierung ist immer der Schlüssel zum Erfolg. Mein Chor schleuderte seine sechs Lieder aus voller Kehle in Richtung Fidel, und die Masse war begeistert. Sein Gesicht konnte ich während unseres Liedvortrages natürlich nicht beobachten, denn ich stand mit dem Rücken zu ihm und durfte mich auch nicht umdrehen. Das gehörte zur verordneten Disziplin. Es war das erste Mal, dass seit dem Sieg der Revolution Kultur auf dem Programm stand. Ein oder zwei Jahre später wurde so etwas noch einmal geboten, schlief dann aber ein, aus welchen Gründen auch immer. Ob es später noch Derartiges gegeben hat, weiß ich nicht.

Nach Beendigung dieser Feier wurde auch ich zu einem Empfang eingeladen. Dieser fand in einem Gebäude statt, das ich noch nie vorher gesehen hatte. Es wurden Häppchen und Getränke gereicht, viele mir unbekannte Menschen standen herum oder saßen an kleinen Tischen und unterhielten sich miteinander. Der Chef der Gewerkschaft, welcher mir diesen Auftrag erteilt hatte, war auch anwesend. Er war der einzige, den ich kannte.

Ich fühlte mich ziemlich fremd dort. Mit wem sollte ich mich unterhalten? Diese Leute hier waren völlig anders als die armen Menschen in den Warteschlangen, die Menschen mit den billigen Gummischlappen, wie wir sie in Europa am Strand benutzen, mit ihren durchlöcherten Unterhemden. Hier trugen alle maßgeschneiderte Anzüge, teures Zubehör, und ich fühlte mich doch sehr verloren zwischen ihnen. Nach einer Weile ging ich auf einen bewaffneten Uniformierten zu, ob Soldat oder Polizist konnte ich nicht erkennen, und stellte diesem eine Frage:

„Sag mir, ist Fidel hier irgendwo bei diesem Empfang oder ist er gar nicht hier?" (In Kuba wurde fast jeder geduzt)

„Ja, er ist hier, dort drinnen" – er zeigte auf eine große Tür – „mit hohen Vertretern des Landes und des Auslandes."

„Könnte ich dort auch hineingehen und ihn mal aus der Nähe sehen? Ich war die ganze Zeit auf dem Platz der Revolution und hatte den 'coro gigante' (so hieß der Chor in den Zeitungsankündigungen) zu dirigieren. Deshalb musste ich mit dem Rücken zu ihm stehen."

Er war für einen Moment sehr beeindruckt und sagte dann:

„Das wird schwer sein, wir dürfen dort niemanden hineinlassen."

„Aber wieso denn, ich bin doch die Chorleiterin aus eurem Bruderland

Ungarn, habe bis vorhin hart gearbeitet." Ich dachte doch an die „puntos de merito", die Verdienstpunkte für dieses Land. „Meinst du nicht, das irgendwie hinzukriegen?"

„Gut, ich versuche mal, meinen Vorgesetzten zu fragen, wie man dieses Problem lösen kann."

„Danke Compadre, nett von dir. Ich bleibe an diesem Tisch sitzen und warte auf dich, egal, ob das nun klappt oder nicht."

Nach ungefähr 15 Minuten kam der junge, bewaffnete Mann zurück.

„Du darfst reingehen, aber du darfst nichts mitnehmen. Deine Handtasche musst du hier bei mir lassen."

„Kein Problem, hier nimm sie – und: Danke!"

„Schon gut."

Ich hatte gar nicht so richtig realisiert, dass ich nun tatsächlich die Möglichkeit hatte, den großen Fidel direkt nahe vor mir zu sehen, nach dem schrecklichen Ereignis seinerzeit, als die drei schwarzen, gepanzerten Limousinen auf mich zukamen und aus den Seitenfenstern plötzlich drei Maschinenpistolen auf mich gerichtet wurden. Damals war ich ja wie eine Statue versteinert stehen geblieben. Aber Wunder geschehen immer wieder auf dieser Welt. Nun sollte also mein zweiter großer Auftritt kommen, nach dem Dirigat des Coro gigante vor den vielen tausend Zuschauern. Mir schoss das Blut in den Kopf, mir wurde heiß und ich hatte Angst, ohnmächtig zu werden. Mein Blutdruck stieg stetig, dazu die Hitze in diesem Land und dazu noch ein paar Gläschen Sekt!

Die große Tür öffnete sich beidseitig, bewacht von zwei jungen Militärs, und ich trat ein in den großen Saal, dessen Ausmaße ich in diesem Moment gar nicht einschätzen konnte. Ich ging wohl so dreißig Meter. Bis zum anderen Ende des Saales lag ein breiter, roter Teppich, und ich ging mit zitternden Knien darauf lang, mal mit kurzen Trippelschritten, mal mit langen Schritten, ganz nach Stärke des Zitterns in meinen Knien. Am Ende dieses Teppichs standen ungefähr fünfzehn Personen, zwischen ihnen auch Fidel, den ich schon auf große Entfernung erkennen konnte. Er war von allen der Größte. Sie trugen fast alle Uniformen.

Anfangs wurde ich völlig übersehen, niemand schien meine Anwesenheit zu bemerken. Aber plötzlich formte sich ein Halbkreis, Fidel stand auf der linken Seite. Ich blieb vor ihm stehen und mit erstaunlich sicherer Stimme, ganz im Gegensatz zu meinen zittrigen Beinen, sagte ich:

„Buenas tardes."

Er sah mich aufmerksam an, und ich konnte ein leichtes Lächeln bei ihm ahnen.

„Aha, Sie sind die Chorleiterin des Coro gigante. Erzählen Sie mir mal, wie Sie nach Kuba gekommen sind. Wann? Was machen Sie jetzt? Wo ist Ihre Arbeitsstelle? Und so weiter."

„Tja, ich bin im Januar 1968 mit meinem kubanischen Mann aus Ungarn gekommen. Er war dort Stipendiat an der gleichen Musikhochschule, wo ich auch studierte. Dort lernten wir uns kennen und haben geheiratet. Leider haben wir uns kurz nach unserer Ankunft in Kuba scheiden lassen, trotz zweier Kinder. Er setzte mir überall Hörner auf. So sind nun mal die Kubaner, wenn sie eine ihrer heißblütigen Landsmänninnen treffen. Ist aber kein Problem, ich arbeite und sorge allein für meine kleine Familie."

Die ganze Zeit hatte ich fest in seine Augen gesehen und war sehr stolz auf meine ruhige, unverbogene und sogar ein wenig ironisch tadelnde Aussage. Mein Auftreten hatte ihn wohl beeindruckt, und er wusste zunächst nicht, welche Fragen er mir noch stellen könnte.

„Was machen Sie zurzeit und wo?"

„Ich arbeite in der Escuela national de arte als Musiklehrerin und bilde zukünftige Chorleiter aus. Der Palast, der mir für meine Arbeit zur Verfügung steht, ist mehr als ausreichend und so luxuriös eingerichtet mit Möbelstücken, die in einer Privatwohnung sehr nützlich sind, aber nicht für die Ausbildung von Musikern."

„Welche Sachen benötigen Sie, um optimalen Unterricht geben zu können?"

„Na ja, ich habe zwar einen Plattenspieler, aber keine Schallplatten, keinen Notenständer, keinen Kopierer, und es fehlen noch viele andere Sachen..."

Er beugte sich zu einem anderen der „Freunde" und beauftragte diesen ernstlich, eine Liste meiner Wünsche aufzuschreiben, zusammen mit einer Adresse, wo diese Sachen hinzuschicken sind.

Nun erst erinnerte ich mich an die vielen unglaubwürdigen Erzählungen der Kubaner darüber, dass bei Treffen von „Irdischen" mit Fidel, dieser immer nach den Traumwünschen fragte und diese dann tatsächlich von ihm erfüllt wurden. Es kursierten Geschichten über Wünsche nach Autos, Waschmaschinen oder Kühlschränken, die tatsächlich von ihm den Bittstellern gegenüber eingelöst wurden. Sie entsprachen offenbar der Realität, wie ich gerade erlebte.

Auf persönliche Bedürfnisse war ich allerdings nicht versessen. Mich interessierten viel mehr die Verbesserung des Unterrichts und die Behebung des diesbezüglichen Materialmangels.

Aber kein Kommentar mehr dazu! Ich habe die Dinge aus meiner Liste nie bekommen. Meine Wünsche waren wohl zu ausgefallen, jedenfalls war es wohl deutlich einfacher ein Schrottauto aus zehnter Hand zu organisieren. Dieser große Tag ging zu Ende. Er wiederholte sich noch einmal mit dem Coro gigante, und dann wurde es still um Ereignisse dieser Art.

Die Gründung meines ersten Laienchores „La corona"

Neben dem Schulchor, den auch die meisten meiner Schüler dazu nutzten, ihre Chorstücke für ihre Diplomkonzerte einzuüben und vorzubereiten, wünschte ich mir unbedingt, einen eigenen, festen Chor zu dirigieren. Der einzige gute und nicht professionelle Chor, der Coro national, war schon in festen Händen. Um meinen Wunsch zu erfüllen, musste ich mir die Leute dazu selbst suchen und einen eigenen Chor gründen.

Nach einer Vereinbarung mit dem Direktor der Tabakfabrik „La Corona" (eine berühmte kubanische Tabaksorte) besuchte ich seine Fabrik. Man erzählte mir, dass in allen großen Tabakfabriken des Landes obligatorisch regelmäßig Kulturveranstaltungen durchgeführt wurden. Bei Tagesarbeitszeiten von acht Stunden oder den entsprechenden Nachtschichten wurden pausenlos Romane und Gedichte vorgelesen oder Musik zu Gehör gebracht, weil dann die Menschen nicht so schnell ermüden bei ihren ewig gleichen und langweiligen Handarbeiten.

Nun stand ich plötzlich vor einigen hundert Zigarrenrollern, die an langen, schmalen Tischen eng zusammen saßen, viele Reihen hintereinander. Ich trug meine Idee vor, hier einen Chor zu gründen. Die Arbeiter applaudierten heftig, und so rief mich eine Woche später der Fabrikdirektor an und erzählte mir, dass er etwa vierzig Interessierte für meinen Chor hätte. Jetzt begann die Arbeit mit meinem ersten, selbstgegründeten Chor.

Kubaner besitzen erstaunlicherweise von Natur aus eine kräftige Stimme, die sie dann auch hemmungslos herauslassen; Rhythmusgefühl haben sie sowieso im Übermaß. Es war also nutzbares Material im Überfluss vorhanden. Und so begann ich meine Arbeit mit großem beiderseitigem Einsatz. Schon im ersten Jahr sangen wir einige große Chorpartien aus dem *Messias* von Georg Friedrich Händel, und daneben viele typische Volksliedarrangements fabelhafter kubanischer Komponisten und Arrangeure. Diese Chorwerke waren voller Leben, enthielten Ausbrüche bis hin zum Exhibitionismus, Melodien zum Verlieben oder zum Sterben, Rhythmen mit absolutem Zwang zur Körperbewegung.

Ich fühlte mich glücklich, diese Art von Musik kennen zu lernen, einzustudieren und aufzuführen. In diese Musik war ich total verliebt! Nur so war man in diesem Land voll integriert: indem man dort zusammen lebte, die gleichen Leiden erlitt, auf den Straßen zusammen Karneval feierte und tanzte. Die vollständige Hingabe und der Genuss dieser Gesangs- und Tanzkunst erbrachte die Gegenbalance zu der allgemeinen Notlage. Wenn die Menschen tanzten, waren alle irdischen Leiden vergessen, sie ertranken fast in dieser Droge. Bis zu meinem Abschied aus Kuba existierte dieser Chor viele Jahre weiter, und ich konnte den Chor dann abschließend meiner guten, graduierten Schülerin Ruth übergeben.

Klingeln oder Gongs gab es in großen Miethäusern nicht, sondern nur metallene Türklopfer, die aber durch ihren kräftigen Klang überall in der Wohnung zu hören waren. Wegen der ständigen Hitze hielten die Kubaner ihre Türen ohnehin nicht geschlossen, um so eine bessere Luftzirkulation zu erreichen. Aus Hitzegründen war auch zweimaliges Duschen täglich völlig normal. Es wurden nur die Jalousetten herabgelassen, um das herumfliegende Ungeziefer aus den Wohnungen zu halten, das aber trotzdem noch oft genug auf dem Körper herumkrabbelte. Glücklich waren die Menschen, die das nicht spürten und so glücklich schlafen konnten.

Eines Nachts, die Kinder schliefen längst, klopfte es nun an meiner Wohnungstür.

Ich ging also zur Tür und fragte leise:

„Wer ist da?"

„Ich bin es, bitte lass mich rein."

Es war die Stimme meines ehemaligen Lebensgefährten Bernardo, der schon seit mehr als einem halben Jahr in der Sowjetunion war.

„Was willst du noch von mir?"

„Bitte, lass mich rein, bevor die Kinder aufwachen und auch die Nachbarn!"

Ich ließ ihn hinein und stand in Unterwäsche vor ihm. In den Nächten konnte man es ja anders kaum aushalten. Er sah mich an, sagte nichts mehr; wir konnten nur unsere Körperkonturen wahrnehmen. Er griff nach meinen Umrissen, drückte meinen Körper auf den kühlen, gefliesten Boden und versuchte, meinen Slip herunterzuziehen.

Ich wehrte mich heftig. Was sollte ich machen? In tausendstel Sekunden durchzuckten mehrere Lösungen meinen Kopf. Wenn ich schrie, würden die Kinder wach und somit Zeugen dieses Geschehens, am Ende stünden sicher traumatische Belastungen für sie. Um ihn in Ruhe zur Einsicht und Umkehr zu bewegen, war die Situation inzwischen zu weit fortgeschritten.

Er keuchte, zitterte und schwitzte am ganzen Körper.

Oder sollte ich mich vergewaltigen lassen und mir dabei einreden, es sei die beste Lösung, mich dabei gefühllos und tot zu stellen?

Es geschah so. Er befriedigte sein Verlangen und ging dann, ohne ein Wort zu sagen, wieder fort.

Ich huschte eiligst in das Badezimmer und machte die gründlichste Körperreinigung unter der Dusche. Danach lag ich bis zum Morgengrauen wach und dachte über das Geschehene nach. Es ergab alles keinen Sinn.

Morgens verteilte ich die Kinder wie immer im Kindergarten und in der Schule und ging zur Arbeit. Dort versuchte ich, meine schlechte Laune und meine Traurigkeit vor den Schülern zu verbergen. Wieder zu Hause rief ich meine Ex-Schwiegereltern, also die Eltern meines Vergewaltigers, an und verbot ihnen ab sofort jeglichen Kontakt mit ihrem Enkelsohn. Das war meine Rache wegen der Vergewaltigung!

Ich bin mir heute sicher, dass dies eine Fehlentscheidung war, dass diese Personen letztlich keine Schuld am Fehlverhalten ihres Sohnes traf. Mein Sohn hätte doch die Liebe und Zuneigung dieser Großeltern gebraucht, wenn er sie wegen seines Auslandsaufenthalts schon nicht von dem leiblichen Vater bekam.

Seelisch und körperlich war ich fertig! Ich hasste alle Männer, vor allem die kubanischen Machos! Alle schienen mir gleich, sexbesessen, egoistisch und verantwortungslos! Ich zerfloss in Selbstmitleid.

Meinen Eltern gegenüber verschwieg ich natürlich diese ganzen Geschehnisse. Ich wollte sie nicht schon wieder traurig machen. Sie hatten mich ja vor meiner ersten Heirat gewarnt, sie hatten die Scheidung erlebt, und nun noch diese Panne in meinem zweiten Anlauf! Mir war klar, dass ich allein war, mich nur noch auf mich selbst verlassen konnte und durfte.

Wie sollte ich je wieder einen Anschluss finden, wenn ich mit drei Kindern in meine Heimat zurückkehren würde? Wo würde ich Arbeit finden, um mich und drei Kinder ernähren zu können? Auf die kleine Rente meines Vaters konnte ich mich kaum verlassen. Meine Mutter war ihr ganzes Leben immer nur Hausfrau und besaß auch keine Geldquelle. Sie hatten jahrelang alles für mein Studium gegeben und dabei selbst auf vieles verzichtet. Sollte ich mich jetzt mit vier Personen allein auf sie stützen?

Ich entschied mich dafür, weiter auf Kuba zu bleiben, denn hier hatte ich sichere Arbeit und ein sicheres Einkommen, außerdem noch höher als das der meisten Normalkubaner. Das verdiente Geld brachte im täglichen Leben zwar nicht viel, aber ich war immerhin unabhängig und musste und konnte mein Leben selbst gestalten. Ich fiel niemandem zur Last. Berufliche Erfolge und eine nette Arbeitsatmosphäre glätteten langsam meine psychischen Kanten, und ich versuchte, mich nur noch auf die angenehmen Seiten des Lebens zu konzentrieren.

Die spanische Sprache beherrschte ich mittlerweile nahezu perfekt. Nun wünschte ich mir, neben aller Arbeit, Haushalt und Kindererziehung, noch eine neue Sprache zu erlernen. Die französische Sprache hatte mich schon immer fasziniert. Ich hörte alle Sprachen immer, als wären sie Musik, und diese Sprache erinnerte mich an die romantischen, leidenschaftlichen und Empathie tragenden Werke der Musikliteratur. Diese Sprache klang vornehm, aber nicht zurückhaltend; sie war leidenschaftlich präsent, aber gezügelt. So schrieb ich mich als Studentin ein bei der „Alliance francaise", mitten in der Stadt gelegen.

Drei Mal jede Woche erhielten wir hier in einer kleinen Gruppe von zehn Personen Unterricht. Neben einigen Kubanern und mir waren noch andere Ausländer dort, Portugiesen, Syrer und so weiter. Damals war ich auch noch jung, frisch, fleißig und sehr interessiert am Lernen. In den Pausen kamen alle Studierenden, auch aus den fortgeschrittenen Lehrgruppen, auf dem Hof zusammen und tranken gekühlte Getränke aus einem Automaten. Ich stand einmal mit meiner Französischlehrerin zusammen, eine weitere Lehrerin kam hinzu, und sie erzählten sich einige Witze in Spanisch. Auch ich musste lachen und erzählte dann meinerseits einen Witz. Dafür bekam ich allergrößtes Lob. Die andere Lehrerin hielt mich für eine Kubanerin.

Hurra! Das bedeutete ja, dass ich diese Sprache absolut fehler- und akzentfrei beherrsche. Sechs Semester hielt ich bei meinen Sprachstudien treu durch und erhielt am Ende mein Diplom für das Studium der französischen Sprache mit „trés honorable".

Wo finde ich den nächsten Hafen?

Es gibt in Kuba ein Sprichwort, ähnlich einem deutschen: „El burro es el único animal, que tropieza tres veces con la misma piedra". Freie deutsche Übersetzung: „Selbst das kleine Eselein, stößt sich drei Mal nur am Stein". An dieses Sprichwort hielt ich mich dann auch konsequent, mit allen Folgen.

Um nach dem Sprachunterricht nach Hause zu fahren, benutzte ich immer den Autobus. Zwischendurch musste ich noch meine drei Kinder einsammeln. Am Ende meist schon ziemlich erschöpft, gingen wir dann von der Bushaltestelle zwischen der Nationalbibliothek und dem Öffentlichkeitsministerium zu Fuß nach Hause. An dieser Bushaltestelle wartete regelmäßig ein junger Mann auf seinen Bus in der Gegenrichtung. Unter seinem Arm hielt er ein französisches Sprachbuch und fluchte leise vor sich hin, wenn der Bus sich wie immer verspätete und er deswegen zu spät zum Unterricht kam. Wir kamen ins Gespräch und tauschten uns über die bevorstehenden Prüfungen aus. Ein Semester später hatten wir zufällig zur gleichen Stunde Unterricht; er war schon zwei Semester weiter als ich. Danach begleitete er mich des Öfteren bei der Busfahrt und half mir auch, die Kinder abzuholen.

Als oft enttäuschte, aber lebenslustige Frau fand ich es nun doch faszinierend, was und wie dieser junge Mann, namens Carlo alles tat und wie er sehr schnell freundliche und kumpelhafte Kontakte mit den Kindern herstellte. Er war überhaupt nicht aufdringlich, und manchmal sahen wir uns tagelang nicht. Dann tauchte er mal wieder auf, und wir holten gemeinsam die Kinder ab. Dabei erzählte er mir dann einmal, dass er in der Nationalbibliothek arbeite und noch Informatik und Sozialwissenschaften studiere.

Er war sehr belesen. Begreiflicherweise: in der Bibliothek hatte er ja Zugang zu allen Büchern, auch zu denen, die auf der „schwarzen" Liste standen und normalen Besuchern nicht zugänglich waren. Mit der Zeit fanden wir so immer mehr gemeinsame Interessen, denn auch ich war an Literatur stark interessiert, und so führte er mich mehr und mehr in die lateinamerikanische Literatur ein. Die besten Bücher empfahl er mir, sogar Neuerscheinungen, die direkt in der Bibliothek eingegangen und im Grunde noch gar nicht auf dem Markt waren.

Wir waren lange Zeit sehr gute Freunde. Er war auch gerade frisch geschieden, hatte eine neue Freundin, über die er mir aber nichts Näheres erzählte, und ich fragte ihn auch nicht danach. In mein frustriertes Privatleben brachte diese neue Freundschaft jedenfalls ein wenig Abwechslung und Farbe. Die Anwesenheit meiner Kinder wurde von ihm akzeptiert, er half gelegentlich, Kinderstreit zu schlichten, zeigte dabei aber nie autoritäre Züge, wie diese oft von Ersatzvätern eingesetzt werden. Die Kinder mochten ihn sehr, und ich war mit der reinen Freundschaft zufrieden. Mit ihm machten wir viel mehr Ausflüge, Kino- oder Theaterbesuche, als je mit den Vätern meiner Kinder zuvor. Auch Eis in der berühmten Eisdiele „Coppelia" zu essen gehörte dazu. Wir führten praktisch ein Familienleben, ohne dass er in meine Wohnung einzog oder sogar mit mir schlief.

Carlo ging sehr vorsichtig mit mir um, denn er kannte inzwischen meine zwei Vorgeschichten und meinen Hass auf alle kubanischen Machos und Egoisten. Ich brauchte in meinem Leben keinen neuen Mann! Ein Dach über dem Kopf, meine Arbeit, ein auskömmliches Einkommen und eine Haushälterin, das fand ich völlig ausreichend. Inzwischen hatte ich auch schon einen Namen, einen Ruf; nicht nur in der Hauptstadt, sondern auch in anderen Städten, wo meine jungen Studenten und Studentinnen nach dem Diplom ihre Arbeit aufnahmen und von den schönen und fruchtbaren Zeiten mit mir erzählten. Zu regionalen Chortreffen oder Chorwettbewerben wurde ich oft als Jurymitglied eingeladen. So lernte ich Stück für Stück alle

Chöre des Inselstaates kennen, egal ob gute oder weniger gute.

Dabei war ich auch einmal drei Tage lang mit dem berühmten kubanischen Poeten Nicolás Guillen zusammen. Wir waren beide Mitglied der Jury eines Kulturevents. Ich lernte auch den Chorleiter und Arrangeur vieler wunderbarer kubanischer Volkslieder für gemischten Chor, Electo Silva aus Santiago de Cuba, kennen. Ich selbst dirigierte meinen Schulchor und auch den inzwischen berühmt gewordenen Laienchor der Tabakfabrik „La corona", und wir sangen viele seiner Werke, die dort zum Standard-Repertoire gehörten, wie in Deutschland Brahms Volkslieder oder die Werke von Bartok und Kodaly in Ungarn. Diese Volkslieder, zu mehrstimmigen Chorstücken verarbeitet, prägen das Gesicht einer Nation. Sie kommen aus dem Volk, sind beliebt, die Menschen können sich mit ihnen identifizieren. Sie fühlen sich der Heimat verbunden und können sich ein wenig im Heimatstolz sonnen. So lange ein Volk auf seine reine Folklore stolz sein kann, kann das Land sich glücklich schätzen. Aber man darf das bitte nicht mit falscher Volkstümlichkeit oder Schlagerhits verwechseln.

Eines schönen Tages stand mein neuer Freund vor mir, die Kinder waren auch anwesend, und er sagte unvermittelt:

„Ich will dich heiraten!"

„Oh!"

„Ich habe mit meiner Freundin Schluss gemacht und glaube, dies wäre die beste Lösung, wenn es dir nichts ausmacht. Die Kinder mögen mich, ich mag sie auch, und den Rest meiner Gefühle kennst du ja.

„Ist das nicht ein wenig verrückt? Die Kinder sind nicht deine. Ich bin 29 Jahre alt, du bist 4 Jahre jünger. Hast du dir das gut überlegt?"

Diese letzte Frage war allerdings überflüssig. Ich kannte inzwischen die kubanischen Männer gut genug. So lange die Liebe zu einer Frau vorhanden war, spielten andere Faktoren oder Schwierigkeiten überhaupt keine Rolle, die Antwort war dann immer ein klares „Ja". Sobald die Liebe zur Frau erloschen war, war alles absolut tot. In diesem Fall verließ der Mann das Haus, ohne irgendwelchen Streit um irdische Gegenstände oder sonst etwas. Haus und Wohnung blieben Eigentum der Frau ohne Diskussion, die Frau durfte aber dafür die Kinder allein groß ziehen. Eine „gerechte Verteilung", Kinder gegen Wohnung!!!

Natürlich war auch die Wohnungssituation in Kuba katastrophal, Neubauten gab es nicht. Die alten Häuser und Wohnungen wurden immer maroder. Baumaterial, Ersatzteile, Farben für innen oder außen: Fehlanzeige – es gab nichts. Sehr oft lebten darum drei Generationen in einer kleinen Zweizimmerwohnung.

Aus Sparsamkeit oder aus Mangel wurde oft der Strom abgeschaltet, und während dieser Zeit sollten die Kühlschränke geschlossen bleiben, sonst verdarben ganz schnell die wenigen Lebensmittel. Oft war auch kein Wasser in der Leitung, die Motoren standen still, die aus den Zisternen der Häuser das Wasser hoch zu pumpen sollten. Wenn nun aus dem Wasserhahn nichts mehr kam, dienten halt das Spülwasser und das Badewasser aus der Wanne als Toilettenspülung. Es wurde also alles mehrfach verwendet. Das Leben war eben hart.

Dieser Wassermangel wurde für mich zur Hysterie, als meine kleine Tochter an Gastroenteritis erkrankte und ich täglich zig Mal die Windeln wechseln musste, auch die Bettwäsche ihres Kinderbettchens war fünf Mal am Tag vollgeschmiert, und alles musste ja irgendwie gewaschen werden. Das bedeutete für mich, täglich zwanzig Eimer Wasser in den 2. Stock tragen für den täglichen Bedarf. Eine riesige Belastung war das allemal! Nur, dieses Problem hatte ich mit allen Kubanern gemeinsam.

Und mein neuer Freund, Carlo, der Bibliothekar, redete weiter:

„Ja, ich habe auch schon meine Mutter und meinen Bruder informiert. Mein Bruder hat nichts dazu gesagt. Er hat selbst viele Probleme mit seiner Lebensgefährtin, doch meine Mutter mag dich und deine Kinder."

„Du hast eine herzensgute Mutter, das stimmt."

Als wir das letzte Mal abends zusammen etwas unternehmen wollten, kam sie sofort hierher und hatte auf die Kinder aufgepasst und sie ins Bett gebracht. Mein Sohn erzählte mir, dass sie sogar etwas Süßes gezaubert hatte aus dem, was sie so in der Küche fand. Ich wusste gar nicht, dass Mehlschwitze mit ein bisschen Zucker so vorzüglich schmecken konnte. Ich glaube, mit dieser Erfindung hatte sie das Herz der Kinder erobert.

Sie war eine sehr kleine Frau, sie lächelte immer so zart wie ein Engel. Als ich sie das erste Mal sah, erinnerte sie mich sehr an meine geliebte Uroma aus Ungarn. Ich glaube, wenn sie länger gelebt hätte und sich mehr Kontakt hätte aufbauen lassen, ich hätte sie genau so geliebt wie meine verstorbene Uroma.

„Gut, ich muss darüber noch nachdenken. Aber etwas kann ich dir jetzt schon sagen: Du bist der verrückteste und liebevollste Mann, den ich bisher kennen gelernt habe. Was werden wohl deine Arbeitskollegen denken, dass du jetzt eine ältere Frau mit drei fremden Kindern heiratest?"

„Ja, sie haben mich auch schon danach gefragt, aber irgendwie sind alle begeistert von dir."

Die nächsten Tage vergingen, ohne dass über dieses Thema geredet wurde. Ich hatte auch das Bedürfnis, mich mit einigen meiner guten Freundinnen zu beraten und deren Meinung einzuholen. Keine von ihnen war besonders dagegen. Auch dieses Mal habe ich meinen Eltern gegenüber geschwiegen.

Kurze Zeit später heirateten wir dann. Ein wunderbares Kleid wurde mir genäht. Es war aus dunkelblauer Seide, bodenlang, gefüttert, kurzarmig und mit rundem, tiefen Dekolleté, seitlich verziert mit Pailletten. Mein Mann hatte sich irgendwo einen Anzug geliehen, weil ja wegen der Hitze Anzüge nicht benötigt wurden. Die Männer trugen bei feierlichen Anlässen ein speziell geschnittenes Hemd, über der Hose hängend, dies ersetzte das Jackett. Für besondere Anlässe wie Hochzeiten konnte man aber auch einen Anzug ausfindig machen. So erlebte ich in einer kleinen Hochzeitsgesellschaft mein drittes Stoßen an dem berühmten Stein! Aber wir gehörten nun offiziell zusammen.

Wie mit meinen vorherigen zwei Partnern war auch mit diesem Mann alles zunächst in Ordnung. Eine harmonische und auf Liebe und gegenseitigen Respekt basierende Ehe einschließlich aller Aufgaben und Zuneigung den Kindern gegenüber versprach eine glückliche Zukunft; alle waren glücklich. Zwar war er mit dem Studium noch nicht fertig, aber er verdiente schon etwas Geld nebenbei, und ich musste nicht für ihn auch noch aufkommen.

Einige Zeit später stellte er mir sogar seine zwei von ihm geschiedenen Frauen vor, und das mit gerade 25 Jahren Lebensalter! Dann stellte er mir noch eine sehr viel ältere Mitarbeiterin aus der Nationalbibliothek vor und organisierte ein Treffen mit allen Damen. Diese ungefähr 12 Jahre ältere Kollegin war verheiratet und hatte zwei pubertierende Kinder. Ihre Ehe bestand auch nur noch auf dem Papier. Na ja... sie war die ehemalige Geliebte meines Mannes.

Diese nette Frau sprach ganz offen zu mir und stand wohl auch voll auf meiner Seite, denn sie ermahnte meinen Gatten, sich mit mir und uns nur keinen Mist zu erlauben. Aus ihren Worten entnahm ich aber eine gewisse Unsicherheit und Ängstlichkeit, denn sie kannte ihn ja schon viel länger als ich. Nur, sollte ich jetzt schon wieder schwarzsehen? Die Monate vergingen, und mich beschlichen tatsächlich einige Zweifel. Ich konnte nicht genau sagen, warum, aber ein inneres Bauchgefühl sagte mir: „Da ist etwas im Busche!"

Wir hatten eine gemeinsame Reise nach Ungarn vor uns, damit meine Eltern einmal wieder ihre Enkel sehen konnten und auch meinen dritten Mann kennen lernen sollten. Aus Erfahrung wusste ich, dass es unmöglich war, einen direkten Flug nach Ungarn zu buchen und ihn mit kubanischen Pesos zu bezahlen. Bereits zwei Mal war ich so daran gescheitert, ein Flugticket nach Kanada bzw. Japan für das Internationale Treffen der Kodály-Gesellschaft zu bekommen. Es mussten also andere Wege gefunden werden. Ich erinnerte mich an den Chef der Gewerkschaft, der mich angeworben hatte für das Dirigat des „Coro gigante" am 1. Mai und an die dadurch erworbenen Verdienstpunkte (puntos de merito). Die Bekanntschaft wurde nun neu aufgewärmt und alle Steine im Weg konnten durch hohe Würdenträger beiseite geräumt werden. So durften wir also mit Pesos bezahlen.

Mein neuer Ehemann verhielt sich nun schon seit einiger Zeit recht merkwürdig. Er erzählte im Gegensatz zu früher nichts mehr vom Studium und auch nicht vom Arbeitsplatz. Des Öfteren besuchte uns eine junge Frau, die geschiedene Frau des Bruders meiner besten Freundin und besten Schülerin. Ich hatte keinen Grund zu irgendeinem Misstrauen.

Wir trafen in Ungarn ein, es war Hochsommer und somit auch in meiner Heimat sehr schön warm. Es war eine trockene Hitze, nicht so feucht wie in Kuba, und so brauchten wir nicht mehrmals täglich eine erfrischende Dusche. Die Wiedersehensfreude war riesig. Wie immer machten meine Eltern keine Kommentare zu meinem Lebenspartner. Sie hatten wohl schon vor langer Zeit eingesehen, dass ich aufgrund des frühen Abschieds vom Elternhaus immer für mich allein entscheiden musste und dies ja auch machte. Daher mochten sie wohl auch keine Kritik an diesen meinen Entscheidungen üben. Ich war ja auch alt genug, um die Folgen meines Handelns selbst zu tragen.

In dieser Zeit spürte ich deutlich ein distanziertes und abgekühltes Wesen im Verhalten meines Mannes. Ich stellte ihm keine diesbezüglichen Fragen, denn ein offenes Drama zwischen ihm und mir sowie meinen Eltern wollte ich nicht aufkommen lassen. Die Kinder sollten ihre Ferien und die Liebe ihrer Großeltern genießen.

Bei diesem Besuch vertraute ich dann meiner Mutter an, dass ich definitiv eine Rückkehr nach Ungarn in ein bis zwei Jahren plante. Außerdem erzählte ich ihr von meinem Gefühl, dass auch in dieser derzeitigen Beziehung ein Wurm steckte, den ich aber noch nicht genau definieren konnte. Zudem rutschte Kuba selbst in immer tiefere Notlagen. Zahlreiche weitere Lebensmittel waren aus dem Angebot verschwunden, unsere Möbel nur noch Schrott. So war in den schönen Stühlen das Flechtwerk völlig zerrissen, es standen nur noch die Holzrahmen, an Sitzen war nicht mehr zu denken. Ersatzteile waren in keiner Form zu bekommen. Man konnte nur noch alles wegwerfen. Alles das waren gravierende Beweggründe, um nun doch eine Rückkehr in die Heimat vorzubereiten.

Dazu kamen noch diverse andere Gründe. Der öffentliche Verkehr etwa brach oft völlig zusammen, da auch die Busse alle nach und nach ihren Geist aufgaben. So wurde dann oft aus zwei defekten Bussen ein „neuer" zusammengeschweißt und irgendwelche Motoren eingebaut, die eben zufällig gerade da waren. Aber auch diese „neuen Modelle" wurden schließlich immer seltener. Kein Mensch wusste mehr, wie er zu seiner Arbeitsstelle kommen sollte. Es wurden Fahrgemeinschaften gebildet mit „Taxibesitzern", also mit alten verrosteten Buicks und Chevrolets, die noch von den US-Amerikanern aus der Battista-Ära stammten. Diese Maßnahme linderte die Fahrsituationen und sicherte den stolzen Besitzern ein Zusatzeinkommen.

So musste sich jeder damals in Kuba täglich neu erfinden, und es wurde alles improvisiert. Der dort herrschende Kommunismus und der Personenkult um Fidel machte aus allen Kubanern Lebenskünstler. Mit ihren krummen, natürlich inoffiziellen und unerlaubten Schwarzmarktgeschäften spielten sie freilich mit dem Feuer, und das konnte durchaus im Gefängnis enden. Es traute sich auch niemand mehr, irgendetwas über das Regime zu sagen, denn jeder Zuhörer konnte ein Spitzel sein.

Um mit den Kindern aus Kuba ausreisen zu dürfen, musste ich von jedem Vater jeweils seine schriftliche Erlaubnis erbitten. Kuba wollte keine Bürger verlieren, auch nicht die kleinsten. In Kinderangelegenheiten spielten nur die Väter eine Rolle, die Mütter hatten sich ganz den Wünschen der

Väter unterzuordnen. Ohne diese Unterschrift war an eine Ausreise mit Kindern nicht zu denken. Mein erster Mann hätte mich und die Kinder ohnehin gern völlig aus seinem Gedächtnis verdrängt, und der zweite war ja weit weg. Die eine Unterschrift war also problemlos, doch die zweite musste ich über die kubanische Botschaft in Moskau besorgen. Nur so war es möglich, dass wir alle nach Ungarn fliegen konnten.

Als sich das Ende unseres Urlaubs in Ungarn näherte, stellten mir meine Eltern die Frage, ob ich bereit wäre, eines meiner drei Kinder bei ihnen zu lassen, da ich ja ohnehin plane, in absehbarer Zeit nach Ungarn zurückzukehren. Außerdem könnten so auch meine Eltern lebendige Familie genießen, zudem wäre meine endgültige Ausreise mit nur zwei Kindern später sicher einfacher. Das stimmte natürlich. Nur: welches meiner Kinder sollte ich zurücklassen?

Meine Mutter schielte etwas in Richtung meiner Tochter. „Sie ist ja ein Mädchen und schließt sich leichter an Oma und Opa an!", war ihre Begründung. Zudem stand sie zwei Monate vor der Einschulung und hatte in den zwei Monaten in Ungarn die Landessprache perfekt erlernt. Das sprach alles für eine Einschulung in Ungarn. Natürlich mussten wir das Ganze auch mit den Kindern besprechen. Keines hatte etwas dagegen. Nur ich!

Wie sollte ich denn ohne meine Tochter nach Kuba zurückkehren? Es war nicht so sehr die Angst vor der Rache ihres Vaters, dem war es ohnehin völlig egal, wo und wie seine Kinder lebten. Er hatte seine Tochter das erste Mal im Alter von sechs Monaten gesehen und sie nicht einmal in den Arm genommen. Später sah er sie ja dann noch einmal, doch nur, als auf Wunsch meines „großen" Sohnes ein Treffen mit Kinobesuch organisiert wurde. Damit waren seine väterlichen Pflichten und die Liebe zu seinen Kindern erschöpft.

Vorbereitungen zur endgültigen Ausreise aus Kuba in Richtung Heimat
Die Hoffnungen sind verschwunden

Die nun erforderliche Zwangstrennung von meiner Tochter hat mich innerlich darin bestärkt, unsere endgültige Ausreise aus Kuba geheim, aber definitiv vorzubereiten.

Wir nahmen also nach Rückkehr aus Ungarn mit verkleinerter Familie unsere Tagesroutine wieder auf, zur Arbeit gehen und den normalen Schulbesuch.

Mein älterer Sohn hatte von einiger Zeit mit Geigenunterricht begonnen und sich dabei als musikalisch hochbegabt erwiesen. Sein Unterricht fand im gleichen Gebäude statt, in dem auch ich unterrichtete. Leider waren sein Unterrichtsplan und meine Arbeitszeiten sehr unterschiedlich, und einer von uns beiden musste jeweils auf den anderen lange warten. Das führte dann schließlich dazu, dass ich ihn im dortigen Internat anmeldete und nur an den Wochenenden nach Hause holte. Anfangs ging auch alles gut, die Lehrer lobten ihn, seine Leistungen waren zufriedenstellend.

Aber bald begannen die Probleme. Er wurde immer aggressiver, zeigte sich handgreiflich gegenüber Mitschülern und sogar Lehrern. Dazu kam nun noch nächtliches Bettnässen. Am Wochenende zu Hause wollte er sein Instrument nicht mehr üben. Es wurde ein Psychologe konsultiert; gegen das Bettnässen wurde mit schnellem Erfolg ein Medikament verordnet. Trotzdem stimmte mit ihm etwas nicht. Aus seinem Internatsleben erzählte er fast nichts. Zum Glück fand er gute Freunde, die auch Geige lernten und am Wochenende ebenfalls zu Hause waren. Sein bester Freund wurde Lionel, er wohnte nicht weit weg von uns, und so genossen die zwei die Wochenenden zu Hause.

Nachträglich denke ich oft darüber nach. Meine Eltern gaben mich mit 10 Jahren weg zum Musikstudium, und ich tat das Gleiche mit meinem Sohn. Hier stelle ich mir die Fragen: „War das korrekt so?"; „Habe ich Familienliebe vermisst?"; „Hätte mein Sohn besser in der Familie bleiben sollen?". Ich bin mir heute sicher, und es steht für mich fest, dass ich meinem Sohn mit diesem „Weggeben" unglaublich großes Leid zugefügt habe. Dieses Leid hat sein ganzes Leben negativ beeinflusst, bis zu seinem frühen Tod mit 42 Jahren.

Das tägliche Leben mit meinem Ehepartner verlief weiter, mit Höhen und Tiefen, also normal. Er litt immer häufiger unter einer Nasennebenhöhlenentzündung und hatte dabei fürchterliche Kopfschmerzen. Dann schloss er sich tagelang in einem Zimmer ein, mit heruntergelassenen Jalousien verdunkelt. Auf Fragen reagierte er gereizt und oft aggressiv, kämpferisch. Es schien bei ihm langsam alles aus den Fugen zu geraten. Krankgeschrieben blieb er immer mehr zu Hause, so kam auch kein Geld mehr von ihm für den Haushalt.

Sein Bruder kam in eine Nervenklinik. Meine liebe, kleine und herzensgute Schwiegermutter starb überraschend nach einer Operation. Mein eigener Vater erlitt fast zur selben Zeit eine Darmblutung, die aufgrund eines gleichzeitigen Schlaganfalls nicht operiert werden konnte. Als er dann endlich operiert werden konnte, machte eine Blutvergiftung seinem Leben ein Ende. Über das Ganze hatte mich meine Mutter per Telegramm informiert.

Wir stellten sofort einen Reiseantrag, um an der Beerdigung teilnehmen zu können. Aber wie schon früher, war ein solches Schicksal kein Grund für Ausnahmen, wir hatten nur Pesos und diese waren diesmal nicht gut genug für die Flugtickets. Die einzige Kontaktmöglichkeit bestand darin, im Ministerium für Kommunikation, also im Postamt, einen persönlichen Antrag für ein Auslandstelefonat mit meiner Mutter zu beantragen. Auch wer ein Telefon zu Hause hatte, konnte nicht einfach mal in das Ausland telefonieren. Im Postamt gab es 15 durchnummerierte Kabinen. Die Telefonbeamtin nahm die gewünschte Nummer auf und versuchte lange Zeit, den Anschluss über die völlig überbelasteten Auslandslinien zu herzustellen. Sobald dies gelungen war, schrie sie laut meinen Namen und die Kabinennummer. So konnte ich nach einer Wartezeit von einem Tag und einer halben Nacht endlich mit meiner Mutter telefonieren, mich ausweinen, die Stimme meiner Tochter hören und kleinlaut sagen, dass wir zur Beerdigung meines Vaters nicht kommen können.

Was für eine Ohnmacht ist dies? Und diese Ohnmacht häufte sich immer mehr. Meine Gefühle, kein Geld, also keine Bestechung, keine ausreichenden Bekanntschaften, weder Lüge noch Ehrlichkeit, keine Versprechen, kein Mitgefühl, kein Haus, kein Aufstand, kein Schrei, kein Weinen... nichts konnte meine Probleme lösen. Es kippte alles um in ein Gefühl von ewiger, unaufhörlicher Folter, die nur noch mehr Schmerzen verursachte und in Todessehnsucht endete.

Hinzu kam in diesem Moment die Gewissheit, dass die junge 19-jährige Frau, die von meinem Mann sehr fürsorglich betreut worden war, nun auch seine Geliebte war. In dieser Zeit musste ich mich auch noch einer kleinen Operation unterziehen, die für die Zeit von zwei Monaten einen Intimverkehr nicht zuließ. In Kuba wohl allemal ein Grund zum Fremdgehen.

Dann erklärte mein Mann mir auch noch, dass er in diesem Land für mich und meine Söhne keine Zukunft sehe. Das erweckte in mir Nachdenken darüber, warum er mich nun so sehr zur Ausreise drängte. Wollte er meine Wohnung „erben"? Hatte er von meinen geheimen Ausreiseplänen erfahren? Er kam jeden Tag später nach Hause, manchmal erst früh am Morgen, immer in großen Parfümwolken. Mit meinen täglichen Problemen musste ich mal wieder allein kämpfen. Auf Nachfrage, was ihn denn so triebe, erhielt ich nur knappe, ironische Antworten und dass mich das alles nicht zu interessieren hätte. Später folgten dann sogar Handgreiflichkeiten und Wutausbrüche mit Zertrümmern von Stühlen oder Lampen. Unsere Beziehung geriet mehr und mehr aus den Fugen.

Eines Abends, die Kinder schliefen schon, bat er mich, in das Auto zu steigen, um irgendwohin zu fahren und unsere Gedanken auszutauschen. Schon im Auto kam es zu einer Wortschlacht. Die Gegend, in der wir uns befanden, konnte ich schon nicht mehr erkennen. Keine Häuser mehr, keine richtige Straße mehr, nur holpriges Grasland, ab und zu Sandberge und Baumaterial, keine Menschenseele mehr zu sehen. Plötzlich blieb er stehen, legte sich quer über meinen Schoß, machte mit einem Ruck die Beifahrertür auf und stieß mich hinaus. Mit Vollgas brauste er davon.

Ich begann zu weinen und schrie nach Menschen. Wie lange ich dann dort herumirrte, weiß ich nicht mehr. In der Dunkelheit tauchten zwei Bauarbeiter auf, sie kamen aus einer nahen Baracke. Nach einigen Erklärungen brachten sie mich dann zurück in die Stadt.

Dieses Horrorerlebnis machte mir klar, dass nicht nur sein Bruder in die Klapsmühle gehörte, sondern auch mein Mann. Es war nun klar, dass es gefährlich sein würde, mit diesem Mann weiter unter einem Dach zu leben, und dass eine Aussöhnung nun nicht mehr in Frage kam. Am darauf folgenden Tag besprach ich dies alles mit meiner Schülerin und besten Freundin.

Es blieben mir zwei Alternativen: Ihn aus dem Haus werfen, seine Provokationen ignorieren und souverän in „Freiheit" zu leben, wenn ich im Lande bleiben wollte. Die zweite bestand darin, so schnell wie möglich das Land zu verlassen. So schnell das Weite zu suchen, war leider unmöglich. Dazu war eine Menge an Organisation notwendig, außerdem nochmals der Kreuzweg der Ticketbeschaffung mit Pesos!

Also entschied ich mich für das Leben in „Freiheit", ignorierte ihn, stellte ihm keine Fragen mehr, behandelte ihn wie Luft. Ausflüge mit den Kindern machte ich auch allein. Ich musste mir allerdings große Mühe geben, so zu wirken, als hätte ich das alles schon überstanden, als wäre ich über den Berg und würde nach der Trennung die Scheidung einreichen. Aber bitte schön, solche Reaktionen einer Frau kann doch kein kubanischer Macho ertragen. Wie kommt die *Frau* dazu, ihrem Ehemann so etwas anzutun?

Nun spionierte er mir nach, suchte mich überall, machte mich fertig, er inszenierte bühnenreife Szenen, schrie herum und zerschlug in Wutanfällen weiteres Mobiliar. Derweil trieb er mit seiner Geliebten weiterhin den Intimverkehr – kubanische Gleichberechtigung! Trotz aller Ängste und Gefahren für mich und meine Kinder blieb ich auf meinem beschrittenen Weg.

Eines Nachts, er war natürlich nicht zu Hause, wurde ich wach und spürte einen bissigen Geruch in der Nase.

„Oh, das ist Gasgeruch!"

Schnell sprang ich aus dem Bett, schaute in das Kinderzimmer, meine beiden Söhne schliefen ganz ruhig, und ging in die Küche. Tatsächlich war der Gashahn offen, und seit wer weiß wie lange schon, strömte todbringendes Gas aus. Dieser Mann, immerhin noch mein Ehemann, dieser kubanische Übermacho, wollte uns umbringen!

Zunächst große Panik, Riesenpanik!

Sollte ich meine Kinder wecken und weglaufen? Sollten sie erfahren, was der Stiefvater ihnen antun wollte? Dann kam mir ein Einfall. In kubanischen Wohnungen gibt es keine hermetisch schließenden Fenster und Türen. Vielleicht wollte er uns nur einen Schreck einjagen, damit wir die Initiative ergriffen und Kuba schnellstens verließen. Alles war möglich, nichts unmöglich.

Auf jeden Fall war das zu viel für mich und auch für die Kinder. Aber mein ältester Sohn sollte doch wenigstens noch sein Schuljahr bis zum Halbjahreszeugnis vollenden dürfen. Mein jüngerer Sohn befand sich gerade im ersten Schuljahr, er könnte in Ungarn einfach die erste Klasse wiederholen.

Tausend Gedanken schossen mir durch den Kopf. Ich musste das Ganze mit den Vätern der Kinder besprechen und von ihnen die schriftliche Erlaubnis für eine weitere Urlaubsreise in das Ausland erreichen, auch wenn das Ganze nur vorgetäuscht war. Die Kinder durften nicht die leiseste Ahnung davon bekommen, dass sie nie wieder hierher zurückkommen würden. Kinder plappern ja einfach alles aus, und das würde definitiv das Ende einer Rückkehr in meine Heimat für immer bedeuten. Also war größte Vorsicht angesagt.

Nur mit meinem dritten Ehemann musste ich darüber sprechen, er hätte es sowieso herausbekommen. Ich besprach das dann tatsächlich mit ihm, er zeigte sich sehr erleichtert und versprach hundertprozentige Hilfe bei allem. Ich wusste ja, dass er mit mir, mit uns fertig war und nur noch darauf abzielte, seine aktuelle Geliebte in meine Wohnung einzuquartieren. In der letzten Zeit hatte sie ohnehin schon auf einem Sofa im Wohnzimmer geschlafen, da sie derzeit kein Dach über dem Kopf hatte. Das war für mich dann gewissermaßen die Garantie dafür, dass er alle meine Wünsche hinsichtlich unserer Ausreise erfüllen würde.

Über viel Eigentum verfügten wir ohnehin nicht, Wertvolles besaßen wir fast gar nicht. Wer hatte so etwas schon? Die größten Wertgegenstände waren der Kühlschrank, immerhin älter als 20 Jahre, aber noch funktionsfähig, und die Waschmaschine, gekauft mit meinen Verdienstpunkten. Er bekam nun die Aufgabe, diese „elektrischen Juwelen" buchstäblich in echtes Gold zu verwandeln. Nur durften diese Gegenstände meine Wohnung erst dann verlassen und in die Hände der neuen Besitzer kommen, wenn wir Kuba schon verlassen hätten, natürlich gegen Gold. So kamen also etliche Interessenten vorbei, zeigten mir ihr Gold in Form von Schmuck, und wir verhandelten so über die Preise. Ich bekam auch tatsächlich das Gold in Form von Ketten, Armbändern, Broschen, also alles in Form von Dingen, die man am Körper tragen konnte und die damit nicht im Koffer verstaut werden mussten.

Wie ich später hörte, wurde unsere Wohnung nach unserer Abreise tatsächlich „ausgeplündert". Auch unsere Kleidungsstücke waren da schon mit verkauft, egal in welchem Zustand, alles wurde zu Gold. Wie heute noch, durfte man in das Flugzeug nur Koffer bis 20 Kilogramm Gewicht mitnehmen. Ich ließ alles zurück, nur die Kleidung am Leib nahmen wir mit. Dafür waren wir alle, auch die Kinder, mit Ketten behängt, wir trugen mehrere Armreife an den Armen, und an den Innenseiten der Pullover waren die Broschen befestigt.

Unsere Koffer waren vollgepackt mit meinen alten Schulheften, die teilweise noch von der Musikhochschule stammten, darin alles über Musikgeschichte, Harmonie- und Formenlehre, Werkanalysen von Chorwerken und so weiter. Dazu kamen eine Menge alter Schallplatten von Opernaufführungen mit berühmten Sängern. Diese hatte ich in Kuba ergattert, da sie während meiner Studienzeit in Ungarn nicht zu bekommen waren. Diese von RCA produzierten Schallplatten hatten einst die reichen Amerikaner in Kuba hinterlassen.

Weiterhin waren in den drei Koffern noch handgemachte Schüsseln mit Haifischzähnen daran, in durchsichtige Kunststoffe eingegossene Insekten, Skorpione, Käfer als Medaillons und Kettenanhänger. Einige aus bohnenartigen, farbigen exotischen Samen der kubanischen Vegetation zusammengefügte Halsketten vervollständigten die Kofferinhalte. Ich glaube, das war es dann auch!

Als das größte Problem erwies sich dann allerdings die Unterschrift unter der väterlichen Erlaubnis für die Ausreise meines jüngsten Sohnes. Der Vater war ja mit Stipendium im Ausland, genauer: in der Sowjetunion. Auf die Schnelle und in vernünftiger Form war das nicht zu schaffen. Aber wie bei allem in diesem Land war mit Bestechung alles zu kriegen. Jeder kennt jeden, und der kennt wieder jemanden, und so weiter... bis der Bekannte zufällig in einem Ministerium arbeitet, in welchem Geburtsurkunden ausgestellt werden. So hatten wir dann auch plötzlich eine Geburtsurkunde meines jüngsten Sohnes mit dem Familiennamen, der zufällig auch mein Name in meiner Geburtsurkunde war. Das war immer so, wenn ein Vater die Vaterschaft nicht anerkennen will. Das kostete zwar einige Prachtstücke aus meinem Kleiderschrank, das war es mir aber wert, und da gab es kein Zögern. Was sollte ich auch mit Sommerkleidung für 30° Wärme anfangen. Bei unserer Ankunft in Ungarn herrschten gerade -20°C.

Aber noch stand der Moment der Abreise vor uns, wir näherten uns ihm jeden Tag ein wenig mehr. Unter höchster Geheimhaltung wurden alle Probleme geregelt. Ich beantragte drei Wochen „Winterurlaub", sie wurden genehmigt.

Dann fiel ich allerdings noch in ein tiefes seelisches Loch. Meine hervorragende professionelle Laufbahn, meine lieben, fleißigen und talentierten Studenten, das alles sollte ich nun definitiv aufgeben, nicht einmal offiziell verabschieden durfte ich mich. Die letzten 2 ½ Jahre vor der endgültigen Ausreise hatte ich schon an der kurz vorher gegründeten Escuela superior de arte gearbeitet. Hier konnten die Schüler der Mittelstufe Escuela nacional de arte dann ihr Studium auf dem höchsten Niveau fortsetzen. In den zehn Jahren nach meinem Diplom hatte ich schon ziemlich hohe Berufungen und Anerkennung erhalten. Und nun sollte ich alles aufgeben! Schreckliche Gedanken, großer seelischer Schmerz, jähe Angst vor der Zukunft und die Erkenntnis, dass ich in meinem Privatleben absolut gescheitert war: Ich war völlig zerstört.

Nun, 35 Jahre später, weiß ich, was eine Depression ist. Damals wusste ich es nicht. Ich musste mit mir kämpfen, um nicht jede Minute in Weinkrämpfe zu fallen, um meine Kinder meine Ängste nicht spüren zu lassen, dass etwa mein verrückt gewordener Ehemann mit erneuten Attentaten unser Leben vernichtete.

Ich war absolut unsicher, ob meine Entscheidung richtig war, das musste wirklich die Zukunft entscheiden.

Genauso wusste ich natürlich auch, dass in Ungarn meine Mutter und meine kleine Tochter auf uns warteten. Dass sie dort von einer halben Witwenrente lebten und dieses wenige Geld nun noch für drei weitere Personen reichen musste, bis ich eine Arbeit gefunden hätte, ganz egal, welcher Art. Die ganze nahe Zukunft sah also sehr dunkel und aussichtslos aus. Allerdings war auch der momentane Zustand in Kuba nicht mehr auszuhalten. Ungarn war mindestens meine Heimat, dort gab es auch noch Verwandte, Opa, Onkel, Tanten, Cousins und Cousinen.

Mein Diplom hatte ich auch in diesem Land erhalten, die Sprache war schließlich meine Muttersprache …, nur waren das auch die einzigen positiven Punkte in meiner Bilanz.

In den letzten 2-3 Wochen hatte ich dann einen vernünftigen Kontakt mit meinem Ehemann, es hatte sich halbwegs stabilisiert. Er unternahm keine weiteren „Attentatsversuche" gegen uns. Er zeigte sich beruhigt und sicher, dass er uns nun bald los sein würde. Immer wieder beteuerte er mir, dass es für uns hier in Kuba keine gesicherte Zukunft geben würde, dass er nur Gutes tun würde, wenn er uns aus diesem Land „verjagt". Wie es sich dann später bestätigte, hatte er damit durchaus Recht!

Das Flugticket erhielt ich mit Hilfe meiner Verdienstpunkte. Drei Koffer, zwei wegen der Reise glückliche Kinder, ich hingegen todtraurig und weinend, und mein Ehemann kalt und voller Ungeduld, begierig darauf, uns endlich loszuwerden. Ich versicherte ihm, dass wir per Post in Verbindung bleiben werden. Dieses Versprechen wurde niemals eingehalten, er wollte von uns nichts mehr wissen; ich von ihm aber auch nicht. Dieses Kapitel meines Lebens war nun beendet und begraben.

Von meiner besten Schülerin und Freundin erfuhr ich Monate später, dass er kurz nach unserer Abreise in ein psychiatrisches Krankenhaus eingewiesen wurde, und dass er auch mit seiner jungen Geliebten Schluss gemacht hatte. Nach seiner Entlassung aus diesem Krankenhaus lebte er mit einer Krankenschwester in meiner alten Wohnung, dort wurde wohl auch ein gemeinsames Kind geboren. Kurz darauf aber hat er auch diese Frau verlassen und wanderte nach Venezuela aus. Von dort schrieb er mir eine Postkarte mit kurzen, unbedeutenden Nachrichten. Ich habe darauf nie geantwortet. Der letzte mögliche Kontakt war damit vollständig auseinandergebrochen.

Ankunft in der Heimat und Suche nach Arbeit und einer Wohnung in Budapest

Auf dem Flughafen José Marti erlebte ich bei der Abreise die furchtbarsten Momente. Ich hatte alles verloren! Ich hatte persönlich versagt! Ich hatte mit drei Männern zusammen gelebt, davon sogar zwei geheiratet, die es alle nicht wert gewesen waren, Väter zu sein! Die Kinder hatten nun keine Chance mehr, ihre Väter zu sehen, auch wenn die Eltern geschieden waren. Die Entfernung war einfach zu groß! Würde ich je in meinem Leben noch einen Vaterersatz finden, auf den ich stolz sein könnte und der auch von den Kindern akzeptiert und angenommen werden würde, wobei ich das Wort Liebe hier mal ganz außen vor lasse? Konnte ich allein drei Kinder großziehen ohne seelische Schäden? Würde ich Arbeit in meinem Beruf finden können? Wo fände ich eine Bleibe, und wie sollte ich die horrenden Mietkosten in diesem Land bezahlen, wo eine Eigentumswohnung für mich unbezahlbar sein würde; wo oft drei bis vier Generationen in einer Wohnung von 30 bis 40 Quadratmetern ohne eigenes Bad und Toilette hausen mussten?

Mehr noch: Würden die Kinder mir verzeihen, dass ich sie angelogen habe und ich sie so der Möglichkeit beraubt hatte, sich von ihren zurückbleibenden Großeltern, Freunden und Freundinnen zu verabschieden? Mit diesen Gedanken, und von Weinkrämpfen geschüttelt, hatte ich mich von meinem Mann verabschiedet, wobei die Kinder nicht verstanden, warum ich so heulte, wenn wir doch nur mal kurz in Urlaub fuhren!

Das Flugzeug hob ab, die Kinder freuten sich auf das große Abenteuer des Fliegens, und ich fiel mit jeder Sekunde immer tiefer in ein Loch ohne Boden! Die Stewardess kam und fragte mich, ob ich einen Getränkewunsch hätte. Ich entschied mich für harten, hochprozentigen Alkohol, natürlich Rum-Bacardi, den ich zwar von Kuba her kannte, aber niemals trank, denn ich trank keinen Alkohol. Einige solcher Gläser schalteten mein Denken aus und ließen mich meine Todessehnsüchte vergessen. Ich glaube, ich habe dann sehr ausgiebig geschlafen.

Atlantiküberquerungen beginnen wohl meist in den Abendstunden, damit die Passagiere möglichst auf dem langen Flug schlafen. Da herrscht Ruhe im Flugzeug, und das Personal wird nicht so sehr belastet. Nach über zehnstündigem Flug landeten wir in Prag bei -20° Kälte und starkem Schneefall. Alles war weiß ringsum. Die Kinder hatten noch niemals Schnee gesehen, ich seit elf Jahren auch nicht mehr, und dann diese Kälte. Meine Katerstimmung aufgrund des ungewohnten Alkoholkonsums gab mir dann den Rest! Aber der physische Abstand von 10.000 Kilometer dämmerte langsam in meinem Gehirn und brachte Klarheit.

Wir wurden in einem weit entfernten kleinen, billigen Hotel untergebracht, weil der Anschlussflug nach Budapest aufgrund des Schneefalls ausgefallen war. Ich geriet etwas in Panik, wusste ich doch, dass meine Mutter mit meinem Töchterchen uns auf dem Flughafen Budapest wartete. Wie konnte ich nur meine Mutter benachrichtigen, dass wir nicht pünktlich ankommen würden und sie daher in Budapest würden übernachten müssen, in irgendeinem Hotel? Und ob sie überhaupt für diesen unerwarteten Fall genug Geld dabei haben mochte? Wie lange wir wegen des Schneechaos in

Prag bleiben müssen, war zudem noch ungewiss.

Die Flughafeninformation gab schließlich bekannt, dass alle Passagiere nach Budapest in einem Zug weiter transportiert würden. Sofort, nachdem ich diese neuen Informationen hatte, suchte ich den Informationsschalter auf und bat darum, im Flughafen Budapest den Namen meiner Mutter aufzurufen und ihr mitzuteilen, zu welcher Uhrzeit und auf welchem Budapester Bahnhof wir voraussichtlich ankommen würden.

Wahrscheinlich wurde diese Bitte erfüllt. Wir rollten jedenfalls am 7. Dezember mit meinen zwei Söhnen und drei schweren Koffern, in Sommergarderobe und ich zudem mit tierischen Kopfschmerzen im Bahnhof ein. Schon aus dem Zugfenster sah ich meine liebe Mutter und mein Töchterchen auf dem Bahnsteig. Beide kamen mit einer verwelkten Rose vom Vortag in der Hand winkend auf uns zu. Über die Freude bei den Umarmungen gibt es keine Worte! Trotz der -20° Kälte fühlte ich mich wie ein Vulkan, der die aufgestaute und hinausdrängende Lava endlich herauslassen konnte.

Mama hatte einen großen Stoffsack in der Hand und drückte daraus jedem von uns warme Pullover, Anorak, Mütze, Handschuhe in die Hand, für mich sogar ein Paar Stiefel, zwar benutzt, aber großartig. Wir mussten das alles sofort in der zugigen Bahnhofshalle anziehen. Sie achtete sehr darauf, dass wir nicht sofort wegen der starken klimatischen Umstellung von einer Krankheit befallen würden. Später erfuhr ich, dass der Großteil dieser Winterkleidung von guten Nachbarn stammte, weil sie dafür kein Geld hatte. Es fiel uns nicht auf, dass dies alles gebraucht war! Es sah alles gut und gepflegt aus. In Kuba hatten wir da viel Schlimmeres gesehen und erlebt. Nach der Umkleideaktion im Bahnhof zauberte meine Mutter meinen Lieblingscousin hervor, der uns mit seinem Auto zum Haus meiner Eltern in meinem Geburtsort fuhr.

An die ersten Tage dort fehlt mir jede Erinnerung; ich war noch im Schockzustand.

Als Erstes waren neue Kleider und Schuhe zu beschaffen, meine Mutter hatte ja keinerlei Angaben zu den entsprechenden Größen gehabt. Nach dieser „Aufrüstung" für den ungarischen Winter waren die Kinder zur Einschulung an den Schulen anzumelden. Es gab also jede Menge organisatorische Arbeit, und zusätzlich dazu die Beschaffung neuer Personalpapiere bei den Behörden. Meine Mutter hatte inzwischen in der Musikschule, in der mein vor zwei Jahren verstorbener Vater unterrichtet hatte, einen kleinen Job ergattert, sie machte Telefondienst gleich vorn am Eingang, und so verbesserte sie dort ihre Witwenrente noch mal um die Hälfte.

Auch ich sollte sofort an der Musikschule als Klavierlehrerin und Chorleiterin arbeiten, wurde mir vorgeschlagen. Meine Mutter pflegte immer noch guten Kontakt zum Direktor der Musikschule und hatte diesem natürlich erzählt, dass ich zurückkommen werde. Sie hatten von meinen Erfolgen in Kuba schon gehört und wollten mich auch sofort einstellen.

Davon wollte aber meine Mutter überhaupt nichts hören. Ihrer Meinung nach sollte ich sofort nach Budapest fahren und dort eine bessere Stelle, meinen Diplomen und Erfolgen in der kubanischen Hauptstadt „gebührend", finden! Es war praktisch ein Verjagen aus meiner Geburtsstadt! Sie übernahm kurzerhand alle drei Kinder und äußerte, dass sie die Erziehung schon ganz allein schaffen werde. Die Schule lag – Gott sei Dank – nur hundert Meter entfernt vom Wohnhaus, und die Musikschule nur 50 Meter. Die entsprechenden Befehle waren also erteilt, die Verantwortung über die Kinder freiwillig übernommen worden. Ich musste nun also ein billiges Zimmer in Budapest finden und täglich nach einer einträglichen Arbeit suchen.

Mein erster Weg in dieser Stadt führte mich zur Musikhochschule, wo ich einst studiert und meine Diplome erworben hatte. Mein alter Professor für Chorleitung, ein Mann mit vielen Auszeichnungen, war leider schon tot, und sein jüngerer Nachfolger war auch nicht mehr so jung, aber für die weiblichen Studenten nach wie vor vom Aussehen her so attraktiv wie vordem. Er erinnerte sich sofort an mich, und wir tauschten unsere Gedanken aus. Ich erzählte ihm ausführlich von meinem Privatleben, meiner berufliche Laufbahn, meinen Erfolgen, aber auch eben vom persönlichen Versagen, und bat ihn um Hilfe. Was konnte ich mit 33 Jahren hier anfangen? Wo sollte ich mich umschauen? Wen könnte ich anrufen? Welche Kommilitonen waren schon in besseren Stellungen? Wer könnte mir helfen? Es wurden Namen und Orte genannt, dann wieder langes Stillschweigen und Nachdenken. Es gab nicht den geringsten Hoffnungsschimmer.

Etwas später taumelte ich aus dem erhabenen Gebäude hinaus, wie in einem bösen Traum; lediglich die auf ihre nächste Unterrichtsstunde in Gruppen wartenden Studenten waren real mit ihrem unbekümmerten Lächeln und fröhlichen Geplauder, alles noch wie zu meiner Zeit! Ich wäre so gern von ihnen wahrgenommen worden, um ihnen zu erzählen, dass auch ich hier studiert hatte, dass es damals für mich genauso schön und sorglos dort gewesen war, und wie viele Erfahrungen ich nun gesammelt hatte mit ebenso wunderbaren Studenten... und dass ich nun dennoch arbeitslos dastand und mich dem Ende nahe fühle. Trotzdem kam in keinem Augenblick bei mir der Wunsch auf, mit einem von ihnen tauschen zu wollen. Die vergangenen elf Jahre als Lehrende und dabei auch als unerfahrene Lernende wollte ich nicht missen, wünschte mir diese aber nicht noch einmal.

Mein zweiter Weg führte mich dann zum Budapester Rundfunk. Dort hatte ich telefonisch einen Termin mit einem anderen meiner alten Professoren vereinbart. Er machte dort, meiner Erinnerung nach, jede Woche ein bis zwei Sendungen über das Musikgeschehen in der ganzen Welt, oft sogar mit tiefen und detaillierten Werkanalysen, ganz so, wie ich ihn aus dem Unterricht kannte. Tatsächlich gab er mir dann allererste kleine Aufträge. Ich sollte in spanischen Zeitungen nachforschen und die dortigen Artikel über kulturelle Ereignisse in die ungarische Sprache übersetzen und wöchentlich bei ihm abliefern. Ich bekam dafür meine ersten ungarischen Forint aus der Kasse des Rundfunks, das reichte gerade für das Essen einer Woche.

Sehr schnell fand ich durch eine Zeitungsannonce ein kleines 2,5 x 3,5 Meter messendes Zimmer mit einem Waschbecken, einem Einzelbett, einem Schrank und einem Tisch mit Stuhl zur Miete. Das Badezimmer und die Toilette musste ich mit der Vermieterin teilen. Diese Episode verdränge ich immer am liebsten. Aber ich hatte erst einmal eine Bleibe und konnte tagtäglich nach anderen Arbeitsmöglichkeiten Ausschau halten. Von alten Schulkameraden, die hier und da Arbeitsplätze kannten, erhielt ich in diesen Tagen viele Telefonnummern für Kontakte, und viele versprachen, Augen und Ohren für mich offen zu halten.

Es kam ja im Grunde genommen auch die kubanische Botschaft für mich als Arbeitsplatz in Frage. Ich beherrschte immerhin fast perfekt die spanische Sprache und setzte dies natürlich auch bei der Suche nach einer Arbeitsstelle als Argument mit ein. In einer Sprachschule machte ich zwischendurch noch mein offizielles Diplom als Dolmetscherin für spanische und ungarische Sprache. Die kubanische Botschaft stellte mich auch bald darauf ein, und ich war dort zwei Jahre als Übersetzerin tätig. Nebenbei hatte ich immer noch meinen Zweitjob beim Rundfunk. Auch gab ich noch privaten Spanischunterricht, und oftmals arbeitete ich bei großen Konferenzen als Simultandolmetscherin. In einem Wirtschaftsbulletin erschienen sogar Artikel über die ungarische Wirtschaft aus meinen Übersetzungen für Kuba.

Dies alles war natürlich weit entfernt von meiner musikalischen Profession, aber ich fand es trotzdem sehr interessant, zumal ich dadurch viele hochrangige politische und künstlerische Persönlichkeiten kennenlernte. Es wurden oft brisante Themen sehr ausführlich diskutiert, die ich übersetzen musste. Als Musiklehrerin hätte ich das nie kennen gelernt.

In der Botschaft waren alle Dolmetscherinnen ungarische „Mädchen" mit gescheiterten kubanischen Ehen und heimgebrachten Kindern. Dem dortigen Personal waren wir ziemlich ausgeliefert. Wir waren für alles gut, für Kaffee kochen und natürlich servieren, dolmetschen, und oft auch als Begleiterinnen für Ärztebesuche bei kranken Diplomaten. Nicht selten waren wir auch hochrangigen männlichen Besuchern ausgeliefert, die „eine hübsche Dolmetscherin für Privatzwecke" wünschten. Darüber wurde aber nur sehr leise getuschelt. Offen wagte keine von uns darüber zu reden, aus Angst, den Job zu riskieren und damit das Geld für den Neuanfang in Ungarn zu verlieren. Diese Wahrheit kannten natürlich auch die Mächtigen der Botschaft.

Immerhin verdiente ich nun durch meine Arbeit so viel Geld, dass ich fast jedes Wochenende mit dem Zug in meine 120 Kilometer entfernte Geburtsstadt fahren konnte, wo ja meine Mutter meine Kinder erzog. Sie freute sich riesig darüber, dass ich überhaupt Arbeit gefunden hatte, war aber sehr unglücklich darüber, dass diese Arbeit nicht in der Musikbranche war. Zwischendurch hatte ich mich natürlich auch bei allen achtklassigen Grundschulen mit erweitertem Musikunterricht nach der Kodály-Methode als Lehrerin beworben.

Endlich, nach zwei Jahren des Botschaftsjobs fand ich eine Übergangsbeschäftigung, zunächst nur als Aufpasserin in den Nachmittagsstunden der Arbeitsgemeinschaften und Lernzeiten, aber mit dem Versprechen im neuen Schuljahr als Musiklehrerin fest angestellt zu werden. Eine Kommilitonin im Fach Musikwissenschaften hatte mir diese Arbeit gesichert, sie war inzwischen stellvertretende Schulleiterin geworden. Danke, Klara!

Nun endlich war ich in meinem Element. Musikunterricht von der ersten bis zur achten Klasse zu geben und mitzuerleben, dass die Kinder durch die Kodály-Methode schon im zweiten Schuljahr einfache Melodien vom Blatt sauber absingen, einfache Rhythmen wiedergeben, diese identifizieren und niederschreiben konnten! Mit diesen Kindern von Jahr zu Jahr regelmäßig im Chor zu singen, ihre Stimmen zu perfektionieren, damit vier- bis fünfstimmig astral rein zu singen, das war Balsam für meine vergangenen, verdorbenen Jahre des Privatbereiches. Wo es möglich war, richtig Musik zu machen, da war ich glücklich. Sehr glücklich!

Gleich im ersten Jahr als Musiklehrerin an dieser Schule übernahm ich den Schulchor. Dieser setzte sich aus 60 bis 80 Schülern und Schülerinnen der 5. bis 8. Klassen zusammen. Die Chorproben fanden regelmäßig statt, und wir konnten so auch an den jährlichen Chortreffen der Hauptstadt teilnehmen. In allen diesen drei Jahren meiner dortigen Tätigkeit gewann mein Schulchor den 1. Preis. Das waren großartige Erlebnisse, diese Stunden des offenen Singens, und dann erst die Übergabe des Siegerpreises! Drei Jahre später standen diese Kinder bei meiner Hochzeit mit dem 4. Mann im Standesamt vor dem ungarischen Parlament in zwei langen Reihen rechts und links, jedes Kind eine Rose in der Hand, und wir zukünftigen Eheleute durften zwischen diesem Spalier langsam zum Standesbeamten vorschreiten. In den Kinderaugen flossen Tränen, aber auch in den unsrigen! Aber das ist schon ein Vorgriff auf meine Aussiedlung nach Deutschland.

Nun sah es erst einmal ganz so aus, dass ich in Budapest Fuß gefasst hatte und damit auch die Aufgabe hatte, nach einer vernünftigen Bleibe zu suchen. Mein winziges Mietzimmer war längst unerträglich, viel zu klein für alle Arbeitsutensilien und sonstigen persönlichen Sachen. Aber wie bekam man zu dieser Zeit in Ungarn eine Wohnung? Wenn man viel Geld hatte, konnte man sich natürlich eine Wohnung kaufen, aber als armer Mensch konnte man nur etwas Schäbiges, aber gleichzeitig Teures an Wohnraum mieten.

Bekanntlich macht Not erfinderisch. Die Wohnungsnot in Ungarn war jedenfalls damals, wohl wie auch heute noch, sehr groß. Eine nicht unübliche Methode, eine der staatlichen Mietwohnungen zu bekommen, war, dass man mit älteren, kranken Personen, egal, ob Mann oder Frau, einen Betreuungsvertrag über tägliche Hilfe schloss. Dafür durfte man sich in der betreffenden Wohnung offiziell anmelden, und der vorgenannte Vertrag beinhaltete dann das „Erbe" der Wohnung. Ich fand also eine jüngere Frau, deren Mutter bei ihr wohnte, aber noch eine kleine Wohnung von 44 Quadratmetern hatte, die auf ihren Namen gemeldet war. Ich musste also die alte Dame nicht pflegen, dafür aber eine inoffizielle Summe Geldes abliefern. Das war also praktisch ein Kauf unter der Hand! Dafür wurde ich als Pflegeperson angemeldet und erbte so diese Mietwohnung. Im Normalfall wäre diese Wohnung sonst in staatliche Hände gefallen.

Die neue Wohnung lag im 3. Stockwerk eines E-förmigen Mehrfamilienhauses in der Nähe des Heldenplatzes. Über einen langen Laubengang betrat man direkt die Küche der Wohnung. Fast alle dieser Wohnungen waren sehr klein, und ohne Bad und WC. Sie besaßen ein Wohnzimmer mit etwa zwanzig Quadratmetern und ein kleines Kinderzimmer. Das Wohnzimmer hatte ein Fenster zum Laubengang mit Sicht auf den Innenhof des Komplexes, das Kinderzimmer ein Fenster mit Blick auf einen chaotischen Gewerbehof. Am Laubengang befanden sich die Toiletten, drei nebeneinander, jeweils für drei Wohnungen. Eine Heizung gab es dort nicht, und so waren die Spülungen im Winter oft eingefroren. Und dann kein Badezimmer! Wäsche wurde stets in einer Plastikwanne in der Küche erledigt.

Es stand schnell fest, dass ich so nicht auf Dauer leben konnte und wollte. Dazu dann noch meine Kinder holen, und ein Leben ohne Badezimmer und WC? Es wurde also das letzte Ende der kleinen, länglichen Küche abgetrennt, eine Plastikschiebetür eingebaut, die keinen zusätzlichen Platz benötigte, dazu ein WC, ein Waschbecken und eine Badewanne. Dafür nahm ich einen Kredit auf mit fünfzehnjähriger Laufzeit.

Die ganze Wohnung habe ich erst einmal mit gebrauchten Möbeln eingerichtet und wohnlich gemacht. Es war mir klar, dass ich wohl viele Jahre in dieser Wohnung leben würde. Meine Mutter hatte zwar in meinem Geburtsort ein schönes Wohnhaus, wollte aber von dort nicht weg und nach Budapest ziehen. Ihr ganzes Leben hatte sie dort verbracht, und noch immer war sie dort ja die „Empfangsdame" an der Musikschule, an der mein Vater bis zu seinem Tode unterrichtet hatte. So war ihr Leben nicht langweilig.

An dieser Musikschule hatte sie inzwischen auch meine drei Kinder angemeldet. Mein ältester Sohn hatte schon in Kuba mit Geigenunterricht begonnen. Die musikalische Laufbahn meiner Tochter begann mit Klavierunterricht, die meines jüngsten Sohnes mit dem Cello. In dieser kleinstädtischen Musikschule gab es sehr gute Lehrer mit viel Engagement und Geduld. Die Cellolehrerin besorgte ganz von selbst in Budapest ein sehr gutes Instrument, und so mussten wir für den Jüngsten kein eigenes neues Instrument beschaffen.

Das Geld für den „Kauf" meiner Wohnung schenkte mir meine Mutter. Sie erzählte, dass mein Vater dieses Geld in seinem ganzen Leben angespart hatte. Damals waren dieses 150.000 Forint, heutzutage so runde 500,00€!!! Aber diese Wohnung war unsere Rettung. Ich hatte mich schon einige Zeit lang bemüht, über die Behörden einen größeren Kellerraum zu erhalten, zumindest größer als mein erster winziger Mietraum. Aber den Behörden genügte es nicht, mit drei Kindern alleinerziehend zu sein. Nur Großfamilien bekamen in der Zeit diese letzte Chance auf ein großes Kellerzimmer, in dem normalerweise kein Mensch wohnen möchte. So sollte ich also stolz sein, auf meinen 44-Quadratmeter-Wohnkomfort! Nach meinen kubanischen Erfahrungen, die ja auch nicht sehr komfortabel waren, ohne Waschmaschine, ohne Kühlschrank, oft ohne Wasser und ohne Strom, war ich doch ein genügsamer Mensch geblieben, und auch Kleinigkeiten hatten sehr hohe Wertigkeiten, um glücklich zu sein. Und sowieso: Wo ich meine Musik fand und dann dazu noch freie Hand hatte, mich in der Musik zu entfalten, waren meine Wünsche erfüllt.

So langsam sollte mein Ältester zu mir nach Budapest ziehen. Die Musiklehrer meinten, er sei sehr talentiert. So kam es zu einem Vorspiel für junge Talente in der Musikhochschule Budapest, und er wurde tatsächlich sofort dort aufgenommen, 14 Jahre alt! Den Unterricht erteilte eine Geigenlehrerin in ihrer Wohnung. Ich musste also jedes Wochenende mit meinem Sohn dorthin fahren, 1,5 Stunden hin, und das Gleiche noch einmal zurück, wobei ich etliche Male von der Straßenbahn auf den Bus umzusteigen hatte und umgekehrt.

Der Schulwechsel von der Kleinstadt in die Weltstadt Budapest, die neuen Lehrer, die andere Umgebung, die fehlende schöne Aussicht zu Hause aus dem Fenster, wenn das Kind allein war, und der Arbeiterstadtbezirk, in dem wir wohnten, gekennzeichnet von Arbeitslosigkeit, Alkohol, Drogen und Armut, damit verbunden die vielen Straftaten... all das machte aus meinem Sohn in kurzer Zeit einen Kiffer, ohne dass ich zunächst von dieser Verwandlung irgendetwas gespürt hätte.

Die tägliche Übungszeit beim Geigenspiel musste er strikt absolvieren, ganz unabhängig vom sonstigen Zeitplan des Tages. Weil er aber genau dies nicht wollte, erfand er einen Trick, den mir viele Jahre später meine Tochter erzählte. Er hatte das Übungsprogramm auf einem Tonbandgerät aufgenommen und jeden Morgen von 6 bis 7 Uhr im kleinen Badezimmer an der Hinterseite der Küche eine Stunde laufen lassen. Wir standen normalerweise immer alle um 7 Uhr auf, da die Schule der Kinder nur drei Minuten entfernt war, und zu meiner Arbeitsstelle war es auch nicht viel weiter.

So war ich immer im festen Glauben gewesen, dass mein Sohn Geige geübt hatte, denn wenn ich die Küche betrat, war das Tonbandgerät bereits beiseite geräumt.

Eines Tages erzählte mir die Geigenlehrerin, dass mein Sohn keine Fortschritte mehr mache und sie daher keine Möglichkeit sähe, ihn weiterhin zu unterrichten. Die Diskussion über seine Zukunft blieb im luftleeren Raum hängen. Seine Leistungen in der Schule waren mittelmäßig, er hatte aber kein Fach, in welchem er ernstlich Gefahr lief, das Schuljahr wiederholen zu müssen. So langsam schlich sich bei mir das Gefühl ein, dass mit ihm etwas nicht stimme. Immer öfter kam er sehr spät nach Hause, sein Gesicht war dann entweder sehr müde oder er starrte mit den Augen ins Leere, alternativ platzte er vor Temperament. Er erzählte von Filmen von Toschiro Mifune, gesehen bei einem Schulkameraden. Tage später kam er mit selbstgebastelten Waffen nach Hause, die er in diesen Filmen gesehen hatte. Er wurde zunehmend aggressiv, ungeduldig, rebellisch.

Im Alter von 14 Jahren ging die 8. Grundschulklasse zu Ende, und ich musste nun eine weiterführende Schule für ihn finden. Nach vielen gemeinsamen Überlegungen und Äußerungen hinsichtlich seiner Wünsche fand ich für ihn eine Fachmittelschule im Elektronikbereich, aber auch hier brauchte ich Protektion. In Ungarn war ohne helfende Hand, ohne Empfehlung von wichtigen Personen kein guter Platz zu erreichen, wenn die schulischen Noten eines Kindes nicht sehr gut waren. Mit Hilfe meiner Schulleiterin und dank ihrer Unterstützung wurde also mein Sohn in diesem Fachgymnasium aufgenommen. Drei Wochen nach Schulbeginn musste ich im Büro meiner Schulleiterin erscheinen und sie teilte mir mit, dass mein Sohn seit einigen Tagen nicht mehr zum Unterricht erschienen ist. Ob er krank sei? Nein!

Im folgenden Gespräch mit meinem Sohn rügte ich natürlich sein Verhalten, drohte ihm, fragte ihn, was er sich denn so dabei gedacht habe? Ob er die Schule nicht mehr weiter besuchen wolle? Welchen Beruf er sich denn vorstellen könne? Also, ein Freund von ihm habe gerade eine Handwerkerschule für Fliesenleger begonnen, das könne er sich auch gut vorstellen, sagte er. Ich meldete ihn also dort an.

Nun begannen die Probleme massiv aufzutreten. Er kam immer später nach Hause, und es sah oft so aus, als habe er Alkohol getrunken. Ich konnte aber nie Alkoholgeruch feststellen. Eines Nachts kam er gar nicht heim, tauchte dann stattdessen am nächsten Abend mit einem kleinen Hund auf und wollte diesen unbedingt in der Wohnung behalten. Ich riet ihm davon ab, in dieser kleinen Wohnung, in der wir nun schon zu dritt lebten, denn meine Tochter war inzwischen auch zu mir gezogen und besuchte hier die Schule. Ich verbot ihm, den Hund in dieser Wohnung zu halten. Das Resultat sah dann so aus: Entweder der Hund dürfe bleiben, oder er verschwände von hier!

Mein Verbot hielt ich dennoch aufrecht, und er kam tatsächlich nicht mehr nach Hause. Ich nahm an, dass er nun aus Protest einige Nächte bei einem Kumpel schlafen würde, aber er kam gar nicht mehr nach Hause. Ich verfiel begreiflicherweise in Panik und rief die Handwerkerschule an. Dort bestätigte man mir, dass er seit einigen Tagen nicht mehr erschienen war.

Ich verlor die Nerven, jeder Nachbar wurde befragt. Wer hatte meinen Sohn gesehen? Endlich gab es eine heiße Spur. Nicht weit weg von uns war er in einem Park mit fünf oder sechs anderen Jugendlichen gesichtet worden. Ich besprach das Ganze mit meiner Tochter, die zwei Jahre jünger als ihr Bruder war, und gemeinsam arbeiteten wir eine Strategie aus. Eines Abends, die Sonne war schon untergegangen, und die Dämmerung trat ein, riefen wir ein Taxi und baten den jungen Fahrer, in diesem Park ganz langsam herumzufahren. Ich erzählte ihm auch den Grund. Er antwortete mit trauriger Miene und schüttelte seinen Kopf.

Nach fünfzehn Minuten Fahrt in diversen Nebenstraßen und Parkbuchten sahen wir dann sechs Jugendliche auf einer Parkbank sitzen. Mein Sohn war nicht dabei. Ich stieg aus dem Taxi aus, ging zu ihnen und fragte nach meinem Sohn. Sie bestritten, ihn zu kennen oder gesehen zu haben. Einer von ihnen aber, dem wohl meine Tränen und meine Aufregung zu Herzen gingen, sagte uns, dass er sich in einem Hauseingang versteckt habe, als er das langsam fahrende Taxi gesehen und geahnt habe, dass wir nach ihm suchten.

Ich betrat den Hauseingang und erwischte ihn mit einer Plastiktüte vor dem Mund. Es war mir sofort klar, dass er geschnüffelt hatte. In mir brach eine Welt zusammen, aber ich freute mich trotzdem, ihn zu sehen. Ich sagte ihm viel, stellte ihm Fragen und redete immer weiter. Aber aus ihm kam kein Wort heraus. Ich bat ihn, mit uns nach Hause zu kommen, um noch einmal alles in Ruhe zu besprechen. Und so kam es dann auch. Er nahm seinen Unterricht in der Handwerkerschule wieder auf, leider aber nur für kurze Zeit.

Eines Tages standen dann unvermittelt zwei Polizeibeamte vor meiner Wohnungstür und fragten nach ihm. Mein Herz raste, mein Kopf wurde rot vor Wut und Angst. Sie erklärten mir, dass mein Sohn bei einem Raubüberfall gesehen worden war, und sie müssten nun eine Befragung durchführen. Ich gab ihnen die Adresse der Handwerkerschule mit der Erläuterung, dass er dort Schüler sei. Er wurde dort gleich festgenommen und kam in Untersuchungshaft.

Mein Sohn im Gefängnis! Was hatte ich falsch gemacht? Hatte ich etwas übersehen in seiner Entwicklung, irgendwelche Anzeichen nicht bemerkt? Hatte ich etwas verdrängt in einem schleichenden Prozess, habe ich aufziehende Gefahren ignoriert? Warum hatte ich ihm nicht mehr Zeit gewidmet, um all dieses zu verhindern?

Schreckliche Schuldgefühle plagten mich. Wem sollte ich davon als Erstem erzählen, außer natürlich meiner Mutter? Als erstes nahm ich Kontakt mit meiner Schulleiterin und ehemaligen Kommilitonin auf. Sie konnte mir nicht helfen, aber ich hatte zumindest einen Menschen, dem ich mein Herz ausschütten konnte, dem ich meine Scham und Ängste offenlegen konnte.

Nur meine kleine Tochter, inzwischen nun auch schon herangewachsen, pubertierend, wunderte sich über die Taten ihres Bruders überhaupt nicht. Ihrer Meinung nach war das alles durchaus vorhersehbar, wenn man sich die Schar der Kumpels ihres Bruders näher ansah.

Meine beiden Kinder schliefen in dem kleinen Kinderzimmer. Die Einrichtung bestand aus einem Etagenbett, zwei kleinen Schränken und einem Schreibtisch, mehr passte nicht hinein. Sie hatten sicher über viele Dinge geredet, aber sie hatte nie schlecht über ihn gesprochen und ihn auch nie verpetzt. Ihr Freundeskreis war ein gänzlich anderer. Ihre Freundinnen kamen zu uns nach Hause, und ich kannte auch deren Eltern. Von Anfang an hatte sie völlig andere Interessen, sie las viel, und ihr Musikunterricht ging voran. Sie hat nie aufgehört, Musik zu lieben. Neben der üblichen modernen Musik aller Jugendlichen pflegte sie immer die klassische Musik, spielte Klavier und hörte die entsprechenden Schallplatten.

Offensichtlich wollte sie möglichst wenig mit ihrem Bruder und dessen Umgebung zu tun haben und suchte einen passiven und aktiven Ausweg aus diesem Konflikt. Ich hatte das zwar schon früh festgestellt, hatte es aber nie als alarmierend empfunden. Sie hatten ja zwar gleiche Elternteile, aber warum sollte ich in den unterschiedlichen Charakterzügen große Gefahren sehen?

Das friedliche Mit- oder Nebeneinander der Geschwister eskalierte dann aber sehr plötzlich, als das Fahrrad meiner Tochter aus dem verschlossenen Kellerraum verschwunden war. Anfangs dachten wir an einen Einbruch. Aber dann war auch das goldene Armband meiner Tochter verschwunden! Dies hatte ich ihr aus Kuba als Geschenk geschickt, während sie schon bei meinen Eltern lebte. Nun konnten wir nicht mehr an Einbruch glauben. Die Augen meines Sohnes wurden immer glasiger und abwesender. Nun dachten wir erstmals an Drogen! Aber zu spät! Die Lawine war nicht mehr aufzuhalten. Nur zwei erwachsene Frauen, meine Mutter und ich, keine Väter, keine staatliche Unterstützung für alleinerziehende Mütter, und von den Vätern habe ich niemals ein Kindergeld bekommen. So mussten meine Mutter und ich hart und viel arbeiten, um das tägliche Brot zu sichern. An Luxusartikel war nicht mal zu denken.

In der Zeit meiner Arbeitssuche hatte ich kein regelmäßiges Einkommen gehabt, und es war auch nicht möglich gewesen, mich an staatliche Einrichtungen zu wenden, um eine „Sozialhilfe" zu bekommen. Die Menschen mussten so leben, wie sie es meistern konnten. Es gab nur die Hilfe von Familienmitgliedern – oder auf der Straße betteln oder stehlen! Mein Sohn hätte es nicht nötig gehabt zu klauen, wir hatten gerade so viel, um in Würde leben zu können. Aber diese Umgebung, das miese Viertel in Budapest mit vielen Armen und Arbeitslosen, auch seine großmäuligen und übermütigen Kumpel haben ihm sicher nicht den guten Lebensweg gewiesen.

Mein Sohn war im Grunde ein gutgläubiger, fröhlicher, witziger, wenn auch oftmals träumender Junge, der meist die Realität nicht von seinen Träumen trennen konnte. Mutig war er nie, aber von verrückten Sachen immer schnell als Erster überzeugt. Man kann also sagen, er war überaus stark beeinflussbar und besaß keinen starken eigenen Willen. Trotz dieser ganz persönlichen Einschätzung seines Charakters, plagen mich noch heute große Schuldgefühle.

In dieser für mich furchtbaren Zeit, als er im Gefängnis saß, fand ich zwei gute Freundinnen, einmal durch meine Arbeit als Dolmetscherin bei der Botschaft, und dann auch noch durch meine aktive Mitgliedschaft in einem Budapester Chor. Diese beiden standen mir treu zur Seite, als ich vor Kummer fast zugrunde ging. Um mein kleines Lehrergehalt zu verbessern, musste ich weitere Tätigkeiten ausführen, damit ich mein Einkommen erhöhen konnte. Es kamen nun privater Klavierunterricht, privater Spanischunterricht und manchmal auch noch Dolmetschertätigkeiten hinzu.

Mit meiner Tochter gab es glücklicherweise keine Probleme. Sie war immer sehr selbstbewusst, fleißig in der Schule und hatte schon damals ihre eigenen Vorstellungen über ihre Zukunft. Diese ihre Haltung hat mir natürlich sehr geholfen und mich aus der Verzweiflung letzten Endes wieder auf den Boden der Tatsachen zurückgeführt. Ihren Bruder im Knast zu besuchen, lehnte sie dagegen strikt ab. Sie hat ihm wohl bis heute den Verlust ihres Fahrrades und des Goldarmbandes nicht verziehen.

Meine beiden neuen Freundinnen, die eine Bürosekretärin, die andere Grundschullehrerin, versuchten mich ebenfalls wieder aufzubauen, nachdem im ungarischen Fernsehen ein Bild meines Sohnes in Verbindung mit dem Raubüberfall gezeigt worden war und er dort als „Kubaner" bezeichnet worden war. Nun wusste es die ganze Welt. Ich wäre fast in Depressionen verfallen, aber die beiden haben mich davor bewahrt. Es stellte sich heraus, dass sein Mitwirken bei dieser Tat nicht ganz so gravierend gewesen war, er hatte „nur" Schmiere gestanden auf der anderen Straßenseite. Die wahre Straftat hatten seine fünf oder sechs Kumpels begangen. Hinzu kam, dass er noch lange nicht volljährig war, gerade fünfzehn Jahre alt. Seine „Freunde" hatten aber bei den Vernehmungen seinen Namen mit erwähnt, da er ja zu der „Bande" gehörte!

Nach fast einem Jahr Untersuchungshaft begann der Prozess, er wurde letztlich wegen seiner inaktiven Teilnahme freigesprochen. Leider hatte er aber in diesem Knastjahr so ziemlich alles gelernt, was es an Schlimmem und Bösem auf dieser Welt gab. Nach seiner Entlassung erzählte er von den großen Verbrechern, die er dort kennen gelernt hatte, Mörder und Vergewaltiger und so ziemlich alles, was dort existierte. Fast begeistert berichtete er davon, dass er im Fall der Fälle sich von diesen Kerlen Hilfe holen könne!

Wurde er tatsächlich vom ungarischen Staat, der ihn im Gefängnis, in Untersuchungshaft mit solchen Verbrechern zusammenbrachte, in einen schlechten Menschen verwandelt? Wurden ihm alle Möglichkeiten geboten, alles Schlechte dieser Welt zu lernen? Natürlich brachte er das Erkennungszeichen für die Knastrologen mit: ein Tattoo, drei Punkte zwischen Daumen und Zeigefinger. Es war Ehrensache aller Knastbewohner, dass man auch nach der Freilassung zu seinem Aufenthalt im Gefängnis stand und dieses auch offen zeigte.

Im Prozess wurden die Plädoyers gehalten, zuerst kam die Verteidigerin, die ich teuer bezahlen musste, wobei dieses Geld natürlich im täglichen Leben fehlte. An- und abschließend kam dann die Richterin mit dem Schlusswort. Es wurde darauf hingewiesen, dass ich alleinerziehende Mutter war, dass wir ohne väterliche, finanzielle Unterstützung lebten. Mit einer gründlichen Ermahnung meines Sohnes, doch in Zukunft solch schlechte Gesellschaft zu meiden, wurde er freigesprochen. Er war wieder frei, glücklich, hat ein wenig geweint, ich natürlich mehr. Nur die Fernsehveröffentlichung konnte niemand rückgängig machen, in der mein Sohn mit großen Verbrechern gleichgestellt worden war, mit seinem Foto und seinem Namen!

Nun kam das nächste Problem. Wie konnten wir nur das Tattoo mit den drei Punkten, also den sichtbaren Knastbeweis, von der Hand meines Sohnes wegbekommen? Wir wollten uns von diesem Mal befreien. Er fand eine ganz einfache Lösung. Eine glühende Zigarette drückte er längere Zeit auf die betreffende Stelle und schon war dort „nur" noch eine tiefe Brandwunde. Die drei Punkte waren jedenfalls verschwunden. Diese Methode hatte er auch im Knast gelernt.

Aber etwas noch viel Wichtigeres brachte er von dort mit, was dann auch der Leitfaden in seinem Leben wurde, bis hin zu seinem frühen Tod: „Studieren, Diplome erwerben, arbeiten, planen, sparen, das sind die dümmsten Sachen auf dieser Welt!" Wie oft musste ich mir anhören: „Und was hast du mit deinem vielen Diplomen erreicht? Nichts! Hast drei Kinder, die ihre Väter kaum kennen, wir vegetieren auf 44 Quadratmetern ohne Bad und WC, du musst wöchentlich über vierzig Stunden arbeiten, und das Geld reicht trotzdem hinten und vorn nicht".

Ich weiß es jetzt: Er hatte nicht Recht! Aber für ihn war es die einzige Wahrheit und seine Erfahrung, die sich tief in ihn eingeprägt hatte. Er wurde in die Situation hineingeboren, wollte sich von uns aber auch nicht helfen lassen. Wie wichtig sind Kindheitserfahrungen?! Auch diese Aussage gilt absolut im Falle meines Sohnes.

In dieser Zeit hatten mich meine beiden Freundinnen des Öfteren mal zu einem Tanzabend eingeladen, einfach, um mich abzulenken. Es war auch noch eine Angst hinzugekommen, da bei mir Krebs diagnostiziert worden war. Das kam so: Ich musste einen Zahnarzt aufsuchen, aus ganz banalem

Grund. Dieser Fachmann nun fand etwas sehr Merkwürdiges in meinem Mund. Neben den Zähnen hatten sich in der Mundschleimhaut viele Bläschen gebildet, und er war der Meinung, dass dies Krebs sein könnte. Also schickte er mich zu einem Onkologen in Budapest.

Als ich diesen Befund so eben mal gesagt bekam, wurde mir grottenschlecht, mein Leben lief in Sekundenschnelle vor meinen Augen ab, und ich verabschiedete mich innerlich von meinen Kindern und meiner Mutter. Der Zahnarzt riet mir noch, das Rauchen aufzugeben, weil sich die Bläschen dann wohl zurückbilden würden. Ich bekam auch noch ein Rezept für Mundwäschen.

Zu Hause angekommen, rief ich meine Mutter sofort an und erzählte ihr, dass ich wohl bald sterben würde. Was meine Mutter mir erwiderte, weiß ich nicht mehr. Der Termin bei der Onkologie war drei bis vier Wochen später festgelegt. Bei meinen Arbeitsstellen Ablenkung zu finden, war einfach nicht möglich. Eine fürchterliche Zeit begann für mich, voller Angst und Bangen.

Endlich, der Tag des Termins bei der Onkologie war da, ich stand mit meinen Diagnosepapieren vor dem Facharzt und erklärte ihm klipp und klar, dass ich Mundkrebs habe. Die Untersuchung folgte sofort, mit dem Ergebnis eines wutentbrannten Onkologen, der mich noch einmal große Angst versetzte. Aber, dann etwas ruhiger, empfahl er mir, ich solle gegen meinen Zahnarzt gerichtlich vorgehen, wegen einer solch völlig unsinnigen Diagnose, mit der dieser mich zu Tode erschreckt hatte. Die jetzige Diagnose lautete: zu viele verschiedene Plomben mit unterschiedlichem Füllmaterial in meinen Zähnen und somit eine ganz normale allergische Reaktionen in meiner Mundhöhle! Also wurde empfohlen, alle Plomben zu entfernen, die Stellen stattdessen mit gleichem, neutralem Material neu füllen, dann würden die Bläschen vermutlich für immer verschwinden.

Meine Freude über diese, schöne Diagnose war natürlich riesig. Nur tat sich nun das nächste Problem auf: Wie und wovon sollte ich diese Generalreparatur meiner Zähne nur bezahlen? Natürlich bezahlte ich meine monatlichen Krankenkassenbeiträge immer pünktlich mittels automatischen Abzuges durch meinen Arbeitgeber. Wie auch heute noch blieb trotzdem der größte Teil der zahnärztlichen Kosten bei mir hängen. Es war unmöglich, die Operation unter diesen Umständen zu finanzieren. Mit meinem kleinen Lehrergehalt, den kleinen Nebenjobs und drei Kindern war diese Summe nicht abzudecken.

Also erkundigte ich mich nach anderen Möglichkeiten, die Rechnung begleichen zu können. Der nette Onkologe gab mir einen Tipp. In der Uniklinik gab es die Möglichkeit, für solche Eingriffe ohne Zuzahlung, und zwar, indem man sich zum „Opfer" bereit erklärte, d. h. wenn in diesem Fall die Zahnarztstudenten an meinen Zähnen üben könnten! Dies war für mich die einzige Möglichkeit, Alternativen hatte ich keine.

Also begannen die Torturen, und es wurden gleichzeitig an mehreren Zähnen die Plomben entfernt. Darunter war teilweise kein Zahnmaterial mehr, was dann in der folgenden Nacht für unerträgliche Schmerzen sorgte. Es war darum ganz unmöglich, auf den nächsten Behandlungstermin einige Tage später zu warten. Ich musste sofort eine andere Möglichkeit finden, gleich in der Nacht eine Zahnambulanz aufzusuchen in der Hoffnung, dass man mir dort helfen könne. So kam ich dann zu einem „Pferdearzt", schlecht gelaunt wegen seines nächtlichen Dienstes. Gleich nach Schilderung meiner Schmerzen erhielt ich eine Injektion. Ich war der Meinung, nun wären meine Nerven erst einmal abgetötet. Wenige Minuten später waren alle bereits vorbehandelten Zähne herausgezogen.

Warum er das getan habe, wollte ich wissen. „In der Ambulanz sind wir nicht dazu da, Zähne zu retten, sondern Schmerzen zu beenden!", war die kurze Antwort. Also noch ein paar Zähne weniger. Ohne Geld keine Rettung!

Endlich stand dann der nächste offizielle Termin in der Uniklinik an. Der Professor behandelte mich persönlich und versuchte nun, die eigentlich irreparablen Schäden in Grenzen zu halten. Und tatsächlich, mit den neuen Plomben, Kronen und Brücken ging es mir dann doch entschieden besser. Aber ich hatte wesentliche Teile meines Zahnwerkes verloren und war damit zu andauernden Zahnarztbesuchen in meinem weiteren Leben verdammt.

Neuer Start, neue Hoffnung

Meine Freundinnen wollten mich nun also ein wenig von den Torturen ablenken, und so besuchten wir nach einigen Wochen mal wieder das Tanzlokal. Da ich ja nicht mehr rauchen durfte, nach dem Schreck, den mir der erste Zahnarzt eingejagt hatte, wollte ich meine Nikotinsucht mit Kaugummikonsum vergessen.

So kamen wir gegen 17 Uhr in das gemütliche Lokal, berühmt wegen seiner guten, kleinen Tanzkapelle mit schöner Schmusemusik. Die kleinen runden Vierertische waren fast alle schon besetzt. Wir bekamen noch Platz und tauschten erst einmal alle Neuigkeiten aus. Zwischendurch begann die Musik, wir mochten das sehr gern. Es waren die Hits dieser Zeit, und manchmal kamen auch nette Männer zu uns, um zu einem Tanz zu bitten, wir konnten aber auch ohne Begründung ablehnen, ganz abhängig von unserem jeweiligen Geschmack oder Gefühl. Es gab nie Probleme mit zurückgewiesenen Partnern. Es war dort richtig friedlich, gemütlich und angenehm.

Das Lokal war in einem der besten und bekanntesten Hotels von Budapest, und so saßen natürlich auch am Bartresen einige weibliche Gäste, die ganz sicher zum „anderen Handwerk" gehörten und auch ab und zu mal für kürzere Zeit verschwanden und ebenso schnell dann wieder auftauchten. Aber das interessierte uns nicht. Fast alle Gäste waren Hotelgäste oder Menschen, die so wie wir wegen der guten Atmosphäre und der schönen Musik ihre Freizeit hier verbrachten. Das Personal kannte uns schon gut, man wusste, dass wir „ernsthafte" Personen waren. Einer der Musiker, Nachbar einer meiner Freundinnen, sorgte dafür, dass wir drei unser Lieblingslied mindestens einmal am Abend zu hören bekamen, ohne dafür einen Obolus entrichten zu müssen. Alle anderen Gäste mussten natürlich für ihre Musikwünsche entsprechende Trinkgelder abliefern. Zur Abendbrotzeit waren wir aber fast immer schon weg und zurück bei unseren Familien.

An einem dieser Abende kamen von einem Tisch mit vier Männern zwei davon herüber, um uns um einen Tanz zu bitten. Ich war vorab schon von einem Herrn darum gebeten worden und hatte Ja gesagt. Meine zwei Freundinnen nahmen die Bitten der zwei an und tanzten mit ihnen. Nachdem die Tanzrunde beendet war, brachten die Herren sie an den Tisch zurück. Sie erzählten mir von ihren Tanzpartnern, es waren zwei Deutsche.

Ein wenig Deutsch konnten wir alle sprechen. Lange Zeit blieb uns aber nicht zum Plaudern. Die nächste Tanzrunde begann, und der gleiche Mann, der zuvor mit meiner schwarzhaarigen Freundin getanzt hatte, stand vor mir. Ich blickte zunächst gar nicht hoch, nahm an, dass er wieder „schwarz" auffordert. Schon sprachen mich aber meine beiden Freundinnen an, um mir zu sagen, dass dieser Mann nun mit mir tanzen wolle. Ich blickte also hoch und erkannte diese seine Absicht auch. Nun tanzten wir eine ganze Reihe unterschiedlicher Lieder, mal schnell, mal langsam, mal, was ich mochte und mal, was mir egal war. Im Gespräch, mehr schlecht als recht, bemühte ich all meine Kenntnisse der deutschen Sprache. Als Kind hatte ich vom zehnten Lebensjahr ab bis zum Gymnasium bei meiner Tante Friedel als Privatschülerin schon Deutsch gelernt und hatte im Gymnasium außerdem Deutsch als zweite Fremdsprache neben Russisch.

In dieser kurzen Zeit des Tanzens haben wir sehr viel über uns erfahren. Ich geschieden mit drei Kindern, er noch verheiratet, auch mit drei Kindern. Wir sprachen über unsere Berufe, über unserer Arbeit und vieles mehr. Beim Tanzen kamen sich unsere Gesichter jedenfalls des Öfteren sehr nahe, stießen auch mal sanft zusammen, ob absichtlich oder nicht, kann ich nicht mit Sicherheit sagen. Tatsache ist, dass alle meine anderen Tänze an diesem Abend nur noch mit diesem Mann stattfanden, bis zum Schluss. Beide versuchten dabei, aus dem Anderen so viele Informationen „herauszuquetschen", wie möglich.

Beim Abschied, die drei anderen Deutschen hatten sich schon auf ihre Hotelzimmer zurückgezogen, machte mein Tanzpartner das großzügige Angebot, uns alle drei Damen mit dem Taxi nach Hause zu bringen. Zunächst protestierten wir dagegen, mit der Begründung, wir alle würden in gegensätzlichen Richtungen und größeren Entfernungen wohnen, aber meinen Tanzpartner überzeugten diese Argumente überhaupt nicht. Der Taxifahrer machte dann seinen Fahrplan auf Grundlage unserer Angaben, und so fuhr er seine Planroute durch Budapest. Eine Freundin saß vorne neben dem Fahrer und die andere und ich hinten, in der Mitte mein Tanzpartner.

Es gibt noch heute immer wieder Diskussionen, wie es dann zum Kuss kam. Wer machte den ersten Schritt, wer kam wem immer näher? Noch heute will es keiner gewesen sein. Ich war mit dem Aussteigen als zweite an der Reihe. Nach Erzählung meiner Freundin bat mein Tanzpartner sie um meine Telefonnummer, die sie ihm wohl auch gab. Dieser Tanzabend war also wie alle anderen für mich beendet. Schön, angenehm, keine Probleme.

Am nächsten Vormittag klingelte jedoch mein Telefon. Mein Tanzpartner von Vorabend rief an und fragte, ob ich ihm noch ein wenig mehr von Budapest zeigen könne, was ich aber sofort ablehnte. Meine Begründung lautete: Ich habe Kinder zu Hause und koche gerade Mittagessen. Ich hätte aber nichts dagegen, wenn er uns zu Hause besuchen würde, natürlich ohne Vertiefung seiner Budapestkenntnisse. Ich gab ihm meine Adresse. Einige Zeit später erschien er bereits in meiner kleinen 44-Quadratmeter-Wohnung. Wir machten es uns auf der Couch gemütlich und tauschten weitere Daten unserer bisherigen Lebensläufe aus. Ich bot ihm einen etwas hochprozentigen ungarischen Schnaps, wohl Barackpálinka, an, den er dankend probierte, um danach einen fürchterlichen Schweißausbruch zu bekommen.

Auf ein Wiedersehen angesprochen, meinte er, dass er vielleicht im nächsten Jahr um die Osterzeit herum kommen könne. Wir hatten bei diesem Treffen wirklich viel über uns erzählt, Wichtiges und Unwichtiges, wohl auch über die Zukunft geplaudert.

Nun kam die überraschende Frage meines Tanzpartners: „Würden Sie noch einmal heiraten?" Vehement verneinte ich dies aufgrund meiner Eheerfahrungen und den vielen Enttäuschungen und seelischen Schmerzen, die mir meine Ehemänner zugefügt hatten. Mit dieser Antwort gab er sich allerdings noch lange nicht zufrieden, und es folgte eine sehr überraschende, mutige und freche Frage: „Und mich auch nicht?" Was ich auf diese Frage geantwortet habe, weiß ich nicht mehr genau. Vielleicht war es ein „Vielleicht"!

Am späten Nachmittag musste er dann zu seinem Hotel zurück, sein Gepäck holen, da sein Flug noch am Abend nach Frankfurt startete. Bei seinem kurzen Abschied sagte er mir noch einen letzten Satz: „ Ich möchte Ihnen etwas schenken. Was wünschen Sie sich?" Ich konnte nur antworten, dass ich nicht wüsste, was ich mir wünsche, aber ein besonderes Medikament für meine sehr kranke Mutter, welches sie hier auch auf Rezept bekam, ein westdeutsches Produkt, darüber würde ich mich freuen. Die vom Hausarzt verschriebene Menge reichte nicht für den ganzen Monat und das Medikament war auf dem Schwarzmarkt selbst für viel Geld nicht erhältlich. Wir verabschiedeten uns nett und ohne große Euphorie, ganz in der Stimmung eines vielleicht auch letzten Treffens. Ich machte mir dann keine Gedanken mehr über das Ganze. Es war halt ein netter Tanzabend mit einem aufmerksamen, höflichen Mann, der verheiratet war, jedoch ohne dabei schlecht über seine Frau zu reden oder mich mit irgendwelchen Lügen darüber einzuwickeln.

Gegen 21:00 oder 22:00 Uhr abends klingelte das Telefon. Er war es. Er war inzwischen in Frankfurt gelandet und bedankte sich noch einmal für den netten Tanzabend. Ich staunte etwas über seine Zielstrebigkeit, aber mehr auch nicht. Eine Woche später kam dann der nächste Anruf, dem weitere folgten. Diese wurden dann immer regelmäßiger.

Zwei Wochen nach seiner Abreise kam eine offizielle Benachrichtigung vom ungarischen Zoll, ich solle persönlich erscheinen, um ein Paket aus Westdeutschland abzuholen. Wer der Absender war, ahnte ich sofort. Ich war froh, wegen der Medikamente für meine Mutter. Aber das Paket enthielt auch noch ein besonderes Geschenk für mich, eine Goldkette. Für dieses Geschenk sollte ich beim Zoll eine Menge Geld bezahlen, das ich aber nicht hatte. So blieb die Kette beim Zoll, die Medikamente durfte ich jedoch mitnehmen.

Bei unserem nächsten Telefongespräch erzählte ich ihm von diesem Umstand, seine Antwort verstand ich nicht ganz. Einige Zeit später, Anfang November, teilte er mir mit, dass er mich am Wochenende besuchen wolle, ob ich ihm wohl ein Hotelzimmer in der Nähe buchen könne. Ich buchte und er kam. Freitagabend stand er vor der Tür, wir nahmen uns in die Arme, wir küssten uns schon etwas leidenschaftlicher. Wie wir den Abend verbrachten, weiß ich nicht mehr. Nach dem Abendessen und viel Geplauder ging er auch brav in sein Hotel, nicht jedoch, ohne mir Geld für meine Goldkette beim Zoll zu geben und somit im Grunde genommen sein Geschenk ein zweites Mal zu kaufen.

Am nächsten Tag zeigte ich ihm mein Budapest. Am Abend war natürlich Tanzen angesagt, im gleichen Lokal, in welchem wir uns kennen gelernt hatten. Leider hatte sein Hotel das Zimmer nur für eine Nacht reserviert, warum nur? Auf jeden Fall musste er ja irgendwo schlafen. Das erwies sich dann als ganz einfach – er blieb bei mir, doch ganz sittsam.

Er hatte mir in den letzten Telefongesprächen schon angedeutet, dass seine Ehe seit einiger Zeit sehr bröckelte und er schon aus der gemeinsamen Wohnung ausgezogen sei. Seine Ferienwohnung im nahen Bergland war nun seine Wohnstätte geworden. Er gab mir seine neue Telefonnummer, falls ich dringend mit ihm sprechen müsste. Das konnte ich mir aber nicht leisten, denn teure Auslandsgespräche waren in meiner Einkommensklasse nicht drin.

Wenig später lud er mich nach Deutschland ein und schickte mir das Flugticket zum Budapester Flughafen. Anfang Dezember nach München und die schönen Weihnachtsmärkte dort, davon hatte ich gehört, und ich war fasziniert. Ich konnte mir ein verlängertes Wochenende in der Schule nehmen, meine Freundin zog zu uns und versorgte die Kinder für die kurze Zeit.

Abflug und Ankunft waren im Nu vorbei; mein immer noch nur „Tanzpartner" holte mich am Flughafen ab, und die Aufregung begann, aber es war für mich auch durchaus bedrückend. Ich kam aus dem Staunen zum Stöhnen, als ich die luxusbeladenen Schaufenster betrachtete. So etwas hatte ich in meinem ganzen Leben noch nicht gesehen.

Vor einem Schuhgeschäft blieb ich stehen. Schuhe sind wohl bei allen Frauen der große Renner, die Leidenschaft. Die Schuhe, die mir am besten gefielen, waren jedoch so teuer, dass ein Monatsgehalt nicht ausreichte. Natürlich zogen mich als Frau auch Kosmetikartikel magisch an. Ich durfte mir dort auch etwas kaufen, was mir sehr viel Freude machte. Trotzdem war ich dabei genügsam, wie eben immer in meinem Leben und wie ich heute noch bin. Selbst jetzt laufe ich der Mode immer mindestens ein Jahr hinterher, bis diese dann im Ausverkauf ist, dann beginnen diese Artikel mir zu gefallen. Bin ich vielleicht zu konservativ?

Die zwei Nächte in einem wunderbaren Hotel brachten es mit sich, dass wir uns in sehr vielen Dingen näher kamen. Mein Tanzpartner war über beide Ohren verliebt und ich auch. Von dieser Zeit an bis zu unserer Hochzeit zwei Jahre später war mein neuer „Liebster" fast jedes Wochenende bei mir in Budapest. Er hatte berufsmäßig viel in Berlin zu tun und flog mit Interflug, der DDR-Fluglinie, von Ostberlin nach Budapest, was für ihn recht preiswert war, da er ja Westmark hatte und sich das so ganz gut leisten konnte. Damit das immer reibungslos und ohne großen Zeitverlust bei der Durch- und Einreise ablaufen konnte, hatte er sich einen zweiten Reisepass besorgt; einer war immer mit Visum bei ihm, und der andere zur neuen Visagenehmigung bei der ungarischen Handelsagentur in Frankfurt am Main. So klappte das hervorragend.

Da er nun fast jedes Wochenende bei mir war, konnte er wohl kaum noch bei seiner Frau wohnen, das war sehr eindeutig. Seine Scheidung war beantragt. Von mir kam trotzdem immer die Aussage, dass ich nicht der Scheidungsgrund sein wolle. Das bestätigte er mir. Es sollte eine Scheidung im gegenseitigen Einvernehmen werden. Er hatte drei heranwachsende Töchter, etwas älter als meine Kinder, und ich hätte es nicht für gut befunden, wenn er diese meinetwegen verlassen hätte, zumal nach meinen Erfahrungen mit „verschwundenen" Vätern.

Eine seiner Antworten auf diese sehr begründeten Ängste war die, dass er ziemlich bald seine Mutter und Schwester nach Ungarn mitbrachte, damit diese mich kennenlernten und er mir damit klarmachte, dass es ihm mit mir sehr ernst war. Weiter zeigte dies, dass seine Familie von mir Kenntnis hatte und mit seinem/unserem Eheprogramm einverstanden war. Es blieben keine Geheimnisse, auch mit Zweien seiner Kinder konnte ich telefonieren. Was sagen die dazu? Sie waren der Meinung, dass in der Ehe ihrer Eltern nichts mehr richtig läuft, die ständigen Auseinandersetzungen und Kräche unerträglich seien, so dass eine Scheidung besser sein würde als die ständige Spannung, die den Kindern natürlich nicht entgangen war. All diese Klarstellungen beruhigten mein Gewissen. Ich kannte es ja wirklich gut genug, wie es war, vom Ehemann heimlich betrogen und dann verlassen zu werden.

Mein Zukünftiger erzählte mir immer wieder, dass er einigen kleinen Repressalien ausgesetzt war bei seinen Transitreisen durch die DDR. Er musste jedes Mal von Westberlin durch Ostberlin, da der Flughafen ja in der DDR lag und somit ein Transitvisum nötig wurde. Wenn er mit dem Auto zu mir reiste, dann kam er fast immer auch aus Berlin von einer seiner Baustellen dort, und die heutige Autobahn A9 führte auch bis Bayern durch die DDR. Manch lächerliche Prozedur kam da zustande, über die wir nicht nur damals, sondern auch noch heute den Kopf schütteln.

Da wurde etwa sein Portemonnaie nach heimlichen Devisen durchsucht, in seinem Pass wurde der Ausreisestempel „vergessen", was dann am Budapester Flughafen zu Behinderungen und Wartezeit sorgte. Einmal hatte mir meine zukünftige Schwiegermutter eine ganze Schale frische Erdbeeren mitgegeben. Der diensthabende Grenzbeamte in Thüringen musste natürlich seine schmutzigen Hände dort hinein graben, es konnte ja etwas sehr Geheimes dort versteckt und nun aus seinem Staat entführt werden! War es natürlich nicht, es handelte sich nur um Erdbeeren für die nette zukünftige Schwiegertochter in Ungarn... und nun ein paar verschmierte Hände. Aber Dienst war Dienst und Pflicht war Pflicht und die gewissenhafte Arbeit gegen die „Wessis" war nun mal höchstes Gebot.

Die ungarischen Zollbeamten waren gewissenhaft. Mein Zukünftiger hatte immer einige Zigarettenpackungen oder moderne Westdeos im Kofferraum. An der ungarischen Grenze machte er stets nach der Aufforderung seinen Kofferraum auf, und der Beamte konnte sich überzeugen, dass sich außer einem Fernsehgerät oder sonstigen Mangelwaren nichts dort befand. Mit einer lockeren Geste gab er dem netten Beamten zu verstehen, dass diese Gegenstände, die so herumlagen, nichts dort zu suchen hatten, und der Beamte verstand immer sehr schnell.

Einmal hatte er bei einem Transit nach Ostberlin auf dem Rücksitz einen „Playboy" liegen. Ein Diensthabender kam zackig zum Auto, grüßte militärisch, riss die Hecktür auf und vertiefte sich in die dortige Lektüre. Nach einigen Minuten schlug er die Tür zu, grüßte wieder militärisch und wünschte gute Weiterfahrt. Eine solch unmoralische Zeitschrift durfte natürlich nicht eingeführt werden, aber die männliche Neugier war eben doch größer als die Vorschriften und Gesetze. Es gab auch in dieser Welt nur allzu Menschliches! Dabei war z. B. die FKK, die Freikörperkultur, im Osten Deutschlands längst weitverbreitet, jedenfalls viel mehr und freier als bei den „Wessis". Solche kleinen Tricks bei Grenzübertritten halfen ihm auf jeden Fall, Wartezeiten zu verringern, denn jede verlorene Minute mit mir war für meinen Tanzpartner ein Zeitverlust für das ganze Leben, wie er mir versicherte.

Wie immer kochte ich also weiterhin an jedem Wochenende für meine Familie, nun plus einen Mann. Er kam jetzt regelmäßig, entweder schon Donnerstagabend, meist jedoch Freitagabend mit dem Flugzeug, oft auch mit dem Auto, und er brachte immer etwas Essbares mit, Aufschnitt oder Obst. Bananen waren bei uns Mangelware, und so gingen meine Kinder dann oft mit einer Banane in der Hand auf die Straße, um dort stolz diesen kapitalistischen Besitz zu zeigen. Ganz am Anfang erwartete ich ihn einige Male am Flughafen. Das war aber unnötig, er gehörte gewissermaßen schon zur Familie und erschien auch schon mal zu Zeiten, wenn ich noch in der Schule weilte. Aber er hatte da schon einen Haustür- und einen Wohnungstürschlüssel, und so kam es auch vor, dass er mich von der Schule abholte, mindestens aber von der Straßenbahn.

Das Samstagabendprogramm blieb immer das gleiche: Tanzen in unserem Tanzlokal. Ich liebte es, das Tanzen. Er war nicht so ein begeisterter

Tänzer. Es war ihm zu anstrengend und er hat dabei immer sehr geschwitzt. Jedes Wochenende hat er sich dennoch tapfer diesem Ritual ergeben. Es war ja immer wieder eine Feier unseres Zueinanderfindens, um vielleicht auch noch das neue Glück im Leben als Gabe feiern zu dürfen.

Das tägliche Leben ging ansonsten weiter. Ich gewann mit meinem Schulchor wieder den ersten Preis der Schulen mit erweitertem Musikunterricht, der jährlich ausgetragen wurde. Auf Wunsch der Kinder, in deren Klasse die Chorproben stattgefunden hatten, wurden die Diplome des Chores der 5. bis 8. Klassen an einer Wand aufgehängt. Sie alle konnten vom Blatt singen! Das wurde möglich durch die so genannte Kodály-Methode, einer musikalischen Unterrichtsmethode in den Schulen mit erweitertem Musikunterricht.

Diese Methode ist meiner Meinung nach einmalig auf der Welt. Obwohl sie schon damals in der ganzen Welt bekannt war, wurde und wird sie leider nicht überall praktiziert. Schon während meiner Studienzeit waren die Vorträge über diesen Solfégeunterricht immer voll mit ausländischen Musiklehrern, die diese Methode des Blattsingens nach Solmisationssilben (do, re, mi, fa, so, la, ti) erlernen wollten. Es gab für diese Methode auch dreiwöchige, internationale Seminare in Esztergom/Donauknie. Diese Seminare waren fünfsprachig unterteilt und es war ein gemischter Schulchor von 25-30 Kindern der 3. bis 8. Klassen als Vorzeige- und Übungsobjekt dabei. Hier führten die ungarischen Musiklehrer jeden Schritt der Unterrichtsmethode von der 1. bis zur 8. Klasse vor. Danach gingen die Kursteilnehmer mit ihren Dozenten, jeweils eingeteilt in die fünf Sprachgruppen in die Vortragsräume und diskutierten und übten dort das soeben Erlernte in ihren Gruppen.

Die Dozenten mussten natürlich die Sprache ihrer Gruppe beherrschen, und so leitete ich fast zehn Jahre die Spanisch sprechende Gruppe, auch die Portugiesisch sprechende Gruppe gehörte dazu. Die Teilnehmer kamen inzwischen aus der ganzen Welt, Europa, Amerika und auch schon mal aus Asien. Selbst nach meiner Übersiedlung nach Deutschland hielt ich lange Jahre an dieser Dozentur fest.

Diese Dozentur hatte die Folge, dass ich danach fast immer Einladungen für eine Privatdozentur in ein Teilnehmerland bekam. So wurde ich gleich beim ersten Mal nach Spanien eingeladen, um dort ein zweiwöchiges Seminar über die Kodály-Methode abzuhalten. Schwierigkeiten oder Probleme mit der spanischen Sprache hatte ich ja keine, und so konnte ich sofort sehr gute, auch freundschaftliche Kontakte mit Kursteilnehmern aufnehmen. Sie kamen aus vielen Städten Spaniens. So erhielt ich die Chance, in viele Universitäten in Spanien eingeladen zu werden. In einigen geschah das sogar alle Jahre wieder, z. B. In Barcelona und Granada. Dort war ich zu Gast, auch auf verschiedenen Ebenen der Unis, bei Anfängern, Fortgeschrittenen und sogar Professoren. Auf diese Weise lernte ich viele nette, gute, auch berühmte Persönlichkeiten kennen, mit denen ich heute noch Kontakt habe, die ich nach Deutschland einlade oder die mich ihrerseits in ihr Heimatland einladen.

Eine solche damalige Lehramtsstudentin für Mathematik, Physik und Musik, die acht Mal an meinem Sommeruniversitätskurs teilgenommen hatte, wollte schließlich nicht mehr Mathe und Physik unterrichten, sondern nur noch Musik nach der Kodály-Methode. Bis heute, also 25 Jahre später, sie ist inzwischen Schuldirektorin, ist sie immer noch meine beste Freundin, wir sind wie Mutter und Tochter. Dieser enge Kontakt mit Spanien half mir auch sehr, diese Sprache nicht zu vergessen. Zudem schickt mir diese „Tochter" nach wie vor alle wichtigen Neuerscheinungen spanischer Literatur, damit ich in Übung bleibe. Hinzu kommt auch noch, dass der Charakter der Spanier dem der Kubaner recht ähnlich ist und ich mir so auch ein Stück Erinnerung an diesen Abschnitt meines Lebens warmhalte. Ich genieße einfach diese direkte, offene und lässige Art.

Im Sommer des Jahres vor der Hochzeit wollte mein angehender Mann uns seine Heimat, sein Wohnhaus zeigen, und wir sollten drei Wochen Ferien dort in seiner Wohnung verbringen. Die Wohnung war inzwischen frei, seine baldige Exfrau inzwischen schon ausgezogen. Also mussten Ausreisevisa für mich und die Kinder beschafft werden. In diesem Zuge erhielt ich dann eine polizeiliche, amtliche Vorladung. Ein autoritätsbewusster Oberwichtigtuer in Uniform stellte mir eine Frage, die wohl im Westen unvorstellbar war: „Welche Beziehung haben Sie mit diesem Westdeutschen? Schlafen Sie schon mit ihm zusammen?"

Diese letzte Frage brachte mein Blut zum Kochen, aber was half es, ich musste Ruhe bewahren und meine Empörung unterdrücken. Wenn ich auf diese Frage nicht antworte, sondern ihm meine Meinung offen ins Gesicht sagen würde, könnte unsere Urlaubsreise scheitern, und zwar wegen Autoritätsbeleidigung. Ich erklärte dann möglichst sachlich, dass wir bald hier in Budapest heiraten würden und ich natürlich auch schon mit ihm geschlafen habe. Ich ging ziemlich niedergeschmettert nach Hause und war irgendwie froh, dass ich diesen Untertanenstaat bald verlassen konnte.

Jedenfalls verbrachten wir dann drei herrliche Wochen in Deutschland. Besuche aller schönen und wichtigen Orte, Tierparks, Spielparks, Burgen, Schlösser... die Tage gingen leider sehr schnell vorbei, und wir mussten wieder in unsere Heimat zurück. Aber ich hatte ja jetzt offenbar einen „ehrlichen" Mann fürs Leben gefunden.

Der Herbst kam und damit der 40. Geburtstag meines Zukünftigen. Diesen Tag wollte er unbedingt mit mir feiern und mich seinen Freunden als seine Verlobte vorstellen. Ja, wir hatten uns schon sehr früh ganz heimlich verlobt und trugen bereits seit einiger Zeit unsere Eheringe, aber eben am linken Ringfinger, ganz brav, wie es sich gehörte. Die Feier fand dann auch statt, und ich war der heimliche Mittelpunkt dieses Abends, wo natürlich auch viel getanzt wurde. Auch alle Mitglieder seines Stammtisches, eine Gruppe von Leuten „vom Bau", waren mit ihren Ehefrauen anwesend. Alles nette Leute, die es auch ehrlich mit mir meinten, obwohl sie ja die Nochehefrau kannten. Ein nettes Intermezzo in unserer Verlobungszeit! Auch heute noch treffen wir uns ab und zu alle, nach mehr als 30 Jahren.

Ausreise nach Deutschland
Neue Aufgaben, berufliche Stabilisierung und Erfüllung meiner musikalischen Träume

Die achtzehn Monate vom ersten Tanzabend bis zu unserer Hochzeit waren dann auch sehr schnell verflogen. In der Woche die Lehrertätigkeit in der Schule, privater Klavier- und Spanischunterricht für Kinder und Erwachsene, Übersetzungen aus dem Spanischen von Artikeln über Musik für den ungarischen Rundfunk... die Zeit war mehr als ausgefüllt. Fast jeden Abend kam der Gutenachtanruf meines Zukünftigen, also musste ich auch zu Hause sein, und so begann ich ein Bild zu sticken, die „Entführung der Töchter des „Leukippos" nach einem Bild von Peter Paul Rubens. Dieses Werk hängt noch heute an einem Platz neben dem Fernseher in unserem Ferienhaus am Plattensee.

Eine Hochzeit mit einer Frau aus dem „Ostblock" war aber wohl auch im „goldenen Westen" nicht so ganz einfach. Mein Zukünftiger benötigte einige Papiere für das Budapester Standesamt. Zuständig für das wichtigste davon, das sogenannte Ehefähigkeitszeugnis, war der Innensenator von Berlin. Ich fand das sehr lustig, verstand es aber nicht so recht und schaute in meinem Wörterbuch nach. Das Ergebnis war, dass ich dachte, nun würde die *Potenz* meines Zukünftigen unter die Lupe genommen. Ich fand es sehr erfreulich, dass die Deutschen in ihrer Gründlichkeit so weit gehen, dass sie darauf aufpassten, dass ihre Bürger nicht bei der Ehe mit Frauen anderer Länder versagten. Welche Perfektion bis in das tiefste Detail!

In Ungarn interessierte die amtlichen Autoritäten dagegen nur, wie sie von den ausreisewilligen Bürgern möglichst viel Geld kassieren konnten. Beim Berliner Innensenator hieß mein künftiger Gatte bald nur noch „Der Gewerbetreibende aus xy-stadt". Knappe 3 Monate später war die wichtige Bescheinigung da. Bei der Anmeldung zur Hochzeit beim Standesamt Budapest wurde allerdings festgestellt, dass eine Trauung nicht möglich war, da ich formell noch mit einem gewissen kubanischen Herrn verheiratet war. Diese erste Ehe war in Budapest geschlossen worden, in Havanna war die Scheidung dann zwar erfolgt, diese aber nicht bei einer ungarischen Behörde legalisiert worden. Also musste ich erst einmal formell geschieden werden.

Die standesamtliche Trauung fand im Standesamt Budapest, direkt vor dem Parlamentsgebäude statt: eine wunderschöne Umgebung und gleichartiges Wetter Ende März, alles wie geschaffen für diesen Anlass. Die Feier danach erfolgte direkt in einem schönen Restaurant gleich gegenüber, einschließlich „unserer" Musikkapelle aus dem Tanzlokal, und sie war traumhaft. Neben meiner Familie und meinen Freundinnen, war auch der größte Teil der neuen deutschen Familie anwesend und sogar die Mitglieder des Bau-Stammtischs meines Ehemannes samt der Ehefrauen.

Leider konnte mein Opa aufgrund einer schweren Erkrankung nicht teilnehmen, denn er mochte meinen neuen Mann sehr, und die beiden kamen prächtig klar, auch wenn sie kaum miteinander reden konnten, sie verstanden sich trotzdem. Leider verstarb dieser Opa eine Woche nach der Trauung. Mein Mann flog dann nur kurz nach Hause, um einen schwarzen Anzug zu holen. Sein Auto blieb gleich bei mir auf der Straße stehen. Auf dem Heimweg von der Hochzeitsfeier in meine Wohnung kam es vorher noch zu einem kleinen Problem. Das Militär hielt in der Nacht Übungen zum Tag der nationalen Freiheit ab, und da der Heldenplatz nicht weit weg war, mussten wir das Auto deshalb in einiger Entfernung parken und so unsere Hochzeitsgeschenke zu Fuß nach Hause schleppen. Aber die Glücksgefühle haben das alles übertönt.

Als ich nun wieder allein war, überfielen mich tausende Fragen und Überlegungen: Wie würde ich wohl mein Leben jetzt noch mal umkrempeln in einem neuen Land, mit einer neuen Sprache, mit anderen Sitten? Konnte ich meinen Kindern einen erneuten solchen Wandel zumuten, mit den gleichen Problemen, und sicherlich auch mit einigen Schwierigkeiten? Konnte ich wohl meine inzwischen kranke Mutter, die mir immer geholfen hatte, allein lassen? Würde ich in Deutschland eine Arbeit finden? Wenn ja, welche? Würden meine Abschlüsse dort gelten? Diese letzte Sorge wurde schließlich durch die Realität in Deutschland bestätigt. Ich verfügte zwar über eine Musikausbildung in höchster Stufe, aber ich konnte kein zweites Ausbildungsfach nachweisen, und gerade das war in meiner neuen Heimat Pflicht, um an einer staatlichen Schule als Lehrerin eingestellt zu werden.

Zunächst begannen aber die Nachforschungen in meiner alten Heimat, wie überhaupt eine solche „Auswanderung" abzuwickeln war. Welche Papiere galt zu es beschaffen, wo waren diese zu besorgen und welcher Dienststelle, ob uniformiert oder nicht, waren diese dann vorzulegen? Es gab damals zu viele kleine „Machthaber", die man keinesfalls übersehen oder gar übergehen durfte.

Ich versuche mich daran zu erinnern, was da so an Papieren für unsere Ausreise nach Westdeutschland notwendig gewesen ist: Bescheinigungen von Kreditanstalten etwa, dass ich schuldenfrei war, Leumundszeugnis mit Bescheinigung, dass ich nie im Gefängnis war. Papiere für meinen Bechstein-Flügel, den mir meine Eltern noch geschenkt hatten. Dafür sollte ich eine erhebliche Menge Ausfuhrzoll bezahlen, und nun kam mein aus Kuba gerettetes Gold zum Einsatz und rettete meinen Flügel in den westlichen Kapitalismus. Auch das Cello meines jüngsten Sohnes musste wertmäßig geschätzt, Fotos gemacht werden und so weiter. Es war keine Stradivari, trotzdem fiel der Papierkram noch schlimmer aus als beim Flügel. Alle Bücher und Schallplatten mussten in Listen erfasst werden, unter Angabe des Autors, des Titels, eventueller Herausgeber, der Erscheinungsjahre und so weiter. Der Zeitaufwand war fürchterlich, aber ohne ging gar nichts.

Meine Wohnung wollte die Stadt Budapest requirieren wegen der großen

Wohnungsnot, aber da mein ältester Sohn dort ja auch angemeldet war, inzwischen volljährig, durfte er diese Wohnung behalten. Die obige Aufzählung der Papiere nennt nur die wichtigsten davon, aber eine Nachzählung ergab die stolze Gesamtsumme von 84 verschiedenen Dokumenten.

Als Problem erwies sich mein ältester Sohn. Er wollte Ungarn nicht verlassen und nicht mit mir und seinen Geschwistern nach Deutschland ausreisen. Wegen seiner Jugenddelikte, seiner instabilen Persönlichkeit und der psychischen Probleme, die ihn ganz sicher wieder auf eine falsche Bahn bringen würden, sobald wir fort waren, wollte ich ihn aber auch nicht allein in Ungarn lassen. Unsere Ausreise war für Anfang September geplant, damit die Kinder nicht den Schulbeginn in Deutschland verpassten. Der Älteste war gerade einen Monat volljährig, ich konnte also über ihn nicht mehr bestimmen. Meine Mutter erklärte sich dann bereit, nach Budapest zu ziehen und mit ihm zu leben.

Ich hatte aber zwischenzeitlich schon einen anderen Weg eingeschlagen. Meine Schulleiterin hatte gute Beziehungen zu einem hohen Militär, der auch den Militärdienst organisierte. Mein Sohn wurde also sehr schnell zum Militärdienst einberufen. Wir waren alle froh und meinten, dass zwei Jahre Militärdienst gut täten, mehr Ordnung, geordneter Tagesablauf, Verantwortung und kaum eine Chance, Mist zu bauen. Dort würde er außerdem eine ordentliche Unterkunft haben, regelmäßig sein Essen bekommen, hoffentlich neue Freundschaften mit Gleichaltrigen schließen und außerdem Abstand von seiner alten, schlechten Clique in Budapest haben. Diese Aussicht beruhigte uns alle sehr und bestätigte sich dann als der wohl einzige vernünftige Weg für ihn.

So langsam kamen auch alle notwendigen Papiere für die Ausreise zusammen, und wir mussten darüber nachdenken, wie der schöne Bechstein-Flügel nach Deutschland transportiert werden sollte. Meine sonstigen persönlichen Sachen wie Bücher, Schallplatten, Dokumente, Fotoalben, Kleidung und Spielsachen der Kinder erwiesen sich als keine größere Schwierigkeit, sie waren schnell verstaut. Mit einem Anhänger an seinem PKW löste mein Mann auch das Problem mit dem Flügel, und wir absolvierten unsere Ausreise nun mit einer etwas längeren Autofahrt.

Eine solche Autoreise, damals noch über die Rhön-Autobahn, dauerte 10 bis 12 Stunden. Die heutige A9 führte ja, wie heute noch, durch Thüringen, Sachsen und Sachsen-Anhalt, aber damals eben noch durch DDR. Sie war für uns nur mit noch höheren Schwierigkeiten bei der Grenzabfertigung nutzbar. Also nahmen wir lieber einen Umweg in Kauf. So dauerte unsere Ausreise dann also mehr als 16 Stunden, mit Auto und Anhänger.

Die Aufregung beim Abschied und über das nun neue Heimatland, in das wir einreisten, war zu groß, um sich auf andere Dinge konzentrieren zu können. Wir kamen jedenfalls spät am Abend in unserem neuen Wohnort an, und an der Haustür empfing uns ein DIN-A2 Karton bemalt mit sehr netten Begrüßungsworten, geschmückt mit Blumen und aufmunternden Figürchen. Alles von meiner neuen Schwägerin gemacht, um uns die Zukunftsangst zu nehmen und das Gefühl zu geben, dass wir herzlich willkommen waren.

Das vorhandene Mobiliar blieb so wie bisher, lediglich die Ehebetten hatte mein Mann erneuert. Na, immerhin!

Die ersten Tage waren natürlich voller neuer Eindrücke. Die Kinder mussten an den Schulen angemeldet werden. Wir waren nun doch 14 Tage nach dem offiziellen Schulbeginn eingetroffen. Mein kleiner Sohn kam in die Orientierungsstufe, und meine Tochter begann auf einer Oberschule, die sogar Russisch als zweite Fremdsprache lehrte. Das hatte sie schon in Budapest gelernt, dort als obligatorische Fremdsprache ab der 5. Klasse. Sie erwies sich als sehr fleißig, sprach allerdings kein Wort Deutsch, und so büffelte sie einfach alle Texte auswendig. Das ging solange gut, bis dann eines Tages die Lehrer merkten, dass sie die ganzen Inhalte gar nicht verstanden hatte. Das führte dann zur Umschulung in eine Realschule.

Für beide Kinder war die erste Zeit in der Schule äußerst schwierig. Schon eine Woche nach der Einschulung machte die Klasse meines Sohnes einen einwöchigen Klassenausflug etwas weiter weg. Er musste daran teilnehmen, allein schon wegen der Sprachübungen in dieser Umgebung. Dieser Ausflug endete dann aber in einer Katastrophe. Schon am zweiten Tag rief er mich an, seine Schulkameraden würden ihn nicht in einem Bett schlafen lassen, sondern er müsse auf dem Fußboden schlafen, und er würde als stinkender Ausländer beschimpft. Er weinte am Telefon und bettelte darum, ihn sofort aus dem Schullandheim abzuholen.

Mein Mann rief sofort die Schulleitung an und informierte diese über das Geschehen. Es wurde auch sofort eingegriffen, und mein Sohn konnte dann doch noch den Rest der Woche dort bleiben. Aber die Querelen sollten nicht aufhören. Er wurde sehr oft verprügelt und kam mit kleineren oder größeren Verletzungen nach Hause. Ich erinnerte mich an einen Satz, den mir mein Vater oft gesagt hatte: „Wenn dich jemand mit der flachen Hand schlägt, musst du mit der Faust zurückschlagen!" Diesen Rat gab ich also meinem Sohn weiter, und er hat diesen Rat wohl auch umgesetzt. Er hatte danach keine solchen Probleme mehr, wurde akzeptiert und genoss höheres Ansehen. Freunde fand er auf dieser Schule aber nie. Sein einziger Freund in dieser Zeit war der fast gleichaltrige Sohn eines Nachbarn von gegenüber. Die zwei kommunizierten über die Straße durchs Fenster, wenn Lernzeit angesetzt war und Spielzeit abgesetzt. Dieser Junge war sehr ruhig und wohlerzogen, was sehr gut für meinen aufgewühlten Sohn war.

Meine Tochter musste massive Beleidigungen ausgerechnet vom katholischen Religionslehrer erdulden, und so wählte sie diesen Religionsunterricht ab und wechselte konsequent zum evangelischen. Ein Jahr später kam mein Sohn in eben diese Realschule, und das gleiche Spiel begann wieder, dieses Mal mit einer Biologielehrerin. Sie beschimpfte ihn immer wieder vor der ganzen Klasse, auch als Ausländer! Nach einem solchen Schultag meinte mein Sohn, dass er die Lehrerin beim nächsten Male schlagen werde.

Wir mussten auch hier tätig werden. Bevor es aber zu einem Gespräch mit der Schulleitung kam, rief sie abends von sich aus an und entschuldigte sich persönlich bei meinem Sohn. Wie diese Welt so ist, hatte ich 6-7 Jahre später als Musiklehrerin an einem Privatgymnasium beide Kinder dieser Biolehrerin im Unterricht. Ich habe diese Kinder niemals spüren lassen, was ihre Mutter meinem Sohn angetan hatte. Mehrere Jahre später traf ich die Tochter dieser Lehrerin einmal wieder, und sie erzählte mir, dass sie sehr früh von zu Hause weggezogen sei, wegen der Alkoholsucht ihrer Mutter! Offensichtlich haben also diese Kinder mindestens so gelitten wie die meinen. Ein Trost ist das aber nicht!

Zunächst hatte mich die Organisation des täglichen Lebens im neuen Haus voll im Griff. Wo finde ich was? Was war im Haushalt meines Mannes noch vorhanden?

Er hatte seiner geschiedenen Frau eine Wohnung in der Innenstadt gekauft und musste auch noch drei Jahre lang monatlichen Unterhalt zahlen, um sie dann mit einer stattlichen Abfindungssumme endgültig auszuzahlen. Zwei der eigenen Töchter aus dieser Ehe waren schon groß und wohnten nicht mehr zu Hause, lediglich die jüngste wohnte noch bei ihrer Mutter.

Der Auszug aus dem Haus meines Mannes war während seiner Abwesenheit geschehen, und so waren wohl auch alle besseren und wertvolleren Gegenstände mit „ausgezogen". Ich fand fast nur alten Kram. Aber mit dem Wegschmeißen war ich doch sehr vorsichtig, denn ich war es ja nicht gewohnt, im Luxus zu leben. Alles noch Brauchbare hat bei mir darum eine Verwendung gefunden.

Mein Mann hat nie über seine Ex geschimpft oder intime Details ausgeplaudert. Sein Credo lautete: Es ist vorbei, ein abgeschlossenes Kapitel, darüber muss man keine Worte mehr verlieren. Ich habe auch niemals gehört, dass er seinen Töchtern gegenüber negativ über deren Mutter gesprochen hätte. In diesem Sinne ist er ein feiner Mensch. Er wollte seinen Töchtern nicht zusätzlichen Schmerz zur Trennung der Eltern hinzufügen. Eins war absolut klar. Alle drei Töchter waren übereinstimmend der Meinung, dass die elterliche Ehe schon lange kaputt und auch nicht mehr zu retten war. Das war für mich sehr beruhigend. Ich war wirklich nicht der Scheidungsgrund gewesen! Vielleicht habe ich das ganze beschleunigt, aber nicht verursacht!

Mein Mann hatte sich bei seinen Bekannten, Lehrern, politischen und privaten Freunden erkundigt, wo ich mich um einen Arbeitsplatz bewerben könnte. In der Politik tummelte er sich damals auch, sogar mit kleinen Erfolgen. Mit den Bewerbungen gab es jedoch große Schwierigkeiten, weil mein Mann im Bereich der Schulen und der Lehrertätigkeit keine Erfahrungen hatte. Jetzt, nach über 25 Jahren, weiß ich selbst, dass ich mit meinen Musikdiplomen an einer deutschen Schule keine Chance hatte, da man hier mindestens zwei Fächer vorweisen muss. In Ungarn gab es in dieser Beziehung keine Probleme, in Kuba auch nicht, und wie ich hörte, wäre das wohl auch in Frankreich nicht geschehen. Hätte ich dies alles schon damals gewusst, dann hätte ich sicherlich meine Diplome hier anerkennen lassen bzw. eben noch mal notwendige Nachprüfungen absolviert.

Kurz vor Erreichen des Rentenalters wollte ich dann unbedingt noch Oberstudienrätin werden. Nicht wegen des schönen Titels, sondern es ärgerte mich, dass andere Lehrerkollegen, die altersmäßig meine Kinder hätten sein können, sich mit diesem Titel schmücken durften. Auf Anraten meines Chefs reichte ich also schließlich einen entsprechenden Antrag mit allen notwendigen Zeugnissen und Diplomen beim Kultusministerium ein.

Alles in Ordnung, aber es fehlt das zweite Fach, war die Antwort. Also war das immer noch so wie vor 25 Jahren, und ich würde mich niemals Oberstudienrätin nennen dürfen. Das war nun mal die Konsequenz meiner damaligen Ignoranz, meines Desinteresses oder meiner Oberflächlichkeit den gegebenen Gesetzen und Verordnungen gegenüber. Sobald ich Musiklehrerin geworden war, gab es für mich nur noch die ersehnte, direkte musikalische Arbeit mit Kindern und Erwachsenen. Musik mit allen Fasern meines Herzens! So war es mein ganzes Leben lang, und so blieb es nun auch in Deutschland bis zum Rentenalter.

Aber den echten Grund, warum ich an diesem Titel Geschmack gefunden hatte, will ich nun doch aufzeigen. Eines Tages kam ich mit meiner Klasse in den Musikraum, und auf die Tafel war ein Lied geschrieben, per Hand von einem meiner Kollegen. Die Notenschrift war voller Fehler, voll falscher Intervalle, voller Rhythmusfehler. Der Kollege, der dies geschrieben hatte, trug den ehrenvollen Titel „Oberstudienrat". So kam ich damals dazu, von diesem würdevollen Titel zu träumen. Danach wollte ich ihn aber gar nicht mehr!

Die ersten Monate und sogar fast zwei Jahre nach meiner Umsiedlung nach Deutschland vergingen mit Handarbeiten, ähnlich meiner Verlobungszeit in Ungarn. Meine Schwiegermutter brachte mir Hardangerstickerei bei. Aus dieser Zeit stammen mehrere wunderbare Tischdecken in dezentem Weiß und Cremefarben, in allen möglichen Größen bis zu einem Tisch für zwölf Personen. Auch an Gobelinstickerei hatte ich viel Freude und fertigte mehrere kleine Bilder. So gute acht Monate arbeitete ich täglich mehrere Stunden an solchen Sachen, neben der Hausarbeit wie Kochen, Waschen, Bügeln, Putzen.

Die Ergebnisse dieser „Hobbyarbeiten" halfen mir in meiner sehr schweren Zeit der Integration in dem neuen Land viel. Ich habe später niemals wieder in der Richtung Stickerei weiter gemacht. Es war einfach ein sinnvoller Zeitaufwand, gewissermaßen ein zwangsweises Hobby, welches mich damals davor bewahrte, nicht kurzerhand in Depressionen zu verfallen. Wann würde ich wohl wieder eine vernünftige Arbeitsstelle finden? Ich, so ganz ohne Musik, aber immer im Leben mit viel Power, es war eine schreckliche Übergangsperiode. Mein Mann war glücklich, mich in Deutschland neben sich zu haben. Die Kinder mussten sich hingegen ihren Weg bahnen, teilweise mit schrecklichen Stolpersteinen.

Meine Tochter war außerhalb der Schulzeit immer in ihrem Zimmer, sie las in dieser Zeit das Gesamtwerk von William Shakespeare und hörte täglich wohl zehnmal das „Requiem" von Wolfgang Amadeus Mozart mit ihrem CD-Player. Mein Mann musste sie fast mit Gewalt in das öffentliche Leben schicken und sie dafür begeistern, sich mit Schulfreunden zu verabreden und diese einzuladen. Diese Bemühungen brachten leider nicht allzu viel, denn fast alle ihre Freundinnen, es gab nur wenige, waren ebenfalls Ausländerinnen, und sie hatten wohl die gleichen Integrationsprobleme wie meine Tochter. Sie erzählte einmal, dass sie sich in der Straßenbahn oftmals lauthals einmische, indem sie herumsitzende Erwachsene zur Hilfe aufforderte, wenn pubertierende Jungen ausländische, meist türkische Mädchen anpöbelten. Noch heute ist ihr Bedürfnis nach Gerechtigkeit sehr ausgeprägt. Nicht umsonst hat sie ihr Studium und ihr Berufsinteresse dementsprechend ausgerichtet, auf Politik- und Sozialwissenschaften!

Der private Musikunterricht hatte somit in Deutschland sein Ende gefunden. Die Kinder mussten sich nun erst einmal auf das Erlernen der deutschen Sprache konzentrieren und im Ausland ein Bleiben mit Wohlfühlfaktor für sich finden, was für Kinder in der Pubertät eine ganze Menge zusätzlicher Probleme hervorruft. Die persönliche Konfrontation von sechs Kindern aus unseren vorherigen Ehen offenbarte auch einige Ecken und Kanten. Darüber schweige ich lieber! Des Öfteren waren diese Schwierigkeiten des neuen Lebensumfelds Gründe und Auslöser des Wunsches nach einer Rückkehr in meine Heimat.

Aber dann sagte ich mir, ich dürfe meine Kinder nicht als Spielball meiner oder ihrer jeweiligen Gemütszustände benutzen, ich durfte sie nicht hin und her jagen. Die Entscheidung für die Ausreise war ja gefallen. Jetzt musste also alle Kraft eingesetzt werden, um diesen Kampf doch noch zu gewinnen. In meinen Entscheidungen wurde ich nie ernsthaft schwankend. Manche Entscheidungen brauchten zwar monatelange Reifezeit, aber wenn der Entschluss einmal stand, dann gab es keine Vorbehalte, kein rückwärts mehr.

Monumentale Aufgaben, neue Herausforderungen, das Erproben meiner Kräfte, Ziele zu planen und dazu die Taktik zum Erreichen dieser Ziele zu bestimmen, waren mir schon immer sehr willkommene Aufgaben gewesen. Ich war mir immer sicher, dass ich alle Aufgaben bewältigen würde, soweit es in meinen körperlichen und geistigen Kräften stand. Mein „Alleinleben" ab dem 10. Lebensjahr ohne die ständige Gegenwart meiner Eltern hatte mich so geformt, dass ich alleinverantwortlich für meine Zukunft geworden war. Meine Eltern gaben mir alle denkbaren Möglichkeiten. Was ich daraus machte, blieb allein meiner Verantwortung überlassen. So kann schon in jungen Jahren die Grundlage für eine Selbstbestimmung und Selbstverantwortung geschaffen werden. Natürlich war da der ständige Briefkontakt mit meinen Eltern, darin viele Ratschläge, und auch die wöchentlichen Gespräche mit den Lehrkräften und dem Internatspersonal sicherten, dass mein Lebensweg in die richtigen Spuren kam. Allerdings war ich allein die Hauptverantwortliche, um auf diesem richtigen Weg zu bleiben.

Ich glaube, dass mir meine Tochter sehr ähnlich ist, und dies ist wohl auch der Grund, weshalb es zwischen uns immer mal wieder kracht.

Nach zwei Jahren in Deutschland kam dann endlich die Wende für meine berufliche Laufbahn. Allerdings hatte ich in diesen beiden Jahren auch schon drei Laienchöre gefunden, die jeweils eine/n Chorleiter/in suchten, oder sie fanden mich! Die Qualität dieser Chöre entsprach zwar nicht meinen Erwartungen, aber meine Neugierde, was ich mit solchen Laien würde erreichen können, war Herausforderung genug für mich, um damit meine Kräfte zu messen. Es handelte sich dabei um zwei Frauenchöre und einen Männerchor, um Gesangsvereine und einen Biergesangsverein aus kleineren Dörfern. Die Proben wurden natürlich immer wieder durch laut schreiende Kellnerinnen unterbrochen, die ihre Getränke loswerden wollten. Sie mussten so laut schreien, weil ich meine Chorprobe natürlich nicht wegen solcher Lappalien unterbrach.

Nach kurzer Zeit verbat ich den lieben, alten Herren die Bierbestellungen während der Proben, ansonsten würde ich meine Tätigkeit dort beenden. Überraschenderweise wurde das akzeptiert. Die Disziplin stieg, die Klangqualität verbesserte sich, und die Bierfahne verwehte ganz schnell! Die von mir hierbei absichtsvoll praktizierte Kodály-Methode bei Chorwochenenden führte sogar dazu, dass sich die durchweg gestandenen Männer nach und nach Kenntnisse über Intervalle (Tonsprünge) und Rhythmen (Tonlängen) aneigneten, und es kamen etliche neue Sänger hinzu. Somit hatte meine Methode nicht etwa abgeschreckt, sondern Chorzuwachs angelockt.

Bei den Frauenchören habe ich diese vorgenannte Methode nicht praktiziert, es kamen aber außer den üblichen deutschen Volksliedern immer mehr klassische Werke der Renaissance, des Barock und der Klassik hinzu. Von Beginn an legte ich Wert darauf, alle Werke und Lieder in der jeweiligen Originalsprache zu singen, was bei einigen Sängerinnen zunächst auf Widerstand stieß, aber später waren sie mächtig stolz auf das Erreichte. Zusätzlich war für mich immer die Verbesserung der Stimmqualität eine elementare Aufgabe, die sich ganz sicher auch langfristig auszahlen würde.

In dieser Zeit hatte mein Mann einen Brief an die lokale Presse geschrieben, in welchem er aufzeigte, welche neue Fachfrau im Bereich Chormusik in der Stadt lebte, und dass sie in ihrer neuen Heimat gern einen entsprechenden Beruf ausüben wolle. Diesen Begriff „Heimat" sollte man generell mit Vorsicht benutzen. Ich habe ja später, nach sechs Jahren, durch meine Heirat mit einem Deutschen und meinem ständigen Wohnort Deutschland auch die deutsche Staatsbürgerschaft erhalten, musste damals allerdings meine eigene, ungarische dafür aufgeben.

Da damals für ungarische Staatsbürger auch noch in vielen Ländern die Visumpflicht bestand, hatte ich auch vor meiner Einbürgerung in Deutschland oftmals viel Schreibkram mit den jeweiligen Botschaften, wenn ich mal wieder als Gastdozentin für die Kodály-Methode an dortigen Universitäten eingeladen worden war. An den Passkontrollen musste ich auch immer wieder Schlange stehen und das nervte mich, wenn alle anderen schon längst durch waren. Ich war dann also bereit, meinen ungarischen Pass gegen einen deutschen einzutauschen. Aber egal, meine Heimat ist und bleibt Ungarn! Mein Herz kann ich nicht tauschen, und meiner Heimat werde ich nie abschwören.

Der Brief meines Mannes an die Presse zeigte jedenfalls Wirkung. Nach einigen Tagen meldete sich ein Herr von der Tageszeitung und machte mit mir ein Interview. Es erschien dann tatsächlich ein Artikel in der örtlichen Zeitung. Einige Tage später meldete sich prompt eine etwa gleichaltrige Frau bei mir und zeigte sehr großes Interesse daran, diese „Kodály-Methode" kennenzulernen. Sie war Lehrerin an einer Grundschule und erteilte auch Musikunterricht. Dann besuchte sie mich auch persönlich, wir plauderten über besagte Methode, und dann brachte sie den Wunsch vor, bei mir Chorleitungstechnik zu lernen. So entstand eine sehr enge Freundschaft zwischen uns.

Auf meinen Rat hin besuchte sie dann im nächsten Jahr die Sommeruniversität in Ungarn. Dort wurde in fünf Sprachgruppen diese Methode gelehrt, deutsch, spanisch, italienisch, französisch und englisch. Es gab theoretische Ausbildung und praktische Übungen mit ungarischen Schulklassen.

Meine neue Freundin war von diesem zweiwöchigen Seminar so begeistert, dass sie in ihrer Schulklasse nur noch nach dieser Methode Musik unterrichten wollte und dies auch tat, mit wirklich unglaublichen Ergebnissen, wie sie mir berichtete. Wir blieben weiterhin in engem Kontakt, und sie konsultierte mich dann auch bei aktuellen Fragen. In der Stadt hatte sie auch schon mehrere Kinderchöre gegründet und geleitet. Sie war einfach musikbegeistert und hatte eine sehr glückliche Hand in Sachen Kinderpsychologie.

Die Kinder meiner Freundin besuchten ein Privatgymnasium mit ausgezeichnetem Ruf. Eine Empfehlung ihrerseits bei dieser Schulleitung ergab für mich wenig später erste Kontakte mit darauf folgendem Vorstellungsgespräch. Zu diesem Gespräch hatte ich dann auch alle meine Diplome sauber ins Deutsche übersetzt. Diese Schule stellte mich dann auch wirklich ein, zwar ohne den Titel „Oberstudienrätin", aber auch, ohne auf eine zweites Lehrfach zu bestehen.

Die Zeugnisse des kubanischen Kultusministeriums und der verschiedenen Universitäten Spaniens und auch Brasiliens (Sao Paulo) waren für meinen neuen Arbeitgeber ausreichend, und ich blieb dort auch bis zum Rentenalter. An dieser Schule wurden die Fächer Musik, Kunst und Theater groß geschrieben, und das gab mir das richtige Fundament für meinen nicht auszubremsenden Drang, Musik zu vermitteln. Es gab in dieser Schule auch einen Begabtenzweig. Natürlich wünschte ich mir immer, diese hochbegabten Kinder zu unterrichten, die zwar nicht an einer gesonderten Musikschule studierten, aber durch ihre allgemeinen Begabungen eine stark erweiterte Aufnahmebereitschaft und ein hohes Verständnis für Musik hatten.

Verblüffend war für mich, wie sich diese jungen Leute für Stoffe wie Harmonielehre oder für Opern von Richard Wagner oder Richard Strauss in höchstem Maß begeistern konnten. Das waren alles Stoffe, die ich selbst erst bei meinem Musikstudium an der Hochschule für Musik in Budapest erfahren hatte, nun nahmen diese Oberschüler dieses mit Leichtigkeit und großem Erfolg auf!

Nun, die Schule hatte mich zunächst nur als Teilzeitbeschäftigte angestellt, ein paar Stunden je Woche in den 7., 8. und 9. Klassen. Ich musste mich ja auch erst noch sehr tief in die deutsche Sprache einarbeiten. Nicht jede Stunde erwies sich als einfach, oft habe ich sehr geschwitzt und bestimmte Worte lange suchen müssen. Die musikalischen Fachwörter sind ja fast in jeder Sprache gleich oder ähnlich. In Musikgeschichte war das dann schon schwieriger, denn hier musste ich mehr erzählen und das auch noch möglichst fließend. Aber Übung macht den Meister. Einige Monate später bekam ich eine halbe Stelle und nach zwei Jahren dann die volle Stundenzahl.

Leider durfte ich keine Chorarbeit machen, da war schon eine Kollegin dran, und so übte ich Gesang nur im Musikunterricht. Aber ich ohne Chorgesang? So konnte ich nicht leben. Ich wollte und durfte natürlich meiner Kollegin die Arbeit nicht wegnehmen. Ich kam mir indes schon so vor wie ein amputierter Mensch ohne Gliedmaßen. Ich dachte nach und benutzte zehn Minuten einer jeden Musikstunde für Liedgesang. Für vierstimmige Chorsätze habe ich also mit je einer Klasse eine Liedstimme eingeübt, also Sopran, Alt, Tenor und Bass. Kamen diese vier Klassen dann zusammen, so war das Werk fertig, und es klang dann auch wie ein Chor.

Für eine offizielle Nebentätigkeit war ich sogar dazu verpflichtet, eine Arbeitsgemeinschaft (AG) zu leiten. Die Themen dafür wurden von den Schülern selbst vorgeschlagen, wie z. B. Jiddische Musik, Musical-AG, Barbershop. Das verband ich mit dem vierstimmigen Einstudieren je Klasse oder AG eine Singstimme, wie oben beschrieben, nun eben im AG-Bereich. Es entstand so ein kleiner Chor, eigentlich ein Kammerchörchen, mit bestausgewählten Stimmen. Die Kinder ab zehn Jahren waren alle fähig, allein gegen die anderen drei Stimmen durchzuhalten.

Mit solchen gut singenden und hochmotivierten Kindern kann man Wunder leisten. Wir bauten diesen kindgerechten, trotzdem in hohem Maße funktionierenden Kammerchor so weit auf, dass er bei vielen Anlässen offiziell die Schule präsentierte. Erstaunlicherweise war eine sehr beliebte Musikrichtung die Gregorianik. Sie sangen hingebungsvoll, unisono und in ausgezeichneter lateinischer Sprache diese uralten Kirchengesänge. Ich war mehr als hocherfreut. Das schien mir natürlich ein guter Anlass zu sein, die Liedauswahl zu erweitern. Wir sangen bald auch Mozart, Mendelssohn-Bartholdy, Bach, Schumann, Benjamin Britten und viele andere. Ich bekam schon freilich manchmal ein schlechtes Gewissen, so junge Menschen nur mit klassischer Musik zu beschäftigen und wollte das Ganze auch mal mit heiteren Rock- und Popliedern auflockern, mit Rhythmik: daba, daba, tap, tap! Sie weigerten sich aber strikt, so etwas zu singen, sinnlose Silben tausendmal zu wiederholen. Dazu hatten sie keine Lust. Die Klassik hatte bei ihnen ein Schönheitsideal entwickelt und gefestigt. Wie sagt doch der Duden so passend: „Klassik = zeitlos, musterhaft".

An diesem Privatgymnasium konnte ich schließlich mit meiner Überzeugungskraft die Schulleitung dazu bewegen, dass ich ab der 5. Klasse anstatt zwei Musikstunden nun vier Stunden wöchentlich geben durfte. Das ermöglichte mir endlich die Einführung der Kodály-Methode dort. Durch Handzeichen und Solmisationssilben lernten die Schüler/-innen die methodisch aufgebauten Notenfolgen, so wie diese im Konzept Kodálys festgelegt sind: so – la – mi – re – do – ... und so weiter. So lernten nun auch die Kinder blitzsauberes Singen, welche bisher nur gebrummt hatten. Sie trafen jetzt jegliches Intervall, sowohl auf- wie abwärts.

Erfahrungsgemäß sind Abwärtsintervalle immer schwerer zu singen. Deshalb hat Kodály speziell dazu sehr viele Übungen in kleinen Heftchen für Kinder geschrieben. Schon nach einem Jahr erwiesen sich die Kinder als fähig, einfachere Liedchen in C-, F- und G-Dur vom Blatt sauber abzusingen, auch in korrektem Rhythmus. Dies hatten wir durch bestimmte Rhythmussilben geübt. Da heißen die Viertelnoten = ta, Achtelnoten = ti und Halbnoten = taa und so weiter. Die erste Übung der Schüler bestand jeweils in der Festlegung der Tonart. Waren keine Vorzeichen im Notensystem zu sehen, und das Lied endete mit dem Ton C, dann wurde C nun do genannt, als Grundton der C-Dur-Tonleiter. Dies ging dann so weiter. Danach mussten die Kinder den Rhythmus des Liedes klatschen und dazu jeweils die Rhythmusnamen sagen. Zum Schluss wurde das Lied mit den Solmisationssilben vom Blatt gesungen, und dazu wurden die rhythmischen Grundschläge mit dem Mittelfinger auf dem Tisch geklopft, um das Tempo zu halten und um die verschiedenen Notenlängen korrekt dem Tempo anzupassen. Dieses Schuljahr erbrachte unglaubliche Erfolge.

Zum Ende des Schuljahres schrieb ich der örtlichen Zeitung eine Information darüber, dass an unserer Schule ein Blattsingwettbewerb der 5. und 6. Klassen stattfinden würde, und die Zeitung veröffentlichte auch einen größeren Artikel dazu. Die Veranstaltung war öffentlich, und die Jury, bestehend aus Musiklehrerkollegen, musste sich das Wettbewerbsmaterial selbst ausdenken. Es musste jeder Kandidat einen achttaktigen Rhythmus mit Notenwerten von ganzen, halben, viertel, achtel, sechzehntel und sogar punktierten Noten vom Blatt abklatschen. Hinzu kam, dass die Jurymitglieder selbstgeschriebene Notenfolgen ähnlich bekannten Volks- oder Kinderliedern in C-, F- oder G-Dur vorlegten, die von den Schülern sofort vom Blatt in richtigem Rhythmus und korrekter Tonfolge gesungen werden mussten. Die Klassen hatten jeweils fünfundzwanzig Schüler und die Teilnahme am Wettbewerb war freiwillig. Erstaunlicherweise blieben jeweils nur 2-3 Schüler/-innen weg, alle anderen wollten aus freien Stücken mitmachen.

Das Ergebnis: Kein einzige/r fiel durch. Bei den ungefähr vierzig Teilnehmern/-innen gab es achtmal erste Preise, fünfmal zweite Preise und dreimal dritte Preise. Mein „brummender" Schüler gewann einen 2. Preis und wollte sein Glück gar nicht glauben. Er sang in der Folge auch immer gern mit, schaffte aber sauberes Singen nur mit den Solmisationssilben. In der Zeitung erschien noch ein anerkennender und lobender Zeitungsartikel über den Wettbewerb. Nun, soviel zu der für mich wunderbaren und so geliebten Methode.

Leider wurde mir nach zwei Jahren die Erlaubnis zur Weiterführung dieser Methode entzogen. Einige Eltern wollten ihre Kinder nicht mehr mit zusätzlichen zwei Wochenstunden Musikunterricht belasten, und einige Eltern fanden die Solmisationssilben und die Rhythmusnamen einfach albern. Es ist bedauerlich, dass die guten Seiten dieser Methode, welche die Musikkenntnisse stark erweitern und auch anderweitiger motorischer Entwicklung von Menschen dienen, dabei nicht erkannt wurden. Die Schule war jedoch eben ein Privatgymnasium, und die Schulleitung musste dem Wunsch einiger Eltern auf Abschaffung dieses Unterrichts nachkommen. Somit fand dieses tolle „Experiment" leider ein schnelles Ende.

Eine Schülerin der 6. Klasse hat wegen dieser Maßnahme, also der Abschaffung dieses Unterrichts, die Schule verlassen und ist auf ein anderes Gymnasium mit erweitertem Musikunterricht gewechselt. Es war die Tochter des stellvertretenden Leiters der städtischen Musikschule. Einige Jahre später traf ich zufällig diesen Vater und erkundigte mich natürlich nach seiner Tochter. Die Antwort war sehr traurig, aber für mich sehr zufriedenstellend. „Meine Tochter lebt noch heute davon, was sie bei Ihnen gelernt hat."

Bei dieser musikalischen Erziehungsmethode gilt: So früh wie möglich damit beginnen. Schon im Kindergarten sollte gut ausgebildetes Personal ein breites Repertoire an Kinderliedern, Spielen sowie rhythmischen Übungen beherrschen und weitergeben, vor allem in einer Tonlage, die für Kinderstimmen geeignet ist, niemals zu tief! Es sollten auch die Improvisationen für Rhythmik, Melodik und Formen beherrscht werden, um Aufgaben und Spiele oft zu wechseln, keinen Zwang auszuüben und möglichst viele

Wünsche der Kinder dabei zu erfüllen. Es geschieht ja oft, dass bei einem Lied jedes der Kinder in der Mitte des Kreises stehen und die Hauptrolle spielen will. Dann muss dieses Lied so oft wiederholt werden, bis jedes Kind einmal in der Mitte die Hauptrolle spielen kann, ganz egal, ob das der Kindergärtnerin langweilig ist oder nicht. Wir müssen die Kinder alle glücklich machen.

„Musikalische Früherziehung" sollte in allen Kindertagesstätten (Kitas) stattfinden, und dafür braucht das Land gut ausgebildetes Personal. Kodály hat dies in seinem Heimatland erreicht. Ich selbst war Prüfungsleiterin bei der Musikprüfung zukünftiger Kindergärtnerinnen in Ungarn und weiß daher genau, was diese leisten mussten, um in Kindergärten als Erzieherinnen arbeiten zu dürfen.

Auf dieser Grundlage wird dort in den Grundschulen und Gymnasien der mit erweitertem Musikunterricht fortgesetzt, und alle Kinder, die diese Schulen besuchten, können tatsächlich vom Blatt singen, ohne Ausnahme! Dies entgegen den Behauptungen in einer deutschen Fachzeitschrift für Musiklehrer, dass das nicht wahr sei. Ich benötigte in Deutschland nur ein einziges Schuljahr in einer 5. Klasse, wobei diese Schüler ohne entsprechende musikalische Früherziehung waren, um den Kindern das Singen vom Blatt beizubringen. Leider entstand bei mir der Eindruck, dass in Deutschland alles, was nicht gründlich erforscht und dann mit den Siegeln einiger Institute versehen wurde, zu schnell als unbewiesen abgestempelt und dann sofort verworfen wird.

Alles Gute braucht seine Zeit, Ausdauer und Fleiß, wie in allen anderen Bereichen auch. Wo ist hier die Geduld?

Drei Jahre lebte ich nun schon in Deutschland und hatte jetzt eine feste Arbeitsstelle in meinem Beruf. Die Zeit schien also reif zu sein, einen Erwachsenenchor zu gründen. Ich leitete ja schon drei Laienchöre in umliegenden Dörfern, aber ich wünschte mir, anderes Gesangsgut zu praktizieren, von der Art, wie ich es von Ungarn und Kuba her gewohnt war. In der örtlichen Presse erschienen einige kleine Artikel, mein Mann machte Werbung in einem städtischen Verein, in dessen Vorstand er tätig war, und so kamen zu einer ersten Probe dann vierzehn Personen zusammen, quer durch alle Berufsschichten. Dazu gehörten sogar zwei „deutsche" Ungarinnen, die von meinem Vorleben als Chorleiterin wussten. So gründeten wir also einen Chor, vierzehn sangeslustige Menschen und ich!

Von Beginn an führte ich ziemlich anspruchsvolle Einsingübungen ein, mit dem Hintergedanken, dass ja keiner wiederkommen brauchte, wenn ihm das nicht gefiel. Ich hatte eine feste Vorstellung von dem, was ich erreichen wollte und auch, mit welchen Mitteln ich dies erreichen würde. Nur eine konsequente und von mir überzeugend vermittelte Methode sollte mich Stück für Stück meinen Träumen näher bringen. Nur wenn ich diese meine Überzeugung glaubhaft weitergeben würde, könnte ich später die Früchte dieser Zusammenarbeit genießen.

Zu Beginn sangen wir nur einstimmig, dann Kanons, schließlich konnten wir dann auch dreistimmig singen, nachdem einige Männer zu uns gestoßen waren. Die ersten mehrstimmigen Lieder stammten aus der Renaissance, ansonsten handelte es sich überwiegend um Volkslieder. Es wurde immer in der jeweiligen Originalsprache gesungen. Zwar beherrschte nicht jeder diese bestimmte ausländische Sprache, ich selbst manchmal auch nicht, aber Übersetzungen sind selten gut für Melodie und Rhythmus. Kommt beispielsweise in einer Melodie ein Höhepunkt, so ist dieser vom Komponisten logischerweise dem Text angepasst. Es kann jedoch in der deutschen Übersetzung vorkommen, dass dann dort aus sprachlichen Gründen ein nichtssagendes Füllwort steht. Dies entspricht im Ergebnis natürlich nicht mehr der Intention des Komponisten.

Ton und Wort gehören zusammen. Leider hört man sehr oft schlecht übersetzte Werke. Betonte Worte fallen dort auf nicht betonte Schlagzeiten eines Taktes. Ein Beispiel aus meiner Muttersprache: Im Ungarischen wird jede erste Silbe eines Wortes betont. Es ist daher in dieser Melodiewelt ganz selten ein Chorwerk zu finden, das mit dem Auftakt beginnt. Die Taktart ist fast immer gradzahlig, also 4/4, 2/4, 4/8 und so weiter. Meine Chorsänger kämpften am Anfang zwar noch sehr mit den Fremdsprachen, die fremdsprachigen Texte wurden aber später selbstverständlich, und es regte sich dann auch keiner mehr darüber auf. 25 Jahre später zählte ich einmal nach: Das Ergebnis unserer gemeinsamen Übungen waren 28 fremdsprachige Lieder und Werke, die wir einstudiert haben. Das klassische Repertoire besteht natürlich aus Deutsch, Latein, Italienisch, Französisch und Englisch. Alle anderen Sprachen studierten wir ein, indem wir uns nach entsprechenden Landsleuten in der Umgebung erkundigten und diese zu Rate zogen.

Wir machten viele Chorreisen mit zum Teil mehr als einhundert Teilnehmern, Ehepartner durften auch mal mit, und wir hatten es uns immer zum

Ziel gesetzt, die Menschen in dem Gastland mit Liedern aus ihrem Land und in ihrer Sprache zu überraschen. In den vielen Jahren haben wir zum Teil mehrmals folgende Länder besucht: Spanien, Ungarn, Tschechien, Schweden, Österreich, Litauen, Israel und Peru. Unsere Überraschungslieder waren Riesenerfolge.

Die ungewöhnlichsten Sprachen, in denen wir gesungen haben, waren dabei: Katalanisch, Hebräisch, Ketschua, Litauisch, Georgisch, Indianisch (Indios Crao (Krähen-fußindianer), Brasilien), Baskisch, Tschechisch, Japanisch und verschiedene afrikanische Stammessprachen. Dabei stellte ich fest, dass der Chor diese fremdländischen Einstudierungen mehr liebte als die eigenen aus deutschen Landen. Mein Chor war schon unser Chor geworden, da mein Mann die organisatorischen Aufgaben als 1. Vorsitzender mehr als 20 Jahre lang und mit großem Einsatz zu unserem Erfolg beitrug. Wir nannten den Chor dann auch scherzhaft: „Unser Kind".

Ich habe nie verstanden, warum die Deutschen ihre schönen und wertvollen Volkslieder nicht mit mehr Begeisterung singen. Ich glaube, ich kenne nun den Grund: Die kapitalen Fehler kommen während des Schulmusikunterrichtes zustande. Die heutige Jugend kennt ihre Volkslieder kaum oder gar nicht. Ihr Repertoire besteht aus Rock und Pop, zumeist in englischer Sprache, sehr selten in Deutsch. In meiner Tätigkeit als Musiklehrerin musste ich oft und heftig kämpfen, um mit den Schülern auch mal ein deutsches Volkslied zu singen. Es galt, Überzeugungsarbeit zu leisten, um den Schülern klar zu machen, dass Volkslieder großen Wert in der Kultur eines Landes haben. Mein Mann sagt oft: „Ein Volk ohne Kultur ist kein Volk mehr!"

Bei Auslandsreisen unseres Chores gefiel es allen Teilnehmern, wenn der Gastgeberchor seine Volkslieder sang. Sie waren begeistert von der Schönheit dieser Melodien. Im Gegensatz dazu war unser Chor kaum in der Lage, deutsche Volkslieder mit wahrer Begeisterung zu singen. Aber ich setzte mich doch immer wieder durch. Man fand meist die Texte zu doof, zu lächerlich, veraltet und unmodern. Die ausländischen Volkslieder dagegen fanden sie wunderbar, obwohl die Inhalte ja ganz ähnlich waren wie die deutschen – wie immer ging es auch dort wesentlich um Liebe, Schmerz, Stolz, Heirat, Sehnsucht, Wandern, Wald und Tiere.

Zurück zu den Anfängen des Chores.

Mit fleißigen und regelmäßigen Proben konnten wir bald unser erstes, bescheidenes a-cappella-Konzert geben mit Musik aus der Renaissance, und Romantik, gemischt mit Folklore, natürlich alles in der jeweiligen Originalsprache. Der Chor war nach einem Jahr auf über vierzig Mitglieder gewachsen, und es wurden ständig mehr. So wagten wir nach zwei Jahren Chorleben unsere erste Auslandsreise nach Barcelona. Dort hatte ich während einer Dozentur an der Universität einen Partnerchor gefunden, der uns auch in Deutschland besuchte.

Nach wie vor halte ich a-cappella-Singen für die wichtigste und beste Art, beim Chorsingen gute Qualität zu erreichen. Aufgrund weiterer Bekanntschaften aus meinen Universitätsdozenturen erreichte uns aus Granada eine Anfrage. Wir wurden eingeladen, zusammen mit dem Chor und Orchester der Stadt Granada zwei chorsinfonische Werke einzustudieren und unter der Leitung des seinerzeitigen Generalmusikdirektors gemeinsam aufzuführen. Diese Einladung und Aufgabe nahm ich entzückt an, mein Chor war ebenfalls begeistert, und so studierten wir das „Requiem" von Gabriel Fauré und die „Chichester-Psalmen" von Leonard Bernstein ein.

Die große Überraschung, ja, ein Sprung ins kalte Wasser ergab sich dann unerwartet aus der Originalsprache der Chichester-Psalmen, das war nämlich Hebräisch! Nicht nur die Sprache selbst, sondern auch die wechselnden Rhythmen und Taktarten stellten uns vor eine große Aufgabe. Wir suchten und fanden eine Person, die Hebräisch als Muttersprache beherrschte, und sie brachte uns das Notwendige bei.

Monate später erfolgten dann unsere Reise nach Granada und das Konzert. Beides war ein Riesenerfolg. Wir fühlten uns glücklich und stolz. Der dortige Chorleiter und ich saßen händchenhaltend oben auf der Empore, zitternd, und bei gutem Gelingen von schwierigen Passagen drückten wir uns die Hände als Ausdruck unserer Freude. Dieses Konzert sollte auch bei uns in Deutschland wiederholt werden mit dem Staatsorchester, unseren zwei Chören und mit diesem wundervollen Dirigenten.

Wir regelten alles dafür in unserer Heimat, Plakate wurden entworfen und gedruckt, Probentermine festgelegt, alles war klar für das Konzert. Dann aber kam in letzter Minute die Absage des Generalmusikdirektors wegen Erkrankung.

Hilfe! Dieses Konzert musste stattfinden.

Ich führte viele Telefonate mit dem Chorleiter aus Granada, und so beschlossen wir gemeinsam, das Wagnis einzugehen, das Konzert auch ohne diesen Dirigenten durchzuführen. Wir teilten die Werke unter uns auf, jeder dirigierte eines. Nun also: Leinen los! Unser Orchester wurde über die neue Situation informiert und zeigte sich auf wunderbare Art und Weise sehr kooperativ. Die Orchesterpartituren wurden organisiert und in den wenigen Tagen bis zum Konzert, so gut es ging, durchgearbeitet. Letztendlich, sagten wir uns, müsste es klappen, da wir ja beide eine gute und klare Schlagtechnik besaßen und damit sogar Laienchöre zurechtkamen, sowohl bei unseren Einsätzen wie auch beim Abwinken, einschließlich vieler dynamischer Feinheiten. Die Profimusiker können alle bestens zählen und auch allein einsetzen, ohne unbedingt auf das Zeichen des Dirigenten zu warten.

Das Konzert überstanden wir gut. Der Applaus war genügend und die Zeitungskritik fiel auch positiv aus. Nur wir zwei Chorleiter waren fix und fertig. Mein spanischer Kollege schwor dann, dass er nie wieder vor einem Orchester stehen würde. Ich aber hatte, ungeachtet der Erschöpfung, eine Riesenlust darauf, weitere große Werke aufzuführen, meine Erfahrungen in der Orchesterleitung zu erweitern, zu verbessern und zu festigen. Während meiner elf Jahre in Kuba hatte ich drei Semester Orchesterleitung absolviert, nur fanden dabei die Übungskonzerte mit zwei Klavieren statt. Der Dirigent steht dort in der Mitte, und so bekommt man nicht das Erlebnis des Instrumentenklanges; man übt eben die Einsätze nach links, nach rechts, nach vorn und in die Mitte.

Auch in der Familie kamen Erfahrungen mit Höhen und Tiefen. Die Kinder wuchsen und hatten ihren Weg in der Schule gefunden, und sie sangen mittlerweile sogar in meinem Chor mit. Beide Kinder sind sehr musikalisch und haben auch ausgezeichnete Stimmqualitäten. Meine Tochter hat zwar ihr Klavierspiel nicht weiterverfolgt, aber sie hatte Lust auf Chordirigat bekommen, und so hatte sie zwei oder drei Dorfchöre übernommen und erzielte gute Erfolge damit bei ihren Auftritten und Konzerten. Auch nach ihrem Wohnortwechsel, etwa 60 Kilometer entfernt, sang sie noch einige Zeit in meinem Chor, und es war dann ein schmerzlicher Verlust für uns, als sie gerade bei einem der schwierigsten Konzerte nicht mehr mitsingen konnte mit ihrer sauberen, sicheren und kräftigen Stimme. Auch auf meinen Sohn musste ich wegen eines Wohnungswechsels verzichten. Er hatte als Kind in Ungarn Cellounterricht erhalten und sogar bei „Jugend musiziert" in Ungarn teilgenommen und empfand jede kleinste Unsauberkeit als Schmerz.

Das Programm des eben genannten Konzertes war: Stabat mater (Francis Poulenc), Styx (Giya Kantscheli) und Misa tango (Luis Bacalov). Diese

Werke von je etwa dreißig Minuten wurden natürlich in ihren Originalsprachen gesungen, also Lateinisch, Georgisch und Spanisch.

In unserer Patchworkfamilie mit sechs Kindern tauchten natürlich auch immer wieder Probleme in Form von Eifersüchteleien, Zurückweisungen oder Bevorzugungen auf. Anfangs war es schon sehr schwer, diese Reibereien realistisch zu beurteilen und nicht einfach alles hinzuschmeißen und nach Ungarn zurückzufahren. Diese Probleme hielten so ungefähr sechs Jahre an, bis wir dann ein neues Haus bauten und ich dort als Gleichberechtigte einzog und nicht mehr das Gefühl hatte, zu Gast in einer Wohnung zu sein, in der mein Mann mit seiner Familie jahrelang gewohnt hatte. Dort gab es nichts, womit ich mich identifizieren konnte. Sie hatten in ihrer gewöhnlichen Umgebung weitergelebt, und wir waren wie „Bomben" dort eingefallen, die das alte Leben zerstörten. Einige Male wurde ich auch telefonisch anonym angerufen und als Zerstörerin der Familie beschimpft.

Die erste Begegnung mit der ältesten Tochter meines Zukünftigen stand unter einem unglücklichen Stern. Am Vorabend unserer Hochzeit in Budapest planten wir ein gemeinsames Abendessen in einem Budapester Restaurant, auch die Mitglieder des Stammtisches waren bereits aus Deutschland eingetroffen. Das Restaurant war bei deutschen Touristen bekannt und beliebt und so wollten wir ihnen dies denn auch zeigen. Zu diesem Treffen hatte ich einen Rock und eine leichte, rostfarbene Bluse angezogen, die mir mein „Verlobter" aus Deutschland mitgebracht hatte. In meinem einzigen, engen Kleiderschrank gab es ja nicht viele schicke Klamotten, und mir hatte diese Bluse sehr gefallen. Am Abend saßen schon alle Gäste am Tisch, dabei eben auch diese Tochter, als wir dann etwas später hinzukamen. Der erste und laut gesagte Satz dieses Mädchens lautete: „Ach, das ist ja meine alte Bluse; aber mir ist die nun schon zu klein!" Ich wollte im Boden versinken!

Bei meinen Beschwerden über unschöne Vorkommnisse stand mein Mann immer hinter seinen Kindern, was wohl natürlich ist, für mich aber bitter war. Gerechtigkeit ist nicht immer einfach zu ertragen, und bei derartigen Entscheidungen steht man sicher immer auf der Seite der eigenen Kinder.

Er stand in diesen Momenten unter enormem Druck. Ich natürlich ebenso, doch sollte ich wegen solcher Vorkommnisse sofort alles abbrechen und in meine Heimat zurückgehen?

Die zweite Tochter meines Mannes hat sehr früh geheiratet, dann aber ihre Familie wegen einer Internetliebe und ihrer „Liebe zur englischen Sprache" verlassen, und war in die USA ausgewandert.

Die jüngste Tochter meines Mannes ist ein sehr liebevoller, aufmerksamer und künstlerisch hochbegabter Mensch, mit dem ich mich persönlich sehr gut verstehe und heute noch beste Kontakte habe, auch mit ihrer ganzen Familie bin ich sehr vertraut. Immer wieder bin ich sehr neugierig auf ihre neuesten Kunstwerke, die ich ihr auch abkaufe und dann in unserem Haus oder im Garten aufstelle.

Natürlich waren alle neuen Begegnungen in diesem für mich neuen, fremden Land sehr schwierig; ich beherrschte ja nicht einmal die Sprache, um Unterhaltungen zu führen, trotz aller Erklärungsversuche und der Freude meines Mannes, mich endlich bei sich in Deutschland zu haben, außerdem mit der gewissermaßen zwangsweisen Folge zweier weiterer Kinder. Ich versuchte, mich ständig mit etwas zu beschäftigen, etwa mit Hausarbeit, Gartenarbeit, Handarbeit, Kochen. Ich wollte aber begreiflicherweise so schnell wie möglich unabhängig sein, mich selbst finanziell unterhalten können. Je mehr Aufgaben ich fand, desto weniger Zeit blieb mir, um über meine seelischen Probleme zu grübeln. Die Lösung war also: Feste Arbeit, so viele Klavierschüler und so viele Chöre betreuen, wie in meiner Freizeit nur möglich. War ich ein Workaholic? Egal – Fakt blieb, dass ich so abends in der Regel todmüde in das Bett fiel und bis zum nächsten Morgen durchschlafen konnte.

Nach dem erfreulichen Erfolg mit meinem ersten Chor- und Orchesterkonzert kam ich meinem großen Traum etwas näher, dem „Requiem" von Giuseppe Verdi, dem Plan, dieses großartige Werk einstudieren und selbst dirigieren zu können. Mein selbstgegründeter Chor war mittlerweile auf über 80 Sänger-/innen gewachsen, und gemeinsam mit dem Partnerchor aus der ehemaligen DDR war die notwendige Stimmstärke für dieses Werk gegeben. Hinzu kam noch unser spanischer Partnerchor, und so wurde auch in unserer Stadt ein erhebliches öffentliches Interesse wach. Den Chor unserer Partnerstadt hatte ich schon zwei Jahre geleitet, da der dortige Chorleiter kurze Zeit nach der Grenzöffnung abtreten musste und mich gefragt hatte, ob ich bereit wäre, seine Arbeit dort zu übernehmen. Ich hatte dies zugesagt, mit der Einschränkung freilich, dass ich das nur übergangsweise für eine gewisse Zeit tun würde, nicht aber als definitive Nachfolgerin auf Dauer.

Diese Übergangsphase dauerte dann doch ganze zwei Jahre. Es waren ausschließlich die wöchentlichen Bahnfahrten und die dazugehörige Fahrerei, insgesamt jeweils zwei Stunden hin und zurück , die mich dann letztendlich zum Verlassen dieses Chores brachten. Ich habe dort sehr gerne dirigiert, und es wurden mir menschlich sehr tiefe Gefühle und viel Liebe entgegengebracht. Noch heute pflegen wir beidseitige Kontakte und leben alle in bester Erinnerung.

Diese Chorleitung und die meines eigenen Chores bedeutete, dass die Einstudierung der etwa 160 Choristen einheitlich ausfiel, auch in der Interpretation. Diese Feinheiten stimmte ich dann ferner mit dem spanischen Chorleiter ab, mal telefonisch, mal per Post. Mit dem Konzertmeister des uns begleitenden Orchesters saß ich oft zusammen, und er machte mich auf besonders heimtückische Stellen beim Dirigat aufmerksam. Er kannte mich ja schon vom ersten gemeinsamen Konzert und war der Meinung, ich solle keine Angst haben. So fieberte ich dem Aufführungstermin entgegen.

Jede Woche fuhr mein Chor mit Autos in Fahrgemeinschaften zu den Proben in die ostdeutsche Stadt, und dieser kam umgekehrt ebenso zu uns, jede Woche einmal. Das war noch wahre Begeisterung! Der Partnerchor hatte noch nie mit einem Orchester konzertiert, und so war es für diese Leute eine außergewöhnliche Möglichkeit, eine Herausforderung, ihr Können und ihre Kräfte zu beweisen. Wir alle haben sehr hart an diesem grandiosen Werk gearbeitet. Unsere Neugier nach dem so erarbeiteten Ergebnis wurde immer drängender, und unsere Geduld bis zum Tag der Aufführung wurde arg strapaziert. Die harte Arbeit, die konsequenten und disziplinierten Probenabläufe und unsere Lust, diese wunderbare Musik endlich aus unseren Kehlen zu schleudern, all das bekam seinen Lohn.

Am Tag der Aufführung war die Kirche bis zum letzten Platz besetzt, die Gänge voll mit stehenden Menschen, die dann am Ende des Konzertes auf dem kalten Steinfußboden saßen. Der Applaus, die Bravorufe und rhythmisches Klatschen sollten so schnell nicht enden. Für uns selbst hatten wir einen fast professionellen Mitschnitt, und dort wurde der Applaus auf neun Minuten begrenzt. In Wahrheit hielt er viel länger an. Eine wundervolle Belohnung für fast 190 Chorsänger und ein groß besetztes Orchester, wie es die Romantik verlangt. Wir schwebten auf Wolken und konnten es kaum glauben, dass wir das gewesen waren.

Dieser Abend war für mich persönlich sehr prägend, er störte meinen

Schlaf, so dass ich noch nächtelang kräftige Handbewegungen und Einsätze gab, die oft den Kopf meines schlafenden Mannes trafen und dort das Brummen einiger Passagen des „dies irae, dies illa" aus dem Werk auslösten. Er hatte die Zeichen am Kopf klar erkannt! Dieses Werk lebte und lebt noch immer tief in mir.

Einen gleichen Effekt erzielte drei Jahre später ein anderes Werk bei mir, nämlich „Ein deutsches Requiem" von Johannes Brahms. Es grub gleichartige, tiefe Furchen in meinem Geist und in meinem Körper wie das „Requiem" von Giuseppe Verdi, das beim Zuhören 27 Jahre vorher aufgrund seines gewaltigen Effektes bei Takt 388 bis 400 des letzten Teiles „Libera me domine de morte aeterna in dies illa tremenda", bei mir einen Abort ausgelöst hatte.

Verdi und seine Opern, diese Linienvielfalt, die Melodieeinfälle, die musikalische Dramaturgie und die Orchestrierung haben eine fesselnde Kraft, die keinen Menschen kalt lassen kann, und mich schon gar nicht. Dies, mein größter Erfolg, wiederholte sich nur noch einmal in dieser Dimension. Ich liebäugelte schon länger mit Johannes Brahms´ „Ein deutsches Requiem"", hatte aber vor diesem Komponisten einen Riesenrespekt. Ich dachte immer, man könne gar nicht lange genug leben, um seine Tiefe und Philosophie zu verstehen und dann den Mut zu haben, diese grandiose musikalische Perfektion aufzugreifen. Ich fürchtete, dieses Werk dann nicht gebührend interpretieren zu können.

Brahms ist, ähnlich wie Dvorak, der absolute Großmeister mehrstimmiger Führung in Chorwerken. Bei beiden ist jede Stimme für sich allein als ebenbürtig zu betrachten. Nicht nur die Sopranstimme ist die Hauptstimme, sondern jede andere Stimme ist für sich allein ebenso beeindruckend und wird nicht als Füllstimme zu einer Harmonie verwendet. Jeder Takt von Brahms´ Musik ist eine Wohltat für die menschliche Seele! In seine Musik kann man sich einkuscheln wie in eine Daunendecke, sich einfach wohlfühlen, und man hat dann keine Angst mehr vor Gewalt oder Trübsinn. Sogar die traurig klingenden Passagen geben jedem Zuhörer Trost und Hoffnung für die Zukunft. Dieser Meister ist reif wie ein Weiser, dessen Aussagen man ohne Vorbehalt akzeptiert, versteht und genießt. Es gibt bei ihm keine Chance, zu polarisieren; er ist Gott selbst!

Die von ihm bekannten Fotos mit reichlichem Bart, rundlichem Gesicht und Körper strahlen ein absolutes Gleichgewicht in dieser Welt aus. Wie konnte ein irdisches Wesen, noch dazu eine kleine ausländische Chorleiterin, den Mut haben, dieses Werk nicht nur zu bewundern, sondern ebenbürtig (des Meisters Ausdrucksweise) zu interpretieren? Drei Jahre nach der Aufführung des „Requiems" von Verdi habe ich mich dann dazu entschlossen, dieses Werk mit meinem Chor einzustudieren.

Davor aber, also zwischendurch, führten wir noch das „Stabat mater" von Dvorak auf. Dieses Werk zeigt eine ähnliche Meisterschaft in chorischer Stimmführung. Vielleicht hat diese wunderbare Musik mit geholfen, um das „Wagnis Brahms" anzugehen und zu schaffen. Und auch das schafften wir gemeinsam, mit großer Anerkennung.

Durch meine Tätigkeit, jeweils drei Wochen in den Ferien des Jahres als Dozentin für die Spanisch sprechenden Teilnehmer einer Sommeruniversität in Ungarn zu lehren, hatte ich viele Kontakte mit Professoren, Lehrern und Studenten dieser Länder; es kamen immer auch Leute aus Übersee dazu. Viele sprachen dann Einladungen aus, nicht nur, um das Thema Kodály dort zu lehren, sondern auch, um dort mit meinem deutschen Chor zu singen und Konzerte zu geben. Wie schon gesagt, es kamen auch Menschen aus Übersee, also besonders aus Südamerika, und sie brachten fast immer Lieder ihrer Heimat mit. Wir hörten diese gemeinsam, und ich bekam viele Notenunterlagen davon.

Im Jahr der Aufführung des Verdi-Requiems mussten wir aber noch ein völlig anderes Projekt meistern. Ich hatte die „Misa Criolla" von Ariel Ramirez kennen gelernt und war mal wieder sehr begeistert. In diesen Jahren waren vor allem in den Wintermonaten viele südamerikanische Folkloregruppen in den größeren Städten Deutschlands, um etwas Geld zu verdienen. So fragte ich einmal bei einer Gruppe in unserer Stadt nach, ob sie nur ihre Instrumente spielen können oder auch Noten lesen können? Einer von ihnen, ein kleiner Indio aus Peru mit typischer Inkanase und braungebrannt, sagte: Ja, er könne auch Noten lesen.

Die von mir angepeilte argentinische Messe von Ramirez verlangte Instrumentalbegleitung von Instrumenten, die man sicher in Deutschland irgendwo kaufen konnte... aber ob man hier jemanden finden konnte, der z. B. ein Charango perfekt spielen könnte, dessen war ich mir absolut unsicher. Ich drückte jedenfalls meiner neuen Indiobekanntschaft eine Orchesterpartitur, hier einen Klavierauszug, und eine professionelle CD, die mit argentinischen Musikern aufgenommen worden war, in die Hand und bat ihn, sich das Ganze anzusehen, anzuhören und auf dieser Basis alles mit seiner Folkloregruppe einzustudieren. Diese Gruppe blieb dann noch längere Zeit in den umliegenden Städten, um mit ihrer Straßenmusik für ihre daheimgebliebenen Angehörigen Geld zu verdienen. Auf jeden Fall entstand aus dieser Verbindung die erste Aufführung der „Misa Criolla" mit meinem Chor und dieser peruanischen Musikantengruppe. Es erwies sich als ein großer Erfolg mit viel Applaus. Endlich mal etwas andere Chormusik, als jene, die man gewohnt war.

Der Noten lesende Charangospieler erzählte uns ganz nebenbei, dass seine Frau in einem Kammerchor einer größeren Stadt in Peru sänge, nicht in der Hauptstadt Lima, aber eben doch in einer mittelgroßen Stadt mit einer entsprechenden Einwohnerzahl, und sie wäre bereit, für uns Konzerte in einigen Städten dort zu organisieren. Diese Idee gab ich an meinen Chor weiter und erzielte spontane Begeisterung. So begannen wir sofort mit der Vorbereitung dieser Konzertreise: Wann, wie lange, wie viele Personen, welche Fluglinien, welche Kosten, gab es Zuschussmöglichkeiten? Einfach alles, was dazu gehörte und was wir so im Laufe der Vorbereitungen noch in Erfahrung bringen konnten, galt es zu organisieren. Natürlich konnten nicht alle Chormitglieder teilnehmen, aber es entschieden sich dann rund fünfzig Personen zur Teilnahme an dieser abenteuerlichen Reise. Zum Glück war die Besetzung der Stimmen ausgewogen, auch dank der vielen jugendlichen Chormitglieder, die von mir in der Schule angeworben worden waren.

Die Begeisterung dieser jungen Menschen hatte ich erreicht durch die vorherige Aufführung der „Chichester Psalms" von Leonard Bernstein, aber zuvor noch durch die „Westside Story" Bernsteins, denn dieses Musical war von mir in der Schule mit den Hochbegabten im AG-Bereich einstudiert worden. Mithilfe eines Opernsängers am Staatstheater wurden die Sologesänge geprobt, die Tänze und Bewegungschoreographie dann mit Hilfe einer Kollegin, die in den USA schon Ähnliches gemacht hatte. Das Bühnenbild schufen wir gemeinsam mit meinem Mann und anderen Eltern in einer Tischlerei. Dabei half auch noch ein richtiger Bühnenbildner, der rein zufällig Vater eines meiner Schüler war. Dieses Werk lief gleichzeitig auch in unserem Staatstheater ganz offiziell mit Profis. Nach Meinung des Bühnenbildners wirkte unsere Aufführung besser und glaubhafter als die der Profis, allein dank der jugendlichen Frische, des Ehrgeizes, der Lust und der Originalität.

Als Ergebnis der Prügeleien zwischen den verfeindeten Jugendgruppen, den Sharks und den Jets, die bei den vier Aufführungen dabei waren, kam es zu einem Unterarmbruch und einem Zahnverlust – so viel also zur „Originalität" der Aufführungen. Doch davon abgesehen: Mit diesem Stück gewannen wir den ersten Preis bei einem nationalen Schulwettbewerb.

Dieses Jahr mit Verdi, „Misa Criolla" und der „Westside Story" war wohl das künstlerisch fruchtbarste in meinem Leben.

Und nun stand die Chorreise nach Peru endlich an. Die Vorbereitungen waren abgeschlossen, anstehende Probleme wurden durch Briefe zwischen der Ehefrau und Vorsitzenden des peruanischen Chores und mir gelöst. Die Buchungen bei Alitalia für die mehr als fünfzig Teilnehmer waren abgeschlossen. Diese Fluglinie war seinerzeit das einzige Luftverkehrsmittel von Europa nach Lima. Der Flug ging via Frankfurt – Rom – Lima. Die Unterkünfte für unsere jungen Mitglieder, Gymnasiasten und Studenten ohne eigenes Einkommen und ohne elterliche Zuschüsse waren bei peruanischen Familien organisiert, und die anderen bestellten preiswerte Zimmer in den Hotels der Stadt.

Mein Mann als Vorsitzender des Chores und ich als die künstlerische Leiterin wurden bei einer Familie untergebracht, die eine höhere Stellung im dortigen öffentlichen Leben innehatte. Die Hausherrin, inzwischen allein lebend, war Schulleiterin einer Privatschule. Ihre Wohnung grenzte mit mehreren Zimmern direkt an den großen Pausenhof dieser Schule, und die Zimmer hatten jeweils eine Tür nach außen, direkt zu diesem Pausenhof. Die Verbindungstüren waren einfache Klapptüren mit oberem und unterem Freiraum, sodass alle Geräusche direkt in jedem Raum zu hören waren. Toiletten und Duschräume lagen auf der gegenüberliegenden Seite des Schulhofes, also immer so 20-30 Meter querüber. Dazu gab es in direkter Nachbarschaft eine sehr gut besuchte Disco, die bis zum Morgengrauen ihre Musik gut hörbar ausposaunte.

Es war uns auch deshalb kaum möglich, eine Nacht in Ruhe durchzuschlafen, denn im Morgengrauen, so um sechs Uhr, trafen die ersten Kinder auf dem Schulhof ein um Fußball zu spielen. In purer Ohnmacht, die Kräfte verließen uns allmählich, fanden wir doch etwas Schlaf, allerdings nur kurz, denn wir wurden durch einen Kopfball schnell aufgeweckt, ein Ball auf meinen Kopf! Die Schüler nutzten die Klapptüren sogar als Tor, sie ersetzten damit alle Wecker, die wir sonst benötigt hätten.

Aber dann, plötzlich, eine gespenstische Stille: Eine Nonne hielt die

Morgenandacht, es wurde gemeinsam gebetet und gesungen. Danach verschwanden alle Schüler langsam in ihre Klassenzimmer, wir durften aufstehen und über die Höfe in die Toiletten und Waschräume gehen. Die Wasserhähne erwiesen sich als so verrostet, dass es uns nur mühsam gelang, diese zu öffnen, um all unsere Bedürfnisse zu stillen. Die Toilettentüren waren ohne Schlösser und so mussten wir immer gemeinsam dorthin; die/der eine konnte sich erleichtern, der/die andere musste aufpassen, damit wenigstens hier ein wenig Privatsphäre gewahrt blieb.

Schon in den ersten Tagen hatten wir beide, mein Mann und ich, ziemliche Kopfschmerzen. Wir versuchten, unsere Gastgeberin zu finden, die wir sonst nicht zu Gesicht bekamen. Ihr Schlafzimmer lag direkt neben dem unsrigen und war auch mit einer Klapptür zu uns getrennt. Ich fand den Mut, diese Klapptür ein wenig aufzudrücken, um sie vielleicht dort zu finden, schlafend oder zumindest im Raum. Ihr Bett fand ich allerdings leer vor, nicht zurechtgemacht... aber neben ihrem Kopfkissen lag eine Pistole.

Ich erschrak heftig und rief meinen Mann. Die Pistole sah er auch, aber eben auch nicht unsere Gastgeberin; sie war verschwunden. Durch die Klapptür auf der anderen Seite unseres Schlafzimmers wollten wir im anderen Raum die Küche finden, aber dort schlief ein kräftiger Mann, den wir nicht kannten. Später erfuhren wir, dass dies der Bruder unserer Gastgeberin war, der, zufällig eingetroffen, dort nächtigte. Irgendwann fanden wir dann auch die Küche und warteten dort einfach auf unser Frühstück. Mit einiger Verspätung kam unsere Gastgeberin und entschuldigte sich viele tausend Male dafür, dass sie keine Butter und keine Milch für uns hatte kaufen können. Sie tischte dann Tee und eine Scheibe Brot mit grüner Marmelade auf, deren Geschmack wir nicht identifizieren konnten. Später erfuhren wir, dass diese Marmelade aus grünen Tomaten gemacht wurde. Drei Tage und ewig dauernde Nächte hielten wir das alles noch aus, dann suchten wir uns lieber doch auch ein Hotelzimmer.

Ohne diese Entscheidung hätte ich die Belastung von täglich mindestens einem Konzert, meist aber zwei bis drei Konzerten, eindeutig nicht ausgehalten. Unsere Gastgeberin mochte sicher eine gute Organisatorin für ihre Privatschule, die Konzerte und Ausflüge sein, aber eindeutig nicht für die Unterbringung und Versorgung. Mit einer schönen, diplomatischen Ausrede konnten wir den Schlafplatzwechsel ohne Beleidigung und persönliche Verstimmung unserer ansonsten sehr netten Gastgeberin regeln. Wir erzählten ihr, dass fast alle unsere erwachsenen Mitglieder in Hotels untergebracht worden wären und sie mich dort wegen sprachlicher Schwierigkeiten benötigten. Sie hatte Verständnis. Danke!

Aber ich sollte wohl vorher erst einmal über unsere Reise und Ankunft dorthin berichten. Alle Chormitglieder waren hoch motiviert. Es war auch eine Schülerin dabei, deren Eltern aufgrund ihrer Herkunft dem muslimischen Glauben angehörten, und ihr Vater wollte es gar nicht erlauben, seine Tochter so ganz allein in die Ferne reisen zu lassen. Sie war eine meiner Schülerinnen an der Schule und auch privat meine Klavierschülerin, und so gelang es mir dann doch noch, den Vater davon zu überzeugen, dass wir seine Tochter heil und gesund wieder heimbringen würden. Wir, das heißt alle Erwachsenen, mussten dabei für ihre Jungfräulichkeit bürgen! Das war zwar meines Erachtens völlig unnötig, da dieses Mädchen schon in Deutschland geboren und selbst Mitglied einer christlichen Gemeinschaft war. Trotzdem war sie sehr streng gläubig und allen moralischen Werten absolut treu. Ich hatte darum keine Bedenken, dem Vater gegenüber das nämliche Versprechen zu geben.

Unsere Flugreise begann mit dem Zug nach Frankfurt, von dort ging der Flug nach Rom, und dann mit der *Alitalia* weiter nach Lima. Das Ganze zog sich mit den entsprechenden Zeitverzögerungen in die Länge; für viele von uns war das quälend, da niemand solche Interkontinentalreisen gewohnt war. Aber in unserer euphorischen Laune und mit häufigem, gemeinsamem Singen zwischendurch verkürzten wir die Reisezeit, zumindest gefühlsmäßig. Irgendwann jedenfalls landeten wir morgens um vier Uhr in Lima und wurden hier von einer kleinen Kapelle einheimischer Musiker fröhlich empfangen. Ein Paar in heimischer Indiotracht trug uns auch noch seine Tanzkünste vor, und so wurden unsere strapazierten Augen und Körper durch die Rhythmen und Tanzschritte wieder aufgemuntert. Von diesem Moment an wussten wir alle, dass wir uns in diesem Land wohl fühlen würden. Alle Menschen dort waren aufgeschlossen, nett und kommunikativ. Die überall sichtbare Armut konnte diese Lebensfreude nicht trüben.

All unsere Koffer, Gepäck und Taschen waren mit einem grünen, leuchtenden Farbband gekennzeichnet; einen so gekennzeichneten Koffer habe ich noch heute. Diese Merkmale sorgten allzeit dafür, dass wir unser Gepäck schon aus der Ferne erkennen konnten und auch nichts verloren ging. Es klappte alles reibungslos, und wir kamen müde, aber glücklich in dieser uns fremden Welt an. Vom Flugplatz aus ging die Reise dann mit einem kleineren Flugzeug weiter zu unserem Gastgeberchor in Trujillo, wo wir auf unsere Gasteltern bzw. Hotels verteilt wurden.

Ab dem Moment unserer Landung in Lima hatten wir einen ständigen bewaffneten Begleitschutz in unserer Nähe, denn zu dieser Zeit gab es in Peru noch eine Untergrundorganisation, den „Leuchtenden Pfad", und davor hatte uns die deutsche Botschaft sehr gewarnt und sogar von dieser Reise abgeraten. Unsere Gastgeber hatten aber diese Gefahren bedacht und sich alle Mühen gemacht, unsere Sicherheit zu gewährleisten. Wir mussten uns jedenfalls in den drei Wochen dort absolut keine Sorgen machen und lebten frei wie gewohnt. Sie hatten alles mustergültig ihren Möglichkeiten nach organisiert, sehr eindrucksvolle Ausflüge und auch einen Konzertmarathon.

Es blieb uns zudem genügend Zeit, in kleinen Gruppen in Menschenmengen unterzutauchen; zwar immer in Sichtweite mit anderen und kurzer Entfernung zu unserem Sicherheitsbeamten, aber wir konnten schon gewisse Kontakte erzielen. Überall faszinierte uns die Farbenvielfalt der Bekleidung, die ganz spezifischen Kopfbedeckungen und erst recht die Riesenhüte der Frauen, mit Bündel auf dem Rücken, mal Waren darin, mal die Kinder. Die dazugehörigen Männer standen immer mindestens drei Meter vor den Frauen entfernt, meist mit Jeanshose, Pulli oder Hemd und Turnschuhen bekleidet. Die Machos dieser Länder trugen niemals etwas in ihren Händen außer ihrer Zigarette. Dagegen sahen die Frauen dahinter aus wie lebendige Ständer: mindestens zwei Bündel, eines auf dem Rücken, eines vorn auf der Brust, dazu noch ein oder noch mehr Kleinkinder, die an den dicken, nach unter immer weiter werdenden Röcke festgehalten wurden. So marschierten die Familien durch die Straßen.

Am schönsten war es auf den Märkten, wo die vielen Menschen in ihrer Farbenpracht zusammen kamen und sich diese Pracht voll entfaltete. Wer war Verkäufer, wer hingegen der Käufer? Wir konnten dies kaum unterscheiden. Diese Regenbogenvielfalt der Farben war für uns das Schönste. Diese Menschen haben keine Scheu davor, alle möglichen Farben nebeneinander zu stellen, ob es unserem europäischen Geschmack passt oder nicht. Ich denke, dass gerade diese Euphorie der Farben den Menschen hilft, ihre Armut zu ertragen und so wenigstens visuell ihre Gefühlsorgane positiv einstimmen.

Wie viele Konzerte wir dort gaben, kann ich nicht mehr genau sagen, es waren jedenfalls enorm viele, an verschiedenen Orten, mal in Kirchen, mal in Kinosälen voller Schulkinder. Auch das Hauptkonzert, die kreolische Messe im Theater, oder in einem Theatersaal in Lima waren alles beeindruckende Auftritte; erst recht dann unser Konzert vor dem „heiligen Stein" in Machu Picchu.

Schon der Besuch dieser Inkastadt war das Erlebnis überhaupt, und dann noch unser kleines Konzert dort, vor diesem Stein. Wir sangen vierstimmig das Lied „Hanac Pachap" in der alten Inkasprache Ketschua, das hatten wir extra dafür einstudiert, und dies war der richtige Ort für das Lied von der „Mutter Erde". Es wurde von uns dort sehr ehrerbietig vorgetragen. Unser einheimischer Reiseführer, ein kleiner Mann mit kurzen Beinchen und pechschwarz glänzenden Haaren, sehr gut Deutsch sprechend, war dermaßen beeindruckt, dass ihm die Tränen flossen.

Eine deutsche Gruppe, körperlich doppelt so groß wie die Indios, die meisten blond, das machte bei diesem Lied einen besonders starken Eindruck. Unser kleiner Führer fand unsere Aussprache perfekt. Das freute mich sehr, auch wenn ich mir darüber schon vorher ziemlich klar gewesen war. Weshalb dies? Nun, weil ich dieses Lied etwa 10 Jahre vorher von einer peruanischen Musikstudentin an der Sommeruniversität in Esztergom erhalten hatte und mir damals natürlich die Aussprache wortwörtlich niederschrieb. Wir alle, auch unser Reiseführer, waren gefühlsmäßig stark ergriffen und hatten von den anderen Reisegruppen großen Respekt und Anerkennung erhalten. Wir Deutschen trugen diese „Inkahymne" also absolut überzeugend und stolz vor, ganz peruanisch und vom Volk gedichtet!

Man kann auch Folklore schön und mit Überzeugung singen. Geht das eigentlich nur mit ausländischem Material? Ich komme immer wieder zu dem Schluss, dass in Deutschland vieles schief gelaufen sein muss, damit eine solche Abneigung gegen Folklore entstehen konnte und über Jahrzehnte konstant blieb. Wie viel Arbeit und Mühe, wie viel Überzeugungskunst, Pädagogik und historische Klarstellung wird dieses Land noch kosten, seine eigenen wertvollen Schätze wieder „salonfähig" zu machen. Oder müssen vielleicht erst mehrere Generationen diese Musikgattung wieder lieben, deren Werte schätzen, bis man den Kindern alles ohne Sicherheitsbedenken weitergeben kann, nur weil es einmal eine Zeit gab, als solches Denken übertrieben wurde? Es ist in allen Ländern die normalste Sache der Welt, dass dort die einheimische Folklore gepflegt wird, warum hier nicht? Erziehung ist ja schwer, aber Umerziehung ist noch schwerer!

Seit fast dreißig Jahren lebe ich nicht mehr in meinem Heimatland, aber wenn wir nach Ungarn fahren und nach Passieren der Grenze den klassischen Musiksender Radio Bartók einschalten, sind fast immer auch uralte Aufnahmen weiblicher und/oder männlicher Bäuerinnen/Bauern zu hören, die dort wunderbare Volkslieder und Balladen singen. Diese Aufnahmen stammen oft noch von Kodály oder Bartók, den wohl wichtigsten Komponisten Ungarns, die schon damals davon überzeugt waren, dass dieses Volksgut die Grundlage der Musikentwicklung eines jeden Landes ist.

Ich bin immer wieder glücklich, dass in Ungarn immer noch Zeit für die Ausstrahlung dieser Schätze gefunden wird, neben Beethoven-Sinfonien, Wagneropern, Chopin-Klavierwerken und so weiter, alles also als gleichberechtigte Musikrichtung gesehen wird. Und natürlich sind diese Lieder auch dargeboten als Analyse und zur Gegenüberstellung in formaler, harmonischer oder sonstiger Sicht in Bezug auf die klassische Musik. Aber diese Musik ist noch heute lebendig!

All dieses erfreut mein Herz und ich bin stolz auf diese Rundfunkredakteure ob ihrer Standfestigkeit in der Pflege der Volksmusik, die ein Land zu dem macht, was es ist! Leider muss ich sehr oft feststellen, dass die klassischen Radiomusiksender in Deutschland immer wieder und wieder die gleichen Musikbeispiele senden, die ohnehin schon „Renner" sind. Meist werden mehrsätzige Werke, Sonaten, Klavierkonzerte amputiert und reduziert auf den einen Satz, den sowieso jeder kennt. In dieser Welt gibt es so viele Musikwerke, dass ein ganzes Leben nicht ausreicht, diese alle vollständig zu hören. Oder wollen diese Sender nur Nettes liefern und haben Angst vor Neuem und weniger Bekanntem? Oder ist dies gar eine Sache der Einschaltquoten und somit der Rentabilität? Das wäre allerdings sehr traurig. Nie gesendete Musik hat keine Chance, jemals bekannt und beliebt zu werden.

Das erinnert mich an einen Bekannten, der mir erzählte, dass er jedes Jahr Urlaub im gleichen Ferienort und in der gleichen Ferienwohnung macht, Begründung: Es ist schön dort, und wir gehen kein Risiko ein mit irgendwelchen Gefahren konfrontiert zu werden! Ist das nicht eine langweilige, festgefahrene, ja dekadente und antriebslose Zwangssehe? So bleiben wunderbare weitere Erlebnisse für immer im Dornröschenschlaf.

Aber zurück nach Peru. Unser nächstes Konzert war in einem kleinen, verschlafenen Dorf geplant. Nachmittags kamen wir an und sahen uns den Auftrittsort an; eine ziemlich große Kirche, die mit diesem ausgestorbenen Dorf nicht recht in Einklang zu bringen war. Wir mussten also dort bis 20 Uhr ausharren, um dann festzustellen, dass zur Zeit des vorgesehenen Konzertbeginns außer einigen herumstreunenden Kindern und bis zu den Knochen abgemagerten Hunden keine Seele zu sehen war.

Wir, die Chormitglieder, wie immer bestens angezogen, die Damen mit ihren mehrfarbigen, aber dezenten, dreieckigen Halstüchern, die Herren mit schwarzer Hose und weißem Hemd. Die Halstücher waren so groß, dass sie auch um die Taille oder den halben Oberkörper geschlungen werden konnten. So saßen wir also aufmarschbereit in der Sakristei und warteten auf Zuhörer; es erschien uns irgendwie aussichtslos.

Schließlich kam dann ein männlicher Einheimischer zu uns und erklärte entschuldigend, dass hier üblicherweise eine solche Terminankündigung immer so verstanden werde, dass der tatsächliche Beginn eine Stunde später sei! Ab 21 Uhr füllte sich dann wirklich langsam die Kirche und wurde auch nach kurzer Zeit rappelvoll. An den gleichmütigen Gesichtern der Besucher konnte man keine Gemütsbewegung ablesen. Der Chor marschierte auf, dreireihig wie immer. Ich kam als letzte, ging zur Mitte und begrüßte die Anwesenden in spanischer Sprache. Das munterte die bisher gleichgültigen Mienen schon auf und so kündigte ich unsere ersten drei Stücke an. Die Programme hatte ich immer so aufgebaut, dass aus jeder Stilepoche geistliche und weltliche Musik dargeboten wurde. Zum Ende des Konzertes sangen wir viele Lieder, meist Volkslieder aus Spanien, Katalonien, Mallorca, Kuba und natürlich aus Peru, alles in der jeweiligen Landessprache, also auch Mallorquinisch, ähnlich dem Katalanischen.

Nun flippten die Zuhörer tatsächlich regelrecht aus, waren völlig aus dem Häuschen, und am Ende des Konzertes wurden wir ringsherum belagert. Alle wollten unsere Hände schütteln und uns umarmen. Sie suchten in ihren Taschen, um irgendetwas zu finden, damit sie es uns schenken konnten: Kugelschreiber, schön bestickte Taschentücher, ein Selbstportrait, weißes Papier mit ihren Namen und Adressen, ein selbst geflochtenes altes Armband in den fröhlichsten Regenbogenfarben, wie sie diese auch in ihre Kleidung webten. Lange Zeit noch mussten wir alle Autogramme geben, als wären wir Künstler von Weltformat. Sie wollten uns nicht gehen lassen, und wir wollten inzwischen auch selbst nicht mehr weggehen. Wir fühlten uns eins mit diesen Menschen und waren in dieser uns völlig neuen Situation überglücklich.

Niemals vorher oder auch nachher haben wir in unserem Leben so viel Zuneigung und Liebe gespürt von uns völlig fremden Menschen in einem fremden Land. Unsere spanische Chorliteratur hat ihnen aufgezeigt, dass wir Respekt haben vor ihrer Musik. Wir hatten dieses wohl gut hinübergebracht, die komplizierten, synkopierenden und frei gestalteten Rhythmen, hatten wir nicht so eckig nach DIN wiedergegeben und einigermaßen authentisch hinbekommen. Natürlich hatte mir mein elfjähriger Aufenthalt auf Kuba beim Einstudieren dieser Werke sehr geholfen. Noch viele Jahre später, wenn wir im Chor über unsere vielen gemeinsamen Reisen sprachen, wurde dieses Konzert in dem kleinen Ort immer wieder als der Höhepunkt betrachtet.

Wir machten auch mit den einheimischen kulinarischen Spezialitäten Bekanntschaft. Da wäre besonders der Meerschweinchenbraten zu nennen, der in Peru sehr berühmt ist und vor allem bei Hochzeiten angeboten wird. Einige Chormitglieder haben das auch probiert; mein Mann sagt heute noch, es schmeckte wie Brathähnchen. Eine weitere interessante Spezialität war das Seviche – Fischfleisch, eingelegt in Zitronensaft und verschiedene Gewürze, um eine Art Garung herbeizuführen. Unsere Gastgeber organisierten noch ein ganz landestypisches Essen in einem großen Restaurantgarten. Die ganzen Speisezutaten wurden in Bananenblätter gehüllt, in heiße Steine gepackt und dann mit Mutterboden bedeckt. So dauerte das Ganze natürlich eine ziemliche Zeit, bis wir essen konnten. In dieser Wartezeit wurde dann ausgiebig miteinander gesprochen, gemeinsam gesungen und auch getanzt.

Dabei geschah es auch, dass sich unser absolut überzeugter Single in eine hübsche Peruanerin verliebte. Aber wer hätte ihren Hüftschwung denn ohne Gefühle durchhalten können? Jedenfalls teilte uns dann unser bisher notorischer Single während der Vorbereitungen zur Rückreise mit, dass er seinen Aufenthalt um zwei Wochen verlängert und alles schon mit seinem Arbeitgeber in Deutschland abgesprochen war. Ende gut, alles gut: Er hat dieses peruanische Mädchen auch geheiratet und sie haben heute zwei gemeinsame Kinder.

Natürlich besuchten wir viele berühmte Orte, die Schätze der Inkakultur und waren meistens völlig überwältigt ob dieser Schätze; wir kannten ja aus eigener Anschauung nur die europäischen Kulturen.

Nicht gerade Kultur waren dann freilich die Leiden fast aller unserer Chorleute, insbesondere eine unter dem Namen „Atahualpas Rache", also unseres bekannten Durchfalls. Allein mein Ehemann blieb verschont. Vor unserer Reise hatten wir unseren alten Hausarzt, einen richtigen alten Dorfarzt, konsultiert und mit ihm das uns bekannte, anstehende Reiseproblem in fernen Ländern besprochen. Sein einziger Ratschlag dazu war: „Trinken Sie vor jeder Mahlzeit, auch schon vor dem Frühstück, immer einen Whiskey, der hält die bösen Geister fern"! Man glaubt es kaum, aber mein Mann hielt sich an diese ärztliche Verordnung und blieb als einziger von „Atahualpas Rache" verschont, nicht ein einziges Mal erwischte sie ihn.

Ganz verschont von Reisekrankheiten blieb aber auch er nicht. Unsere Reise nach Machu Picchu führte über die nächstgelegene Großstadt Cusco, die immerhin 3416 Meter über dem Meeresspiegel liegt. Wir mussten dort erst einmal einen Tag und eine Nacht bleiben, um unseren Körper an den Höhenunterschied zu gewöhnen. Nun traf meinen Mann und einige andere Chormitglieder die Höhenkrankheit, und dagegen half dann auch der beste Whiskey nicht. Heftige, peinigende Kopfschmerzen, Übelkeit, Erbrechen und auch Schüttelfrost plagten so manche/n. Medikamente dagegen gab es nicht, also durchhalten.

Das großartige Ziel Machu Picchu ließ uns dann jedoch alle Schmerzen unterdrücken. Am nächsten Morgen nach unserer Ankunft fuhren wir mit einer Eisenbahn durch das herrliche Tal des Flusses Urubamba zu unserem Ziel. Eine herrliche Zugreise, ein einmaliges Erlebnis. Und dann die süße Ankunft auf dem Bahnhof des winzigen Dorfes am Fuße des Machu Picchu. Schon das Aussteigen war einfach ein Genuss, der Anblick der hoch gelegenen alten Inkastadt und die umliegenden Berggipfel, einfach umwerfend. Bei diesem Anblick kamen mir die Höhepunkte sämtlicher chorsinfonischer Werke, die ich je dirigiert hatte, in Erinnerung. Meine Gedanken waren vorher, dass es keine mit der Musik vergleichbaren Höhepunkte auf dieser Welt gibt. Doch nun hatte ich es mit eigenen Augen gesehen. Neben Wundern der Natur gibt es sogar die von Menschenhand geschaffenen, und mir wurde das nun bewusst.

Seit diesem Erleben stelle ich mir in jedem Dirigat bei musikalischen Höhepunkten vor, ich würde von diesen alten Steinen mit erhabenem Blick die alten Terrassen und Steine sehen. Mir wurde klar, in welch wunderbarer Welt wir leben könnten, wenn alle Menschen ihrer Umgebung mit mehr Respekt und Rücksicht beggenen würden. Ich hatte schon viele wunderbare

Orte auf dieser Welt gesehen, aber mit Machu Picchu war keiner vergleichbar! Hier ist alles in sich stimmig: Die Regenbogenfarben der Bevölkerung spiegeln die unerschöpflichen Gefühle wider, welche die Musik in sich birgt und dies alles in einer dem Himmel fast vergleichbaren Höhe. Nach derart starken Eindrücken muss man sich als Mensch die Frage stellen: Wer, was, wo bin ich? Bin ich würdig, diese Schöpfung zu genießen?

Ich bin sehr dankbar dafür, zu dieser Einsicht gekommen zu sein, zusammen mit einer so liebenswerten, hochmotivierten und trotzdem auf dem Boden gebliebenen kleinen Gruppe von fünfzig Menschen, Schülern und Schülerinnen, Studenten und Studentinnen, Berufstätigen und Rentnern, sozusagen meinen musikalischen „Erstgeborenen" in Deutschland, denn dies war ja meine erste Chorgründung in diesem Land. Sie waren einfach zu allem bereit und auch fähig.

Nun, vor 28 Jahren, also fast eine Generation vorher, hatten die Menschen auch andere Probleme als heutzutage. So konnte ich damals meinen Chor fast jederzeit spontan mobilisieren. Es war überhaupt kein Problem, mal eben 30-40 Mitglieder dafür zu begeistern, etwa spontan auf einer Hochzeit zu singen. Dagegen klappt es nun schon nicht mehr, auch nur eine Vollzähligkeit bei wichtigen Konzerten zu erreichen, obwohl der Termin dafür bereits ein Jahr vorher bekannt ist und meist sogar miteinander abgesprochen wurde. So war es eben möglich, in diesen ersten 10 bis 15 Jahren nach Chorgründung sehr viele gemeinsame Chorreisen zu unternehmen, z. B. nach Spanien (diese sogar mehrfach), Schweden, Ungarn, Tschechien, Israel, Litauen, Österreich. Das menschliche Miteinander war sicherlich die Grundlage für einen schönen Klang im Musikalischen!

Bei einer Busreise nach Spanien haben unsere „Männer" in Granada sogar mal eben einen PKW zur Seite getragen, damit der Bus die enge Kurve kriegen konnte. Viele Erinnerungen in Form von Fotos und Videoaufnahmen sind davon übrig geblieben. Der mitreisende Ehemann einer Chorsängerin hat hier hochprofessionell für uns gearbeitet. Bei der Feier anlässlich unseres zehnjährigen Bestehens haben wir diese Filme gemeinsam genossen und sozusagen noch einmal alles gemeinsam erlebt.

Heutiges Chorleben ist aus vielen Gründen um ein Vielfaches mühsamer geworden; nicht nur wegen beruflicher sondern auch wegen privater Gründe. Die Zeit ist knapper geworden, und so muss diese eher der Familie gewidmet werden und nicht mehr den schönen, privaten Hobbys. Aber auch schon damals mussten wir es erleben, dass Männer unseren Chor verlassen mussten, weil die Ehefrau eifersüchtig war und die inquisitorische Bedingung stellte: „Chor oder Ehe"!

In den ersten Jahren meines Lebens in Deutschland war es außerdem noch deutlich einfacher, offizielle Sponsoren für große Konzerte mit Chor und Orchester zu finden, um so etwas zu finanzieren. Mein Ehemann, damals noch Mitinhaber eines mittelständischen Betriebes, konnte vieles finanziell unterstützen und auch Bekannte aus seinen Unternehmerkreisen dafür begeistern. Eine ganze Reihe wundervoller Aufführungen wurde nur dadurch möglich. Dafür bin ich ihm von Herzen dankbar. Er war ja auch von Beginn an 1. Vorsitzender des Chores und gleichzeitig ein fleißiger und guter Basssänger. Dieser Chor war unser „gemeinsames Kind", auf das wir sehr stolz waren und dieses auch heute noch sind, obwohl ich wegen einer schweren Erkrankung die Chorleitung aufgeben musste. Immerhin wurden wir vom Chor schließlich zu Ehrenmitgliedern ernannt.

Dieser Laienchor studierte jedes Jahr ein großes Werk ein, wie z. B. Beethovens 9. Sinfonie oder Schönbergs Gurrelieder, und führte diese gemeinsam mit dem Hauptchor und dem Orchester des Staatstheaters unter der Leitung des jeweiligen Generalmusikdirektors auf. Das waren nicht nur schöne Erlebnisse für den Chor, mit diesen Aufgaben wuchs auch ständig dessen Qualität.

Daneben legte ich stets großen Wert auf die Einstudierung reiner a-cappella Stücke, da ja bekannt ist, dass durch dieses Singen die eigene Stimme, die Intonation, die Dynamik, das harmonische Denken und die interpretatorischen Aufgaben geschult und entwickelt werden. Vor allem konnte der Chor mit seinem a-cappella-Repertoire ohne Probleme oftmals zu den verschiedensten Anlässen in allen Städten und Orten problemlos und mit großem Erfolg auftreten. Das Singen großer Werke mit professionellem Orchester wurde jedoch leider seltener, die Sponsoren drehten immer mehr die Geldhähne ab, und so mussten wir nach anderem, chorsinfonischem Repertoire Ausschau halten. Es blieben nur noch Kammermusikbesetzung oder wenige Instrumente als Begleitung. Es gibt aber natürlich auch solche Werke, und wir sangen diese: Rossini „Petite messe sollennelle" mit 2 Klavieren und Harmonium, Bernstein „Chichester Psalms" mit Orgel oder Brahms´ „Ein deutsches Requiem" mit zwei Klavieren und Pauke. Natürlich war der Klang nicht vergleichbar mit einer authentischen Orchesteraufführung, aber wir konnten unser Programm abwechslender gestalten.

Im Jahr unserer Aufführung des „Stabat mater" von Antonin Dvorak besuchte uns meine Mutter letztmalig in Deutschland. Wir hatten ihr ein Flugticket geschenkt, so musste sie nicht die Strapazen einer Bahnfahrt durchmachen. Sie kam von Budapest in Berlin-Schönefeld an, und mein Mann holte sie dort mit dem Auto ab. Sie blieb wie immer einige Wochen bei uns, und dieses Mal freute sie sich riesig über das neugebaute Haus. Hier war Platz genug für alle, Eltern, Kinder und Enkelkinder, die nun mittlerweile auch schon da waren. Dort hatte ich das erste Mal das Gefühl, etwas Eigenes nach unserem Geschmack und unserer Vorstellung über dem Kopf zu haben; etwas, was wir auch gemeinsam meistern konnten oder zumindest meistern wollten. Meine zwei damals noch in unserem Haus lebenden Kinder zogen allerdings bereits kurz nach dem Einzug wieder aus, und so blieben wir ganz allein auf vielen, vielen Quadratmetern Wohnfläche.

In das Wohnzimmer dieses Hauses mit seinen etwa 65 Quadratmetern passte auch wunderbar mein über alles geliebter Bechstein-Flügel, auf den ich immer sehr stolz war, denn es war ja schon in Ungarn ein Geschenk meiner Eltern gewesen. Das Wohnzimmer hatte eine zum First ansteigende Decke, an der höchsten Stelle fast sieben Meter hoch. Auf der angrenzenden Wand waren die große Gemälde angebracht, eines mit dem Portrait meiner Mutter und das andere von mir in der Kindheit, beide gemalt von einem Wandermaler kurz nach dem 2. Weltkrieg. Daneben war noch Platz für ein wunderschönes, modernes Bild mit dem Titel „Stabat mater", von einer Schulkollegin aus dem Kunstunterricht gemalt, einer Meisterschülerin an der örtlichen Kunsthochschule.

Zum ersten Weihnachtsfest in dem neuen Haus durften wir einen echten Weihnachtsbaum im nahen Wald fällen und schleppten diesen auch selbst nach Hause. Einige Dorfbewohner, an denen wir so bepackt vorbeizogen, meinten, dies wäre wohl der Weihnachtsbaum für dir Dorfkirche, übrigens eine schöne frühromanische Kirche.

In den ersten Jahren in diesem wunderschönen Haus war ich absolut glücklich, und wir waren fern jeder familiärer Reibung, wie diese nun mal in Patchworkfamilien wohl zwangsweise vorhanden sind. Das Grundstück war nur so groß, dass ich mir als Gartenliebhaberin mit freier Hand mein Paradies auf Erden schaffen konnte. Einen eigenen Garten hatte ich vorher nie besessen. In den Mietwohnungen in Kuba und Budapest hatte ich meist nur eine Fläche von 12-13 Quadratmetern für meine Habseligkeiten besessen und fühlte mich dort mehr wie eine Heimatvertriebene; aber da war ja

Durchhalten die einzige Chance gewesen.

Wenige Monate nach unserem Einzug in unseren „Palast", der etwas außerhalb der Stadt lag, verließ meine Tochter uns bereits. Es war nur beschränkt öffentlicher Busverkehr vorhanden, was natürlich einige Schwierigkeiten beim Schulbesuch und vor allem bei den freundschaftlichen Diskotreffen an den Wochenenden bereitete. Sie hatte in der Stadt einen Job bei einem ungarischen Restaurantbesitzer gefunden, und so verdiente sie sich ein kleines Einkommen als Küchenhelferin, dank ihrer netten und kommunikativen Art später sogar als Kellnerin. Damit konnte sie sich eine kleine Mietwohnung und dann sogar einen kleinen Gebrauchtwagen finanzieren. Alle Achtung! Sie wollte ihr Leben allein bestimmen und tun, was sie für richtig hielt. Hinzugekommen war zuvor allerdings noch ein Mutter-Tochter-Zwischenfall.

Sie begann die Schmutzwäsche eines fremden, geschiedenen Mannes und dessen zweier Kinder bei uns zu waschen. Das ergab natürlich Aufregung bei mir und eine Zurechtweisung. Dass sie immer sehr fürsorglich anderen Menschen gegenüber war, wusste ich ja, aber der große Altersunterschied zu diesem Mann sowie dessen mir bekannte, persönliche Konflikte weckten starke Bedenken in mir. Zudem fand ich, sollte sie erst einmal ihr Abitur schaffen, um dann weiter studieren zu können, damit sie ihr späteres Leben finanzieren könne; eine Hilfsarbeiterin mit ständig wechselnden Arbeitgebern sollte sie nicht werden. In einer Jugendkneipe, wo die Gäste nicht unbedingt eine solide Zukunft versprachen, kam sie mit dubiosen jungen Männern in Kontakt. Ihre Sprachgewohnheiten verfielen und wir verloren den regelmäßigen Kontakt mit ihr. Wir machten uns sehr große Sorgen um sie, über ein Abrutschen in ein schlechtes Milieu.

Sie kam zwar immer noch zu unseren Chorproben, verpasste aber immerhin eine unserer schönsten Chorreisen nach Granada wegen eines Autounfalles. Mein Mann bekam einen Anruf vom Krankenhaus, etwa 30 Kilometer entfernt, dass meine Tochter nach einem Unfall dort eingeliefert worden war. Ich war noch beim Nachmittagsunterricht in der Schule, als mein Mann nach vorsichtigem Klopfen eintrat und mich mit einer nervösen Geste vor die Tür bat. Er erzählte vom Unfall meiner Tochter, beruhigte mich aber sofort, dass sie nicht gestorben sei. Mehr wusste er auch noch nicht.

Ich brach den Unterricht sofort ab, schickte eine Schülerin zur Schulleitung mit der Bitte, rasch eine Vertretung für mich bis zum Unterrichtsende zu schicken. Wir setzten uns dann unverzüglich ins Auto und fuhren zu meiner Tochter in das Krankenhaus. Sie lag noch auf dem Flur in einem Krankenbett mit einigen sehr deutlichen roten Flecken und Prellungen am ganzen Körper, aber sie konnte sich bewegen. Das Schlimmste war, dass sie ihre Wirbelsäule gestaucht hatte und sie sich überhaupt nicht bewegen durfte. Die Ärzte versicherten uns aber, dass sie in einigen Wochen und mit entsprechender Krankengymnastik ohne Folgeerscheinungen weiterleben könne, vielleicht anfangs noch mit Rückenschmerzen.

Unser Chor, einschließlich meiner Tochter, sollte zwei Tage nach diesem Unfall die Spanienreise nach Granada antreten, um mit dem dortigen Chor und Orchester das große Konzert zu präsentieren. In meinem Kopf kreisten die Gedanken natürlich nun mit höchster Geschwindigkeit: Wie soll ich das alles unter einen Hut bringen? Ich wollte diese Reise auf keinen Fall antreten und meine Tochter jetzt allein lassen. Aber sie selbst sagte mir ganz offen, ich solle ohne schlechtes Gewissen mitfahren, es ginge ihr einigermaßen gut, und wir könnten ja täglich telefonisch in Kontakt bleiben. Vom behandelnden Arzt wollte ich auch persönlich hören, dass ich ihn täglich sprechen kann, um den tatsächlichen Zustand meiner Tochter zu erfahren. Erst nach dessen Zusage wagte ich es, diese Reise anzutreten. Sehr oft musste ich dennoch meinen Tränen freien Lauf lassen während dieser Busfahrt.

Auch das Abitur meiner Tochter hinterließ bei uns einigen Schrecken. Sie besuchte das Gymnasium, an dem ich unterrichtete. Am frühen Vormittag der Abiturprüfung fragte mich die Schulleiterin höchst alarmiert, wo denn meine Tochter sei? Sie war nicht zur mündlichen Prüfung erschienen. Dass sie nicht mehr zu Hause wohnte, wusste meine Chefin nicht. Wir riefen alle Krankenhäuser in der Stadt an und fanden sie tatsächlich in einem davon. Sie war eingeliefert worden, nachdem sie einem Zusammenbruch mit Ohnmacht erlitten hatte. Es handelte sich um eine totale Erschöpfung nach einer durcharbeiteten Nacht in der Kneipe; ihr zierlicher Körper konnte diesen Stress nicht durchhalten. Kurze Zeit später durfte sie die mündliche Prüfung nachholen und meisterte sie mit gutem Erfolg.

Meine Tochter ist auch so ein Arbeitstier wie ich, ohne Selbstschonung und möglichst auch, ohne sich auf andere zu stützen. Sie hat sich an der Technischen Universität der Stadt für das Studium der Politik und Sozialwissenschaften eingeschrieben, behielt aber immer einen Job als Kellnerin, immer und an allen Orten. Damit finanzierte sie ihr Studium selbst.

Einige Zeit später zog sie um, in die nächste große Stadt, studierte dort ebenfalls noch und heiratete dann einen jungen Rechtsanwalt, der gerade mit dem Studium fertig war. Sie wohnten in einer kleinen Stadt in der Nähe im großen Wohnhaus ihrer Schwiegereltern. Das Dachgeschoss wurde für das junge Paar extra ausgebaut.

Wie es im Leben so ist, verließ sie ihren Mann im verflixten 7. Ehejahr, da dieser in seinem Beruf nicht so recht Fuß fasste, dafür aber sein Büro immer mit teuerstem Mobiliar und feinster Ausstattung versah; leider vom Geld meiner Tochter, die alles, was sie verdiente, in ein Sparbuch steckte und immer wieder feststellte, dass vierstellige Summen dort fehlten. Auch vereinbarte Rückzahlungstermine hielt er nie ein. Also packte meine Tochter ihre Privatsachen zusammen, verließ ihren Mann und kellnerte fleißig weiter, jetzt aber nicht mehr in Kneipen, sondern bei großen Anlässen, sogar bei Regierungsfeierlichkeiten mit Ministerpräsidenten der Länder.

Bei einer solchen Feier traf sie dann einen Gast wieder, den sie schon mehrfach bedient hatte und der sich ans sie positiv erinnerte. Man kam ins Gespräch, und er fragte auch nach ihrer Ausbildung. Als sie erzählte, dass sie schon ein Hochschuldiplom habe, aber keine entsprechende Stelle fände, erhielt sie sofort von diesem Gast das Angebot, bei einem großen deutschen Elektrokonzern anzufangen. Bald darauf war sie dort angestellt und kletterte stufenweise die Karriereleiter hinauf. Um allen Anforderungen dieses Berufes zu genügen, studierte sie sogar noch weiter und erwarb sich die für diese Stellung notwendigen Kompetenzen.

Dort lernte sie auch ihren zweiten Ehemann kennen. Sie zogen gemeinsam in eine größere Wohnung, und pünktlich dazu kam dann meine zweite, wundervolle und zuckersüße Enkeltochter auf die Welt. Sind eigentlich alle Großeltern so eingebildet? Aber meine erste Enkeltochter, die von meinem ältesten Sohn, war auch so bildhübsch mit ihren schwarzen Kulleraugen. Einfach wunderbar ist dieses Gefühl, dass diese Babys, dann Kinder und Heranwachsende die schönsten Kinder der Welt sind! In meiner Handtasche habe ich immer so viele Fotos meiner Enkelkinder und meines Gartens, die ich wie Blei mit mir herumschleppe. Ich bin auch nicht fähig, mal eines dieser Bilder einfach auszusortieren.

Oh, meine liebe Mama!

Unser Verhältnis zueinander war immer gut und gleichbleibend. Schon als Zehnjährige bei einer fremden Familie oder im Internat untergebracht, später elf Jahre in Kuba und nun in Deutschland, wechselten wir sage und schreibe jede Woche einen Brief; ich an meine Eltern und sie an mich. In Deutschland wurde es dann aber doch einfacher, und wir konnten regelmäßig miteinander telefonieren. Jeden Montagnachmittag um 17 Uhr vor der Chorprobe sprachen wir miteinander, und sie konnte so alles loswerden, ihre Sorgen, Krankheiten und Leiden; Klagen über die ständigen Preiserhöhungen und die Geschehnisse in Ihrer Nachbarschaft, Scheidungen, Hochzeiten und so weiter.

Auf diese Inhalte war ich schon vorbereitet, und so bestand meine Aufgabe darin, ihr aufmerksam zuzuhören, sie zu beruhigen und gelegentlich zu fragen, ob sie Geld brauche. Von ihrer kleinen Halbrente konnte sie nicht einmal die Strom- und Gasrechnung bezahlen. Sie wusste aber auch, dass sie sich auf uns verlassen konnte. Nach diesen Telefongesprächen fühlte ich mich immer recht gut, obwohl sich die Inhalte im Laufe der Jahre kaum änderten. Ich war eben ihr einziges Kind, und sie hatte deshalb ein Recht darauf, bei mir Trost und Verständnis zu suchen und auch zu bekommen. Meine Eltern hatten ihr Bestes für mich getan, und ich war so erzogen, dass ich mir meiner Pflichten stets bewusst war.

Das innige Verhältnis zwischen Eltern und Kind veränderte sich jedoch mit meinem Umzug nach Deutschland. Plötzlich waren wir Eltern von sechs unterschiedlichen Kindern mit immerhin drei Vätern und zwei Müttern. Diese Kinder waren ja auch nicht mehr klein, sondern hatten auch schon eigene Vorstellungen über das Zusammenleben, über eigene Rechte und Pflichten. Ich nehme an, dass sie sehr oft dachten, dass ihren Rechten nun neue Grenzen gezogen würden.

Sowohl ich als Mutter als auch der Vater, als angeheiratete Stiefmutter bzw. Stiefvater standen sehr oft vor riesigen Problemen. Wir durften unseren jeweils drei leiblichen Kindern keine Vorteile gewähren, aber sie auch nicht benachteiligen.

Meine Mama war inzwischen auf Haut und Knochen abgemagert, gebeugt, immer kleiner geworden und sehr krank. Ihren 75. Geburtstag konnten wir noch gemeinsam feiern, mit all ihren drei Enkelkindern und der ersten Urenkelin. Im gleichen Sommer kam sie das letzte Mal zu uns nach Deutschland und konnte die Aufführung des „Stabat mater" von Anton Dvorak mit meinem Chor und auch unter meiner Leitung miterleben. Ein Jahr später konnte ich ihr noch die CD-Aufnahme des „Deutschen Requiem" von Johannes Brahms vorspielen, sie war aber eher vom „Stabat mater" von Dvorak begeistert. Noch ein Jahr später bereitete ich mit dem Chor das „Requiem" von Wolfgang Amadeus Mozart vor. Ich hatte es für sie bestimmt, sie wusste aber nicht, dass dieses ihre Totenmesse sein würde.

Beim Abschied nach unserem letzten gemeinsamen Weihnachtsfest in Budapest nahm ich am Gartentor von ihr Abschied, und ich war mir dabei hundertprozentig sicher, dass ich ihre Hände das letzte Mal küsste; ich spürte ihren langsamen Abgang. Sie stand bei allen unseren Abfahrten immer vor dem Tor und winkte uns in der letzten Rechtskurve zum Abschied. Dieses Mal stand sie dort, sah uns nicht hinterher und winkte auch nicht. Sie stand nur da, mit buckligem Rücken, krank von den vielen Lungenmedikamenten und Kortisonsprays, die wegen ihres Asthmaleidens ständig nehmen musste.

„Ich werde sie nie wieder lebendig sehen, ich spüre es", sagte ich zu meinem Mann, und in meiner aufgestauten Trauer begann ich heftig zu weinen.

Und so geschah es dann auch zwei Monate später. Wir telefonierten weiterhin jeden Montag um 17 Uhr, aber sie ließ nicht ein Wort darüber fallen, dass sie bald sterben würde, obwohl sie körperlich immer weniger wurde. Ich tröstete sie damit, dass wir ja zu Ostern wieder zu ihr kommen würden und fragte sie, was sie benötige, was wir ihr mitbringen sollten. Sie hatte keinen Wunsch und beklagte sich auch nicht mehr über die ja sonst so üblichen Themen. Sie bereitete sich innerlich schon auf ihr Ableben vor.

Es war eines Montags Anfang März, als ich sie anrief. Am Telefon konnte sie wegen Bauchschmerzen kaum noch sprechen und erklärte mir, dass sie den Telefonhörer nun auflegen werde, da sie nicht mehr sprechen könne. Es war das letzte Mal, dass ich ihre vertraute und geliebte Stimme hörte. Ich wählte sofort und lange noch immer wieder die Telefonnummer, aber das Telefon wurde nicht mehr angenommen. Nach vielen solchen Versuchen rief ich die Nachbarin meiner Mutter an und bat sie, zu ihr hinüberzugehen und nachzusehen, was dort los sei. Sie ging auch sofort hinüber und fand meine Mutter vor Schmerzen zusammengekauert und nicht ansprechbar dort vor. Der Notarzt wurde von ihr gerufen.

Die Schnelldiagnose vor Ort lautete, Verdacht auf Darmperforation und sie wurde sofort in das nahegelegene Krankenhaus gebracht und notoperiert. Diese Details erzählte mir die Nachbarin am nächsten Abend am Telefon. Sofort informierte ich meine beiden in Deutschland lebenden Kinder über diese Situation, und meine Tochter und ich beschlossen, am nächsten Tag nach Ungarn zu fahren. Vormittags unterrichtete ich noch in der Schule, ließ mich aber gleich für den Rest der Woche beurlauben. Mein Gefühl sagte mir, dass ich sofort handeln müsse, um meine Mutter noch lebend zu sehen.

Ich wäre gern noch früher losgefahren, aber das Problem dabei war, dass meine Tochter am gleichen Vormittag ein Vorstellunggespräch bei einer Firma hatte, wo sie liebend gern arbeiten wollte. So fuhren wir erst gegen 17 Uhr los, im Gepäck schon schwarze Kleidungsstücke, wie ich es von meiner Tochter erbeten hatte. Ich war leider sehr sicher, dass meine Mutter diese Operation wohl nicht überleben würde.

Wir waren drei Stunden auf der Autobahn unterwegs, als mein Mann anrief und mir mitteilte, dass die Nachbarin mit mir am Telefon sprechen wollte. Das einzige, was er eindeutig verstanden hatte, sie sprach ja kein Wort Deutsch, war: „Mama kaputt!" Meine Tochter und ich brachen in Tränen aus, mein Mann sagte noch: „Bitte nicht mehr zu schnell fahren, es ist alles vorbei!"

Großer Himmel; sie musste ganz allein weggehen. Auch jetzt weine ich wieder, 15 Jahre später, wenn ich diese Zeilen schreibe. Eine Mutter gibt es eben nur einmal! Und meine ist nun weg! Ich werde nie wieder ihre Stimme hören. Nie wieder werde ich sie um ihren guten Rat bitten können in den Momenten, in denen sie mich beruhigen konnte. Nun bin ich Vollwaise und allein auf mich angewiesen. Mir fehlten die Jammerchen jeden Montag um 17 Uhr und ihre Anweisungen, dass ich eine gute Ehefrau bleiben soll. Meine Mutter schätzte und liebte meinen Mann sehr. Na klar, nach drei gescheiterten Eheversuchen endlich ein korrekter, bodenständiger Europäer und kein „Machoaffe" aus der Karibik mehr.

Wir haben sie dann am 15. März, einem Sonntag und wichtigem Nationalfeiertag, in Ungarn beerdigt. Ich musste ja auch schnell wieder heimkehren und meine Arbeit fortsetzen.

Bei dem Bestattungsinstitut erkannte mich die Chefin, nachdem ich dort ja auch meinen Mädchennamen angeben musste. Wir waren Schulkameradinnen von der 1. bis zur 4. Klasse. Nur durch diesen Umstand war es möglich gewesen, das Begräbnis an diesem Sonntag und auch noch einem Nationalfeiertag durchzuführen; sie hat auch das ganze notwendige Personal dazu organisiert und dabei wohl viel Überzeugungsarbeit geleistet. Das ging natürlich nicht ohne einige Trinkgelder, wie ohne solche Gaben in Ungarn kaum etwas läuft, weil kein Mensch von seinem normalen Einkommen leben kann. Das schaffen nur Unehrliche, Mafiosi, Lügner und krumme Streber! Es war also vorherzusehen, dass hier dicke Trinkgelder anfallen würden, wegen des nationalen Datums. Es wurde aber alles wie vorgesehen erledigt! Am Montag fuhren wir wieder nach Deutschland, und am Dienstag stand ich schon wieder auf meinem Platz in der Schule.

Zwei Monate nach der Beerdigung führte ich mit meinem Chor und dem Staatsorchester das „Requiem" von Wolfgang Amadeus Mozart und das „Stabat mater" von Pergolesi auf. Ich stand hierbei unter immensem Druck, meiner Tränen wegen; das Ganze war allein meiner verstorbenen Mutter gewidmet. Einige Orchestermitglieder bemerkten meine Emotionen und fragten nach dem Grund meiner Tränen. Zuerst dachten sie, dass die Werke so emotional auf mich einwirken würden. Diese Werke hinterlassen natürlich tiefe Spuren in jeder Menschenseele, aber meine persönliche Betroffenheit und Trauer waren noch viel stärker.

Sowieso ist bei mir das Weinen eine einzigartige Wesenserscheinung. Manchmal weine ich sofort und ganz spontan, das nächste Mal benötige ich mindestens drei Tage, bis mein Schädel ein trauriges Ereignis wahrnimmt. Wenn ich im Auto sitze und ein Krankenwagen mit Blaulicht und Martinshorn vorbeirast, beginne ich sofort zu schluchzen. Ich muss an die Menschen denken, die nun dort vielleicht sterben und deren Verwandtschaft damit einen sehr wichtigen Menschen verliert. Ich weine bei jedem romantischen Film; ich weine bei Naturkatastrophen im Fernsehen; ich weine, wenn ich bettelnde Krüppel auf der Straße sehe, und ich weine auch schon mal, wenn ich nur an solche Geschehnisse denke. Was ist das? Überempfindlichkeit, Verrücktheit, ständige Depressionen oder was?

Im letzten Jahr meines Schuldienstes brach ich auch manchmal in Tränen aus, wenn Schüler unmenschlich böse gegen Schulkameraden waren oder mir gegenüber Böses losließen. Um mit solchen Gefühlsausbrüchen nicht aufzufallen, musste ich dann immer schnell in einem Nebenraum verschwinden, in dem wir unser Schulmaterial lagerten. Den Schülern erklärte ich immer, ich müsse etwas Wichtiges für den aktuellen Unterricht suchen. Meine Mutter war genauso, sie weinte auch oft und rasch. Mag dies ein genetisches Erbe sein?

Um Musik zu machen, ist diese Empfindsamkeit gar nicht kontraproduktiv, das glaube ich jedenfalls. Ich möchte sogar behaupten, dass solch eine Veranlagung extrem tief sitzende und geheim gehaltene Gefühle aus einer Person herauspresst und zum Handeln zwingt. Die Ergebnisse können atemberaubende Effekte sein! Die Intentionen des Komponisten beim Schreiben eines Werkes können wir nicht wissen, nur eben im Inneren erahnen. Je mehr Freiheit der eigenen, tiefen Gefühle bei der Interpretation und Gestaltung eingesetzt werden, desto intensiver wird die Ausführung. Introvertiertheit passt nicht zu Musik. Alle Künste, egal welcher Sparte, brauchen Freiheit, Mut und eine gewisse Extrovertiertheit, um kleinste und intimste Regungen an die Oberfläche gelangen zu lassen. Keine Kunst ist so subjektiv wie die Musik.

Worte der Schriftsteller haben alle eine feste Definition. In einem gemalten Bild sind alle Farben, Formen, Figuren festgelegt; bei Rot kann ich nicht ernsthaft sagen, es sei Grün. Bei einer Theateraufführung, in der sich Menschen bekämpfen und sich schlagen, kann niemand behaupten, sie würden sich streicheln. Beim Hören von Musik aber haben alle Menschen unterschiedliche Empfindungen, Gefühle, Farbvorstellungen, Bildeindrücke und Bewegungsvorstellungen; der Zahl nach wohl genau so viele wie die der zuhörenden Menschen. Sicher gibt es ganz bestimmte Instrumente, welche schon mit bestimmten Bildern belegt sind. So wird Glockenklang mit Mitternacht assoziiert, die Querflöte mit Vogelgesang, die Posaune mit Ankündigungen vieler Arten von Unheil und Bedrohung, die Harfe mit Engeln und dem Himmel. Da gibt es noch eine Vielzahl von solchen Gleichstellungen. Die Gesamtheit aller Instrumente und Klangkörper aber, also die Harmonie, die kann jeder für sich frei interpretieren, auch abhängig vom jeweiligen seelischen und psychischen Zustand. Kinder haben eine unglaublich große Vorstellungskraft, sehr viel größer als die der Erwachsenen, trotz oder wegen ihrer geringen Lebenserfahrung.

In der Schule hatte ich sehr oft bei dem Thema „Programmmusik" die „Bilder einer Ausstellung" von Modest Mussorgsky behandelt. Dort gibt es zwei unterschiedliche Personendarstellungen: Der reiche Jude Samuel Goldenberg und der arme Jude mit Namen Schmuyle. Ich verlangte von den Schülern eine Analyse beider Musikthemen zu den vorgenannten Personen, alle unter den Aspekten Melodik, Rhythmik, Tonlage, Dynamik und auch weiterer. Dazu sollten sie eine fundierte Aussage machen, aus welchen Gründen sie sich für dieses oder jenes entschieden hatten. Die Schüler wussten vorher nicht, mit welchem Thema, mit welcher Person das Werk beginnt. Die Begründungen für Verwechselungen sollten jedoch gut argumentiert und nachvollziehbar sein. Ich musste beide Lösungen mit guten Noten bewerten, die Gesichtspunkte und Ansichten, auch in geschmacklicher Hinsicht, musste ich respektieren.

Für einige Schüler verkörperte das Anfangsthema, alles unisono, mit aufwärtslaufendem Quintsprung und Ankunft im Tritonus der Molltonika, nicht die Selbstsicherheit, den Stolz und die Erbarmungslosigkeit des reichen Samuel G., sondern die gen Himmel gewandten Hilfeschreie des bettelnden, in Not geratenen armen Schmuyle, der mit seinen Schreien ein Ende seiner Qualen sucht. Eine für mich einwandfreie Argumentation, oder?

Mehr Probleme hatte ich dabei, das andere Thema dieses Werkes zu akzeptieren. Hier wurde dieses für Goldenberg gewählt, war von Mussorgsky aber für Schmuyle gedacht. Zitternde Tonrepetitionen in der Mittellage interpretierten einige Schüler als Geräusch von Goldmünzen, so als ob ein Mensch diese mit den Händen herumrollt und fallen lässt, damit es den armen Schmuyle noch mehr bedrückt und ihn in den Wahnsinn treibt. So groß ist die Vorstellungskraft der Jugend! Sehr beeindruckend! Aber auch diese Verwechslung der musikalischen Themen musste ich akzeptieren. Schließlich ist bei einer solch abstrakten Kunst wie der Musik alles möglich. Jeder Mensch stellt das Gehörte individuell auf seinen Geschmack und inneren Bedarf wie eine Beute ein, um das eigene Seelenleben zu alimentieren, zu kurieren oder einfach, um es Revue passieren zu lassen.

In den 24 Jahren meines Schuldienstes in Deutschland habe ich viel erlebt, Gutes, Schlechtes, Beeindruckendes, Hässliches, Nerven zerreißendes, Absurdes, aber auch Aufbauendes. Die Realität blieb jedoch, dass Musik als Schulfach sehr schwer zu unterrichten ist. Egal, mit welchem Engagement ich Schulstunden vorbereitete, und egal, welchen Schnickschnack ich als Beilage servierte, ob dies Notenbeispiele waren, Zitate, Anekdoten, eigene Erfahrungen, Bilder oder auf dem Klavier vorgespielte Themen, damit die Schüler auch im Zeitlupentempo hätten aufnehmen können, es half mir nicht viel.

Der heutigen Jugend Appetit auf klassische Musik zu machen, war kaum möglich, erst nicht Recht mit Werken schwererer Kost. Zwar versuchten die Armen, dem Unterricht in Ruhe zu folgen, dabei oft auch resignierend, aber in den Gesichtern konnte man lesen, dass sie mit bestimmten Musikrichtungen und Gattungen nichts zu tun haben wollten. Sie waren nur voll dabei, wenn es um Musicals ging oder eigene Referate über ihre eigenen Lieblingssänger/-innen und/oder Bands, die natürlich mit Klassik nichts zu tun hatten. In meinem Kampf fühlte ich mich oft wie Don Quixote, als er gegen Windmühlen kämpfte. Aber es war mein Job, der Lehrstoff war vorgegeben, und ich musste diesen durcharbeiten, ob es der Schülerschaft gefiel oder nicht. Man musste sich einfach möglichst schnell daran gewöhnen und das Desinteresse der Schüler ignorieren.

Sehr oft musste ich mir dann anhören, dass Musik ohnehin nur ein Nebenfach und für das Abitur völlig irrelevant sei. Einige Schüler verrieten mir auch, dass ihren Eltern die Musiknote völlig unwichtig war. Sie sollten danach nur in den Hauptfächern Gas geben, also Mathematik, Deutsch, Fremdsprachen. Solche Aussagen waren für mich als Musiklehrerin natürlich nicht gerade sehr aufbauend. Aber was sollte ich machen? Die Jahre bis zu meiner Pensionierung zählen?

Trotz aller dieser negativen Erlebnisse habe ich nie den Kampf aufgegeben, meinen Anvertrauten die klassische Musik schmackhaft zu machen. Dieser meiner Hartnäckigkeit hatte ich es aber zu verdanken, dass viele Schüler Mitglieder meines Chores wurden und dort die großen Werke mit Orchester mitsangen. Ich habe nun alle Konzertprogramme durchgesehen, in allen sind die Namen der Chorsänger aufgeführt, und kam dabei erstaunlicherweise auf eine Zahl von über sechzig Schülern/-innen, die in diesem Chor mitgesungen haben. Das war keineswegs der Schulchor, sondern der ganz private Chor, dessen Proben immer abends von 19:30 Uhr bis 22:00 Uhr dauerten. Auf diese Schüler bin ich sehr stolz.

Es stellte sich dann auch heraus, dass viele dieser Zehnt- und Elftklässler das Fach Musik in der Oberstufe als Abiturfach wählten. Durch das Singen, den intensiven, persönlichen Kontakt mit dieser Musik, wurde ihnen die Klassik greifbar. Noch heute habe ich mit einigen ehemaligen Schülerinnen und Schülern Kontakt, die an Musikhochschulen weiter studierten: Gesang, Instrument oder Musikwissenschaften. Sogar ein eigenes Jazzquartett wurde gegründet, das sich mit großem Erfolg einen guten Namen im In- wie auch im Ausland gemacht hat. Diese guten Nachrichten zeigen mir, dass meine Bemühungen zuletzt doch nicht nutzlos waren. Was meine Arbeit in der Schule betraf, dazu höre ich immer wieder die gleichen Beurteilungen: „Unsere Musiklehrerin war sehr streng und anspruchsvoll!" Mit dieser Aussage bin ich mehr als zufrieden.

Ein Mädchen der 8. Klasse, sehr guter Humor, immer gut gelaunt und fröhlich, aber etwas große Klappe, hatte immer schlechte Noten bei mir, da für sie Musik völlig unwichtig war. In meinem Unterricht wurde immer gesungen, egal ob die Schüler Lust hatten oder nicht. Mit dem Versprechen auf bessere Zeugnisnoten lockte ich dann zum Einzelsingen. Das oben erwähnte Mädchen hatte eine wirklich schlechte Zensur, sie stand auf der Kippe und brauchte unbedingt eine bessere Note im Zeugnis. Sie nahm all ihren Mut zusammen und sang mir das verlangte Lied vor. Sie sang, und mir blieb die Spucke weg, mit offenem Mund blieb ich stehen, so eine saubere und schöne Stimme hatte sie. Als ich sie sehr hoch lobte, lachte sie und wollte das alles nicht glauben.

Ich lud sie ein, zu meinem Chor zu kommen und dort mitzusingen. Sie kam und blieb, machte alle Großkonzerte mit und war auch dabei, als der Chor seine Reise nach Peru machte; sie blieb dort bis zu ihrem Abitur. Dafür wählte sie zwar nicht das Fach Musik, aber sie sagte dazu Folgendes: „Wenn ich vorher gewusst hätte, wie wundervoll die klassische Musik ist, hätte ich in den Schuljahren vorher mehr gelernt und keine blöden Bemerkungen über das Fach Musik gemacht."

Sie war innerlich so durcheinander und verspielt, dass sie bei der Abreise nach Peru ihren Reisepass zu Hause vergessen hatte. Das bemerkte sie aber erst im Flughafen Frankfurt, als wir bei der Alitalia eincheckten und dort die Abfertigung verweigert wurde. Sie rief ihren Vater an, der sofort den Pass griff und sich in sein Auto setzte und auf die fast 400 Kilometer lange Tour machte. Gottseidank hatte die Alitalia sehr große Verspätung, und so erhielt sie ihren Pass gerade noch rechtzeitig. In dem Moment der Passübergabe jubelten die fünfzig Chormitglieder laut. Auch das Flughafenpersonal und die anderen wartenden Fluggäste wussten inzwischen, dass das rothaarige Mädchen ohne Pass dagestanden hatte und jubelten dann mit uns.

Langsam aufziehendes Unglück

Die Firma meines Mannes hatte schon manchen Stolperstein überstanden, aber die Konjunktur ließ nach und die schlechte Zahlungsmoral vieler Kunden nahm zu. Detailliert kann ich hierzu nicht viel sagen, da ich zu wenig über die ganzen Firmenzusammenhänge weiß. Meine stärkste Erinnerung jedoch liegt mir noch heute im Magen. Eines Morgens, noch sehr früh, mein Mann war schon zu Baustellen unterwegs, erklang der Gong vom Hauseingang, ich öffnete, und es standen fünf bewaffnete Polizisten in Uniform vor der Tür. Sie drängten mich sofort zurück und traten ein, sie wollten das Arbeitszimmer meines Mannes durchsuchen.

Es kann sein, dass sie mir ein amtliches Papier vorwiesen, doch wenn das geschah, dann habe ich das in meiner verständlichen Aufregung gar nicht richtig registriert, auch nicht, ob ich in diesem Zuge über meine Rechte informiert wurde. Ich griff als erstes zum Telefon, um meinen Mann anzurufen und ihn über die Geschehnisse zu informieren. Eine dieser „Autoritäten" verbot mir dies jedoch, ich solle mich stattdessen in das Wohnzimmer setzen und dort abwarten. Ich verstand nur, dass sie alle Akten und den Computer beschlagnahmen und mitnehmen wollten. Die in mir aufgekommene Nervosität verursachte einen starken Drang zur Toilette, das wurde mir dann unter Aufsicht erlaubt! Die Toilettentür musste weit offen bleiben und eine Polizistin platzierte sich quer vor der Tür. Mir ging die Lust zur Erleichterung sehr schnell verloren. Verdammte Allmacht, was sollte ich in dieser „Scheißsituation" tun?

Allein mein Mann hätte Auskünfte geben können, aber ich durfte ja nicht einmal mit ihm telefonieren. Nachdem sie alles in ihren Fahrzeugen, immerhin zwei Zivilfahrzeugen und einem Dienstwagen, verstaut hatten und ich vor Wut und Ohnmacht in heftiges Weinen und Schluchzen verfallen war, riefen sie dann meinen Mann an und informierten ihn über ihren „Dienstauftrag".

Diese ganze abgelaufene Szene erinnerte mich sehr stark an die Uniformierten in meiner damals noch sozialistischen Heimat Ungarn und deren uneingeschränkten Machtbefugnisse. In meinen entferntesten Träumen hätte ich nie gedacht, dass so etwas auch im demokratischen Musterland Bundesrepublik Deutschland möglich war. Das Haus war auch mein Haus, und wenn etwas gegen meinen Mann vorlag, dann hätten sie kommen sollen, wenn er selbst vor Ort war und nicht mich so erniedrigen. Mein Mann war auch sofort auf schnellstem Wege gekommen, er hatte inzwischen Informationen darüber, dass der Bedienstete einer Baubehörde Anzeige wegen verbotener Preisabsprachen erstattet hatte.

In der ganzen Stadt waren Privatwohnungen der Firmeninhaber und auch die Betriebe selbst von der Polizei besucht worden. Dort waren jeweils zwei Zivilbeamte erschienen und hatten in aller Form und Höflichkeit alles geregelt. Nur im benachbarten Landkreis, in welchem wir nun einmal wohnten, wurde dieser Staatsakt so formell durchgezogen. Nachdem mein Mann unseren Beamten sofort erklärt hatte, dass er seinen Anwalt informieren würde, Anzeige erstatten, Schadensersatzansprüche wegen des beschlagnahmten Computers und seiner damit unmöglich gemachten weiteren Arbeit anmelden würde, knickte man ein. Es wurde ein „Computerfachmann" von der Polizeihauptwache gerufen, der sich den Computerinhalt ansah, wohl einige Dateien herunterlud, und dann war alles erledigt. Es war offensichtlich, dass die Beamten überhaupt keine Ahnung hatten, wonach sie suchen sollten, sie hatten einfach alles, was mit der Firma zu tun hatte, eingepackt.

Mein Mann hatte versucht, mich zu beruhigen, er hatte mit diesen Dingen gar nichts zu tun, aber den entstandenen Schaden in meiner Seele konnte er nicht beheben. Die ganze Nachbarschaft guckte uns sehr eigenartig an, ich kam mir vor wie eine Verbrecherbraut, einige blieben aber still und nett. Was hätte ich tun sollen? Alle Nachbarn einzeln anrufen und unsere Sauberkeit beschwören?

Gute sechs Wochen danach kam einer der zivilen Polizisten und brachte die beschlagnahmten Akten mit, immerhin entschuldigte er sich für die ganze Aktion und die wohl völlig überzogenen amtlichen Aktivitäten. Ich begann dabei wieder zu weinen und machte dem Beamten klar, was ich nun von diesem freien, schönen, reichen und selbstbewussten Deutschland halte. Genau so viel wie von Ungarn, nämlich nichts mehr. Auch jetzt, fast 20 Jahre später, sind diese Wunden noch immer nicht verheilt. Baulöwen, die ihre Kunden an der Nase herumführen und Milliarden damit ergaunern oder Fußballgrößen, die Millionen an der Steuer vorbeimogeln, werden offensichtlich nicht so behandelt wie der kleine Bürger. Echte Demokratie hatte ich mir anders vorgestellt! Aber ich, das kleine Wesen aus Osteuropa, musste sich durch solch eine Aktion einschüchtern lassen; nur wegen einer Vermutung eines Verdachtes gegen meinen Mann! Bestimmte Dinge kann man nie wieder gut machen und dieses war ein solches Ding.

Es ist ja bekannt, dass in armen Ländern viel Alkohol getrunken wird, um die dortigen Schwierigkeiten zu vergessen oder besser zu überstehen. Auch in reichen Ländern, wie z. B. Deutschland, wird viel Alkohol getrunken; das gehört wohl hier zum Wohlstand. Leider begann nun mein Mann immer mehr zu trinken. Ich nahm an, dass dieses eine Reaktion auf die Hausdurchsuchung sei. Mir kamen wieder einmal die Tränen, und ich zog mich zunehmend aus dem gesellschaftlichen Leben zurück. Leider folgte mir mein Mann in dieser Hinsicht nicht.

Diese Probleme und auch der Tod meiner Mutter führten bei mir zu massiven gesundheitlichen Problemen. Aufgrund einer rezidivierenden Infektion, die kurz nach meiner Übersiedlung nach Deutschland aufgetaucht war und mich dann auch ständig begleitete, musste ich konstant Antibiotika zu mir nehmen. Das führte schließlich auch dazu, dass sich meine Abwehrkräfte immer mehr verringerten, die Infektionserkrankungen nahmen zu. Mein Immunsystem wurde so systematisch zerstört.

Mein Mann verfiel immer mehr dem Alkohol. Seine Firma war nicht mehr zu retten. Ein großes Bauvorhaben, Auftraggeber ein großes Industrieunternehmen, wurde mit einem Riesenverlust abgeschlossen, die Hausbank war auch bereit, das mit Krediten zu überbrücken, und die Rückzahlungen waren wohl auch schon zu mehr als 65 Prozent erfolgt, aber dann kam Basel II (Basel I und II. Die Banken führten neue, verschärfte Sicherheiten bei Krediten an kleine und mittlere Unternehmen ein. Wie heute noch, wer Geld hat bekommt Kredit! Die aktuellen Bankenzusammenbrüche zeigen, dass im „eigenen" Haus ganz offensichtlich nicht nach diesen Kriterien gearbeitet wurde.) Die nette, langjährige Hausbank verlangte auf einmal die Rückzahlung der restlichen Schuldsumme innerhalb von drei Monaten. Das gelang wohl noch gerade soeben, aber das ging dann zu Lasten der laufenden Verbindlichkeiten, und da waren die Lieferanten dann nicht bereit, längerfristige Zahlungsvereinbarungen zu akzeptieren. Somit musste die Firma nach dreißig Jahren in Insolvenz gehen.

Mein Mann gründete anschließend eine neue, kleinere Firma, aber auch diese war nach wenigen Jahren insolvent. Ein Generalunternehmer musste wohl seine eigene Fehlkalkulation damit finanzieren. Es war alles verloren. Ein böses Ende für eine ehemals gutfunktionierende, mittelständische Handwerksfirma. Insofern war es wohl kein Wunder, wenn jemand als letzten Ausweg den Alkohol sucht und findet. Ich will damit diese fürchterliche Sucht nicht schön reden, zumal diese meist die inneren Organe zerstört, in diesem Fall sogar die meinen.

Mein Mann trank niemals vor 18 Uhr, der Tag war ihm heilig. Mit allen Mitteln versuchte er, wieder auf die Beine zu kommen, es gelang ihm einfach nicht. Doch immer um 18 Uhr wurde der Stress beiseitegeschoben. Er kam nach Hause, musste noch einmal vieles überdenken, und nun begann die Stressverarbeitung. Noch vor dem Abendbrot betäubte er sich mit einem ersten Schuss Alkohol und hörte damit bis zum Schlafengehen nicht mehr auf. Auf nüchternen Magen, vor dem Essen wirkte der Alkohol besonders stark. Sein ganzes Gesicht und der ganze Kopf wurden dunkelrot. Jegliche Gegenrede bei Unterhaltungen provozierte bei ihm Aggressionen und Unmut. Diese Anspannung ging so bis 22-23 Uhr, und wenn ich Glück hatte, schlief er in seinem Rausch dann schon auf dem Sofa und schnarchte laut. Damit war für mich auch kein Fernsehprogramm genießbar.

Am schlimmsten waren die Nächte, das Schlafzimmer roch furchtbar. Es war nicht nur der säuerliche Alkohol, der aus seinem Mund kam, sondern der ganze, halbgegorene Mageninhalt wurde herausgeatmet. Ich wechselte immer wieder die Schlafhaltung in die andere Richtung, um diesen Geruch nicht einatmen zu müssen, nur das laute Schnarchen hielt an bis zum Wecken. Nach zwei Stunden Schlaf begann der Zucker aus dem Alkohol zu wirken, und das raubte ihm dann oft den Schlaf. Dagegen nahm er oft Schlaftabletten. Er wollte aber nicht einsehen, dass all diese Leiden nur seiner Sucht zu verdanken waren.

Schlaftabletten und Alkohol! Es wissen ja fast alle Menschen, dass diese Kombination sehr gefährlich ist. Aber mein Mann wollte dieses nicht wahrhaben. Hauptsache, er bekam jeden Abend seine Ration Rauschmittel. Wie oft habe ich geweint, laut geschimpft, mit Scheidung gedroht, ihn zum Teufel geschickt. Ich wollte anfangs diese Pein nicht offenlegen, mit niemandem darüber sprechen. Ich schämte mich, dass mein Mann nun Alkoholiker war und versuchte, alles zu vertuschen. Einladungen folgten wir ohnehin nicht sehr oft, da ich ja wusste, dass er sich nicht bremsen konnte und sich dann vor der gesamten Gesellschaft rechthaberisch verhalten würde. Er diskutierte dann lautstark und wusste alles besser, attackierte normale Anwesende und redete Unsinn.

Ich war schon ziemlich am Ende, nach jahrelanger Quälerei und immer allein damit, rief meine Schwägerin an und vertraute sie mit der Situation. Sie hatte so etwas geahnt, aber nie ein Wort darüber gesagt. Ich bat sie darum, mir zu helfen, weil ich keinen Ausweg mehr sah. Sie meinte, dies sei nicht ihr Problem, das müssten Eheleute unter sich lösen! Sie war nicht bereit, mit ihrem Bruder darüber zu sprechen. Ihre Reaktion war dann Anlass für mich, dass ich mich aus der Familie zurückzog und alle Familienzusammenkünfte möglichst vermied, alle gemeinsamen Essen oder Feiern.

Der Horror ging lange Jahre weiter, ich bekam immer mehr gesundheitliche Probleme, massive Magenbeschwerden, Magenkrämpfe und Verdauungsprobleme. Ich musste auch jeden Abend Schlaftabletten schlucken, damit ich überhaupt ein wenig Ruhe fand, um am kommenden Tag meinen Schuldienst zu absolvieren. Dann am nächsten Tag wieder das Warten auf Erniedrigungen, Aggressionen, Gerüche und lautes Schnarchen. Irgendwann war ich am Ende; ich hatte keine Kraft mehr, lag den ganzen Tag auf dem Sofa und schwieg. Ich wurde auch mal krankgeschrieben und landete wegen mittelschwerer Depressionen bei einem Psychotherapeuten. Drei Jahre lang bekam ich dort intensive Behandlungen. Mindestens halfen mir diese insofern, als dass ich dort über meine Probleme sprechen konnte und mich damit seelisch erleichterte.

Meinen Schuldienst musste ich weiterhin versehen, konnte jedoch nun mithilfe der in der Therapie gelernten Techniken den leider gleich bleibenden Problemen entgegenwirken. Ich rief sogar einmal die jüngste leibliche Tochter meines Mannes an, mit der ich sehr guten Kontakt hatte, und vertraute ihr alles über seine Sucht an. Sie war auch sofort bereit, darüber mit ihrem Vater zu sprechen und dabei Klartext zu reden. Das darauf folgende Gespräch unter sechs Augen half dann tatsächlich ein bisschen. Er reduzierte seinen Weinkonsum etwas, leider nur eine begrenzte Zeit lang. Statt Wein begann er dann Bier zu trinken.

In dieser Zeit meldete sich auch mein ältester Sohn aus Ungarn mal wieder telefonisch und berichtete mir, dass er an Hepatitis erkrankt sei und im Krankenhaus liege, seine Hautfarbe war nach seinen Schilderungen sehr gelb, schon fast grün. Am folgenden Wochenende fuhren wir sofort mit dem Auto nach Budapest und besuchten ihn gleich als erstes. Er sah sehr schlecht aus. Das Gespräch mit dem behandelnden Arzt über den Zustand meines Sohnes ergab, dass sein Gallengang völlig verstopft war und immer wieder Stents eingesetzt und regelmäßig ersetzt wurden. Nach seiner „Genesung" durfte er das Krankenhaus verlassen. Er konnte aber nicht mehr arbeiten, er war völlig entkräftet.

Der Arzt hatte noch etwas in seiner Leber gefunden, wovon aber noch nicht feststand, was es sein konnte. Einige Monate später stand fest, dass er Magenkrebs hatte. Er wurde zwar einmal operiert, aufgeschnitten und wieder zugenäht, aber es war nichts mehr zu machen. Diese Nachricht war dann natürlich Anlass, sofort wieder nach Ungarn zu fahren und uns dort mit dieser schrecklichen Realität zu konfrontieren. Nun sah die Lage für mich so aus: ich hier in Deutschland, er todkrank in Ungarn! Ich wollte ihn nach Deutschland holen, aber er lehnte das ab. Sein Arzt habe ihm gesagt, dass er keinerlei Verantwortung mehr für den Krankheitsverlauf übernehmen könne, wenn er jetzt das Land verlasse und damit auch die Therapie bei ihm beende.

Nach diesem Treffen mit meinem Sohn begannen dann auch bei mir im ganzen Körper fürchterliche Schmerzen. Ich konnte mich kaum noch bewegen. Der Hausarzt schickte mich von einem Spezialisten zum anderen, vom Orthopäden zum Internisten und so weiter. Aus eigener Initiative begann ich alles anzuwenden, was Heilung versprach: Homöopathie, Heilpraktiken, Handauflegen und sonstige Alternativen, einfach alles, was mir im Bekanntenkreis empfohlen wurde. Aber nichts half. Auch nicht die wöchentliche Schmerztherapie mit hoch dosiertem Kortison, nicht die Ibuprofen 600 täglich, einfach nichts.

Ich konnte meine Glieder nicht mehr bewegen. Mein Mann musste mich abends ausziehen und morgens wieder anziehen. Die Schmerzen lähmten mich total. So war ich dann sechs Monate ohne irgendeine Diagnose krankgeschrieben, bis ich schließlich Hilfe von einer Kollegin bekam. Sie organisierte für mich einen Termin beim Chefarzt einer Rheumaklinik. Er diagnostizierte innerhalb von zwanzig Minuten entzündliches Rheuma. Den lateinischen Fachbegriff habe ich vergessen. Nach dieser Diagnose kam ich sehr schnell in eine Rehabilitationsklinik, insbesondere wegen meiner Depressionen. Hier wurde ich nun stark medikamentös behandelt, allerdings mit anderen „Wundermitteln", und meine Schmerzen verschwanden tatsächlich von Stunde zu Stunde mehr. Meine Mit-Kranken und ich mussten viel Sport treiben, Nordic Walking, Schwimmen, Wassergymnastik, Handarbeiten, meditative Tänze und Gruppensitzungen durchführen und uns gegen das „Böse" wappnen. So wurde ich wieder einigermaßen auf die Beine gestellt, leider nur vorübergehend.

Bei meinem Sohn hatte sich inzwischen auch eine Chemotherapie als aussichtslos herausgestellt. Wir wussten, der Kampf gegen den Krebs war verloren. So fuhren wir nun des Öfteren nach Ungarn, um meinen Sohn zu besuchen. Er wurde von Mal zu Mal immer dünner, sein Magen behielt keine Lebensmittel mehr in sich, und er übergab sich ständig, indem er den Brechreiz selbst hervorrief. Aber das erleichterte ihn ein wenig. Voll mit diesen grässlichen Bildern kam ich dann zurück nach Deutschland und musste durchhalten bis zum nächsten Wochenendbesuch.

Aufgrund meiner eigenen Erkrankung entschloss ich mich schweren Herzens, die Leitung über den von mir gegründeten, großen gemischten Chor, mit dem ich in den zurückliegenden 21 Jahren die schönsten und großartigsten Konzerte gestaltet hatte, abzugeben. Ich hatte einen Chorleiter gefunden, den ich nach mehrfachen Besuchen seiner Konzerte und Ansehen seiner Dirigate so einschätzte, dass er ein ähnliches Temperament und gleiche Zielstrebigkeit wie ich besaß. Er war und ist Kirchenmusiker und begleitete auf der Orgel eines meiner Konzerte. Dabei tauschten wir unsere Meinungen über das örtliche Musikkulturleben aus und fanden dabei große Übereinstimmungen.

Ich sprach ihn also auf das Thema Chorleitung an. Er konnte sich das sehr gut vorstellen, und so waren wir uns schnell darüber einig, dass er meinen Chor übernehmen würde. Nach einigen Jahren, die seither verstrichen sind, gibt es im Grunde nur einen Punkt, der nicht so ganz in meinem Sinne und dem des Chores ist. Der Chor war es gewohnt, dass sehr viele a-cappella-Werke von mir einstudiert wurden, das ganze Repertoire teilte sich bei mir hälftig in a-cappella und Chorsinfonik. Der neue Chorleiter bevorzugt aber aufgrund seiner Ausbildung als Kirchenmusiker geistliche Werke mit Orgel- oder/und Orchesterbegleitung oder gar kammermusikalischer Begleitung. Der Chor wünscht sich nun natürlich sehnlichst einmal wieder a-cappella-Konzerte mit weltlichem Repertoire, leider wohl vergeblich.

Den Äußerungen einiger Chormitglieder nach gibt es ein zweites großes Problem. Obwohl die Konzerttermine schon ein Jahr vorher feststehen, fühlen sich viele noch unsicher, schwimmen und beherrschen ihren Part nicht. Klar, eine Orchesterbegleitung ist gnädig, Unsicherheiten gehen im Gesamtklang unter. So etwas war allerdings für mich niemals ein Trost oder Fluchtweg gewesen. Ich hatte immer eine längere Zeit, mindestens 4-5 Monate mit dem Chor gearbeitet, und erst dann hatte ich die Sicherheit, dass die Qualität des Chorgesangs optimal war. Dann suchte ich das Orchester, den Konzertsaal, die Solisten und den Termin der Aufführung. Natürlich liefen während der Chorproben schon Vorplanungen. Das geht jetzt wohl alles nur noch nach Terminkalender mit der dann folgenden Hektik.

Aber Kunst und Hektik? Es verträgt sich nicht, wenn Druck und Nervosität das Ganze beherrschen. Bei mir ist hier ein Reifeprozess notwendig, wie bei der Geburt eines Kindes; dies ist bei mir ein absolutes Muss. Im anderen Fall gibt es „Krankheiten" und „unausgereifte Glieder", „Deformationen" und „Schwächen", die gerade in der Musik auffallen und wehtun. Ein Profichor schafft es sicher, nach Kalender zu arbeiten, bei Laienchören mag es zumutbar sein, wenn sich der Chorleiter damit abfinden kann, auf Dauer empfehlenswert ist so etwas aber sicher nicht. Aber so arbeitet nun mein ehemaliger Chor bis heute mit meinem Nachfolger und gibt jährlich 1-2 Konzerte, fast immer geistliche, chorsinfonische Werke. Der Klang des Chores gefällt mir nicht mehr, weil alle zu sehr mit der Technik der Aufführung und der Bewältigung ihrer Stimmpartien beschäftigt sind und sie selbst das Ganze nicht mehr genießen können. Im Gesicht der Menschen ist der Genuss eines guten Essens genauso sichtbar, wie der Genuss des Klanges bei der Musik.

Nun muss ich einen Punkt anführen, den ich als Chorleiterin sicher ganz anders interpretiere, als dies die Chorsänger empfinden, und zwar den so genannten Spaßfaktor. Viele Chormitglieder warfen und werfen mir heute noch vor, ich sei in den Proben zu streng und lasse immer wieder bestimmte Passagen zu oft wiederholen. Sie sagen, dass es ihnen keinen Spaß macht! Aber ich lasse nicht locker und übe so lange weiter, bis alles meinen Vorstellungen entspricht. Nur dadurch werden schwierige Passagen sicher, ohne ein Gefühl von Seiltanz, und es wird die Leichtigkeit der Interpretation gewährleistet. Gibt es etwas Schöneres als entspannte Gesichter und Körper bei der Gestaltung von schweren Aufgaben? Das fühlt auch das Publikum, die Zuschauer, die Zuhörer und deine Kunst wird großartig und wirkungsvoll.

Dies ist für mich der Moment des Spaßes, nicht aber in den Proben herumblödeln und die Zeit vertreiben. Offensichtlich ist dieses Wort Spaß in der jetzigen Gesellschaft schon so etabliert, weil die Menschen sich einfach nach Gemütlichkeit sehnen, nach Leichtigkeit, Spiel und eben Spaß. Die ständig neuen Arbeitsaufgaben, der Arbeitsaufwand, die Erwartungen und Belastungen im Berufsleben müssen wie selbstverständlich abgearbeitet werden, da ist kein Platz mehr für Spaß.

Für mich gelten aber in der Kunst ebenso ernsthafte Regeln wie auf der Arbeitsstelle, wo ich mein Geld verdiene, um meine Familie zu ernähren und wo ich unter der moralischen Verpflichtung stehe, meine Aufgaben nach bestem Gewissen zu erfüllen. Auch die Kunst, egal welcher Richtung, hat große Wirkung auf unser Leben, unsere Zufriedenheit – aber sie beeinflusst auch unseren Ärger. Es gibt ja daher auch Künstler, die ihre eigene Arbeit nicht ganz ernst nehmen. Sie stellen irgendwelchen Hokuspokus hin, mal mittelmäßig, mal schlecht, und damit verderben sie den Geschmack Einzelner noch mehr, als dieser schon ist. Es gibt wie für Alles auch hierfür ein Sprichwort: „Man kann jeden Schrott verkaufen, wenn er schön eingepackt ist. Es steht jeden Morgen ein Dummer auf, man muss ihn nur finden!" Es wäre so schön, wenn man diese „Kunst" ausschließen könnte, um damit keine weiteren Menschen zu verderben. Aber was verlange ich hier so vehement? Vielleicht sollte ich das Philosophieren darüber lassen, wo doch „Jeder Mensch nach seiner Fasson selig werden darf"!

Diese verdammte Neigung zur Perfektion hat mein ganzes Leben bestimmt. Aber ich fühle mich darin am wohlsten. Ich darf einfach nicht verlangen, dass Menschen mit schlechtem Geschmack ihre Ausrichtung verbessern müssen. Ich muss akzeptieren, dass Menschen selig sein können mit Gewalt verherrlichender Musik, mit Gartenzwergen im Vorgarten in Sexposition oder Pornoseiten auf ihrem Computer. Trotzdem stört mich solcher Mist gewaltig. Und das könnte man doch auch verbieten! Oder?

Doch nun halt, kein Perfektionismus mehr. Ich sollte meine Tage gemütlich und angenehm verbringen, ohne Hektik und ohne Egoismus, so dass mich die Probleme dieser Welt nicht mehr so sehr wie bisher berühren. Ich sollte meine Augen und Ohren verschließen vor den Problemen dieser Welt, dass diese mich nicht mehr berühren, und ich sollte nicht die Welt verbessern wollen. Aber ist diese letzte Alternative gerecht, ist sie menschenwürdig? Würde ich damit gesünder und glücklicher?

Dies habe ich nie gemeistert und dafür musste ich teuer bezahlen.

II.
Albträume einer Komapatientin

„Tod, wo ist dein Stachel? Hölle, wo ist dein Sieg?"
Paulus 1. Brief an die Korinther (15,55)

Der Tag des Abtauchens

Es ist später Abend. Mein Mann liegt im Bett; wir müssen am nächsten Tag früh aufstehen, dienstags beginnt die Arbeit sehr früh. Ich bin ein Nachtschwärmer, mag abends länger aufbleiben. Mir kommen dann gute Ideen, die Zusammenfassung des vergangenen Tages, die Planung des nächsten Tages und der Tage danach; immer zu nächtlicher Stunde beginnt das alles im meinem Kopf zu kreisen. An diesem Abend aber spüre ich eine innere Unruhe, eine Angst, eine Müdigkeit. Wir kamen vor zwei Tagen von einem Wochenendkurzbesuch aus dem Ausland zurück. Mein Sohn liegt dort in Ungarn todkrank mit einem Krebstumor im Krankenhaus. Freitagnachmittag nach der Arbeit in das Auto setzen, 11-12 Stunden Fahrt; Ankunft in der Nacht; Samstag Krankenbesuch und Tröstung; Sonntagmorgen zurück nach Deutschland, nun 12-13 Stunden Autobahn; Montag früh wieder arbeiten! Und dann immer so weiter!

Wie viel kann ein Mensch leisten? Sehr viel. Mehr, als jeder denken kann. Nicht nur Gesunde, auch Kranke können Übermenschliches leisten.

So gegen 22:30 Uhr gehe ich duschen, und ich spüre erste Warnsignale, doch noch unerklärlich. Meine Zehen kribbeln und werden taub. Ich vermute, dass das Wasser zu heiß war; es wird schon wieder gut werden. Ich gehe in das Bett, möchte schlafen, kann aber nicht. Eine Stunde später möchte ich nochmals in das Badezimmer, habe aber keine Kraft mehr, kann kaum stehen. Ich mache meinen Mann wach und sage ihm, dass ich sofort in ein Krankenhaus muss. Ich breche zusammen. Er hilft mir beim Anziehen, setzt mich in das Auto und fährt in das nächstgelegene Krankenhaus.

Dort in der Notaufnahme erzähle ich meine Symptome und werde sofort ohne Narkose einer Lumbalpunktion unterzogen. Ich erinnere mich noch, dass mich ein junger Arzt fragte, ob ich wüsste, was eine Lumbalpunktion sei. Ich antwortete „Ja!", denn mit 27 Jahren hatte ich eine Meningoencephalitis viral und erlebte meine erste Lumbalpunktion.

Danach wollte ich zur Toilette und nach allem, was ich dann später erfuhr, brach ich dort zusammen. Von diesem Moment an erinnere ich mich an nichts mehr.

Meinem Mann wurde nach 1 ½ Tagen im Krankenhaus erklärt, welche Krankheit ich haben könnte, und dass ich wegen dieses Verdachts in ein anderes Krankenhaus verlegt wurde. Dort lieferte man mich sofort in die neurologische Abteilung ein und versetzte mich nach schriftlicher Zustimmung meines Mannes für 3 Wochen in ein künstliches Koma. In diesen 3 Wochen konnte ich dank des Betäubungsmittels Propofol in die Unterwelt abtauchen. Es handelt sich dabei übrigens um das gleiche Mittel, welches bei dem Musiker Michael Jackson wahrscheinlich zum Tode geführt hat.

Nun erlebte ich die schlimmsten Albträume, die mich heute noch verfolgen und quälen.

Vor dem obersten Gericht der Hölle

Eine riesige Halle in undefinierbarer Größe, die hohen Wände lassen sich nur erahnen, alles ist in dunkelgrauen, fast schwarzen Nebel gehüllt. Länglich nebeneinander gestellt, wie schlichte Bürotische, stehen Tische im Zentrum der Halle und an jedem davon sitzt ein Todeskandidat. Die Gesichter kann ich weder sehen noch erkennen, sie sind sämtlich geschlechtslos, in sich zusammengesackt in Aussichtslosigkeit und Stille.

Vor mir, besser: vor uns, steht eine weitere Reihe von Tischen, an ihnen sitzen ein Paar Teufel in Menschengestalt; fast alle jung und kräftig, böse, angriffslustig und siegessicher. Jeder befragt einen Todeskandidaten. Meiner stellt mir viele Fragen; ob ich diese oder jene Tat begangen habe. So lange ich mit einem klaren Nein antworte, habe ich die Chance weiter zu leben. Stundenlang, tagelang werden diese Fragen gestellt; immer wieder die gleichen und so muss ich aufpassen, dass ich nicht vor Müdigkeit einschlafe und dann mit den Verneinungen aufhöre. Er sagt mir, dass es nun

Nacht wird, und die wenigen Lichter werden ausgeschaltet. Aber er sagt außerdem, dass ich auch ohne Fragestellung die Verneinungen nicht beenden dürfe, sonst werde ich hingerichtet.

Ich wiederhole dieses Wort tausend, zehntausend, hunderttausend, Millionen Male, wie ein lebloser Roboter; die Mundmuskulatur schmerzt, das Gesicht verzerrt sich; mal wird die Wiederholung lauter, dann wieder leiser (crescendo, decrescendo); mal schneller, dann langsamer (accelerando, ritardando); aber es hört nie auf, ähnlich die Trommelschläge in Ravels „Bolero".

Ich bin zuversichtlich, dass ich denen zeigen kann, wie stur und stark ich bin, und dass mich keiner besiegen kann. Auch meine Müdigkeit erreicht ihre Grenzen. Aber es kommt dann der Moment, wo ich denke, die Sense wird mich erreichen und erledigen. Da plötzlich erscheint mein Mann in Form eines Schattens, niemand außer mir kann ihn sehen oder hören. Mein Herz bleibt fast stehen vor Furcht, er könnte aufgespürt werden. Er aber bleibt ganz ruhig und nähert sich mir mit langsamen Schritten. An meiner rechten Seite bleibt er stehen und flüstert mir zu: „Ich bin bei dir, dir wird nichts geschehen". Diese Prozedur wiederholt sich noch viele Male.

Mein Mund ist so trocken von dem ständigen „Nein", ich will fast den Kampf gegen diese Teufelsbrigade aufgeben, damit diese Tortur endet, um einer anderen Tortur zu weichen.

Die Geburt und das Abschlachten des Osterlämmchens

Neben mir, nicht weit weg von meinem Krankenbett, höre ich merkwürdige Geräusche. Sie hören sich an, als würde eine Frau stöhnen bei der Geburt von Mehrlingen. Dann plötzlich Stille, das Stöhnen hat aufgehört, und dann ein undefinierbares Jammern in hoher Stimmlage: etwas bekundet seine Ankunft auf dieser Welt.

Es kommt eine Krankenschwester, sie öffnet einen leeren Kleiderschrank und schneidet rhythmisch, wie mit einer Schere, etwas Hartes. Als das Geräusch aufhört, schließt sie den Schrank.

Ich versuche weiter zu schlafen, aber das Stöhnen beginnt erneut; dann das Jammern des kleinen Lebewesens, das Eintreten der Krankenschwester, das Schneiden von etwas Hartem mit der Schere, das Verschließen des

Kleiderschrankes.

Ich werde neugierig, welche Teufel in dieser Nacht in den Schrank gesperrt werden; bin unfähig einzuschlafen und lauere mit größter Aufmerksamkeit auf alle Geräusche; am Ende erreichen mein Ohr noch sehr leise Sätze der Krankenschwester. In diesem Schrank hat eine Schafmutter ihren Nachwuchs geboren, und die Krankenschwester hat sofort die Pfoten der Lämmchen beschnitten für das richtige Outfit zur Schlachtung zum Osterfest.

Die Krankenschwester sagt, dass noch mehr Lämmchen benötigt werden, da sonst einige der Kollegen ohne Osteropfer blieben.

Ich bin wütend und gleichzeitig traurig über den sicheren Tod dieser süßen, kuscheligen Neugeborenen, aber ich kann nichts dagegen tun. Am liebsten würde ich den Kleiderschrank öffnen und allen darin in die Freiheit bringen, damit die Schafmama glücklich wird über ihren Familienzuwachs. Welch trauriges Schicksal! Meine Chancen, am Leben zu bleiben, sind allemal besser als die dieser armen Tiere.

Am nächsten Tag bekomme ich Besuch von zwei weiblichen Familienangehörigen. Mein Bett ist irgendwo anders gelandet in einem riesigen, wartesaalähnlichen Ort mit anderen, mir unbekannten Patienten in deren Betten. Also ein Salon, als Abwechslung für die Patienten.

Hier will ich meinen Besucherinnen von meinen nächtlichen Erfahrungen berichten; aber wie bitte? Ich habe keinen Ton, nur meine Lippen bewegen sich in der Hoffnung, dass von dort die Wörter ablesbar sind. Ich zeige mit meinen schwachen Armen nach rechts, wo doch der Kleiderschrank steht: „Ihr müsst es aufmachen und die armen Tiere befreien". Aber ich sehe nur fragende und verständnislose Gesichter und höre die Antwort: „Da ist ein Garten mit Bäumen". Warum sind sie so stur und völlig uninteressiert, mich zu verstehen? Ich bewege doch meine Lippen schon deutlich und korrekt, klar genug um mich zu verstehen.

Die Welt hat mich verlassen!
Aber ich lebe immer noch!

Der Umzug in ein anderes Krankenhaus und der neue Bettnachbar

Wir werden unterrichtet, dass alle Kranken umgesiedelt werden. Begründung: Dort sind bessere Untersuchungen und Versorgung gewährleistet.

Alle Kranken werden in ihren Betten von Pflegepersonal durch die Straßen, Wiesen und Wälder gezogen, vorbei an Häusern, über Autobahnen in kilometerlangen Schlangen. Das finde ich schöner als im meinem Krankenzimmer auf der Intensivstation. Ich bin unter freiem Himmel, ich sehe die blaue, von Schäfchenwolken hier und dort bedeckte Unendlichkeit, die Sonne und spüre deren Wärme in meinem Körper, will aufspringen, kann mich aber nicht bewegen.

Immer wieder baut sich ein riesiger Stau mit Krankenbetten auf. Die Ankunft in den verschiedenen Abteilungen ist wohl problematisch. Die Abteilungen des neuen Krankenhauses sind teilweise gar keine Häuser, wie sich erweist, sondern Gartenabschnitte mit Zäunen. Die Patienten werden auch oft von den entferntesten Stellen aus der Warteschlange gerufen, und alle Betten müssen dann Platz machen, um diese vorbei zu lassen. Irgendwann komme auch ich an und bin auf meinem Platz. Ich glaube, ich war nur mit einem Mann gemeinsam in dieser „Gartenabteilung" als Krankenzimmer. Die Luft ist frisch, aber schwül und schwer, wie beim Urlaub in der Karibik oder einer anderen tropischen Gegend.

Mein neuer Bettnachbar, ein alter Weltumsegler, noch nicht lange verheiratet mit einer jungen Frau, hatte seine Hochzeit auf seinem eigenen, luxuriösen Schiff gefeiert. Seine Frau durfte neben ihm auf einer schmalen Gartenbank schlafen und ihn Tag und Nacht begleiten. Eine angenehme Person, immer freundlich, immer lächelnden ständigen Kontakt mit den Ärzten, um zu erfahren, wann ihr Mann gesundheitlich so weit wäre, sein Schiff zu besteigen und weiter um die Welt zu segeln. Wenn ich mich recht erinnere, hatten sie zwei Kinder, und mein Nachbar wollte als Vater die Erlebniswelt seiner Kinder nicht schmälern. Er antwortete daher auf alle Fragen der Ärzte und des Personals immer sorglos und positiv. Er wollte weg von hier, auf die See, in die Freiheit; aber sein Gesundheitszustand wurde immer schlechter, sein Gemüt immer verwirrter. Er ist schließlich geflohen und mit seiner Familie weitergesegelt.

Das Ärzteteam hat auf der ganzen Welt, in jedem Hafen die Nachricht hinterlassen, dass man dort bei Ankunft des Patienten diesen sofort untersuchen und mit den notwendigen Medikamenten versorgen solle. Wie sein Leben weiter ging, habe ich nie erfahren. Er sehnte sich nach Freiheit und Natur, nach Familienwärme, aber sein Herz war schwach. Er konnte laufen und daher fliehen. Ich hätte so gern mit ihm die Freiheit seines Schiffes gesucht, aber ich konnte mich nicht bewegen. Mir blieb nur eine Möglichkeit, mit meinem Taschengeld den kahl geschorenen Krankenpfleger zu bestechen, um mit mir jeden Tag physiotherapeutische Übungen zu machen. Zuerst weigerte er sich, aber dann knetete er mich einige Male durch.

Später gestand er mir, dass er gar kein Physiotherapeut sei, aber als er meine Verzweiflung und meinen Wunsch nach Genesung sah, da sei er meinem Wunsch nachgekommen. Er hat mir mindestens das Gefühl gegeben, ernst genommen zu werden.

Kriegsausbruch

Krieg ist ausgebrochen. Wie und wo, das weiß ich nicht. Nur, dass ich mich auf einem grünen Untergrund befinde, der mit kleinen und mittelgroßen Büschen, die mal ganz zart, mal mit großen Stacheln hart stechend, bedeckt ist. Rechts und links, vor und hinter mir sind Tausende Kranke, einige sitzend, einige liegend. Andere von ihnen versuchen, sich mit dem Ellenbogen aufzustützen, um etwas höher zu kommen. Die Kräftigsten kriechen langsam über einen matschigen und von Granaten und Bomben verschütteten Graben, um etwas Wasser zu erreichen. Das Stöhnen und Jammern der Kranken ringsum ist erdrückend.

Ich habe so große Schmerzen im Körper und versuche mit Gesten klar zu machen, dass ich meine Wasserration verschenken werde an jene Person, die mir Schmerztabletten besorgt. Sprechen und mich bewegen kann ich nicht. Mit flehenden Augen versuche ich den an mir vorbei kriechenden Kranken zu erklären, was ich vorhabe. Keiner hat mich verstanden. Ich falle in Ohnmacht.

Später höre ich spanische Worte, die ich verstehe, und ich erkenne die Stimme einer Bekannten aus Spanien, die mir zu Hilfe kommt und mir etwas in den Mund steckt.

Meine Schmerzen verschwinden langsam. „Welch himmlisches

Gefühl"„ denke ich. Aber wie lange wird dieser Zustand des Ausgeliefertseins noch dauern, ohne Krankenbett, Ärzte, Pfleger, Medikamente, Essen, und ohne den Besuch eines lieben Menschen? Hat mich das Schicksal nicht schon genug gestraft? Hinzu kommen die bitterkalten Nächte ohne Decke, knurrender Magen ohne Essen, wiederkehrende Schmerzen ohne Medikamente.

Nur mein Wille ist da, um diesem Elend ein Ende zu machen.

Und wie ein Wunder erscheint mein Mann. Er bringt mir keine Decke, kein Essen, keine Medikamente, aber er verspricht mir auf meine dringendste Bitte hin, allen die neben mir lagen und mir Trost spendeten, ein Geschenk zu überreichen. Es soll eine CD-Aufnahme des „Deutschen Requiems" von Johannes Brahms sein. Dort wird gesungen „Tod, wo ist dein Stachel? Hölle, wo ist dein Sieg?"

Ich lasse mich von dir nicht besiegen, ich schwöre es. Der Sieg wird mein sein. Mit diesen Gedanken verabschiede ich mich von meinem Mann, und ich glaube, ich konnte gut schlafen.

Die Stimme meiner Tochter

Tag und Nacht, jede Sekunde, Minute, Stunde höre ich die Stimme meiner Tochter im Krankenhaus. Sie spricht mit jedem, mit Ärzten, Pflegern, Besuchern; aber sie kommt nicht zu mir, sie besucht mich nicht. Warum? Ich bin zuerst traurig, aber dann wird meine Wut immer größer.

In dieser Nacht gelingt es mir auf irgendeine Art, den Pfleger davon zu überzeugen, dass ich ein kleines Zimmer neben dem Ärzteraum bekommen muss, da ich mit anderen in einem Raum nicht schlafen könne. Mein Hintergedanke aber dabei ist, die Stimme meiner Tochter weiterhin zu hören, wenn sie mit dem Personal spricht und von ihrer Arbeit erzählt, die auch mit Medizin zu tun hat, um zu erreichen, in diesem Krankenhaus arbeiten zu können. Also nicht meinetwegen, sondern um sich einen Arzt zu angeln für ihr zukünftiges Leben. Um glücklich zu sein, kann sie auch sehr gut erzählen, argumentieren und überzeugen. Es gelingt ihr auch, für eine Nacht einen intimen Partner im Krankenhaus zu finden. Ich höre die Liebesgeräusche; ich weiß nicht, was ich darüber denken soll. Ich leide, ich bin wütend auf sie; ich denke aber gleichzeitig, dass ich ihr vergeben könnte, wenn sie doch den Weg zu meinem Krankenbett finden würde.

Der nächste Tag ist der Tag des Wunders! Meine Tochter kommt zu mir und zeigt mir sofort einen sehr teuren Brillantring, den sie von ihrem „neuen Doktor" bekommen hat. Sie erzählt mir, dass dieser Mann geschieden sei, Kinder aus dieser Ehe habe und auf der Suche nach einer neuen Frau und neuem Glück sei.

Sie wird in dem Krankenhaus als Mitarbeiterin eingestellt. Schön für mich, so kann sie mich endlich jeden Tag besuchen, meine Krankheit richtig verfolgen und nicht nur nebensächlich ihr eigenes Glück verfestigen. Sie bekommt vom Krankenhaus sogar eine Kreditkarte auf ihren Namen und darf damit Geld in jeder Höhe abheben.

Ich denke: Ist dies das wahre Glück? Jeder muss für sich selbst wissen, wie sein Glück aussehen soll!

Bei jedem ihrer Besuche bekomme ich nun Anweisungen, wie ich auf ärztliche Fragen und Anordnungen zu antworten habe; mit „JA" antworten und keine Fragen stellen oder sogar Widerstand leisten!

Sie schüchtert mich ein. Ich ergebe mich völlig erschöpft.

Mein Todesurteil

Ich muss sterben. So hat jemand aus der oberen Etage entschieden: Begründung: ich sei eine Querulantin, ich bereite zu viele Sorgen und mache dem Personal zu viel Arbeit. In meinem Zustand habe ich keine Chance auf eine Heilung. Sie wollen mich durch Ersticken zu Tode bringen.

Ich erhalte eine Mitteilung darüber, dass ich in einem großen, leeren Raum allein gelassen werde. So lange der Sauerstoff reicht, werde ich am Leben bleiben, aber dann langsam und schmerzfrei ersticken. Sie glauben tatsächlich, dass ich ihnen dieses Märchen abnehme; ich weiß aber, wie schmerzvoll der Tod durch Ersticken ist. Ich muss etwas dagegen unternehmen, um mein Leben zu erhalten. Wann ich in diesen Raum geschoben werden soll, weiß ich nicht.

Ich übe daher tagtäglich, immer mehr Luft in meiner Lunge zu halten.

Ich zähle die Zeiten des Luftanhaltens und stelle fest, dass die Übungen die Kapazität meiner Lunge steigert. Den Zeitraum des Luftanhaltens habe ich schon vergrößert. Bravo! Denen werde ich zeigen, dass sie mich nicht so einfach loswerden können. Voller Stolz auf meine kontinuierlich bessere Leistung und freue mich (trotz der Ungewissheit des Ergebnisses) in der Tiefe meiner Seele ein wenig auf die später verblüfften Gesichter meiner Peiniger, wenn diese feststellen müssen, dass ich nicht erstickt bin. Ich kenne aus einigen Spielfilmen die Regel, nach der ein zum Tod durch die Guillotine Verurteilter nicht ein zweites Mal verurteilt werden darf, wenn dieser bei der Urteilsausführung seinen Kopf aus irgendeinem Grund, z.B. wegen langer Haare, nicht verloren hat. Auf diese Alternative hoffe ich, ohne sicher zu sein, ob in diesem Krankenhaus diese Regeln auch gelten.

Und der Tag kommt.

Mein Bett wird in einen riesigen, sporthallenähnlichen Raum hineingerollt. Sie ahnen nicht, dass ich weiß, warum ich dort hinein geschoben werde. Sie wollen mich damit beruhigen, dass mich eine Krankenschwester in regelmäßigen Abständen besuchen würde. Dann bleibe ich allein und schaue auf die langen Heizungsrohre, die an der Decke ringsum verlaufen. Meine Augen kreisen immer wieder den Rohren folgend, mein Atem beruhigt sich, und ich zwinge mich abzutauchen in den Zustand, in dem ich keinen Sauerstoff benötige. Ich weiß, dass ich sehr fleißig geübt habe und dass ich es eigentlich schaffen müsste; hundertprozentige Sicherheit habe ich aber nicht – nur die Zuversicht und den Willen.

Wie viel Zeit seit meiner Einsperrung vergangen ist, weiß ich nicht. Tatsächlich kommt eine Krankenschwester herein und kommentiert beim Hinausgehen ihren Chef, dass ich mich bald auf die andere Seite dieser Erde begeben werde. Ich bin sehr traurig über die Bosheit dieser Menschen.

Diese kurzen Visiten wiederholen sich einige Male und ganz zum Schluss kommt dann das ganze Ärzte- und Pflegeteam um meinen Tod festzustellen. Als alle neben meinem Bett stehen, öffne ich meine Augen und atme ruhig weiter.

Sie verstehen die Welt nicht mehr!

Ich habe gesiegt!

Französisches Fernsehen mit Nachrichten über den abenteuerlichen Tod meiner zwei Kinder

Ich schalte den Fernseher ein und schaue ein Wettbewerbsprogramm eines französischen Fernsehsenders. Zunächst werden die Regeln für die Bewerber geklärt, dann wird der Ort gezeigt, wo der Wettbewerb stattfinden soll, anschließend wird die Gewinnsumme der Sieger genannt, mehrere Millionen. Der Tumult ist groß. Es sind meist junge Menschen, die es versuchen wollen.

Die Aufgabe lautet wie folgt:

Es gibt dort einen etwa 50 Zentimeter breiten Graben mit zwei Grabenrändern auf gleicher Höhe. Der/die Kandidat/in steht jeweils auf dem rechten Rand und muss auf ein Startsignal hin auf den anderen Grabenrand springen, wobei ein Mann von hinten je 3 Kugeln aus einer Pistole auf den Kandidaten abschießt. Wenn eine der drei Kugeln trifft, wird die getroffene Person unweigerlich sterben. Trifft keine Kugel, wird die Person so viel Geld erhalten, dass sie nie wieder im Leben arbeiten muss.

Das Spiel beginnt. Ich denke, welch ein grausames Horrorszenario! Ich will das Fernsehgerät ausschalten, aber da erscheinen meine drei Kinder auf dem Bildschirm, die auch ihr Glück versuchen wollen. Ich erstarre. Ich zittere. Ich kann es nicht stoppen. Ich kann ihnen nicht zu Hilfe kommen!

Mein ältester Sohn springt. Ich höre die drei Schüsse, kann aber nicht sehen, ob sein Körper getroffen wurde. Kurz darauf fällt er in den Graben. Ich habe keine Zeit für eine Reaktion, denn schon springt meine Tochter. Ich höre die drei Schüsse und schon landet ihr Körper in dem Graben neben ihrem Bruder. Jetzt springt mein jüngster Sohn. Die drei Schüsse – und er landet auf der gegenüberliegenden Seite des Grabens, ohne von einer Kugel getroffen worden zu sein.

Was danach geschehen ist, weiß ich nicht. Ich habe keine Erinnerung.

Von meinem überlebenden Sohn bekam ich die Erklärung: „Mutter, das war sehr einfach, nicht getroffen zu werden. Ich sprang nicht sofort auf das Startsignal hin, sondern zwischen den Schüssen. Das habe ich mir beim Sprung meiner Geschwister ausgedacht. Ich hatte einfach das Glück, als letzter zu springen und damit Gelegenheit, mir das auszutüfteln."

Nach der Sendung kamen alle drei Kinder zu mir, und Gott sei Dank war der Tod nicht real.

Der Besuch meines jüngsten Sohnes

An dieses Geschehen kann ich mich nicht erinnern. Mein jüngster Sohn berichtete mir später, was er bei einem seiner Besuche erlebt hat.

„Du warst sehr aufgeregt, Mutter. Hast dich sehr gefreut über den Besuch mit meiner Freundin; du hattest aber große Schwierigkeiten, mit uns zu sprechen. Warst sehr leise, denn es sollte niemand mithören, was du uns mitteilen wolltest. Ich wurde von dir aufgefordert, unter die Bettdecke zu schauen und dort all die Süßigkeiten und Speisen zu suchen, die du dort für uns versteckt hättest. Du warst der Meinung, dass du das alles nicht benötigst, aber wir sollten keinen Hunger leiden. Ich habe dann tatsächlich die Decke hochgehoben und nachgesehen; tat so als suche ich dort wirklich. Aber natürlich fand ich dort nichts. Du wurdest sehr böse und hast immer wieder beteuert, dass du nicht lügen würdest und unter der Decke wirklich viele Nahrungsmittel lägen, die du dort für uns aufbewahrt hättest."

Die Untreue meiner Tochter

Ich betrachte ein Foto meiner schwangeren Tochter mit ihren zwei schon etwas größeren Söhnen, 4 und 6 Jahre alt. Im Hintergrund sehe ich ein ruhiges Meer, am Strand viele Palmen, Sand und reichlich Sonne. Meine Tochter strahlt, sie wirkt sehr glücklich und auch ihre Söhne zeigen unbeschwerte, zufriedene Gesichter.

Sie hat einen spanischen Mann kennen gelernt, einen Seemann – nicht in dem Sinne, dass er auf Schiffen lebt, sondern er ist ein Wasserliebhaber und Windsurfer. Er hat seine ganze Existenz aufgegeben, um seine Leidenschaft auszuleben, um die Welt zu bereisen und die besten Strände zu besuchen, zu surfen und mit gelegentlichen Preisen bei Wettbewerben sein Leben zu meistern. Der Mann ist sehr machohaft, gut gebräunt, muskulös; trotzdem geht eine gewisse Unsicherheit und Bescheidenheit von ihm aus. Die „Ehe" oder besser, diese Partnerschaft verläuft augenscheinlich gut, sie sind ineinander verliebt und so, wie es nun aussieht, wird fleißig am Kindernachwuchs „gewerkelt". Das dritte Kind soll aller Voraussicht nach wieder ein Junge werden. Aber in meinem Kopf kreist ein anderes Bild!

Meine Tochter hat schon eine Familie, Ehemann und ein Kind. Warum hat sie jetzt parallel einen anderen Mann und zwei Söhne? In meinem Kopf läuft eine Ehebruchsgeschichte ab.

Der zweite Mann ist kaum zu Hause, ständig auf Reisen wegen seiner Surfleidenschaft.

Meine Tochter rebelliert zwar nicht, aber diese Beziehung bröckelt langsam auseinander. Nur die drei Kinder halten das Ganze noch zusammen auf einem sehr unsicheren Fundament.

Ich mache mir große Sorgen! Das Glück meiner Tochter und der drei Enkelsöhne bereiten mir großes Kopfzerbrechen. Wie wird dieses Kapitel enden?

Bitte nur keine Katastrophe, keine Tränen, kein Unglück oder allein erziehend mit den drei Kindern. Bitte keine Sorgerechtsklagen oder Nerven verzehrenden Krieg beim Auseinandergehen.

Der Krankenhausbesuch meiner Tochter ist da. Ich schieße meine Fragen wie aus einer Kanone ab. Wie geht es dir und deinen drei Söhnen? Antwort: „Mutter, ich habe nur eine Tochter. Glaub mir!" Sie holt ein Foto ihrer Tochter, meiner geliebten, kleinen Enkeltochter und ihres Ehemannes hervor. Bei mir geht die Sonne endlich wieder auf.

Aber ein wenig habe ich die drei anderen, ungeborenen Enkelsöhne doch vermisst, obwohl sie doch nur in meinen Albträumen geboren sind.

Die Angst um meine geliebte Enkeltochter

Mein Mann besucht mich, und ich erzähle ihm, dass meine Tochter ihre Familie verlassen hat. Ihr Mann und ihre fünfjährige Tochter blieben allein. Sie ist mit einem Ausländer weggegangen und schenkte diesem drei Söhne. Vor Traurigkeit komme ich nicht zur Ruhe. Ich weiß, dass ich schwerkrank im Krankenhaus liege, dass ich mich nicht bewegen kann. dass ich meine allerliebste kleine Enkeltochter nicht besuchen, in den Arm nehmen und trösten kann. Vor meinem Schwiegersohn empfinde ich Scham und Schuldgefühle für das, was meine Tochter der Familie angetan hat. Ich weiß nicht genau, ob sie die Tatsachen wissen oder der Begründung meiner Tochter für deren Abwesenheit glauben, nur eine kurze Reise zu machen. Ich weiß, dass meine Tochter nicht zurückkommen wird und ihre kleine Tochter ihre Mutter für immer vergessen muss.

Diese Gedanken machten mich noch kranker. In meinem Kopf kreisen die Gedanken darum, was ich für die Zurückgelassenen tun könnte. Bald wird meine Enkeltochter zur Schule gehen. Ich möchte ihr schon ein großes Geschenk machen, um ihre Traurigkeit zu vertreiben. Also bitte ich meinen Mann, eine von mir bestickte, schöne Weste aus der Kommode für sie hübsch zu verpacken und zu ihr in ihren Aufenthaltsort zu bringen. Sie wohnen etwa 80 Kilometer von uns entfernt. Ich bitte meinen Mann auch, einen Brief zu schreiben, in dem wir, Schwiegereltern und Großeltern bekunden, dass wir vollständig auf der Seite der Verlassenen stehen, dass wir die kleine Enkeltochter ewig lieben und versorgen würden, und dass sie immer mit uns rechnen dürften.

Einige Tage später frage ich meinen Mann bei einem seiner Besuche ungeduldig, ob er meinen Wunsch erfüllt hätte. Er bejaht das. Ich werde etwas ruhiger, aber die Sehnsucht nach meiner Enkeltochter, sie in meine Arme zu schließen, ist so groß, dass ich zu weinen beginne. Mir kommen Zweifel, ob mein Mann den Auftrag tatsächlich erledigt hat oder nur alles bejaht, damit ich zur Ruhe komme. Diese Ungewissheit verbunden mit Tatendrang, jedoch ohne Möglichkeit etwas zu tun, ist unerträglich.

Du bist ein Nichts! Nur dein Kopf funktioniert und das auch noch mit überhöhter Vorstellungskraft; dein geistiger Wille bekommt überdimensionale Maße; aber was nutzt es, wenn du nichts erfüllen, kontrollieren und glauben kannst. Du bist für die Ewigkeit ausgeliefert!

Ich denke nach, über neue Möglichkeiten, meinen unnormalen Zustand zu beenden, Tricks, Zauberei, übermenschliche geistige Kräfte, die mir die Erfüllung meiner Träume ermöglichen.

Aber ich denke in keinem Moment an einen Gott, der mir helfen könnte! (Normalerweise bitte ich diesen schon mal um seine Hilfe).

Dieser Zustand ist so außergewöhnlich, dass Gott hier nicht hinein passt. Nur mein eiserner Wille zur Genesung kann mich zum Sieg bringen!

Die schwarz gekleideten Pfleger und die geheimen Räume

Fast das ganze Pflegepersonal im Krankenhaus ist nett. Es gibt aber drei Männer zweifelhafter Herkunft, die wahrscheinlich auch beruflich keine Krankenpfleger sind. Alle haben ein besonderes Aussehen. Zwei sind hager und haben die Köpfe kahl geschoren. Sie tragen immer schwarze Hemden und Hosen. Wie ich später erfahre, haben sie etwas mit satanistischer Medizin zu tun. Sie benutzen für die Patienten ganz andere Methoden als normale Ärzte.

Viele Patienten, so auch ich, wenden sich, voller Verzweiflung über ihre Nichtgenesung mit traditioneller Medizin, diesen beiden Männern zu. Sie haben geheime Räumlichkeiten, große Räume, Küche und Aufenthaltsräume in der obersten Etage des Krankenhauses. Der Eingang zu diesen Räumen wird von ebenfalls schwarz gekleidetem Personal überwacht. Es soll niemand im Krankenhaus Kenntnis erlangen von diesem Ort und den dort praktizierten Methoden.

Die Männer bieten den aussichtslosen Patienten eine alternative Pflege zur Heilung. Ich bin auch dabei. All meine Hoffnungen und auch die der Mitpatienten liegen in den Händen dieser schwarzen Gestalten.

Wir müssen uns auf einfache, zusammenklappbare Liegen niederlegen, direkt nebeneinander, etwa 10-15 Personen. Dann wird uns befohlen, die Augen zu schließen und uns auf einen von einer schwarzen Gestalt gemurmelten Text zu konzentrieren.

Ich fühle mich bei diesen „Sitzungen" sehr wohl. Meine Schmerzen verschwinden, und neue Hoffnungen werden in mir geweckt. Leider gibt es bei uns auch Patienten, die trotz dieser „Zauberei" sterben, weil sie nicht den Willen haben, vollständig an diese Methode zu glauben.

Ich will glauben, nur die Hoffnung nicht aufgeben!

Dann gibt es Aufruhr am Haupteingang dieser geheimen Zauberabteilung. Jemand donnert mit den Fäusten an die Tür, will hereinkommen. Das schwarze Personal sammelt uns ein und sperrt uns in einen noch geheimeren, engen Raum und befiehlt absolute Ruhe, bis die Gefahr vorüber ist. Eng zusammengepfercht lauschen wir voller Angst auf jedes Geräusch von nebenan, aber wir verstehen kein Wort. Endlich wird die Tür geöffnet, und wir dürfen wieder hinaus in unseren Raum, auf den Liegen Platz nehmen und das Prozedere wird weitergeführt.

Irgendwann werden wir von den schwarzen Gestalten wieder zurück in unsere „normalen" Krankenzimmer gebracht. Für das andere Pflegepersonal ist unser Verschwinden normal. Es akzeptiert die schwarzen Gestalten als Teil von ihnen.

Was läuft in diesem Krankenhaus so nebenbei ab?

Nächtliche Beobachtung der Sterne
Kassiopeia
Die Vergewaltigung

Der andere merkwürdige Pfleger trägt zwar keine schwarze Kleidung; er ist etwas kleiner, runder, älter als die zwei anderen und ist von Beruf Priester, Krankenseelsorger oder etwas Ähnliches.

Er kann allen Kranken gut zureden, beruhigen, Vertrauen wecken. Alle mögen ihn, auch ich betrachte ihn als etwas Besonderes.

Er erzählt mir von einem kleinen Ort, hinter den Bergen, nicht weit entfernt vom Krankenhaus. Dort wird in der kommenden Nacht die berühmte Kassiopeia erscheinen und zu sehen sein. Von diesem einmaligen Ereignis wissen nur wenige Menschen. Er weiß es und könnte mir und anderen interessierten Patienten diese nächtliche Beobachtung organisieren und uns heimlich aus dem Krankenhaus herausbringen. Ich bin natürlich Feuer und Flamme, so etwas zu erleben. Aus Erzählungen weiß ich, dass der ganze Himmel rot sein wird, dass Kassiopeia riesige Kräfte hat und Planeten zusammenkrachen lassen kann; dies kann das Ende der Erde bedeuten.

Es gibt noch ein anderes Geheimnis. Der Patient, der das richtige Schlüsselwort für dieses bevorstehende Ereignis erraten kann, wird zur Tochter der Kassiopeia und zukünftig von allen Übeln dieser Welt verschont werden. Ich kenne dieses Schlüsselwort, aber behalte es erst einmal für mich.

Wir sind in einem Sternenobservatorium eingeschlossen, keine Pfleger, keine Betten, kein Essen und Trinken. Nur dieser eigenartige Pflegepfarrer mit den ihm vertrauenden Kranken.

Jeder der Kranken will das Schlüsselwort finden und durch die Magie dieses Sternes von seinem Leiden befreit werden.

Wir leiden sehr in diesem Raum, sind durstig. Die Rötung des Himmels als Ankündigung der Kassiopeia wird immer stärker, die Temperatur steigt rasant. Wir ersticken fast in dieser Hitze, wir schreien nach Wasser, aber es kommt keine Hilfe.

Endlich erscheint Kassiopeia in ihrer ganzen Pracht am nächtlichen Himmel und auf ihrem höchsten Stand schreie ich das Schlüsselwort aus meiner trockenen Kehle, um Königin zu werden und Befreiung von meinen Leiden zu bekommen.

Es kommt kein Laut mehr aus meiner Kehle.

Ich habe verloren.

Kassiopeia verschwindet langsam, keiner wird König oder Königin; wir werden unsere Leiden weiter ertragen müssen.

Der Pflegepfarrer teilt uns mit, dass wir jetzt alle in das Dorf gehen werden, dort wird ein großes Fest gefeiert und wir bekommen dort alle zu essen und zu trinken.

Ich bin froh über diese Mitteilung, aber nur kurze Zeit.

Unser Pflegepfarrer kennt jeden Menschen in diesem Dorf. Er ist dort geboren und hat großes Ansehen als Ehrenbürger.

Er trinkt sehr viel Alkohol, wird immer betrunkener und geht langsam zu seinen Patienten. Einer nach dem anderen verschwindet mit ihm. Niemand von uns weiß, wohin sie gehen und was sie dort tun. Dann schlägt auch meine Stunde. Ich bin neugierig, Angst habe ich nicht.

Dann die Überraschung. Er vergewaltigt mich auf eine sehr raffinierte Weise, so dass ich ihn nicht als brutal empfinde, sondern eher als Wohltat.

Was soll ich dazu sagen?

Die Unterschrift unter dem Pakt zwischen dem Krankenhaus und mir

Ich muss mich bei der Krankenhausleitung melden. Dort erwarten mich einige wichtige Mitglieder der Krankenhausleitung und erklären mir, dass ich ein Papier unterschreiben muss.

Was steht in diesem Papier? Ich lese es langsam durch und mir wird klar, dass alle meine Beobachtungen, Empfindungen und Befürchtungen richtig waren. Ich bin tatsächlich in einem satanistischen Krankenhaus; mitten in der Großstadt, voll mit Menschen, die von diesem nichts mitbekommen!

Am Krankenhauseingang steht sogar ein großes Schild mit dem Namen und den Abteilungen in den Gebäuden. Niemand weiß, was darin abläuft.

Es wird mir klar gemacht, dass ich über diese Tatsachen keinem Menschen erzählen darf, sonst würde dafür gesorgt werden, dass ich dieses Krankenhaus nicht lebend verlassen würde.

Ich bin noch nicht konsterniert genug, als die nächste Forderung kommt: „Sie hatten Besuch hier von Ihrem Ehemann, er soll auch von den Tatsachen Kenntnis bekommen haben. Unterschreiben Sie auch in seinem Namen, ansonsten müssen Sie sterben."

Daraufhin unterschreibe ich auch im Namen meines Mannes dieses Papier. Ich bekomme ein schlechtes Gewissen. Wie komme ich dazu, den Namen meines Mannes zu missbrauchen?

Wie soll ich dies alles meinem Mann beibringen? Ich zerbreche mir den Kopf darüber, bin verzweifelt und voller Schuldgefühle. Ist mein Leben noch etwas wert, nach dieser Unterschrift?

Man erklärt mir, dass auch mein Sohn schon bei mir zu Besuch war. Er hat etwas Wichtiges repariert und ist daher von dieser Unterschriftspflicht entbunden. Gott sei Dank muss ich nicht auch noch seinen Namen missbrauchen.

Kann so viel Lüge, Grausamkeit, Elend in einer Großstadt verborgen bleiben?

Aber ich bin ausgeliefert und muss um mein Leben kämpfen.

Der Mensch an sich ist schwach!

Ich entscheide mich für mein Leben und nehme diesen ehrlosen Deal in Kauf.

Die Todesanzeige meines Mannes

Ich wache schweißgebadet auf. In meinem Traum habe ich die Todesanzeige meines Mannes gelesen; sein Name, Geburts- und Todesdatum, und dass er einen plötzlichen Tod gestorben ist.

Wundersamerweise erscheint er am gleichen Vormittag an meinem Bett, küsst mich. Ich streichele seine Hand und fühle, dass er wirklich da ist, sein lebendiger Körper. „Du bist gestorben. Ich habe deine Todesanzeige gelesen. Wieso bist du lebendig hier?"

Er antwortet: „Ja, ich bin gestorben vor Liebeskummer. Aber es wurde mir erlaubt, noch 1 ½ Jahre zu leben, um dich zu begleiten und zu pflegen nach deinem Krankenhausaufenthalt. Vielleicht merken sie es dann später gar nicht, dass ich noch lebe, und ich kann dann bei dir bleiben". Ich finde das sehr rührend; vielleicht gibt es doch eine positive Zukunft, nicht für mich allein, sondern sogar im gewohnten Ablauf.

Ein herbstlicher Traumgarten

Durch das Fenster sehe ich draußen einen wunderbaren Garten. Ein altes, zweistöckiges Haus mit hohen Holzfenstern, an den Rahmen schon teilweise abgefallene weiße Farben; ein wenig wie in alten Filmen, voll mit Kletterpflanzen bedeckt, deren Blätter schon teilweise goldgelbe und teilweise noch leicht grüne Farbe haben. Dazwischen hängen glänzende, rote Beeren; eine zusammengeschrumpfte, aber noch erahnenswerte schöne Blumenpracht. Goldene Sonnenstrahlen blitzen ständig irgendwo in diesem paradiesischen Naturbildnis.

Ich kann meinen Blick nicht abwenden von dieser Gnade, dieser göttlichen Ruhe, Zufriedenheit, Harmonie und Schönheit. In diesem Bild ist alles perfekt.

Jetzt stirbt die Natur langsam und verabschiedet sich mit ihren schönsten Gewändern, aber nur für kurze Zeit. Die roten Beeren tragen, wie die Mutter ihr Kind, das neue Leben in sich und werden im nächsten Frühling erwachen. Ich möchte in diesem Bild eingebettet sein und nur aufwachen dürfen, wenn meine Krankheit endgültig von mir Abschied nimmt. Ich bin sicher, dass ich dies erleben werde. Ich habe noch niemals anderen Menschen Leid zugefügt. Verdiene ich das Leben?

Das Aufwachen und die Stationen des Kampfes zur Wiederherstellung meiner Körperfunktionen

Aufwachen und weiter leben

Ich leide unter schwerer Atemnot. Sicher bin ich jetzt, dass ich lebe und nehme um mich herum Dinge wahr, die in meinem vorherigen Zustand alle ganz anders waren. Die Personen, das Krankenzimmer, mein Zustand, alles ist ganz anders. Nur diese Atemnot macht mir sehr zu schaffen. Ich möchte etwas sagen, aber aus meiner Kehle kommt kein Ton heraus. Es wäre so wichtig für mich, jetzt alles zu erzählen, was ich fühle, was ich möchte; aber die Kommunikation ist nicht möglich. Die Gründe kenne ich nicht.

Ich fühle mich weiterhin ausgeliefert, genau wie vorher in meinen Albträumen, dabei weiß ich noch gar nicht, dass alles Albträume waren. Aber meine Umgebung nehme ich nun vollkommen anders wahr. Warum ich hier bin, weiß ich aber nicht und auch nicht, wie dieser Ort heißt.

Ich liege im Bett. Neben mir sehe ich keine anderen Patienten im Bett, nur eine bettlakenähnliche Wand rechts neben mir, die mir die Sicht versperrt. Ganz deutlich spüre ich, dass eine Krankenschwester oder ein Pfleger zu mir kommt, etwas bei mir rumbastelt, neben mir, klebt mir etwas an die Brust oder in den Nacken. Ständig wechselnd bin ich völlig weg, ein wenig wach, träumerisch, mal betäubt, mal für Sekunden vollkommener Wachzustand, ohne mir ein reales Bild von meinem Zustand machen zu können. Habe riesigen Drang nach Kommunikation, mitzuteilen, dass ich ersticke, bekomme kaum Luft, sie sollen den tonnenschweren Stein von meiner Brust nehmen. Sprechen kann ich nicht, der Ton fehlt, das wichtigste Kommunikationsmittel.

Ich lasse mich nicht unterkriegen! Mache Experimente mit meinem Mund, Lippen, Zunge und empfinde Siegesgefühl, wenn ich mit der Zunge TZ, TZ, TZ mache; ein kurzes, staccatoähnliches Geräusch. Schnell hintereinander ist das hörbar, und ich kann im Flur rumlaufendes Personal damit auf mich aufmerksam machen. Einige bleiben an der Tür stehen, ohne hereinzuschauen, sie lauschen meinen Geräuschen, ziehen dann aber hektisch weiter. Sie denken wohl, dass diese Geräusche nicht von einem lebendigen Wesen kommen. Wahrscheinlich erzeugt wieder so ein hochmodernes, medizinisches Gerät solche eigenartigen Töne, mögen sie denken.

Irgendwann wird meine Ausdauer belohnt, es war zu impertinent, und es geschieht ein Wunder. Ein Pfleger kommt herein und schaut mich sehr komisch an, da ich allein im Zimmer bin und dieses Geräusch nicht aus mir kommen kann. Ich zeige ihm meine neue Kommunikationskunst und er lacht. Nun ist es mir möglich, ihm klar zu machen, dass mir nicht wohl ist. Er bastelt an den Geräten neben mir und plötzlich merke ich spürbare Besserung; die Luft strömt mit Kraft in meine Luftröhre, und die Erstickungsgefahr ist gebannt.

Ich schaue ihn dankbar an und zaubere vielleicht ein kleines, qualvolles Lächeln in mein Gesicht, um ihm zu danken. Die Anstrengung macht mich sehr müde und ich falle in eine gnädige „Ohnmacht"; der einzige angenehme Zustand. Man fordert nichts und bekommt nichts.

Ein wenig, oder viel später (Zeit spielt keine wichtige Rolle), erfahre ich von meinem Mann bei seinem Besuch, dass das Personal mich wach gehalten hat, dass die künstliche Beatmung nun langsam reduziert und bald abgestellt wird; ich muss lernen, mich auf meine eigene Atmung zu verlassen, auch für längere Zeit. Manchmal spüre ich diese Übergänge sehr deutlich, besonders, wenn die Betäubung nachlässt, und das fällt mir doch sehr schwer.

Dann beginne ich wieder mit meiner Zaubersprache: Tz, Tz, Tz und hoffe auf Hilfe.

Später wird mir erzählt, dass ich wegen dieser „Zaubersilben" vom Personal den Namen „Fisch" bekommen habe. Mir gefällt dieser Kosename! Hauptsache, es hilft.

Erfolglose Kommunikationsversuche

Die Tage und Nächte sind lang, langweilig, anstrengend, unerträglich und schmerzhaft.

Man muss sich intensive Gedanken machen, diese Qualen zu erleichtern. In den letzten Tagen beschäftigt mich eine tragbare und machbare Lösung meiner Kommunikationsstörung.

Meine Besucher kommen nicht damit klar, mir die Worte von den Lippen abzulesen. Ich gebe mir größte Mühe so deutlich wie möglich zu artikulieren. Wenn ich Glück habe, wurden gerade mal ein bis zwei Worte erraten. Sie wiederholen dann diese Worte laut und ich nicke mit dem Kopf, vollkommen siegessicher. Aber ein Wort ist nur ein Wort und gibt ohne Zusammenhang nicht den Sinn meiner Gedanken weiter. Jetzt begreife ich erst, wie unendlich wichtig die Sprache ist. Und trotzdem, wenn meine Besucher nur ein Wort verstehen, vielleicht haben sie eine so große Vorstellungskraft, dass sie meine gedanklichen Richtungen erahnen oder spüren können, diese selbst weiter entwickeln und meine geäußerten Wünsche erfüllen können.

Aber das klappt wohl doch nicht. Jeder Mensch entwickelt seine eigene Vorstellungskraft, einige romantisch, einige erweisen sich dabei als sehr pragmatisch, und andere sind einfach zu faul, selbst zu denken. Diese, meine Methode hilft mir also kaum weiter.

Wie wäre es mit einer Buchstabentafel, auf der ich mit meinem Finger die Buchstaben einzeln anzeigen kann und sich daraus ganze Worte bilden lassen? Ja, das wäre super!

Am nächsten Tag bringt mir mein Mann eine solche Tafel, ich bin begeistert und will sofort beginnen. Aber – ich bekomme meine Hände nicht hoch, sie sind unbeweglich. Nun erst bemerke ich, dass mein ganzer Körper gelähmt ist. Nur mein Kopf funktioniert noch; nah, immerhin ist das Wichtigste in mir nicht gestorben! Der Geist ist frei! Dabei erinnere ich mich an ein Lieblingslied, welches ich oft mit Kindern singe: „Die Gedanken sind frei"; wie schön ist dieses Lied, jetzt noch schöner als vor meiner Erkrankung.

Dann ist es mein Mann, der mit den Fingern auf die Buchstaben zeigt und ich mit einem Blinzeln der Augen zeige, dass dieses ein Buchstabe im gesuchten Wort ist. Dieses Spielchen funktioniert meist zwei, drei Worte lang, dann bin ich so erschöpft, dass mein einziger Wunsch ist, abzutauchen und in Ruhe gelassen zu werden. Mein Mann ist sehr traurig, dass auch dieser Versuch einer Kommunikation nicht funktioniert. Wir sind ohne neue Idee, kein neuer gedanklicher Einfall. Jetzt ist Geduld gefragt. Die habe ich zwar nicht, aber ich bin zur Geduld verdammt. Eine unerträgliche Ohnmacht!

Einige Male kehren noch meine Albträume zurück; insbesondere das im ersten Albtraum beschriebene Teufelsgericht. Dort erscheint nun mein Mann neben mir, kann aber auch nicht die Worte von meinen Lippen ablesen, um zu lesen, was ich zu meiner Verteidigung sagen will. Mit einem bösen Gesicht und einer ablehnenden Geste mache ich ihm klar, dass er bei meiner Verurteilung nicht mehr erscheinen soll, dass ich ihn nicht mehr brauche, da er mir sowieso nicht mehr helfen kann und manchmal die Worte von meinen Lippen falsch abliest, womit er mir mehr schadet als hilft.

Er ist unendlich traurig, mit Tränen in den Augen bittet er, mich weiterhin begleiten zu dürfen. Ich bin hart und schicke ihn weg.

Er reagiert aber nicht auf meine Ablehnung, sondern kommt unverdrossen immer wieder in nicht sichtbarer, nicht hörbarer, grauer Gestalt, dann steht er neben mir, hält meine Hand und tröstet mich.

Zähneputzen und das erste Frühstück

Nun bekomme ich mein erstes, richtiges Frühstück. Aber zunächst drückt mir die Krankenschwester eine Zahnbürste in die Hand und fordert mich auf, mir die Zähne zu putzen. Vor meinen Mund hält sie einen kleinen, nierenförmigen Behälter, wo ich hineinspucken soll. Aber aus meiner Hand fällt die Zahnbürste herunter, ich habe keine Kraft, kann nicht greifen. Sie putzt mir dann selbst die Zähne. Danach drückt sie mir häppchenweise kleingeschnittene, wohlriechende, frischgebackene Brötchenhappen in den Mund. Ich genieße es so sehr! Es gibt auch schon etwas zu trinken. Welch köstliches Gefühl! Was jetzt mit mir geschieht, kenne ich viel zu gut. Wie schön es ist, richtig zu schmecken, zu schlecken, zu riechen und bemuttert zu werden!

Aber ich bin schon wieder ungeduldig.

Sie muss von mir wegschauen wegen einer Frage einer Kollegin. Ich nehme meine ganze Kraft zusammen, um von dem auf meinem Bauch liegenden Teller das nächste knusprige Brötchenstück zu greifen und in meinen Mund zu stecken. Mit unendlicher Mühe gelingt es mir, ich bin im siebenten Himmel! Mensch, du wirst gesund, die Hände und Arme werden wieder funktionieren. Weiter so!

Ab jetzt sporne ich mich ständig an, ich experimentiere mit mir, anfänglich sicher noch recht ungeschickt – aber ich bewege mich gezielt!

Ab jetzt mache ich mir Pläne, welche Bewegungen ich üben und fördern muss, um die Muskulatur zu stärken.

Jetzt habe ich zumindest eine Aufgabe, die ich allein ausgesucht und mir gestellt habe. Nun werden die Tage hoffentlich nicht mehr so langweilig, aussichtslos und traurig sein.

Auf in den Kampf!

GBS? Was ist das?

Nun wird es ja wohl Zeit, dass ich endlich erfahren muss und auch will, welch eine teuflische Krankheit mich erwischt hat. Mein Mann hatte vorsichtig begonnen, mir etwas zu berichten über diese Krankheit. Er hat mir gerade erzählt, dass mich die Ärzte nach meinem Zusammenbruch für drei Wochen in ein künstliches Koma versetzt hatten, da ich sonst gestorben wäre. Natürlich weiß ich damit immer noch nicht den Namen dieser Krankheit.

Er erwähnt drei Buchstaben: GBS. Das klärt mich aber absolut nicht auf. Dann drückt er mir zwei aus dem Internet ausgedruckte Seiten in die Hand, in denen diese Krankheit sehr ausführlich beschrieben ist. Ich lese das Ganze nur flüchtig durch; vieles kann ich nicht verstehen, meine Konzentrationskraft ist auch noch nicht da. Ein Satz bleibt in meinem Gedächtnis eingeprägt. Diese Krankheit trifft nur ein oder zwei Menschen von Hunderttausend. Wenn diese Krankheit rechtzeitig erkannt wird und der Betroffene so schnell als möglich in ein Koma versetzt wird und die nötigen Medikamente bekommt, ist die Chance der Heilung bei 98%.

Anmerkung: Das **Guillain-Barré-Syndrom (GBS)** ist ein akut auftretendes neurologisches Krankheitsbild, bei dem es zu entzündlichen (inflammatorischen) Veränderungen des peripheren Nervensystems kommt.

Nicht schlecht! Gehöre ich auch zu dieser Gruppe? Wurde alles Notwendige in der richtigen Reihenfolge, am richtigen Ort und zur richtigen Zeit in die Wege geleitet? Wenn ja, warum habe ich diese furchtbaren Hinrichtungen erleben müssen in meinen Träumen?

Oder war alles Wirklichkeit? Haben sie mich gefoltert? Waren es keine Albträume?

Ich bin nun ganz schön durcheinander!

Eine Diagnose habe ich nun, bin schon wach, essen und trinken kann ich schon. Mein Kopf funktioniert, meine Hände arbeiten schon etwas mit, nur sprechen kann ich noch nicht. Mein Atem geht oft noch sehr schwer, und ich weine oft.

Das sind ja schon echte Lebensfunktionen, oder? Nur die Hoffnung nicht aufgeben! Wie stand doch im Internet: 98% und das ist doch eine ganze Menge, um daraus Hoffnung zu schöpfen.

Das Ende der Nachbarin

Den ganzen Tag und die ganze Nacht ist Aufruhr in meinem Krankenzimmer. Ich bin ja nicht allein hier. Neben mir liegt eine ältere Dame, die sich wohl selbst aufgegeben hat, sie will nicht mehr leben. Sie verweigert die Essensaufnahme, siecht so dahin. Ihr Sohn kommt täglich mindestens drei Mal; allein oder mit Begleitung sprechen sie leise vor dem Bett mit den Ärzten und müssen erfahren, dass der Sohn sein Einverständnis zu geben hat, um die lebenserhaltenden Maßnahmen abzuschalten. Ihr Leben hängt an einem seidenen Faden. Der Tod komme ohnehin früher oder später; sie sollen das Leiden nicht mehr verlängern, entscheidet er.

In der Nacht erwache ich und merke, dass die alte Dame mit einem weißen Bettlaken bedeckt ist, auch das Gesicht. Sie schieben ihr Bett aus dem Zimmer hinaus. Bei ihr gab es keine Prozente einer Heilungschance, bei mir sind dies 98 Prozent (laut Internet), plus 100 Prozent meines eigenen Lebenswillen.

Das ergibt schon 198 Prozent! Eine beachtliche Zahl, nicht wahr?

Besuch einer Freundin

Die Tage nehmen ihren Lauf. Jetzt bin schon öfter wach und bekomme mehr von der Realität in meiner Umgebung mit. Ich kann mich sogar daran erinnern, wer mich besucht hat und worüber wir gesprochen haben. Ich weiß, dass mein Mann da war, mein jüngster Sohn und auch zwei Freundinnen. Eine dieser Freundinnen hat mir einen „Igelball" in die Hand gedrückt, um damit zu üben; drücken und dann von einer Hand in die andere geben. Diese letzte Aufgabe ist sehr schwierig für mich. Sehr oft treffe ich diese andere Hand nicht, lande darüber oder daneben. Welch eine Ungeschicktheit von mir, die ich seit meinem fünften Lebensjahr Klavier spiele! Es ist eine Schande, wo bleiben meine Fingerfertigkeiten? Die Freundin schaut mir zurückhaltend zu bei meinen Ballübungen und spornt mich an, jeden Tag weiter zu üben. Sie hat als Krankenschwester gearbeitet und weiß wohl gut, was mir nützlich ist.

Dann, nachdem die Ärzte morgens mit mir etwas gemacht haben, um meine Stimme zu reanimieren, kann ich endlich wieder sprechen. Gloria in excelsis deo! Diese Tätigkeit strengt mich zunächst noch enorm an, und oftmals bleibt die Stimme weg, weil ich noch nicht so regelmäßig atmen kann.

Aber voller Freude über meine wiedergewonnene Stimme beginne ich meiner Freundin zu erzählen, dass ich in einem satanistischen Krankenhaus liege und was man alles mit mir gemacht hat (ich weiß zu diesem Zeitpunkt noch nicht, das alles Albträume waren), und dass ich nach meiner Entlassung aus diesem Haus ein Buch schreiben werde über die scheinbar erlittenen Grausamkeiten. Die ganze Welt soll erfahren, dass hier, mitten in der Großstadt und in voller Öffentlichkeit die Kranken mit solchen Praktiken gequält werden. Ich werde dieses Krankenhaus anklagen und dazu den besten Rechtsanwalt nehmen, den ich finden kann. Mein Entschluss steht fest, und niemand wird mich davon abbringen. Meine Freundin stimmt diesem

Vorhaben zu.

Ich weiß nun, dass ich Verbündete habe, und das gibt mir weitere Kraft.

Dann verabschiedet sich meine Freundin langsam von mir. Ich bleibe allein in meinem Zimmer, bin sehr müde. Der Plan, ein Buch zu schreiben über dieses Krankenhaus des Teufels, das gibt mir Kraft, weiter zu kämpfen.

Von der Intensivstation zur Normalität

Anscheinend ist mein Zustand schon so stabil, dass ich morgens von der Intensivstation in eine normale Station verlegt werden kann. Ein Helfer fährt mich durch das riesige Gebäude, durch lange und verwirrende, schmale und verzweigte Flure, auch mit einem Aufzug. Am Ende eines sehr langen Flures werde ich dann vor einer geschlossenen Glasfront mit Blick auf eine neu angelegte Rasenfläche abgestellt. Alles sieht aus wie neu gebaut, auch der Geruch frisch bemalter Wände bestätigt diesen Eindruck. Der Helfer beruhigt mich, es käme bald jemand und würde mich in ein neues Krankenzimmer schieben; ich soll in Ruhe warten.

Es vergehen einige Minuten, ich behaupte, sogar eine Viertelstunde, bis jemand kommt und mich in einen Raum mit zwei Bettenplätzen schiebt. Ich bekomme den hinteren Platz, gleich am Fenster. An diesem Abend kommt keine Ärztevisite mehr, es ist bereits 18 Uhr. Ich liege zwar in meinem Bett aus der Intensivstation, fühle aber erstmals schnell vergehende, schneidende Berührungen, die von meiner Bettdecke ausgehen. Es ist so, als ob mit einem Rasiermesser das Fleisch scheibchenweise von meinen Fußzehen abgeschnitten würde. Dieses Gefühl kommt immer wieder, wenn meine Bettdecke angehoben und wieder auf meine Beine gelegt wird.

Eine neue Erfahrung! Bis jetzt hatte ich nur meinen Oberkörper von der Taille an aufwärts wahrgenommen und halbwegs spüren können.

In dieser Nacht bleibe ich allein, die Tür ist immer geschlossen. Ich sehe nicht mehr die Bewegung der Menschen vor meinem Zimmer wie noch auf der Intensivstation. Sozial gesehen bin ich völlig isoliert; jetzt könnte ich zwar sprechen, aber es gibt keine Zuhörer.

Es wird mir noch mitgeteilt, dass ich bei Problemen oder Wünschen einen Knopf drücken soll. Es handelt sich dabei um einen Alarm- oder Rufapparat.

Ich kämpfe mit den Tränen. Die ganze Umgebung ist so neu, unbekannt, außergewöhnlich. Langsam bekomme ich große Schmerzen im Pobereich. Das Liegen wird immer unerträglicher, aber ich kann meine Körperposition noch nicht selbst verändern. Ich bin von der Taille abwärts nach wie vor völlig gelähmt. Ich muss aber unbedingt meine Körperposition wechseln. Diese Schmerzen kann ich nicht mehr aushalten. Jetzt bin ich nicht mehr an so viele Wundergeräte angeschlossen wie auf der Intensivstation. Hier gibt es keine Geräte, keinen Austausch von Problemen, keine Nachbarschaftshilfe, nur Einsamkeit, Trauer, Schmerz und die Dunkelheit der Nacht. Ich könnte klingeln, möchte aber die Nachtruhe des Pflegepersonals nicht stören. Ich muss also leider alles ertragen, bis es Morgen wird. Dann kann ich mein Problem in der regulären Arztvisite vortragen. So habe ich es mir gedacht, aber eben leider nur gedacht.

Die Schmerzen sind zu groß, so dass ich nach ein paar Stunden des Stöhnens und Weinens doch den Knopf betätige. Eine Krankenschwester kommt mit vollem Schwung und fragt mit lauter Stimme resolut: „Was wünschen Sie?"

Ich antworte schluchzend, dass ich große Schmerzen habe und diese nicht mehr ertragen kann. Für eine sehr lange Zeit, so kommt es mir vor, verschwindet sie, ich höre noch andere lachende Stimmen. Dann kommt sie herein, klebt mir ein Pflaster auf die Brust und wünscht mir eine gute Nacht. Diese Erfahrungen mit Schmerzen, Klingeln, Pflasterkleben erlebe ich noch auf verschiedenste Art und Weise in den paar Tagen, die ich noch hier bin.

Je nach Krankenschwester, mal lieb, gütig, geduldig, menschenwürdig, mal hässlich, eingebildet, menschenverachtend; es sind oft junge und geschminkte „Damen". Bei diesen bedauere ich meist sehr, geklingelt und ihre Nachtruhe gestört zu haben. Die neu geklebten Pflaster lindern zwar die Schmerzen, aber mein Ärger und die Traurigkeit, auch gewisse Wut über solche Kreaturen bringen mein Blut zum Kochen. Wegen meiner Grübelei über solche Geschehnisse finde ich ohnehin keinen Schlaf. Einmal schöpfte ich Mut und traute mich, nach einer solchen menschenunwürdigen Behandlung zu sagen: „ Wissen Sie, Sie haben den falschen Beruf gewählt.

Sie sollten einen Arbeitsplatz im Zeitalter der Inquisition belegen, um Menschen zu foltern!" Sie blieb sehr still und gab dazu keinen Kommentar ab. Gott sei Dank habe ich diese Schwester in der Woche meines Aufenthaltes nie mehr gesehen.

Am nächsten Tag war dann Chefarztvisite mitsamt notwendigem Gefolge, auch eine Stationsärztin, die ich hier nicht zu sehen geglaubt hätte. Sie sang doch tatsächlich in dem Chor, den ich bis zu meiner Erkrankung geleitet hatte! Die Verblüffung war auf beiden Seiten groß, aber für mich sehr beruhigend und entspannend, denn mir war nun klar, dass ich jetzt in guten, vertrauten Händen sein würde. Von diesem Moment an kam sie jeden Tag mindestens einmal zu Besuch und oft auch abends spät, um sich von mir zu verabschieden, wenn sie das Krankenhaus verließ.

Sie hat mir dann alle Details zu meiner Krankheit mitgeteilt, meine Heilungschancen, auch bei der baldigen Suche nach einem Platz für die Rehabilitation geholfen, wo ich wieder aufgebaut werden würde. Von diesem Tag an habe ich mir ein wenig mehr echte Hoffnung machen dürfen; ich konnte klarer denken, und die Wachphasen ohne Betäubung und schmerzstillende Pflaster wurden auch immer länger.

Aber plötzlich, unglaublich, aber leider wahr, kam dann die Erinnerung an meinen kranken Sohn, der ja sterbenskrank mit Krebs und ganz allein im Ausland war, ganz so wie ich im Krankenhaus liegend. Ich fragte mich, wie konnte ich ihn nur so vergessen? Eine Antwort hierauf habe ich bis heute nicht. Wahrscheinlich waren es die vielen Beruhigungs- und Schmerzmittel, der ständige Wachkomazustand, die ganzen Schmerzen, die mein ganzes Wesen beschäftigten und in Anspruch nahmen. Vielleicht auch ein automatischer, mentaler Schutzmantel, der sich um mich legte, weil das Drama von allen Seiten zu groß wurde. Vielleicht muss der menschliche Körper etwas ausschalten, um dann die eigenen Reserven zu mobilisieren, die das eigene Überleben ermöglichen.

Ich erinnerte mich daran, dass ich in meiner Handtasche ein Handy hatte, das ich nur aktivieren musste, um ihn anrufen zu können. Mein Sohn hatte sein Handy definitiv schon seit längerer Zeit abgeschaltet und hatte seinem Bruder die Handynummer eines ebenfalls sterbenden Bettnachbarn gegeben, wo wir ihn dann noch erreichen könnten. Ein letztes Mal vor meiner Erkrankung hatten mein Mann und ich ihn im Krankenhaus im Ausland besucht.

Er wog schon damals nur noch etwa 30 Kilogramm. Nach diesem Wiedersehen war ich 3 Wochen im Koma und nun diese Woche noch im Krankenhaus, also die vierte Woche. Als mein Mann zu Besuch kam, holte er mein Handy aus der Handtasche, aktivierte es, tippte die entsprechende Telefonnummer ein und wollte es mir überreichen, aber die Geschicklichkeit meiner Hände war noch nicht so weit, das Gerät an mein Ohr zu bringen, und so musste er das für mich machen.

Eine fremde Stimme meldete sich, ich stellte mich vor und bat darum, mit meinem Sohn sprechen zu dürfen. Es gab eine Pause und als ich annahm oder ahnte, dass mein Sohn mich hören würde, begann ich zu sprechen. Ich erzählte ihm, was mit mir passiert war; dass ich ihn nicht besuchen könne, weil ich selbst fast tödlich erkrankt war; dass ich fast vollständig gelähmt sei; dass ich große Sehnsucht nach ihm hätte; dass ich ihn unendlich lieben würde und nicht wüsste, wer von uns beiden zuerst von dieser Welt in der anderen Welt hoch über den Wolken ankommen möge, wir uns aber ganz bestimmt dort oben noch einmal treffen würden.

Ich habe sehr, sehr viel gesagt, endlich konnte ich sprechen, was vor vier Tagen noch unmöglich war. Ich wunderte mich aber, dass vom anderen Ende der Leitung keine Antwort kam. Ich sagte ihm: „Bitte, sprich mit mir, sag mir nur etwas ganz Kurzes, damit ich weiß, dass du mich gehört hast". Aber nur leises Stöhnen, Schluchzern ähnliche, luftholende Geräusche konnte ich ahnen. Ich sagte: „Ich höre jetzt auf, ich liebe dich, ich liebe dich, wir sehen uns bald, ganz sicher". Er konnte nicht mehr sprechen. Drei Tage später starb er. Sein ganzes Inneres, auch die Luftröhre, war vom Krebs zerstört.

Aber mindestens konnten wir voneinander Abschied nehmen. Vier Tage vorher wäre auch das noch nicht möglich gewesen!

Er war noch so jung. Warum hat das Schicksal nicht mein Leben genommen und seines verschont? Wo bleibt hier die Gerechtigkeit auf Erden? Mein Mann antwortet auf diese Frage immer mit der gleichen Antwort: „Absolute Gerechtigkeit gibt es nur auf dem Friedhof unter der Erde."

Nach dieser Art Begegnung ist mein Kopf so durcheinander, so leer, so abgestumpft, dass ich nicht mehr richtig wahrnehme, dass mein Sohn wenige Stunden vor seinem Tod steht. Ich liege hier, über eintausend Kilometer weg von ihm, kann nicht zu ihm fahren, ihn nicht in den Arm nehmen und nicht bis zu seinem letzten Atemzug begleiten. Das Schicksal ist oft grausam, aber es ist nun mal mein Schicksal, und ich kann ihm nicht entrinnen. Wie viel kann, wie viel muss ein Mensch aushalten?

Mir kommen keine Tränen, ich bin wie betäubt, ich ergebe mich. Ich erzähle meiner neuen Bettnachbarin von dem drohenden Tod, aber sie kann mich auch nicht trösten. Ich bleibe allein mit meiner Traurigkeit und von der Krankenschwester bekomme ich irgendein Betäubungsmittel, das mir hilft, das Denken abzuschalten. Ich möchte am liebsten zurück in das Koma und nie wieder aufwachen!

Mein Sohn wird beerdigt

Am Samstag dann erhalte ich den Anruf einer Nachbarin meines Sohnes. Sie erzählt mir, dass er die letzten sechs Stunden seines Lebens nicht mehr bei Bewusstsein war und um 11 Uhr am Vormittag gestorben ist. Ich antworte irgendetwas, von dem mir aber klar ist, dass meine Reaktion automatisch, gefühllos, unpassend ist. Ich schäme mich dafür, kann aber nicht anders. Ich rede etwas von der Ausführung und Organisation der Beerdigung, dass ich an das Bett gefesselt bin und dass die Geschwister meines Sohnes und mein Mann ihn beerdigen werden.

Welch ein Elend! Und meine Gefühle finden immer noch nicht den Weg des Austobens, des Herausschreiens meiner Schmerzen in das Weltall. Ich bin wie ein gefühlloser Gegenstand, verloren in dieser Welt. Ich brauche Hilfe, dringend Hilfe! Hilfe! Hilfe!

Erbarmen! Bitte!

Das Pflegepersonal erkennt offensichtlich mein Elend und fragt mich, ob ich den Krankenhausseelsorger brauchen könnte. Ich antworte auf der Stelle mit „Ja, sofort bitte! Hilfe!"

Es ist Wochenende, meine singende Stationsärztin ist auch nicht im Krankenhaus. Sie würde mir auf eine andere Art und Weise Trost anbieten als das brav seine Arbeit erledigende Personal, das wohl gegen derartige Art des Jammers schon gewappnet ist. Am nächsten Tag kommt tatsächlich eine nette Frau, die Ruhe ausstrahlend und geduldig meiner Leidensgeschichte zuhört. Das hilft mir enorm. Nun kann ich ohne Ende weinen, schluchzen und die aufgestauten Spannungen abladen. Jetzt fühle ich mich wohler. Sie kommt auch am nächsten Tag, als gerade mein Mann zu Besuch da ist.

Ich danke ihr für ihre Hilfe und sage, dass ich nun die weiteren Schritte in meine eigenen Hände nehmen werde, ohne ihre Hilfe. Jetzt kann ich auch schon ein wenig dankend lächeln. Vielleicht geht das Leben tatsächlich weiter!

Die erste Physiotherapie – gleich zwei Frauen

Einen Tag vor meinem Umzug vom Krankenhaus in die Rehaklinik, in der ich einen Platz erhalten habe, kommen zwei lustige, junge Damen zu mir und stellen sich vor als meine Physiotherapeutinnen. Heute soll meine erste Körperübung durchgeführt werden. Mein Körper kann sich nicht einmal von rechts nach links drehen, die Beine kann ich überhaupt nicht bewegen, nicht einmal die Zehen. Was wollen die wohl mit meinem Körper anfangen?

Die eine Therapeutin steigt auf mein Bett und gemeinsam zerren Sie meinen willenlosen Körper in eine Sitzposition. Meine Beine hängen leblos vom Bett herunter. Ich soll in dieser Position stillsitzen und versuchen, nicht in irgendeine Richtung umzufallen. Aber ich bin wie ein Mehlsack und falle sofort nach vorn. Sie drücken mich immer wieder in diese Startposition zurück. Ich bin todmüde, ich will nur noch liegen. Sie lassen mich aber nicht in Ruhe. Ich werde in einen Rollstuhl gesetzt und zur Tür hinaus auf den Flur geschoben. Ich muss die vertikale Oberkörperposition üben und meinen Kreislauf stabilisieren, so sagen sie. Aber ich will eigentlich nur liegen und mich auf die Beerdigung meines Sohnes konzentrieren. Ich weiß aber auch, dass ich ohne diese Reha-Maßnahmen und die damit verbundenen Anstrengungen nie wieder auf die Beine kommen werde, wenn dies in meinem Fall überhaupt möglich ist. Also halte ich durch.

Am späten Nachmittag erhalte ich die Nachricht, dass ich am nächsten Tag vormittags in die Rehaklinik verlegt werden soll. Meine Familie ist jetzt schon im Ausland, die Beerdigung wird auch am nächsten Vormittag um 11 Uhr stattfinden. Jemand kommt zu Besuch und hilft dabei, meine Sachen zu packen für den morgigen Umzug.

Zwischendurch habe ich auch noch andere kleine Problemchen: Verstopfung, mein Bauch ist so dick, fast platze ich. Meine Hände sind rau und schuppenartig vom Nichtstun und den gesammelten Seifenresten aus den täglichen Katzenwäschen während des dreiwöchigen Komas. Dieses alles registriere ich nun langsam und wäre demjenigen sehr dankbar, der mich von diesen Belastungen befreit. Eine Krankenschwester opfert noch Zeit für mich, sie wickelt meine Hände mit sehr viel Creme in ein Handtuch ein. Die Schuppen sollen aufweichen um dann mit einer Bürste abgeschrubbt zu werden. Aber das geht wohl nicht so einfach. Meine Hände waren so verkrustet, dass die Probleme damit wohl nur in einem Dampfkochtopf gelöst werden könnten. Meine Haare wurden auch seit 4 Wochen nicht mehr gewaschen. Wie denn auch? Sie riechen schon sehr übel. Ich möchte so gern mal wieder unter einer Dusche stehen und zusammen mit dem Schmutz auch gleich alles Leid abspülen.

Die Zeit dafür ist noch nicht gekommen.

Krankenumzug

Am nächsten Morgen werden alle medizinischen Unterlagen, meine Taschen, Schuhe und überhaupt alles auf meinen Körper gepackt. Mein Bett steht auf dem Flur und wartet auf unseren Abtransport. Besondere Gefühle empfinde ich nicht angesichts dieser Veränderung.

Ich warte geduldig, oder ungeduldig, genau weiß ich es nicht mehr, auf den Krankenwagen. Da werde ich auf einem ziemlich schmalen Bett festgeschnallt und mit einer anderen Wolldecke zugedeckt. Kein großartiger Abschied, es ist ja niemand von meiner Familie da. Alles erfolgt darum sehr routinemäßig.

Meine Gedanken im Kopf kreisen nur um die Beerdigung. Es ist Donnerstag, etwa 09:30 Uhr, der Krankentransport beginnt.

Ich friere und spreche die zwei jungen Männer an, ob ich noch eine Decke bekommen könnte. Sie decken mich zu und verhalten sich weiterhin absolut still. Sie erledigen würdevoll ihre Arbeit, stellen keine Fragen, stören mich nicht. Ich fange an zu weinen, schluchze immer heftiger, kann kaum noch meine Stimme und meinen Körper beherrschen. Da platzt es aus mir heraus: „Mein Sohn wird in einer halben Stunde beerdigt". Sie sehen mich erstaunt an, machen keinen Kommentar. Ich vermute, dass sie mich für verrückt halten oder dass ich fantasiere.

Pünktlich um 11 Uhr wird mein Bett in das Reha-Zentrum gerollt. Ich kann das an der großen Wanduhr der Klinik ablesen. Und ich weiß, dass jetzt die Beerdigung begonnen hat, ohne mich!

Eine Krankenschwester rollt mich dann durch andere Ganglabyrinthe und Etagen, wir kommen in einen großen Raum, an vielen Tischen und in Rollstühlen sitzenden, apathischen Patienten vorbei. Es sind so viele, ich bekomme einen flüchtigen Überblick, ohne etwa Geschlechter oder Alter dieser Menschen zu erkennen; sicher sind die meisten über 60 Jahre alt.

Die „Krankenluft", wie ich das später nennen werde, und leichter Uringeruch irritieren mich sehr, ich falle in eine große Traurigkeit und „Ohnmacht". In dieser Umgebung soll ich gesund werden?

Ich werde schnell in ein neben dem großen Raum liegendes Zimmer mit fünf Betten geschoben. Man bettet mich um in mein neues, stationäres Bett. Mir werden zahlreiche Fragen gestellt, ich soll sogar antworten und ein Formular ausfüllen. Für etwas später wird der Besuch des Stationsarztes versprochen.

Es ist 11:30 Uhr, mein Handy klingelt. Mein Mann meldet mir, dass die Beerdigung erfolgt ist. Ich erzähle ihm von meinem Umzug, und dass ich dort keine Sekunde länger bleiben möchte, weil es hier nach Tod rieche. Er geht auf diese Diskussion jedoch nicht ein und sagt, dass er mich etwas später noch einmal anrufen wird. Ich bleibe nun allein, mit zwei anderen kranken Personen, zwei Betten sind noch frei. Ich weine ohne Ende. Irgendwann kommen alle dann zu mir. Der Stationsarzt, die Psychologin, die Verwaltungsleute, die Frau mit der Speisekarte, die wissen möchte, was ich zu essen wünsche, der Ergo- und Physiotherapeut und so weiter. Das beruhigt mich langsam wieder.

Es sieht so aus, als ob ich hier wohl keine Langeweile haben werde.

Rehabilitation

Am nächsten Tag, ein Freitag, ist wenig los. Ab Mittag finden keine Untersuchungen mehr statt. Die Marathonläufer, so nenne ich das Personal wegen der unglaublichen Arbeitsgeschwindigkeit, schieben die unzähligen Rollstühle mit den Patienten in halbstündigem Takt von einer Anwendung zu nächsten und wieder zurück in den Warteraum. Hier müssen alle Patienten auf ihre nächste Anwendung warten, bis 16 Uhr geht das so. Ich sitze auch schon im „eigenen" Rollstuhl mit vorderer Stütze, damit ich nicht hinausfalle, und so habe ich genug Zeit, das Elend dieser Menschen zu studieren, mein eigenes ebenfalls.

Niemand kann sich hier richtig bewegen, einige müssen gefüttert werden. Andere und auch ich werden gebeten, zu versuchen, die Speisen selbsttätig mit Löffel oder Gabel in den Mund zu schieben. Mehr als die Hälfte der Mahlzeiten landet anfangs auf dem Schutzlätzchen, das wir Patienten vor dem Essen umgehängt bekommen. Es ist ein mühsames Unterfangen, aber fast alle Patienten besitzen einen guten Appetit und widmen sich dieser Aufgabe mit Eifer. Das trifft auch auf mich zu. Aber es gibt auch Kranke, die nicht mehr essen wollen, die nur noch trübe von Tag zu Tag dahinvegetieren. Der Schleim fließt aus ihren Mundwinkeln.

Einige Patienten können gut, andere halbwegs und eine ganze Menge gar nicht sprechen. Man lernt hier aber schnell, nur mit Mimik und Gestik zu kommunizieren. Das kann man lernen, das muss man lernen, wenn man am Leben bleiben möchte. Nachbarschaftshilfe ist sehr gefragt. Wem es schon besser geht und wer sich bereits besser bewegen kann, der hilft sofort den noch schlimm Dasitzenden, den Hilflosen.

Am Montag beginnt dann die harte Arbeit. Alle bekommen ihren Stundenplan für die nächsten Tage; wer, wann, wo, was und mit wem seine Anwendung stattfindet. Gleich nach dem Frühstück kommt die Kolonne der „Marathonläufer", und heftiger Rollstuhlverkehr setzt nun ein. Den ganzen Tag über geht das so, mit Pausen für Mittagessen und Kaffee und Kuchen am Nachmittag. Man muss praktisch fast 8 Stunden in diesem schrecklichen Rollstuhl sitzen. Mein Ischias-Nerv macht das nicht mehr mit. Ich schreie schließlich vor Schmerzen, meine Beine sind annähernd dreimal so dick wie normal. Keine Bewegung, also kaum Blutzirkulation in den Beinen. Für alle diese Probleme suchen nette Leute Lösungen. Fast alle sind sehr nett und bemüht, uns zu helfen.

Langsam lerne ich alle meine Ärzte und Therapeuten kennen. Alle sind sehr gefühlsvoll und hilfsbereit, haben nur leider keine Zeit, mit uns ein wenig zu plaudern. Die Zeit ist so eingeteilt, dass gerade die grundlegenden Pflegearbeiten erledigt werden können. So bekomme ich meine drei bis vier Anwendungen täglich. Mein Physiotherapeut, ein unglaublich netter, junger Mann, knetet mich, drückt mich, zieht mich auseinander, dass ich nur mit größter Mühe laute Schreie unterdrücken kann. Ich merke aber sehr schnell, dass ich von Tag zu Tag sicherer werde und sich meine Körperbeherrschung verbessert. Leider gibt es auch Tage ohne Physiotherapie.

Ich sehne mich schon nach dieser „Folter", weil ich weiß, dass sie mir hilft.

Ich frage ihn ganz vorsichtig, ob es ihm möglich wäre, für mich noch ein ganz wenig Zeit mehr zu finden für meine „Folter". Tatsächlich lädt er mich in seinen wenigen Pausen zwischendurch heimlich in sein Zimmer ein und „foltert" mich. Ich bin überglücklich und ihm zutiefst dankbar; er behält diese Praxis während meines gesamten Aufenthaltes im Reha-Zentrum bei. Er erzählt mir, dass er gern seine wenigen freien Minuten opfert, um solche Patienten mit riesigem Willen zur Genesung zu „foltern".

Auf der Station staunen alle über meine Fortschritte, und so verwandele ich mich bald in seine Vorzeigepatientin.

Das größte Problem ist das Aufstehen. Wie oft wurde ich von mehreren, kräftigen Männern aus meinem Rollstuhl gezogen, gehoben und dann an einen Stehtisch gestellt, mit einem Beckengurt am Tisch angeschnallt. So sollte ich langsam meine Beine spüren. Dann musste ich mich aus eigener Kraft aus dem Rollstuhl erheben und mich am Handlauf festhalten. Dies war eine Übung, die an sich alle Patienten täglich mit ihren Therapeuten üben sollten; sie waren fast alle Schlaganfallpatienten, nur ich stand ganz allein auf weiter Flur mit meinem seltenen Guillain-Barree-Syndrom.

Unser Stationsraum diente gleichzeitig als Essraum und als Übungsraum für bestimmte Aufgaben. So konnte jeder die Fortschritte des Anderen beobachten. Der Kranken- und Uringeruch hat mich nun nicht mehr gestört. Ich hatte langsam verstanden, dass auch ich selbst zu diesem Geruch beigetragen hatte. Die meisten Patienten waren ja nicht in der Lage, allein aufzustehen und zur Toilette zu gehen. Das Personal war in der Nacht auf zwei, manchmal eine Krankenschwestern reduziert und diese hatten dann auch kaum Zeit, mir bei Bedarf diesen Zauberapparat zu holen, der dabei behilflich war, einen elektrischen Aufzug. Und so muss man sich das vorstellen:

Sitzend auf der Bettkante wurde ein dicker, gepolsterter Gurt unter meine Arme gezogen, oben wieder eingehakt und dann zog dieser Kran meinen Körper hoch, so dass ich wie ein geschlachtetes halbes Rind oder Schwein am Haken hing. Damit ging es dann zu Toilette, die „Ladung" wurde auf den Toilettensitz herabgelassen und dort wieder festgeschnallt. Wegen Zeit- und Personalmangel wurde uns empfohlen unsere „großen" Geschäfte auf einem extradicken, kleineren und austauschbaren Bettlaken zu erledigen. Am Anfang konnte ich meine Geschäfte noch auf einer kleinen „Metallwanne" erledigen, nur dann blieb mir beim Anblick dieses Schiebers die Lust weg.

Der „Schlachthofapparat" war für mich auch eine Frage meines Schamgefühls, denn man wurde jedes Mal halbnackt behandelt, ausgezogen, saß dann auf der Toilette und kehrte so wieder zurück.

Für das Personal war es jedoch erheblich weniger Arbeit, ein verschmutztes Bettlaken auszutauschen und den Hintern der Patienten zu putzen, als jedes Mal diesen aufwändigen „Schlachthofkran" in irgendeinem Zimmer zu suchen, ihn herzuholen, den Betroffenen dann aus dem Bett hoch zu zerren, ihn einzuhaken, hochzuziehen, zu transportieren... na ja, und so weiter, bis zurück zum Bett.

Dieser Zustand wurde für mich bald unerträglich. Ich träumte sehnsüchtig davon, allein zu duschen, die Haare zu waschen, zur Toilette gehen zu können. Eben nicht ständig den Klingelknopf für Kleinigkeiten betätigen zu müssen, die allerdings für Kranke wie mich durchaus keine Kleinigkeiten, sondern lebensnotwendige Dinge darstellten, wie z. B. Positionswechsel im Bett oder das Stillen unerträglicher Schmerzen.

Ich hatte inzwischen viele CDs und Abspielgerät mit Kopfhörer bei mir, um meine traurigen Gedanken zu verscheuchen. Auch viele Bücher, Krimis und andere Romane, hatte ich nun, doch es dauerte noch einige Wochen, bis mein Kopf das Gelesene auch registrierte und ich dann endlich mit Genuss und Ausdauer weiter lesen konnte. Ungefähr nach sechs Wochen in der Reha habe ich dann ganze Nächte durchgelesen und damit ging auch die Zeit schneller um.

Ich bekam nun auch eine Menge nette Briefe, Genesungskarten und Büchersendungen, von meinem Chef gar ein ganzes Paket mit Weihnachtssüßigkeiten.

Nun, wo es mir zunehmend besser ging und ich mehr von meiner Umwelt aufnehmen konnte, verstand ich auch langsam all die Briefe der letzten Wochen, die mir anfangs nichts sagten. Zunehmend machten jetzt auch Telefonanrufe meine manchmal hektische, manchmal eher langweilige Tagesroutine bunter.

Ungefähr in der siebten Woche nach vielen freiwilligen Extraübungsstunden kam eine Überraschung, die meine Familie für mich vorbereitet hatte. Am Nachmittag kamen fast alle zu meiner kleinen Geburtstagsfeier und brachten Torte mit. Ich wartete schon in meinem Rollstuhl vor der großen Tür in der Eingangshalle. Von dort rollte ich in den Flur mit dem Handlauf. Ich blieb stehen und bat um Ruhe und Aufmerksamkeit. Sie sahen alle zu mir. Mit einer gut eingeübten Armbewegung zerrte ich mich am Handlauf hoch und näherte mich ihnen mit langsamen Schritten, so etwa 10 Meter entfernt. Mein Mann begann zu weinen, und die anderen hatten Tränen in den Augen. Ich bat meinen Mann um seinen Arm, und so marschierten wir vor der Festgesellschaft weiter.

Von diesem Zeitpunkt an war mir endgültig klar, dass ich es schaffen würde, allein zu gehen, auch ohne Gehhilfe. Ich übte täglich weiter, ohne dazu eigens aufgefordert werden zu müssen. Langsam verschwand aus meinem Zimmer der Rollstuhl, dann später auch die Unterarmstützen.

Der Blasenkatheter wurde nun ebenfalls entfernt, und ich musste jeden Tag ganz allein zu Toilette gehen. Ich übte fleißig weiter, autonomer zu werden. Ohne zu fragen, traute ich mich ganz allein in die Dusche. Ich war der Katzenwäschen wirklich sehr überdrüssig.

Die Tage erfüllten mich mit immer mehr Hoffnung und ich entwickelte Zukunftspläne. Eines Tages kam meine Tochter mit ihrer Familie zu Besuch und ich erfuhr, dass sie schwanger war und ich eine zweite kleine Enkeltochter von ihr bekommen würde.

So ist das Leben! Einer geht, einer kommt! Aber das war schon immer so.

Nach drei Monaten Reha durfte ich nach Hause. Wie schön war diese vertraute Umgebung, meine Pflanzen, meine Küche, mein eigenes, bequemes Bett; der normale, gewohnte Geruch meiner heimischen „Burg"! Der alte Tatendrang kehrte unverzüglich zurück.

Sofort das normale, gewohnte Leben wieder aufnehmen, will heißen: arbeiten, schimpfen, planen, einkaufen, zum Friseur gehen, einen Ausflug machen und dann auch endlich in mein Heimatland fahren und dort die Erde berühren, wo mein Sohn liegt. Dann wäre dieses eine traurige Kapitel meines Lebens wohl nicht verarbeitet, aber zumindest etwas abgeschlossen. Nach der Geburt des nächsten Enkelkindes werden für mich neue Aufgaben entstehen.

Wie dankbar bin ich, nun wieder Aufgaben zu haben. Es gibt im Leben so viele Ziele, für die man arbeiten und um die man kämpfen kann, deren Früchte man später auch ernten darf.

Tod, wo ist dein Stachel, Hölle, wo ist dein Sieg?

Ich habe meinen Sieg errungen mit Hilfe der unsterblichen Musik und meiner süßen Enkelkinder.

Danke!

Nachtrag

Später erfuhr ich, dass dieses ganze Übel mit den Albträumen ein ganz bestimmtes Narkosemittel bei mir ausgelöst hat, der Name: Propofol. Nicht alle Menschen reagieren so heftig darauf wie ich. Mich hat es jedoch voll erwischt. Nie wieder in meinem Leben darf ich Propofol bekommen.

Noch heute, zwei Jahre nach meinem Komazustand, kehren diese Albträume ständig wieder, und sie sind genau so lebendig wie vor damals.

Mit Sicherheit bekomme ich diese Horrorszenarien irgendwann aus meinem Kopf heraus; vielleicht dadurch, dass ich nun alles in diesem Buch niedergeschrieben habe, wie mir dies die Stationsärztin und auch eine fleißige Sängerin meines Chores empfohlen hatten.

Sind dies die zwei Prozent, die mir zur vollständigen Heilung fehlen? Was stand doch damals im Internet? 98 Prozent Wahrscheinlichkeit.

Nun, ich hoffe es!!!

Endlich zu Hause

Mit Hilfe meines Mannes kletterte ich langsam aus dem Auto und schleppte mich auf den Krücken bis zur Eingangstreppe unseres Hauses, alles war weiß vom Schnee und die Straße eisglatt. Nun schaute ich mir als erstes meinen Vorgarten an.

In einen Pflanzkübel hatte ich im Oktober schöne Blütenpflanzen eingesetzt, um mit etwas Farbe der nackten, winterlichen Natur entgegen zu wirken. Nun war alles unter Schnee begraben, längst vertrocknet und gebrochen. Ich hatte all die Jahre immer nach dem Verblühen der Pflanzen diese herausgenommen und durch Nadelzweigen in verschiedenen Farbtönen ersetzt, dazu noch einige andere Zweige mit rötlichen oder gelben Beeren. Dies während meiner langen Abwesenheit ebenfalls zu tun, konnte ich indes von meinem Mann nicht verlangen. Es waren ja mehr als vier Monate vergangen mit meinem Krankenhaus- und Reha-Aufenthalt und in den letzten 25 Jahren war diese Arbeit immer mein Aufgabengebiet gewesen.

Meine Stieftochter hatte aber auf dem Treppenpodest einen großen, selbst getöpferten Stern aufgestellt und ihn mit Heidekraut, Silberblättern, Scheinbeeren und an Stäbchen befestigten Tannenzapfen bestückt, was trotz der Schneedecke sehr hübsch aussah.

Der Duft des eigenen Heimes, die Möbel und meine Kübelpflanzen, die in meinem Haus überall stehen, es war alles unverändert vorhanden. Alles wartete nur auf mich, da war ich mir sicher. Die Reinigung des Hauses sowie das Bügeln der Wäsche hatte eine nette Putzfrau ordentlich erledigt. Diese junge Frau hatte ich schon vor meiner Einlieferung in das Krankenhaus wegen meiner schon damals vorhandenen Schmerzen beschäftigt. Diese schier unerträglichen Schmerzen waren mittlerweile als rheumatische Polyarthritis diagnostiziert worden und auch mit höchstdosierter Dosis IBU-Profen 600 nicht zu stoppen. Meine geliebten Pflanzen hatten sich an einmaliges wöchentliches Gießen gewöhnt, ohne Streicheleinheiten und leises Zureden.

Schon sehr bald verbannte ich alle meine Gehhilfen, also Krücken, Rollator und Rollstuhl in den Keller und zwang meinen Körper, ohne diese Hilfen auszukommen und allein zu gehen. Anfangs war natürlich jedes Möbelstück eine willkommene Hilfe, eine Stütze, aber mit den täglichen Übungen ging es von Tag zu Tag besser.

Ich rief auch bald meine Klavierschüler an, um ihnen zu berichten, dass ich wieder zu Hause sei und wir in Bälde mit dem Unterricht fortfahren könnten. Bei dieser Gelegenheit fragte mich der Vater eines Schülers, ob ich mir wohl auch vorstellen könne, eine kleine Gruppe von fünf Personen – vier Frauen und ein Mann – chorisch zu leiten, da sich leider zwischenzeitlich ein kleiner Chor aufgelöst habe, diese fünf aber gern weiterhin zusammensingen wollten. Darüber brauchte ich im Grunde nicht lange nachdenken. Wir vereinbarten ein erstes Treffen bei mir zu Hause zum Kennenlernen und begannen auch sofort mit der Chorarbeit. Eine Bassstimme kam dazu, bzw. hatte ich zu Hause, nämlich meinen Mann! Sopran und Alt waren ohnehin vorhanden, und eine der Frauen erklärte sich bereit, die Tenorstimme zu übernehmen; ihre Stimme war auch entsprechend tief und dunkel. So begann unser Singspaß, und schon nach einem Jahr zählten wir vierzehn Mitglieder. Sogar ein Männertenor war jetzt dazugekommen.

Nun planten wir bald darauf unser erstes öffentliches Konzert mit vierstimmigen Liedern der Renaissance, ganz bezaubernden Stücken aus der Romantik (Brahms, Mendelssohn-Bartholdy, Fanny Hensel und so weiter) und sogar einigen modernen Liedern, um zu zeigen, dass wir auch offen für Pop, Rock, Gospel und Spirituals sein würden. Dieses Konzert fand in der kleinen, wunderschönen Kirche unseres Wohnortes statt, einem Dorf mit nicht einmal eintausend Einwohnern. Die Kirche war bis auf den letzten Platz besetzt. Die Einwohner kannten mich schon von einem Konzert in dieser Kirche mit meinem großen Chor, den ich krankheitshalber ja hatte aufgeben müssen. Mit diesem Chor hatte ich schon viele Jahre zuvor das „Deutsche Requiem" von Johannes Brahms und die „Petite messe solennelle" von Gioacchino Rossini in einer Kammermusikversion mit Klavieren und Pauke in der gleichen Kirche aufgeführt.

Unser Konzert wurde auch von einigen wichtigen Personen der hiesigen, klassischen Musikszene besucht, auch Chorleiter anderer bekannter Chöre aus der nahen Großstadt und Umgebung waren gekommen. Viele gratulierten mir am Ende mit Tränen in den Augen zu diesem Erfolg, dieser Auferstehung – die man sowohl gesundheitlich als auch musikalisch verstehen müsse. Gleich vor Beginn des Konzertes hatte ich nämlich in eine Begrüßung geschildert, wie sehr mir insbesondere die Liebe zur Musik bei der Befreiung aus dem Rollstuhl geholfen hatte.

Nach diesem ersten Erfolg kannte ich kein Halten mehr.

Leute, seht her, ich bin wieder hier, voller Tatendrang, mit der Lust und dem Wunsch zu vollständiger Genesung!

In den darauf folgenden zwei Jahren gaben wir noch drei andere Großkonzerte mit stetig schwieriger werdenden Werken. Ein geistliches, doppelchöriges Werk wurde sogar zum Höhepunkt im kurzen Bestehen dieses Kammerchores, der nun schon auf mehr als 30 Mitglieder angewachsen war, und vermutlich wuchsen begreiflicherweise ebenso die Pläne in meinem Kopf. So wagte ich es sogar, mit meiner kleinen Gruppe am Landeschorwettbewerb teilzunehmen. Wir errangen dort einen doch sehr beachtlich guten Platz. Wir merkten aber auch, dass wir noch vieles lernen und uns in vielen Aspekten verbessern sollten.

Mein Fazit aus diesen Erfahrungen:

1. Es gibt noch viele weitere wichtige Aufgaben, die ernst zu nehmen sind.

2. Ich hatte bewiesen, dass ich die Fähigkeit besitze, eine kleine, heterogene Gruppe in kürzester Zeit zu musikalischen Höchstleistungen zu bringen.

Die anderen Teilnehmergruppen an diesem Chorwettbewerb waren von der Altersstruktur her erheblich jünger als wir und sangen fast alle Werke frei, d. h. aus dem Gedächtnis und ohne Blatt. So etwas kann ich von meiner Gruppe nicht mehr verlangen, wir waren immerhin im Durchschnitt so gute 15-20 Jahre älter als alle anderen. Aber einen guten Effekt hatte unsere Teilnahme zusätzlich erzielt. Aufgrund unseres guten Erfolges kamen nun auch jüngere Interessierte zu uns und der Chorklang verbesserte sich dadurch.

Nach wie vor gehören aber die Tenorstimmen zur Gruppe der vom Aussterben bedrohten Stimmarten; bei uns sind nun zwei männliche und vier weibliche Tenöre in dieser Stimmgruppe. Diese Stimmen sind und bleiben wohl Mangelware. Ein weiteres Problem ist der Probenort. Unsere wöchentlichen Proben finden in einem Gemeinschaftshaus in unserem Wohnort, einem kleinen Dorf, statt und die meisten, verstreut lebenden Chormitglieder müssen lange Anfahrten in Kauf nehmen. Aber wir müssen hier, das ist der Vorteil, nichts für unseren Probenraum bezahlen! Die Sängerinnen und Sänger kommen alle trotz der damit verbundenen Einschränkungen gern und singen zusammen.

Ein weiterer Vorteil: wir bekommen immer mehr neue, junge Mitglieder, was mich sehr in meiner chorischen Arbeit bestätigt. Nur so groß wie mein Anfangschor wollen wir nicht werden; dieser hatte zeitweise ja mehr als 100 Mitglieder, und ein anderer noch existierender Kammerchor, den ich auch einmal gegründet habe, besteht auch noch aus 20-25 Sängern/-innen. Mit eben diesem Kammerchor hatte ich seinerzeit, so zwei bis drei Jahre nach der Gründung, an einem internationalen Chorwettbewerb teilgenommen und dort ein Silberdiplom gewonnen. Diesen Chor wollte ich dann nicht mehr leiten, da bei den Proben immer 30 Prozent Abwesenheit herrschte. So konnte ich mit diesem Chor nicht nach meinen Vorstellungen arbeiten. Und wenn es nicht so läuft, wie ich mir das vorstelle, dann trete ich lieber ab und gebe den Taktstock weiter.

Mir ist klar, dass für viele der Teilnehmer, sei es im Sport, beim Tanz oder eben im Chor, der Spaßfaktor weit oben steht. Wenn man aber seine Kunst nicht allein als Solist vorstellt, sondern in der Gruppe arbeitet, trägt jeder einzelne auch seine Verantwortung für die gemeinsame Präsentation der Arbeit aller. Wenn ständig eine zu große Zahl bei den Proben abwesend ist, rückt so das gemeinsame Ziel immer weiter in die Ferne, weil man das Gelernte immer wieder von vorn anfangen muss, immer wiederholen muss. So etwas ärgert dann oft diejenigen Sängerinnen und Sänger, die ständig anwesend sind, und das kann zu deren Austritt führen. Noch nie, auch heute nicht, mochte ich halbherzige Arbeit und ebensolche Präsentationen.

Ich versuche immer, das Maximum aus meinen Sängern herauszuholen und wenn wir das erreichen, dann ernten wir unglaubliches Lob, nicht enden wollenden Applaus. Genau so war es auch bei dem doppelchörigen Konzert. Der Chor war schon lange abgetreten, das Publikum aber hörte nicht auf zu klatschen. Welch ein Glücksgefühl!!!

Die kleine Kirche mit ihrer wunderbaren Akustik, stellte mit ihrem extrem interessanten Grundriss, womit sie eine gewisse Seltenheit besaß und Neugier weckte, eine ideale Kulisse dar für die aufgeführten Werke von Josef Gabriel Rheinberger, den ich für einen der großartigsten deutschen Romantiker halte. Ich vergleiche diese Kirche mit dem Versammlungsort der Priester des Sarastro aus der „Zauberflöte". Für mich wirkt diese Umgebung absolut authentisch, diese Erhabenheit, diese Bewunderung und Demut. An solchen Orten singt man gern, der Klang ist einfach perfekt. Weder die Wände noch zu viele Säulen oder sonstiger Schnickschnack stören die Zuschauer beim Augen- und Ohrenkontakt, auch die Chorsänger fühlen sich gleichsam wie fliegende Engel – sie geben dies alles weiter und bekommen alles in gleichem Maße vom Publikum zurück. Das ist wie Liebe auf den ersten Blick zwischen zwei Menschen, hier zwischen Chor und Publikum, ein Geben und Nehmen, wie Weihnachten, nur noch schöner. Nach diesem so wirkungsvollen Konzert wurde beschlossen, dass auch unser neues Repertoire in dieser Kirche vorgestellt werden sollte.

Eine nette, junge Pastorin wirkt dort, völlig problemlos in der Zusammenarbeit, die Küsterin ist ebenso offen, freundschaftlich und hilfsbereit. Dazu kommt eine angenehm beheizte Kirche, im Gegensatz zu vielen anderen Kirchen, in denen man sich eher totfriert und dann auch noch eine Heizkostenabrechnung bekommt. Es ist ja verständlich, dass Kosten entstehen und diese irgendwie bezahlt sein müssen. Daher ist es ein Glück, solch eine Kirche zu finden, in der man angenehm und hervorragend singen kann und darf.

In der nahen Großstadt gibt es mindestens 6-7 große Kirchenchöre und noch einige freie Chöre, mal kleiner, mal größer. Das gleiche gibt es in ähnlicher Form noch einmal in der nahen Stadt mittlerer Größe. Das chorkulturelle Angebot der Region ist also groß, die Qualität sehr gemischt. Aber jeder Chor besitzt sein spezifisches Publikum, seine Unterstützer, Sponsoren und Freunde. In diesen festen Zirkeln kann ich nicht ankommen. Zwar ist mein Name hier durchaus bekannt durch die bereits erwähnten Chorgründungen. Trotzdem musste ich nach meiner schweren Erkrankung ja dann wieder völlig von vorn anfangen und einen neuen Chor gründen. Mit diesem Chor muss ich also noch einmal den sorgsamen, langsamen und gut geplanten Weg gehen, um dann auch wieder von den „Stadtbewohnern" akzeptiert und auch wieder bejubelt zu werden. So bin ich nun als offizielle Rentnerin kaum weniger beschäftigt als in meinem vormaligen Arbeitsleben als Lehrerin.

Zudem bin ich auf der ständigen Suche nach neuen Werken, nicht schon zu Tode aufgeführten und immer wieder, von Jahr zu Jahr am gleichen Ort stattfindenden. Auf diesem Wege habe ich auch einige Uraufführungen deutscher und ausländischer Komponisten vorgestellt, eine Menge Erstaufführungen in unserer Großstadt realisiert und bin immer wieder sehr entzückt von Musik anderer Länder, die noch in den Grenzen der Tonalität bleiben und damit die Chorsängern vor keine unmenschlich große Aufgabe stellen. Dabei können auch atonale Werke durchaus genießbar und interessant sein, müssen nicht langweilig, können sogar richtungsweisend sein, aber normalen Chorsängern bleiben diese Stücke doch letztendlich eher als Quälerei in Erinnerung.

Lohnt sich da eine Aufführung? Natürlich ja! Auch solche Werke haben ein Anrecht auf Gleichberechtigung und finden begeisterte Zuhörer. Aber diese sind eben doch prozentual sehr viel weniger stark vertreten im Vergleich zu den Liebhabern der tonalen Musik. Die Menschen suchen ja auch heutzutage sehr oft Entspannung im Konzert, als das etwa noch vor 30 bis 40 Jahren der Fall war.

In meinen Erfahrungen während der fünfzig Jahre Chorleitung, einschließlich der Schülerzeit ohne Diplom, ist mir immer aufgefallen, dass ich mit einem Stück, das mir selbst sehr gefällt, egal welcher Sorte, letztlich auch die Chorsänger begeistern kann. Bei professionellen Orchestern und Chören haben die Teilnehmer genaue Vorstellungen und Kenntnisse der Werke und deren Komponisten. Daher müssen diese nicht vom Dirigenten von der Schönheit und dem Charme des Stückes überzeugt werden; das ergibt sich dort von allein. Bei einem Laienchor oder Laienorchester muss die/der Leiter/in jede Menge begeisternder Worte zum bevorstehenden Stück herüberbringen, um Interesse zu wecken. Wenn diese Person jedoch selbst nicht ganz vom Werk überzeugt ist, wird die Einstudierung niemals richtig gelingen.

Daher nenne ich die Dirigenten „Zauberer"! Und dieser Beruf ist auch wirklich bezaubernd und absolut lohnenswert. Anfangs kann man Menschen manipulieren, später braucht man das nicht mehr, alles findet den eigenen, selbstständigen Weg. Fast alle Beteiligten beginnen das Werk zu verstehen und agieren dann als souveräne Interpreten. Und wenn diese Symbiose zwischen Dirigent und Gruppe vorhanden ist, kann auf eine erfolgreiche Aufführung gehofft werden. Der Dirigent ist der ständige Motivationskünstler dabei, der auch mal während des Konzertes völlig andere Richtungen einschlägt, abgesprochene Tempi oder Dynamiken ändert. Die örtliche und momentane Atmosphäre am Aufführungsort lässt plötzlich zusätzliche neue, bis zu diesem Zeitpunkt nicht praktizierte interpretatorische Freiheiten entstehen und wachsen, denen gute Chöre und Orchester geschickt zu folgen verstehen.

Solche Abweichungen von der „Norm" können der Gesamtinterpretation des Werkes an sich neue Frische verleihen, Überraschungseffekte erzeugen und damit auch gleichzeitig das Publikum von den Stühlen reißen. Dabei ist das Wichtigste, dass man eben nicht nur dem folgt, was die Partitur vorschreibt, sondern auch eine persönliche Note einbringt, gewissermaßen dem Ganzen einen persönlichen Duft gibt. So ist es möglich, eine unerwartet große Intensität zu erreichen, die das Stück durch die Interpretation des Moments aus den Grauzonen herausführt. Musik ist viel größer als alles Wasser der Ozeane dieser Erde zusammen! Wir müssen nur die Geheimnisse dieser gesammelten Mengen von Klangkompositionen untersuchen und sie dann ohne Angst und mit Gefühl und Geschick zu interpretieren wissen. In jedem Menschen steckt viel mehr, als man denkt! Nur haben die traditionellen Verhaltensmuster und Regeln über die Jahrtausende die freie Gestaltung jedes Einzelnen gebündelt. So gibt es viele Dinge, die man nicht frei aussprechen darf. Vielleicht gewinnt die Musik hier eine Salonfähigkeit!

Eine weniger gute Erfahrung machte ich aber bei diesem Chorwettbewerb dann auch noch. Nach den Auftritten gab es die Möglichkeit, die Meinung der Jury darüber zu erfahren; sie sprachen ganz offen über ihre Meinungen zur Interpretation, zur Rhythmik, zu sprachlichen und anderweitigen Ausdrucksformen. So erfuhr ich dann zu meiner Enttäuschung, dass unser geistliches Renaissancestück zu romantisch vorgetragen worden sei und deshalb fast den gleichen Stil gehabt habe wie das Werk aus der Romantik. Ich hätte, wurde vorgehalten, die Noten kürzer beieinander halten sollen, ohne großartige Phrasierungen hinein zu zaubern; und..., und..., und... .

Doch was ist, sage ich dagegen, wenn ich bei der Interpretation andere Gefühle habe? Soll ich diese Gefühle ignorieren und jene vor 300 bis 400 Jahren geschriebenen Werke festgefahrenen und nicht beweisbaren Interpretationen unterwerfen? Ich lebe jetzt und höre diese Musik jetzt und heute; mein musikalisches Verständnis lebt jetzt und heute; meine persönlichen Aussagen sind die von jetzt und heute!

Warum dürfen beispielsweise junge Pianisten, egal aus welchem Erdteil sie stammen, wohl Bachwerke romantisch interpretieren und dafür in den Himmel gehoben werden? Dort hört man keine Kritik, sondern nur das hohe Lob der „Fachwelt". Und das alles, weil diese Künstler in den großen Konzertsälen dieser Welt damit großen Erfolg hatten! Oder warum tritt die Hauptdarstellerin in der „Salome" von Richard Strauß im Kampfanzug oder als Hippie auf die Bühne? Alle Zeitungskritiker finden regelmäßig Rechtfertigungen für solche „mise en scene", nur heimische Juroren lassen so etwas nicht gelten, sie bleiben hartnäckig bei dem, was sie einmal gelernt haben. Wir singen aber, Gott sei Dank, in erster Linie für das Publikum und nicht primär für Juroren.

Es ist eigenartig, in der Kunstszene gibt es derlei Beschränkungen nicht in diesem Maße! Maler haben eben mehr Glück, will mir scheinen. Sie dürfen alles so malen, wie sie es wollen, was sie wollen und so abstrakt, wie sie möchten. Da reicht manchmal schon ein einfarbiger Hintergrund und dazu ein roter Klecks oder ein schwarzes Viereck; schon ist die Kunst gegeben, und das Bild wird für Millionen versteigert. Wer bewertet eigentlich solche Leistung und unter welchen Kriterien? Ein solch minimalistisches Bild kann nur eine Person kaufen und zu Hause aufhängen! Nur sehr wenige Menschen werden dieses Bild jemals im Original sehen oder in einer Ausstellung bewundern.

Musikstücke, Musikwerke sind lebendig, in Konzerten, bei Wettbewerben, auf Tonträgern, im Radio und Fernsehen. Das bedeutet, dass diese Kunst viele Menschen erreicht. Sie werden auch von den Zuhörern nach Empfinden beurteilt und nicht von einer Jury als Stilbruch degradiert.

Warum darf Musik aus älteren Zeiten dann nur nach bestimmten, festgefahrenen Regeln vorgestellt werden, wo diese Regeln doch noch nicht einmal sicher nachweisbar sind, sondern „nur" Lehrmeinungen darstellen? Aber Regeln funktionieren in der Gefühlswelt leider nie und nimmer! Sollte einmal eines Tages alles strikt nach den Vorschriften ablaufen, dürfte dies das Ende jeder Kunst sein!

Liebesgefühle, Angstgefühle, Traurigkeit und Freude hatten schon immer gleiche Ausdruckformen, auch schon vor hunderttausend Jahren, genauso, wie heute: Lächeln, Stöhnen, Weinen, Jubeln, Springen, Tanzen und so weiter. Lasst uns doch frei kommunizieren. Wir tragen schon genug körperliche Bürden, um all die Aufgaben zu erledigen, die der menschliche Leib überhaupt aushalten kann.

Es gibt wahrlich genügend verbrauchte und depressive Menschen auf dieser Welt. Immer mehr Lügen haben uns im Griff und wir können dagegen so gut wie nichts unternehmen. Die Schere zwischen Arm und Reich – um mal ein Beispiel zu nehmen – wird immer größer. Unsere komasaufenden und/oder drogenabhängigen Jugendlichen gäbe es auch zu erwähnen, die Arbeitslosigkeit, die zunehmende Altersarmut und die ebenfalls zunehmenden Demenzerkrankungen, die wahrscheinlich deutlicher im Lebensalltag erkennbar werden, weil durch den wissenschaftlichen Fortschritt die durchschnittliche Lebenserwartung verlängert worden ist.

Die Last, die die Menschen derzeit tragen, wird immer schwerer und irgendwann nicht mehr tragbar sein. Darum wünsche ich mir die Freiheit, wenigstens den Gefühlen freien Lauf zu lassen, damit wir uns dort entspannen können. Hier soll es keine Paragraphen, Vorschriften, Normen und keine Untertanenmentalität geben. Lasst die Menschen frei sein! Uns fehlt eine Revolution, die uns frei wäscht von dem Dreck, der uns bedeckt.

Wir können doch schon jetzt kaum noch frei atmen und leben. Alles manipuliert: Gammelfleisch, genmanipulierte Agrarprodukte, angebliche Bio-Waren mit amtlichem Siegel. Und wer garantiert uns das alles? Bei der täglichen Zeitungslektüre oder den Nachrichtensendungen ist ständig von Korruption die Rede. Gut gemeinte Spendengelder für internationale Wohltätigkeitsorganisationen, ob Rotes Kreuz, Brot für die Welt, SOS-Kinderdörfer, landen vielfach in den Taschen einzelner Personen oder Cliquen. Nur die armen Menschen, die auf Hilfe warten, sehen diese Gelder oft kaum noch, und wenn, dann nur noch in geringen Teilbeträgen. Die täglichen Überschriften lauten doch: Organspendenskandal, Einbrüche, Überfälle, Raubmord, Kindesmisshandlung, Feuerteufel, luxuriöse Bischöfe, Pädophilie, Zwangsprostitution, Kidnapping und Banker mit großen Boni, je größer der angerichtete Schaden in der Welt der Geldwirtschaft gewesen ist.

Und dann soll ich meine musikalischen Gefühle nach einem Muster ausrichten, welches angeblich in der Renaissance üblich war? Was ist mit dem Menschen heute? Was ist das Individuum heute?

Ich bin der Meinung, dass unsere Musikinterpretation beim Publikum gut ankommen muss, dass ich die Zeit mit wertvoller, genussvoller Musik ausfüllen muss, die beim Hörer angenehm und authentisch rüberkommt und gefühlt wird. Wenn andere Musiker und Chorleiter die gleiche Musik anders interpretieren, aber damit genauso gut beim Publikum ankommen wie ich mit meiner Musik, dann haben beide Interpretationen ihren Zweck erfüllt. Es ist eben reine Geschmackssache!

Wenn es nicht so wäre, müssten ja die Musiker alle Konzerte in gleicher Form geben, gleiche Sinfonie, gleiches Klavier oder Violinkonzert, dann hätten wohl weder Beethovens „Missa Solemnis" oder Bachs „Wohltemperiertes Klavier" eine Chance, jedes Jahr die Musik mit einer ganz persönlichen Interpretation zu bereichern, weder als Livekonzert noch als CD oder DVD-Aufnahme. Jeder Interpret ist anders und spielt es so, wie es ihm sein

Herz diktiert. Und das ist auch gut so! Die Vielfalt bereichert die Menschen und vertreibt langweiliges Mittelmaß. Zudem gehören außerordentliche und sogar skandalöse Geschehen eher in das Fernsehen als in die alltägliche Routine.

Die Menschen wollen dort Action, Übertreibung, Monumentalität, riesige Massen und exotische Tiere auf der Bühne erleben. Dort wünschen sie sich Supertalente, geistig Überdrehte, die sie hören und sehen können. Dort wollen sie Unterschiede zur Normalität feststellen. Ein Chor, der oben ohne singt, hätte sicher größere Chancen ins Fernsehen oder in die Boulevardpresse zu kommen, als es ein normaler Chor hat, auch wenn dieser viel besser singen würde. Der Kulturmarkt ist einfach übersättigt, und die Menschen sind gierig nach außergewöhnlichen Leistungen und Darbietungen. Wie weit kann diese sinnlose Gier noch gesteigert werden?

Und mein Renaissancewerk hat sich nun mal ein wenig romantisch angehört, es hat keinen aufreißenden Skandal verursacht. Aber nein, es war nicht richtig! Das Ganze muss so und so sein, die Lehrmeinung der Uni gilt hier vorrangig, ganz egal, wie meine Gefühle diesen musikalischen Stoff empfanden und wie ich ihn dann entsprechend umgesetzt hatte.

Diese ganze Geschichte habe ich viel zu persönlich genommen. Mir sagen viele, dass ich alles zu persönlich nehme, ich solle mir ein dickeres Fell zulegen, nicht immer alles so zu Herzen nehmen. Da haben sie sicher Recht. So etwas tut mir immer sehr weh, weil ich ja alles, was ich mache, stets zu 200 bis 300 Prozent gut machen will. So bin ich einfach erzogen worden, mit diesem Anspruch bin ich groß geworden. In Deutschland musste ich ohnehin immer mehr leisten als die Einheimischen.

Warum? Nun, ich war einmal eine Frau, dann eine Ausländerin, die erst mit vierzig Jahren ins Land kam. Ich entstammte dem so genannten Ostblock, wo ich geboren und aufgewachsen war. Das waren genügend Faktoren, um mich minderwertig zu fühlen. Nur mein Stehaufcharakter bewahrte mich wohl letztlich vor dem Abgrund. Langjährige Psychotherapie und zweimalige längere Kuraufenthalte wegen mittelschwerer Depressionen haben mich wieder aufgebaut. Nicht alles in „la vie en rose".

Als wir vor zehn Jahren unseren großen „Palast" verkaufen mussten und dann in ein anderes Dorf zogen, da gab es dort schon zwei Chöre, einen gemischten allgemeinen Chor und einen Kirchenchor. Alle professionell ausgebildeten Musiker kennen dieses Gefühl, die Ohren dichtmachen zu müssen, wenn solche Chöre inbrünstig singen. Alle geben natürlich ihr Bestes, das gehört auch zum dörflichen Leben. Sie bereichern Feste, Geburtstage, silberne und goldene Hochzeiten, diverse kirchliche Anlässe wie Gottesdienste, Taufen, Konfirmationen (Kommunionen), Beisetzungen, auch mal Kaffeenachmittage für Senioren und sonstige Gelegenheiten.

Es ist schön, dass es so etwas gibt. Aber für meine Ohren waren die in Sekundenabständen abfallenden Tonarten bei den Gesängen mehr als schmerzhaft. Natürlich sind die Mitglieder dieser Chöre, üblicherweise Gesangsvereine genannt, meist schon älter, ihre Stimmen sind deshalb nicht mehr so tragfähig wie in der Jugend oder in reiferen Jahrgängen, nicht so glänzend und eben weniger genießbar. Aber diese Vereine haben ja auch einen gesellschaftlichen Hintergrund, und außerdem bin ich der Meinung, dass es keine schlechten Chöre gibt.

Es gibt aber, wie in jedem Beruf auch gute und schlechte Chorleiter, die ihr Handwerk nicht verstehen. Anstatt nicht perfekte Liedpassagen ständig wiederholen zu lassen, sollten sie die Gründe des Mangels nennen, dann die dazugehörigen Tricks zeigen, mit entsprechenden Übungen Lösungen suchen und diese mit den Sängern/-innen einüben. Dann kann es nämlich so kommen, wie es mir vor vier Jahren erging: Damals kam eine Vertreterin des hiesigen Kirchenchores zu mir und bat mich um Hilfe. Die Landeskirche hatte den bezahlten Kantorenposten aufgehoben, und nun war der Kirchenchor ohne Leitung. Ich wurde in dieser Situation darum gebeten, als Übergangslösung den Chor zu leiten, bis ein neuer Chorleiter gefunden wäre.

Daraufhin hörte ich mir den Chor in der Kirche einmal an und musste sehr leiden. Dem Pastor sagte ich am Schluss offen, dass dieses Chörchen, damals bestehend aus 7 bis 8 Frauen, eine Zumutung für die Gemeinde sei. Sie überredeten mich, zumindest für eine kurze Zeit auszuhelfen. Als gute Neubürgerin stimmte ich zu und kam so in die feste Hierarchie der „Ureinwohner". Aus dem Chörchen ist nun schon ein richtiger gemischter Chor mit neunzehn Köpfen geworden, und anstatt der ein- oder zweistimmigen Kirchenlieder singen wir nun vierstimmige Werke verschiedener Stilepochen und Genres, Weltliches wie Geistliches, und es bleibt alles in der Originaltonart.

Aus dem Vertreter-/Aushilfsposten wurde eine feste Verbindung mit dem Chor. Erstaunlicherweise lernen sie sehr schnell ihre Stimmen. Zwar besteht der Tenor bisher nur aus fünf Frauen, die aber in allen Ehren diese Männerstimmen nachahmen. Im Bass habe ich sogar drei echte, dem männlichen Geschlecht angehörende Sänger. Im Sopran sind die Anstrengungen noch sehr groß, da ja, wie bekannt, die Stimmen im Alter tiefer, rauer und unsauberer werden. Ich lasse in diesem Teil unserer Gruppe aber nicht locker mit meinen Anstrengungen zur Verbesserung der Klangqualität. Die Einsingübungen sind die gleichen, wie ich sie im Kammerchor praktiziere. Auch das Repertoire des kleinen Kirchenchores wird immer anspruchsvoller.

Ein großes Problem gibt es regelmäßig, wenn ich mit fremdländischen Texten komme. Das ist so gut wie nicht möglich, da die Einstudierungsphase dann so lang ist, dass meinen Sängerinnen und Sängern durchaus die Freude am Singen vergeht. Nah, und quälen möchte ich meine herzensguten, willigen und fleißigen älteren Damen ja nicht. Immerhin gehöre ich ja selbst inzwischen auch schon in diese Altersgruppe. Ich muss mich heutzutage schon sehr bemühen, in höheren Lagen meinen Tönen noch Glanz zu verleihen, obwohl ich doch immer hoher Sopran war! Aber ich bin eben auch Profi und kenne da so einige Tricks.

Wir gaben vor kurzer Zeit ein Konzert, ein Querschnitt unseres erarbeiteten Repertoires mit Werken von Mendelssohn-Bartholdy, Schubert, Bach, Mozart und Renaissance-Madrigalen sowie die komplette „Deutsche Messe" von Franz Schubert. Ich war superglücklich und zufrieden mit meiner XXXL-Gruppe, was die sehr schöne und verbesserte Qualität angeht. XXX bedeutet in diesem Fall bei mir die Altersstufe der 50- bis 75-jährigen. Junge Leute sind für geistliche Chormusik leider kaum zu begeistern, und wenn das doch gelingen soll, dann muss die ganze Gruppe aus Jugendlichen bestehen. Aber diese, nun meine Gruppe, bestand ja schon von Beginn an aus älteren Damen. Nun, nach unserem schönen Konzert kamen aber auch hier einige jüngere Damen hinzu. Ist das die Hierarchie der Altersgruppendynamik oder die Gruppendynamik der Altershierarchie?

Aber auch das private Leben ging weiter

Nach etwa 13 Jahren Alkoholsucht suchte mein Mann mit starken Schmerzen im Oberbauch das nächstliegende Krankenhaus auf, wurde dort aufgenommen und die Untersuchungen ergaben, dass er eine Pancreatitis hatte, also eine Bauchspeicheldrüsenentzündung. Es war im Grunde genommen kein Wunder! Nach einer Woche am Tropf und Medikamentenbehandlung wurde er wieder entlassen mit dem dringenden Rat, keinen Alkohol mehr zu trinken. Leider war der anfängliche Schreck nach einigen Wochen vergessen und der Genuss dieser heimtückischen Droge wurde wieder aufgenommen, allerdings mit einer Veränderung. Anstatt des Weines wurde jetzt Bier konsumiert, alternierend mit etwas weniger Wein. Die Sucht war noch vorhanden, zwar geringer, aber immerhin.

Zwei Jahre später kam wiederum ein Krankenhausaufenthalt, der dann eine große und hoffentlich endgültige Wende brachte. Es wurde nun nämlich klar festgestellt: es geht diesmal um Leben oder Tod! Diese Wahl musste mein Mann allein treffen, er hatte dieses Leben so gewählt. Und siehe da, von einem Tag auf den anderen trank er keinen Tropfen mehr. Er benötigte keine Entzugstherapie.

Er zitterte nicht, die einzige Reaktion bestand in einem Gewichtsverlust von fast acht Kilogramm Körpergewicht. Und es kam die Wende. Nach ungefähr drei Monaten waren die verlorenen Kilos wiedergewonnen. Es geht ihm seither gut, er hat wieder Appetit. Seine Aggressivität ist nicht mehr zu spüren. Er arbeitet viel und ist anscheinend glücklich, dass seine Arbeit sich auch finanziell wieder lohnt. Und ich selbst bin tagsüber ruhiger geworden und habe keine Angst mehr vor den Abenden. Der Teufelskreis ist durchbrochen, meine Ekel sind verschwunden. Aber der Weg, ihn als Mann wiederzufinden, wird noch Zeit und Geduld brauchen.

Mit vollem Einsatz arbeite ich weiter mit meinen drei Chören, von denen ich zwei nach meiner Erkrankung selbst gegründet habe. Der neueste ist ein Kinderchor, den ich vor vier Monaten ins Leben rief. Dies wird dann wohl das letzte Projekt in meinem Leben sein. Im fortgeschrittenen Lebensalter, in welchem die physischen Kräfte nicht mehr im Überfluss zur Verfügung stehen, sollte man etwas austüfteln, was die abbauenden Kräfte wieder aktiviert, und es schien mir die beste Lösung zu sein, dies mit einem Kinderchor von Vier- bis Fünfjährigen zu versuchen.

Bei der Arbeit mit solchen Kindern muss man mit 200 Prozent dabei sein. Für sie ist das Allerbeste gerade gut genug. Diese Erkenntnis treibt mich voran und lenkt mich. Ich stelle mich nach jeder Probe mit den Kindern auf eine geistige Waage und kontrolliere meine Leistung. Beim körperlichen Einsatz mit Spielen, Tanzen und so weiter wird alles gefordert, um überhaupt noch halbwegs mit den ja unglaublich gelenkigen Kleinen mitzukommen. Das ersetzt dann wirklich jeden Besuch im Fitnesscenter, und es macht außerdem viel mehr Freude im Kreis meiner kleinen, jüngeren, neugierigen und so dankbaren Sängerschar.

Zudem hat ja auch schon Zoltan Kodaly, der größte Musikpädagoge meines Heimatlandes, immer betont, dass die musikalische Früherziehung nicht im Kindergarten beginnt, sondern eigentlich bereits im Bauch der Mutter. Es war für ihn niemals zu früh, mit dieser Tätigkeit zu beginnen und deshalb entwickelte und schrieb er kindgerechtes Material, Kinderlieder und für jede Altersgruppe geeignete Übungen, damit die Musikerziehenden sich nicht über Mangel an Unterrichtsmaterial beschweren können. Die Anzahl des von ihm geschriebenen und zusammengestellten Materials für diese Zwecke ist unglaublich hoch.

Ich kann mich glücklich schätzen, in diesem, seinem Land geboren worden zu sein, dort mein Hochschuldiplom erworben zu haben und dann in meiner schulischen Laufbahn diese wunderbare, effektive, und unübertreffliche Methode realisieren zu können. Mit voller Überzeugung gebe ich nun diese Kodaly-Methode an den Kinderchor weiter. Nur in einem Aspekt sehe ich Schwierigkeiten: Diese Methode benötigt natürlich eine gewisse Zeit, bis sie ihre Früchte trägt. Die Kinder müssen durchhalten, bzw. deren Eltern, denn dieser Chor ist keine Arbeitsgemeinschaft wie in den Schulen, und dort gibt es ja nur halb- oder ganzjährigen Wechsel. Aber Kontinuität ist nur die eine Voraussetzung. Die andere, noch wichtigere, besteht dann in der perfekten Ausbildung derjenigen, die diese Methode anwenden und weitergeben. In der heutigen, schnelllebigen und hektischen Zeit jedoch, wo zumeist mit geringstem Einsatz größter Profit gesucht wird, ist ein Erfolg dieser Methode leider kaum noch möglich, sie ist nicht „modern" genug für die heutige Rekordsucht.

Auch als ehemalige Musiklehrerin lese ich noch immer viele Fachartikel über das Musikleben, über Musikunterricht, über Kinderkonzerte, Meinungen, Analysen und Ratschläge moderner Experten, um den Musikunterricht zu verbessern. So freue ich mich immer wieder, wenn ich in Deutschland oft Lösungsansätze finde, die Zoltan Kodaly bereits vor sechzig Jahren in Ungarn gefunden und beschrieben hatte, deren Anwendung er forderte und für die er dann auch aufgrund seiner Berühmtheit und seines politischen Einflusses Wege fand, diese in die Tat umzusetzen. Vielleicht klingt das ein wenig patriotisch oder gar hochnäsig, es ist aber meine volle Überzeugung.

Mein ganzes Leben war geprägt von der Liebe zur Musik, und dadurch fanden schließlich auch meine persönlichen, anderweitigen Probleme immer eine gute Lösung. Genau diese Überzeugung und Sicht möchte ich meinem deutschen Kinderchor im Alter ab vier Jahren anbieten und weitergeben.

Nebenbei beginne ich eine lange, vorsichtige Reise, um die verlorene Liebe zu meinem Ehemann wiederzufinden. Eine schöne, aber schwere Aufgabe. Aber ich mag ja Herausforderungen; das hält jung!

PS: Und dies habe ich fast vergessen – das geheime Schlüsselwort der Kassiopeia, das ich wegen der Stimmlosigkeit in meinem Albtraum nicht laut zu sagen vermochte, es hieß:

MUSIK!

Rückblick

Seit meinen ersten Erinnerungen ist die Musik für mich eine alltägliche Begleiterin meines Lebens. Schon als kleines Kind habe ich diese als sehr angenehm empfunden, auch wenn es mir noch nicht so bewusst war. Die Stilrichtung „Klassik" wurde ganz klar von meinem Vater festgelegt und es war seine ganz frühe Entscheidung: „Meine Tochter wird Musikerin". Das tägliche Üben gefiel mir in meiner Kindheit natürlich nicht immer, aber so im Alter von 14 Jahren und meinem Umzug in das Internat war mir klar, dass dieses absolut meine Zukunft sein sollte. Immer mehr gefiel mir das ganz intensive Musizieren. Beim Klavierspielen völlig unterschiedlicher Werke und der damit verbundenen Interpretation, verstand ich immer mehr, was mit Melodien, Rhythmen, Artikulationen, Dynamik usw. an Ausdrucksform möglich ist. Das kleine Mädchen war nun kein Kleinkind mehr!

Langsam erwachen tiefsitzende, ausprägende und intime Gefühle, Sehnsüchte, Ängste, Neugier, Kräftemessen, Zielsetzungen, Versagungsängste und Trotzreaktionen, nur nicht mehr zurücklaufen müssen. Alle diese emotionalen Faktoren sind in den Musikwerken enthalten. Man muss eben nur auf die eigene Intuition achten! Mit diesen Empfindungen wollte ich nun nicht nur die körperliche Reife erreichen, sondern auch die daraus in mir resultierenden Interpretationen ausdrücken.

Jeder Geburtstag machte mich reifer und ich wurde freier, meine Seele zu öffnen und in den Musikwerken meine „Bacchanalie" zu inszenieren. In jedem neuen Schuljahr fühlte ich mich sicherer und glücklicher, dass nur dieses mir eine Laufbahn eröffnen würde. Ich platze förmlich von emotionalen Ausbrüchen, meine Fantasie kannte keine Grenzen mehr und ich verlangte immer mehr Herausforderungen, um mein brodelndes Innenleben gestalten zu können. Reine Klavierstücke, also Musik ohne Text, gaben mir den dazu notwendigen Freiraum.

Nun gab es ja auch das Musikfach Chorsingen. Zwischen meinem 14. und 18. Lebensjahr hatte ich dazu den besten Chorleiter, den man sich wünschen konnte. Nicht was seine reine Chorleitungstechnik betraf, sondern seine tiefgründigen Analysen eines jeden Chorwerkes, welches er mit uns einübte. Er holte aus jedem gesungenen Wort die wichtigsten Aspekte heraus und brachte diese dann in den jeweiligen Gesangsstimmen zur Geltung.

Diese tiefen Analysen im Ton-Wort-Verhältnis hinterließen in uns Schülern des Konservatoriums tiefe Spuren und nicht enden wollendes Staunen. Auf diese Sternstunden des Unterrichtes warteten wir immer sehnsuchtsvoll. Dieser Chorleiter war wohl einer der besten Kenner aller Chorwerke, egal welchen Genres, von Bela Bartók. Der Chorgesang bei diesem Mann war auch für meine Chorleiterlaufbahn absolut prägend.

Wenn man in diesem Milieu seine Pubertät durchmacht, sind die weiteren Schritte des Lebens schon festgelegt. Da gibt es keine Fluchtwege mehr um irgendwohin auszureissen. Meine Vorstellungskraft war eingebettet in diesem wunderbaren Duft, der Intensität, der Farbpalette von Eindrücken, Gefühlen und schließlich der Erfüllung meiner geistigen Vorstellungen.

Alles, was in meiner Kindheit, in den Studienjahren, im Familienleben und sonstwie nicht gut lief, kompensierte ich in der Aufführung von Chorwerken und den damit verbundenen Einstudierungen. Damit fand ich in meinem Leben eine Symbiose zwischen „Leiden und Genießen". Ich glaubte immer, absolutes Glück wäre existent; aber „Nein"! Ist wohl auch gut so, denn Leiden bringt und erhöht das Glücksgefühl. So hat ein jeder seine Vergleichsmöglichkeit zwischen Höhen und Tiefen; dies rundet die Kanten ab und vertreibt die Eintönigkeit.

Das Geniale in der Musik ist, dass in einigen Werken Leid und Glück (Zufriedenheit, Akzeptanz, Einsehen , Verzeihen) gleichzeitig präsent sind. Das ist für mich etwas ganz Besonderes, sogar „Außerirdisches" und dieses Gefühl hatte ich während der Einstudierung von „Ein deutsches Requiem" von Johannes Brahms. Ich habe sehr lange gezögert, bis ich dieses grandiose Werk anfasste. Dieses über alles erhabene Werk in der Chorsinfonik benötigt eine Menge Reife und Erfahrung. Es war meine Erfüllung und so konnte ich dieses Werk dann noch einige Male sowohl in großer Besetzung als auch in Kammerbesetzung aufführen. Nach der Beerdigung meiner geliebten Mutter habe ich einige Wochen fast ständig dieses Werk in der Aufnahme mit meinem Chor gehört. Dies hat meine Trauer gelindert und ich fand Trost. Musik hat die Zauberkraft, die menschliche Seele ohne Worte anzusprechen.

Ein anderes Phänomen allerdings ist, dass die Zeit vor anstehenden Aufführungen und deren notwendiger Konzentrationen und Reifeprozessen von neuen Planungen „gestört" wird. Das ist wie ungesättigter Hunger, der sich trotz vollen Magens nach weiteren Sahnehäubchen sehnt. Aber der

Wohlfühlfaktor, ich bin in die allmächtige Musik eingebettet, hat die Wirkung einer Droge. Hat man nicht diesen direkten Kontakt, bekommt man Entzugserscheinungen..

Mein Leben war und ist ein ständiges Suchen mit nie endender Hoffnung.

Die Liste musikalischer Werke, die ich nicht aufführen konnte, ist unendlich. Natürlich gibt es immer noch einige Wunschkandidaten, die ich so gern zu Gehör bringen möchte. Vor einiger Zeit dachte ich, wenn ich nicht mehr die Kraft haben sollte, weiter Chöre zu leiten in der gleichen Intensität wie jetzt, wäre dies die rechte Zeit, meine „Karriere" zu beenden mit Bachs Meisterwerk, der „h-Moll-Messe". Aber dieser Wunsch wird wohl nie mehr wahr!

Worte wie Sehnsucht, Emotion, Erfüllung, Glück, Hoffnung, Leiden, Triumpf, Inspiration, Elixier, Notwendigkeit, Phänomen und Heilkraft sind die elementarsten „Zutaten" zur Musik.

Ich sehnte mich nach Liebe! Ich suchte Liebe! Und ich fand die Liebe in der **Musik**.

Sie hat mich nie enttäuscht. Sie war mein sicherer **Hafen**.

Danksagung

Vielen, aber besonders vier Personen gegenüber empfinde ich die größte Dankbarkeit. Es handelt sich dabei um die Ärzte, Mitglieder des Pflegepersonals und die Therapeuten

Mareike

Jens

Petra

Harald

Ich habe sie natürlich niemals mit diesen Vornamen angesprochen, sondern immer, wie es sich gehört, mit Frau xxxx, Herr xxxx. Dennoch werde ich diese Personen mein ganzes Leben lang in meinem Herzen haben und in alle meine zukünftigen Gebete einschließen, für die liebevolle Weise, in der sie mich gepflegt und gewissermaßen „übermenschlich" ernst genommen haben.

Meine Tochter bitte ich an dieser Stelle nachträglich um Vergebung für all die Dinge, die ich ihr in meinen Albträumen unterstellt und zugetraut habe. Ich war damals nicht ganz bei mir.

Ich sage weiterhin Dank:

Meinen Eltern dafür, dass sie frühzeitig mein musikalisches „Talent" erkannten und mir den Weg zur Erfüllung frei gaben und möglich machten.

Meinem Heimatland Ungarn, welches mir die grundlegende und vielseitige Ausbildung sicherte.

Dem Land Kuba, in dem ich während der elf Jahre dort die bezauberndsten, talentiertesten und fleißigsten Schüler und Studenten unterrichten durfte, mit unglaublichen Erfolgen trotz himmelschreiender Armut und mit banalen, täglichen Hindernissen jeglicher Art.

Meiner nun wohl letzten Gastheimat Deutschland, die mir so viele Möglichkeiten bot, meine musikalischen Träume zu verwirklichen, nämlich große chorsinfonische Werke mit Chor und Orchester zu dirigieren. Dank sage ich in diesem Zusammenhang auch allen Spendern, den gewerblichen, den öffentlichen und auch den privaten.

Meiner Schule und Arbeitgeberin bis zu meinem Eintritt in das Rentenalter, die mich auch ohne deutsches Diplom und ohne ein zweites Unterrichtsfach eingestellt und an mich geglaubt hat.

An meine spanische Freundin, die ich nun schon seit dreißig Jahren kenne und die mich immer begleitete, auch in den schwersten Momenten und Zeiten meines Lebens, immer mit viel Liebe, Fürsorge und die mir auch mit Rat und Tat zur Seite stand.

Meinen vielen selbstgegründeten, aber auch den übernommenen Chören, die mir die Gelegenheit gaben, meine Lieblingsbeschäftigung – nämlich die Liebe zur Musik – zur Arbeit zu machen.

Meinen Enkelkindern, die ohne Wenn und Aber meine Liebe und Zuneigung akzeptieren.

Der Natur in Form meines schönen Gartens, die alle Bearbeitungen still und widerstandslos über sich ergehen lässt, um noch schöner zu werden.

Und besonders meinem Mann, der mein zusammengeschriebenes, handschriftliches „Ungarischdeutsch" in salonfähiges Deutsch umgesetzt hat. Es war für ihn nicht immer einfach, meine endlos langen Sätze und reichlich verschachtelten Nebensätze zu übersetzen, dazu kam dann noch meine ungarische Satzstellung! Es ist trotzdem noch mein geistiges Original geblieben.

Zu guter Letzt danke ich noch allen Freunden und Bekannten, die diese Autobiografie durchgelesen und mit ehrlicher und konstruktiver Kritik geholfen haben, dieses Buch zu veröffentlichen.

Oft hatte ich Zweifel, ob ich diese Seiten nicht eher im Kamin verbrennen sollte!

Nachwort

Dieses Buch war die schwierigste „Geburt" in meinem ganzen Leben.

Bereits im Jahr 1982 schieb ich 29 „Kinderverse" als Erinnerung an meine glückliche Kindheit, einige sind in diesem Buch enthalten. Es war wohl auch eine Gegenmaßnahme zu meinem damaligen Frust über das persönliche Versagen in meinem Lebenslauf nach meiner Rückkehr nach Ungarn nach dem 11-jährigen Aufenthalt in Kuba.

Der zweite Teil, meine Albträume, entstand nach meiner schweren Erkrankung im Jahr 2009 mit dem dreiwöchigen, künstlichen Koma und der darauffolgenden monatelangen, äußerst mühevollen Rehabilitation. Diese Leiden und der daraus entstandene innere Druck mussten irgendwie aus mir heraus!

Als dritte „Aufgabe" hatte ich mir auch auf Anraten meines Psychotherapeuten vorgenommen meinen ganzen Lebenslauf nieder-zuschreiben und dieses dann als Befreiung oder auch als gleichberechtigten Feind bzw. Gegenspieler anzunehmen und damit meine innere Ruhe wiederzufinden.

Der letzte Abschnitt meines Buches als verknüpfendes Glied benötigte die Jahre 2010 bis 2014, nicht alles in einem Schub, sondern mit vielen wochen-, ja monatelangen Pausen.

Es gibt in diesem Buch sicher eine Menge inkonsequente Gedankengänge oder Zusammenhänge, vielleicht auch aggressive und manchmal auch brutale Ausdrucksformen mit nicht nachvollziehbarer Logik; einfach aufgegriffene und nicht immer zu Ende gebrachte gedankliche Anstöße. Aber dieses sind alles echte und ehrliche Bilder meiner damaligen kranken Psyche.

In meinem Leben gibt es nichts zu beschönigen. Einige Freunde, welche das Manuskript gelesen haben, wünschten sich diese oder jene Stelle ausführlicher, detaillierter dargestellt. Der Grund dafür, dass ich manches so kurz gehalten habe liegt darin, dass ich nur das Bedürfnis hatte, alles niederzuschreiben, ohne weitere Aussagen, Floskeln oder in blumige Darstellungen einzubetten.

Dieses ist mein erstes und wohl auch letztes Buch. In meiner Unerfahrenheit könnte ich vielleicht noch viel lernen, das Beschreiben von Details, Orten, Gegenständen, Umgebungen, Beobachtungen, aufkommende Gefühle, langsam sterbende Lüste, um den Lesern das alles gefühlvoll und ausführlich zu vermitteln. Meiner Meinung nach gehört aber ein solches Vorgehen nicht zur Beschreibung meines turbulenten beruflichen und familiären Lebenslaufes. Daher habe ich es vermieden, und solche „Wortverschwendungen" nur dort zugelassen, wo Tatsachen, Geschehenes, große Lieben und Zuneigungen dies erfordern.

Meine Geschichte ist eine geballte Ladung, die mir zuerst so erschien, als ob ich sie nicht ertragen würde. Und genau das möchte ich den Lesern vermitteln. Bitte haben Sie auch Verständnis dafür, dass mein Vokabular nicht immer auf dem Niveau eines „Urdeutschen" ist; ich habe diese Sprache ja erst im Alter von 40 Jahren richtig zu lernen begonnen. Seitdem habe ich sehr viel deutschsprachige Literatur gelesen und dabei natürlich vieles gelernt und auch mein tägliches Leben spielt sich in Deutsch ab. Ich habe mich mit meinem Wortschatz zufrieden gegeben, da ich mich auf keinen Fall in die Hände eines Co-Autors begeben wollte.

In meinem Buch sind die Namen und Personen verfremdet und viele Orte nicht genau bezeichnet bzw. umschrieben wiedergegeben. Diesen Weg habe ich gewählt, um meine Familie und meine Freunde zu schützen.

Danke für Ihr Verständnis.

Kurzlebenslauf

1945	Geburt in einer Kleinstadt in Nordungarn
1950	Erster Klavierunterricht
1951-1955	Besuch der Grundschule 1.-4. Klasse in der Geburtsstadt
1955-1959	Schule 5.-8. Klasse mit parallelem Musikunterricht in einer Großstadt in Südungarn
1959-1963	Schule 9.-12. Klasse mit parallelem Konservatorium, Abitur gleiche Großstadt
1963-1967	Studium Musikhochschule Budapest mit Abschlussdiplom Chorleitung, Klavier und Schulmusik
1969-1970	Klavierlehrerin am Konservatorium Havanna (Kuba)
1970-1979	Dozentin für Chorleiterausbildung, Gesangstechnik und -methodik und Kammermusik an der Escuela Nacional de Arte (ENA), später umbenannt in Escuela Superior de Arte (ISA) in Havanna, Ausreise und Heimkehr in Ihre Heimat Ungarn
1980-1982	Dolmetscherin an der kubanischen Botschaft Budapest
1982-1985	Musiklehrerin an einer Grundschule in Budapest mit erweitertem Musikunterricht nach der Kodály-Methode
1985	Ausreise nach Deutschland
1986	Musiklehrerin an einem Privatgymnasium mit Zweig für Hochbegabte bis zum Altersruhestand 2010
1987	Chorleiterin zweier Frauenchöre und eines Männerchores in der näheren Umgebung Ihrer neuen Heimatstadt
1987-2008	Gründung eines gemischten Chores, Leitung bis zur schweren Erkrankung 2009

1993-1997	Gründung eines gemischten Kammerchores mit erfolgreicher Teilnahme an einem internationalen Chorwettbewerb (Silberdiplom)
1992	Chorleiterin eines gemischten Chores in einer Großstadt der ehem. DDR, zweijährige Zusammenarbeit mit gemeinsamen Aufführungen des „Requiem" von G. Verdi
2010	Gründung und Leitung eines neuen Kammerchores, Trennung aus gesundheitlichen Gründen 2014
2011	Übernahme des Kirchenchores im Wohnort
2013	Gründung eines Kinderchores in der nahen Heimatstadt mit musikalischer Früherziehung nach der Kodály-Methode

Gastdozenturen zur Kodály-Methode

Spanien: Albacete, Almeria, Barcelona, Cadiz, Cuenca, Granada, Madrid, Malaga, Murcia, Pamplona, Valencia, Zaragoza

Brasilien: Sao Paulo

Deutschland: Braunschweig

Einstudierungen und konzertante Leitung chorsinfonischer Werke in den Jahren 1991 – 2008 (mit Sinfonieorchester- und oder auch in Kammerbesetzung)

Bacalov, Luis	Misa tango
Bernstein, Leonard	Chichester Psalms
Brahms, Johannes	Ein deutsches Requiem
	Schicksalslied
Bruckner, Anton	Große Messe f-Moll
	Te Deum
Busto, Javier	Misa pro defunctis
Dvorak, Antonin	Stabat mater
Fauré, Gabriel	Requiem
Kancheli, Giya	Styx
Kodály, Zoltàn	Psalmus hungaricus
	Pange lingua
Liszt, Franz	Missa choralis
Mozart, Wolfgang Amadeus	Requiem
	Davide penitente
Pergolesi, Giovanni Battista	Stabat mater
Plate, Hans-Wilhelm	Europa (Uraufführung)
Poulenc, Francis	Stabat mater
Ramirez, Ariel	Misa criolla
Rossini, Gioacchino	Petite messe solennelle
Rutter, John	Magnificat
Schubert, Franz	Magnificat
Sisask, Urmas	Jouluoratorio (Deutsche Erstaufführung)
Verdi, Giuseppe	Messa da Requiem

Choreinstudierungen

Beethoven, Ludwig van	Sinfonie Nr. 9
Schönberg, Arnold	Gurre-Lieder